Catherine Bybee

Glück
im Angebot

Creek Canyon

Roman

Aus dem Amerikanischen
von Teresa Hein

Montlake

Die amerikanische Ausgabe erschien 2020 unter dem Titel »Home To Me«
bei Montlake, Seattle.

Deutsche Erstveröffentlichung bei
Montlake, Amazon Media EU S.à r.l.
38, avenue John F. Kennedy, L-1855 Luxembourg
Oktober 2020

Die Übersetzung dieses Buches wurde durch Amazon Crossing ermöglicht.

Umschlaggestaltung: bürosüd° München, www.buerosued.de
Umschlagmotiv: © Jacobs Stock Photography Ltd / Getty; © Rastislav Sedlak SK / Shutterstock; © Elenamiv / Shutterstock; © caesart / Shutterstock
Lektorat und Korrektorat: VLG Verlag & Agentur, Haar bei München, www.vlg.de
Gedruckt durch:
Amazon Distribution GmbH, Amazonstraße 1, 04347 Leipzig /
Canon Deutschland Business Services GmbH, Ferdinand-Jühlke-Str. 7, 99095 Erfurt /
CPI books GmbH, Birkstraße 10, 25917 Leck

ISBN 978-2-49670-547-8

www.montlake.de

Für all die Frauen, die ihre persönliche Geschichte mit mir geteilt haben. Ihr werdet geliebt. Ihr seid es wert. Und ihr seid stark. Lasst euch von niemandem anders behandeln.

Kapitel 1

Erins Blick hing an der Wurfscheibe, die aus der Maschine geschleudert wurde, durch die Luft sauste und in winzige Stücke zersprang, als Parker abdrückte.

»Jeder Schuss ein Treffer. Wie machst du das bloß?« Erin war beeindruckt. Sie hatte nur eine von zehn Scheiben getroffen, während Parker den Spitznamen »Annie Oakley« offensichtlich zu Recht trug.

»Reine Übungssache. Du hast erst angefangen, gib dir ein bisschen Zeit.«

Auf der Schießanlage hoch oben im Angeles Nationalwald herrschte absoluter Testosteronüberschuss. Nur ganz wenige Männer hatten ihre Partnerinnen mitgebracht, und Erin und Parker waren die einzigen Frauen ohne männliche Begleitung.

»Noch ein paar Scheiben, dann wechseln wir zum Pistolenschießstand. Bewegliche Ziele sind viel schwerer zu treffen. Aber ich wollte dir zeigen, wie man mit dem Rückstoß eines Gewehrs umgeht.« Parker gab ihr Schießunterricht, ohne erst tausend Fragen zu stellen, wie es wohl jeder andere getan hätte.

Erin wohnte seit dem vergangenen Herbst mit auf Parkers Grundstück. Nach einem verheerenden Waldbrand, der auf dem Familienbesitz schwere Verwüstungen angerichtet hatte,

hatte Parker dringend einen Mieter für das Gästehaus gesucht. Und Erin hatte es genauso eilig gehabt, fernab vielbefahrener Straßen und dicht besiedelter Wohnviertel ein neues Leben zu beginnen. In einem Ort wie Santa Clarita würde sie nicht weiter auffallen und gleichzeitig den Massen von Touristen und Geschäftsleuten entgehen, die sich in den größeren Städten Südkaliforniens drängten.

Erin hatte sich auf ein einsames, zurückgezogenes Leben eingestellt, in Parker dann aber ganz unverhofft eine außergewöhnliche Freundin gefunden. Eine, die wusste, dass sie sich vor ihrem Ex versteckte, sie aber nie drängte, ihr Einzelheiten zu verraten. Nein, Parker stellte keine neugierigen Fragen. Sie hatte Erin lediglich signalisiert, dass sie ein offenes Ohr für sie hätte, sollte sie reden wollen.

Gerade jetzt beim Schießen, oder in Erins Fall beim Vorbeischießen, hätte Parker nachhaken können, weshalb sie unbedingt die Handhabung von Schusswaffen erlernen wollte. Doch sie tat es nicht. Kein einziges Mal.

Sie gab Erin das Gewehr. Laden konnte sie inzwischen. Nur Ziele treffen war ein Problem. Dabei hatte Erin verwundert festgestellt, dass schon das Laden ihr ein gewisses Gefühl von Stärke vermittelte.

Die Schutzbrille auf der Nase und mit orangefarbenen Stöpseln als Gehörschutz, *Augen und Ohren,* wie Parker sie nannte, drückte Erin den Kolben an die Schulter.

»An alles gedacht?«, fragte Parker laut.

Einen Moment lang hielt Erin verwirrt inne. Dann spannte sie lächelnd das Gewehr. Ein ebenso unheimliches wie befriedigendes Geräusch. *Leg dich nicht mit mir an,* sagten die beiden harten Klicks.

Parker lächelte. »Diesmal drückst du die Schulter gegen die Waffe und fixierst den Lauf, bis er sich anfühlt wie dein verlängerter Arm. Du weißt, dass die Scheibe nach links fliegt. Rechts existiert für dich im Moment also gar nicht.« Sie trat hinter die Maschine. »Auf dein Kommando.«

Erin holte tief Luft und legte den Finger an den Abzug. »Los.«

Parker löste den Mechanismus aus. Die orangefarbene Scheibe wurde in den Himmel katapultiert. Erin sah sie vorbeifliegen und wusste schon vor dem Abdrücken, dass sie sie verfehlen würde.

Der Schuss hallte trotz der Stöpsel laut in ihren Ohren und versetzte ihr einen Schlag gegen die Schulter. Die Scheibe flog unversehrt weiter, bis sie an der Hügelflanke abprallte, bei ihren Kameraden aufklatschte und erst dabei in Stücke zerbrach.

Parker stellte sich hinter sie. »Verlagere dein Gewicht auf den linken Fuß.« Sie legte eine Hand auf Erins Schulter und drückte sie ein wenig nach vorn. »Stemm dich gegen die Waffe.«

Erin atmete ein paarmal tief durch. *Ich schaffe das.*

»Los.«

Daneben.

»Los.«

Daneben.

»Los.«

Getroffen. Heiliger Strohsack! Sie hatte getroffen. Erin strahlte, als hätte sie den Jackpot geknackt. Sie stellte das Gewehr ab und gab Parker ein High Five.

»Lieber Schluss machen, wenn's gerade gut läuft?«, fragte Parker. »Oder gleich noch eine Scheibe?«

Erin zeigte auf das Gewehr. »Lass es uns mit was Kleinerem versuchen.«

Eine Stunde später fuhren sie ziemlich zufrieden mit ihrer Trefferquote durch den Canyon zurück nach Hause. Parker hatte recht. Mit einer Pistole zu schießen, war einfacher als mit dem Gewehr. Jedes »Ping« auf den Metallscheiben klang wie ein Ausrufezeichen. Erin wurde ihr Grinsen gar nicht mehr los.

»Das hat viel mehr Spaß gemacht, als ich dachte.«

Parker lenkte den Wagen bergab durch die Serpentinen. »Mein Dad hat mich früher oft mit zum Schießen genommen. Er war der Meinung, wenn Waffen im Haus sind, sollte man auch damit umgehen können.«

»Sind Mallory und Austin auch mitgekommen?« Seit dem Tod ihrer Eltern vor drei Jahren kümmerte sich Parker um ihre jüngeren Geschwister.

»Mallory war ein paarmal dabei, hat aber schnell die Lust verloren. Sie kann genug, um sich nicht in Gefahr zu bringen. Austin hat schon als kleiner Junge mit der Zweiundzwanziger unseres Vaters geschossen. Wenn möglich, üben wir ein paarmal im Jahr zusammen.«

»Geht ihr auch jagen?«

Parker schüttelte den Kopf. »Nein. Auf Bambi zu schießen, ist was anderes, als mal eine Klapperschlange abzuknallen. Aber bevor ich verhungere, würde ich es wahrscheinlich tun. Dad und sein Bruder sind früher ab und zu zusammen auf die Jagd gegangen.«

Erin seufzte. »Ich glaube nicht, dass ich auf irgendwas schießen könnte.«

»Trotzdem ist es nicht verkehrt, wenn man es mal geübt hat. *Wissen ist Macht,* sagt man ja. Mich hat es beruhigt, nach dem Tod meiner Eltern nicht bloß einen Baseballschläger im Haus zu haben. Die Welt ist ganz schön kaputt. Man muss sich bloß die Nachrichten anschauen.«

Erin rieb sich die Stelle an ihrem Kiefer, wo sie täglich mit Make-up eine Narbe verdeckte. Sie wusste, wozu manche Leute fähig waren. »Ist man deshalb irgendwie paranoid?«

»Ist man weshalb paranoid?«

»Wenn man eine Waffe im Haus hat.« Geladen und griffbereit, falls ein ebenfalls Bewaffneter die Tür eintrat, während man schlief, um einen in eine Welt aus Misshandlungen und Schmerz zurückzuschleppen. Erin schüttelte den Gedanken ab.

»Ich schließe die Türen ab, damit kein Fremder ins Haus kann. Ich habe einen Feuerlöscher, falls es brennt. Und für den Fall, dass der Himmel einstürzt, habe ich Versicherungen. Bin ich deshalb paranoid?«

»Das ist was anderes.«

»Wirklich? Bislang wollte noch keiner bei mir einbrechen. Ein Feuerlöscher kann nützlich sein, hilft bei einem Waldbrand aber wenig. Gerettet hat mich bisher nur meine Versicherung. Und zum Schutz meiner Familie eine Waffe zur Hand zu haben, ist für mich ebenfalls bloß eine Sicherheitsvorkehrung.« Nach einer kleinen Pause setzte Parker hinzu: »Auch du fühlst dich mit einer Waffe sicherer, nehme ich an. Deshalb waren wir doch heute hier draußen, oder?«

Parkers Feststellung traf genau ins Schwarze. Das Gesicht und den Namen der Person, die Schutzmaßnahmen nötig machte, wollte Erin allerdings unbedingt in der Vergangenheit begraben. »An dieser Stelle wechseln wir das Thema.«

Parker lachte. »Weshalb überrascht mich das nicht?«

Eine halbe Stunde später fuhren sie durch das Tor des umzäunten Grundstücks und kurz darauf an einem Bautrupp vorbei, der gerade eine lange Grube aushob. Eine der vielen Sturzfluten des vergangenen Winters, die die vom Feuer verwüstete Gegend heimgesucht hatten, hatte die Hauptwasserleitung des Hauses mitgerissen. Nach dem wechselhaften Wetter in den ersten Frühlingswochen kündigte sich nun der oft heiße Spätfrühling an. Über Monate hatte ein langer, an die städtische Wasserleitung angeschlossener Feuerwehrschlauch dafür gesorgt, dass sie Wasser im Haus hatten. Jetzt konnte Parker endlich die dringend notwendigen Instandsetzungen vornehmen lassen.

Erin war mit den Einschränkungen gut klargekommen. Insgesamt hatte es nur wenige Tage ohne fließendes Wasser gegeben, was angesichts der gewaltigen Schäden auf dem Grundstück an ein kleines Wunder grenzte und gut zu verschmerzen war.

Parkers Freund Colin winkte ihnen zu, als sie an ihm und den anderen Arbeitern vorbei zum Ranchhaus fuhren.

Parker strahlte.

»Was denkst du, wann stellt er die große Frage?«, erkundigte sich Erin.

»Bis zu unserem Trip nach Cabo sind es noch zwei Wochen. Wer weiß, vielleicht komme ich ja mit einem Funkelstein am Finger zurück.«

Das konnte Erin sich durchaus vorstellen. Parker und Colin planten den Urlaub in Cabo seit Weihnachten. Türkisblaues Wasser, traumhafte Sandstrände … Einfach perfekt.

Parker stellte den Motor ab und öffnete die Tür.

»Ich bringe nur kurz meine Sachen weg, dann helfe ich dir, die Waffen zu reinigen«, sagte Erin.

»Lass mal. Das hat Zeit. Erst will ich mir ansehen, was die Arbeiter machen und ob mit den neuen Rohrleitungen alles klargeht.«

Erin schüttelte den Kopf. Parker war stets bereit, die Ärmel hochzukrempeln und sich die Hände schmutzig zu machen. Wenn es etwas zu tun gab, packte sie an.

Colin kam die steile Einfahrt herauf und begrüßte Parker mit einem Kuss. »Wie ist es gelaufen?«

»Ich habe heute zwei Wurfscheiben getroffen.« Erin stieß triumphierend eine Faust in die Luft.

»Du bist besser als ich«, erklärte Colin.

Parker beugte sich zu ihm. »Du hättest sehen sollen, wie sie mit der Glock die Metallscheiben in Grund und Boden geballert hat.«

Erin strahlte über das Lob. »Das vielleicht nicht gerade, aber die Trefferquote war ganz okay.«

»Sie ist bloß bescheiden«, raunte Parker.

»Ich bin kein Naturtalent so wie du. Hast du sie schon mal in Aktion erlebt?« Erins Frage war an Colin gerichtet.

»Nicht mit einer Waffe«, scherzte er.

Parkers Wangen färbten sich rot.

Erin lachte auf. »Ich denke, das ist der Moment, in dem ich noch kurz einkaufen und zur Post fahre. Braucht ihr was?«

»Danke. Ich glaube, wir haben alles.« Parker hievte den Waffenkoffer aus dem Wagen.

Weil ihre Hilfe gerade nicht gebraucht wurde, machte sich Erin auf den Weg zum Gästehaus. Trotz des Zauns und der elektrischen Toranlage, durch die das Grundstück gesichert war, schloss sie die Haustür immer gut ab. In den nächsten Tagen würde zusätzlich eine Alarmanlage installiert werden. Ein weiterer Bestandteil ihres Arsenals an Vorsichtsmaßnahmen.

Das kleine Haus mit einem einzigen Schlafzimmer war perfekt für sie. Der Raum, in dem sich Wohnzimmer und Küche befanden, war bereits möbliert gewesen. Ideal für eine Frau, die mit nur zwei Koffern voller Kleider und einer Speicherkarte mit Handybildern in ein neues Leben gestartet war.

Alles andere hatte sie zurückgelassen.

Alles und jeden.

Im Badezimmer wusch sie sich den Staub vom Gesicht und die Schmauchspuren von den Händen. Bei der Vorstellung, dass ihre Finger bei einer Sicherheitskontrolle am Flughafen Alarm auslösen würden, stahl sich ein Grinsen auf ihr Gesicht.

Eingehend musterte sie ihr Spiegelbild. »Einen Tag nach dem andern. Schritt für Schritt«, sagte sie in die Stille hinein. Sie zog das Band aus ihrem kräftigen Haar, bürstete es und schlang es dann oben auf ihrem Kopf zu einem Dutt. Das Rot verblasste bereits, das natürliche Blond schimmerte schon wieder durch.

Trotzdem erkannte sie sich selbst kaum wieder.

Aber genau darum ging es ja.

Neuer Look, neuer Name, neue Adresse. Ein kompletter Neuanfang. Ihren Namen hatte sie sogar amtlich ändern lassen, genau wie ihre Sozialversicherungsnummer. Nichts war mehr so wie früher.

In ihrer Handtasche in der Küche klingelte das Smartphone. Überrascht hob sie den Kopf. Diese Nummer kannten nur ganz wenige, und die Telefonmarketingfirmen hatten sie noch nicht ausfindig gemacht.

Laut der Anzeige auf dem Display war die Nummer unterdrückt. Deshalb ließ sie den Anruf auf die Mailbox laufen. Sie wartete eine Minute, dann hörte sie sie ab.

Der Klang der vertrauten weiblichen Stimme trieb ihr eine Gänsehaut über die Arme. »Ich bin's. Mit einem Update.«

Schlagartig standen ihre Nerven unter Strom und ihr Herz begann zu rasen. Bevor ihr schwindelig werden und ihr die Beine wegknicken konnten, setzte sich Erin an den kleinen Esstisch.

Renee nahm beim ersten Klingeln ab.

»Hallo, Renee.«

»Schön, deine Stimme zu hören. Wie geht es dir? Hast du das Kokoswasser schon probiert?« Renee, ihre Anwältin, Unterstützerin und Retterin, begann mit dem vereinbarten Code.

»Mir geht's gut. Und ja, das Kokoswasser ist wirklich lecker.«

Es gab kein Kokoswasser. Auch keinen Rote-Bete-Saft oder sonst irgendeinen Gesundheits-Trunk, der Renee gerade einfiel. Worum es sich handelte, war völlig egal. Wenn Erin sich sicher fühlte und ohne Mithörer sprechen konnte, lautete die Antwort in jedem Fall *Ja.* Ein *Nein* war bislang noch nicht nötig gewesen, und sie hoffte inständig, dass das auch so bleiben würde.

»Du klingst gut.«

»Mir geht's jeden Tag ein bisschen besser.«

»Isst du auch ordentlich?«

Erin dachte an ihre letzten Mahlzeiten und formulierte es positiv. »Ich habe mindestens zwei Kilo Übergewicht.«

Renee schnaubte. »Das ist eine faustdicke Lüge.«

Sie lachten.

»Es ist alles in Ordnung. Wirklich.« Sie wollte Renee sagen, dass das sonnige Wetter wahre Wunder bewirkte. Aber das durfte sie nicht. Ihre Anwältin hatte keine Ahnung, wo sie sich aufhielt und welchen Namen sie trug. »Und jetzt das Update.«

Renee seufzte. »Eigentlich willst du es gar nicht hören.«

Erin schluckte. »Sind meine Schwester und ihre Familie okay?«

»Ja, alles bestens. Sonst hätte ich auf den Small Talk verzichtet.«

Erin schloss fest die Augen. Die Erinnerung an die Menschen, die sie zurückgelassen hatte, wurde zu einem bohrenden Schmerz in ihrer Brust. »Dann bin ich froh. Und jetzt die schlechte Nachricht.«

»Du bist noch nicht geschieden«, antwortete Renee. »Und Arschkopf hat wegen des Kontaktverbots eine weitere Anhörung beantragt.«

Erin stützte den Kopf in die Hand. »Es hört einfach nicht auf.«

Kapitel 2

Matt steckte zwei Köpfe Römersalat in eine Tüte, während Jessie noch die Tomaten befingerte. »Jetzt pack sie schon ein und dann los.«

»Du willst doch, dass sie nach etwas schmecken.« Jessie wollte immer alles richtig gut machen, Matt wollte es vor allem erledigen.

»Ich will mit dem Einkaufen fertig sein, bevor uns ein Einsatz dazwischenkommt«, erklärte er.

Im Supermarkt teilte sich die Crew für gewöhnlich auf. Wo immer sie in ihren blauen Uniformen auftauchten, drehten die Leute die Köpfe. Jetzt, am späten Vormittag, gerieten sie in der Lebensmittelabteilung ins Visier lächelnder Vollzeithausfrauen und anderer flirtlustiger Damen. Manchmal waren diese Frauen Singles, oft aber auch nicht.

Männer in Uniform beim Lebensmitteleinkauf wirkten offenbar unwiderstehlich. Bei ihren 24-Stunden-Schichten kochte Matts Truppe zwischendurch auf der Wache. Und das hieß, sie mussten vorher einkaufen gehen. Die Zutaten fürs Frühstück und Mittagessen waren normalerweise vorrätig und standen allen Mannschaften zur Verfügung. Dafür gab es eine gemeinsame Kasse. Doch ums Abendessen kümmerte sich jeder Trupp selbst.

Heute sollte es Rippchen mit Ofenkartoffeln und Salat geben. Und was immer sonst noch Platz auf dem Grill fand.

Anstatt einzelne Kartoffeln aus der Kiste zu suchen, schnappte sich Matt einen fertig abgepackten Beutel. Er drehte sich zu Jessie, dem Jüngsten in der Crew, und tippte auf seine Uhr.

Jessie legte eilig die ausgewählten Tomaten in den Wagen.

Einen Gang weiter hatten Captain Arwin, der Kommandant der kleinen Einheit, der mit Vornamen Anton hieß, aber von niemandem so genannt wurde, und Tom, der Mannschaftstechniker, die Hände voller Fleischpakete.

Wie üblich würden sie zu viel kochen und hoffen, dass sie noch zum Essen kamen, bevor es kalt wurde.

Der Kommandant warf die Rippchen in den Wagen, Tom stellte eine große Flasche Grillsauce dazu. »Würzmischung haben wir noch auf der Wache, oder?«

»Ja. Ich habe vorhin erst nachgesehen«, antwortete Matt. Sie holten sich Knoblauchbrot zum Aufbacken, Milch und Cookies. Dann gingen sie zur Kasse.

Aus dem Augenwinkel sah Matt, wie ihn eine brünette junge Frau anlächelte, die in der Schlange an der Kasse nebenan wartete. Fast automatisch lächelte er zurück und wandte sich dann ab.

»Mit dir kann man wirklich nirgendwo hingehen, Romeo«, frotzelte Tom. Matt war der einzige Single in der Crew. Sogar der erst dreiundzwanzigjährige Jessie war verheiratet und würde bald Vater werden.

»Ich glaube, Julia war blond.«

Tom legte lachend ein paar Sachen aufs Kassenband.

»Wie läuft's denn heute bei euch, Jungs?« Selbst die über sechzigjährige Kassiererin war vom Anblick der Feuerwehrmänner sichtlich angetan.

Der Kommandant unterhielt sich mit der Frau, während die anderen gemeinsam die Einkäufe in den Wagen stapelten.

Als Matt seiner Familie eröffnet hatte, dass er zur Berufsfeuerwehr gehen würde, hatte er ganz schön was zu hören bekommen. Zwar halb im Scherz, aber eben nur halb.

»Wie bitte? Die Hälfte der Frauen im Tal zu daten, reicht dir wohl nicht. Du willst mit einer Uniform deine Chancen noch erhöhen?«, hatte Grace, die Jüngste der Familie, gefrotzelt.

»Aus sämtlichen Ritzen werden uniformverrückte Mäuschen krabbeln«, hatte sein Vater erklärt. Als pensionierter Polizist kannte Emmitt sich damit aus.

Und dann sein älterer Bruder Colin: »Gib's zu, du willst damit nur ausgleichen, dass ich der Hübschere von uns beiden bin.«

Colin war größer, aber Matt trainierte regelmäßig in seinem eigenen kleinen Studio. In Wahrheit boten sie beide einen angenehmen Anblick. Ihre Eltern hatten ihnen durchaus ein paar vorteilhafte Gene mitgegeben.

Erleichtert verließ die Crew den Supermarkt. Sie hatten den Einkauf erledigt, ohne mittendrin zu einem Einsatz zu müssen, und die Wache war nur fünf Meilen entfernt. Ihr Truck stand draußen in der Feuerwehrzufahrt im absoluten Halteverbot. Für sie reserviert, wo immer sie parken mussten. Tom ging zur Fahrerseite, während Matt und Jessie die Tüten verstauten.

»Entschuldigung?«

Matt wandte sich um und sah die lächelnde Brünette aus dem Laden auf sich zukommen. »Ja?«

»Hier. Das hast du verloren.« Mit einem noch strahlenderen Lächeln hielt sie ihm etwas hin, das aussah wie eine Visitenkarte.

»Ich glaube nicht, dass …«

Sie drückte ihm die Karte in die Hand. »Sie ist dir hinten aus der Hosentasche gefallen, als du die Geldbörse rausgezogen hast.«

Matt hatte die Lebensmittel nicht bezahlt. Er warf einen Blick auf die Karte, sah einen Namen, eine Telefonnummer und einen großen, handgemalten Smiley.

Jessie murmelte etwas, lachte leise und sprang in den Truck.

»Ach so, ja. Danke.«

Die Frau warf sich tatsächlich das Haar über die Schulter. Diese Geste hatte er zuletzt in der Highschool gesehen. »Passt gut auf euch auf, Jungs.«

»Machen wir. Danke.« Matt wedelte mit der Karte und steckte sie ein. Auf der Wache würde sie im Mülleimer landen.

Die Frau wandte sich ab und ging davon. Aber nicht, ohne sich noch einmal nach ihm umzudrehen.

»Kommst du, Romeo?«, fragte der Captain.

Matt stieg kopfschüttelnd ein.

Kaum hatte er die Tür geschlossen, erwachten die Funkgeräte zum Leben. Wenigstens hatten sie den Einkauf geschafft, bevor es wieder zur Sache ging. Jetzt konnten sie nur hoffen, dass die Lebensmittel nicht verdarben, bis sie wieder auf der Wache waren.

Damit sie sich über das Sirenengeheul hinweg verständigen konnten, setzten sie ihre Headsets auf. Der Captain notierte sich die Informationen, die die Zentrale durchgab, Tom schaltete das Blaulicht und die Sirene ein und setzte den Truck in Bewegung.

* * *

Musste der Beobachtete nicht nackt sein, damit man als Voyeur galt?

Erin stand auf dem Parkplatz und fixierte den Löschwagen. Oder vielmehr die Männer, die gerade einstiegen. Insgeheim fand sie Matt in seiner Uniform ziemlich prickelnd. Ihn eine andere Frau anlächeln zu sehen, allerdings weniger. Wobei sie selbst bislang nie versucht hatte, ihn zum Lächeln zu animieren. Im Gegenteil.

Aber ganz offenbar reservierte er seine Aufmerksamkeit sowieso nicht exklusiv für sie.

Erin schüttelte den Kopf. Nein, Voyeure beobachteten ganz andere Sachen. Was sie hier tat, war Stalking. Wenn auch nicht in seiner reinsten Form, denn schließlich hatte sie sich nicht aktiv auf die Suche nach Matt gemacht.

Allerdings wusste sie, auf welcher Wache er arbeitete, und Parker hatte ihr verraten, dass er heute im Dienst war. Sie hatte den Feuerwehrtruck vor dem Supermarkt stehen sehen, eins und eins zusammengezählt und gewartet, bis er aus dem Geschäft kam. Nein, das war nicht Stalking. Das war Vermeidung.

Eine Begegnung zu vermeiden, war völlig legal.

Matt schaute der Frau hinterher, mit der er kurz geredet hatte. Dann stieg er ein.

Erin seufzte.

Er hatte sie nicht bemerkt. Gut.

Sie stieg aus dem Wagen. Als die Sirene aufheulte, zuckte sie zusammen. Sie wagte einen weiteren Blick auf den gigantischen roten Truck und spürte, wie ihr Herz einen kleinen Sprung machte. Matt raste jetzt irgendwohin. Ins Ungewisse. Sie hoffte nur, dass es kein Feuer war oder sonst etwas Gefährliches.

Bitte, lieber Gott, nichts Gefährliches.

Sie schaute dem Feuerwehrtruck hinterher, bis er aus ihrem Blickfeld verschwunden und auch der Lärm der Sirene verklungen war.

Dass Matt nichts zustieß, hoffte sie für Parker und Colin, sagte sie sich. Sie ignorierte das Flattern in ihrer Brust, hob das Kinn und marschierte in den Supermarkt.

* * *

Eine Stunde später saß sie in ihrem kleinen Haus und suchte im Internet nach Eilmeldungen aus dem Tal. Es gab keine. Frustriert warf sie das Telefon auf die Couch, als wäre es plötzlich zu heiß zum Anfassen.

»Er interessiert dich nicht«, schimpfte sie sich selbst.

Sie holte eine Flasche Mineralwasser aus dem Kühlschrank. Als sie zur Couch zurückkam, schaute ihr Telefon sie an.

Okay, vielleicht auch nicht. Aber es lag da wie eine Aufforderung, es in die Hand zu nehmen.

Sie drehte den Verschluss von der Flasche und trank ein wenig zu hastig. Das Ergebnis war ein Schluckauf. Nach dem dritten Hicks gab sie den Widerstand auf, nahm das Telefon und suchte weiter nach Hinweisen auf aktuelle Einsätze der Feuerwehr im L.A. County.

Zehn Minuten später fand sie eine App namens PulsePoint und lud sie auf ihr Smartphone. »Bingo!«

Mühelos fand sie auf der App Matts Wache und erfuhr, dass er nicht zu einem Brand gerufen worden war. Der Einsatz fiel in die Kategorie »medizinisch«. Der Einsatzort lag ziemlich weit draußen in einem Canyon in der Gegend.

Sie scrollte weiter und stellte fest, dass die meisten Einsätze im County, vor allem hier im Tal, medizinische Notfälle waren.

Was für eine Erleichterung.

Nicht, dass sie das wirklich interessiert hätte.

Sie schüttelte den Kopf und ging zur Küchenzeile. Ein Blick in den Kühlschrank, und sie stellte fest, dass sie keinen Hunger hatte. Sie verzichtete auf ein spätes Mittagessen, schnappte sich die Wasserflasche und ging mit ihrem Laptop nach draußen. Es war zwar Samstag, aber sie wollte trotzdem ein wenig arbeiten.

Als freiberufliche, auf E-Books spezialisierte Lektorin hatte sie immer etwas zu tun und konnte dabei auch noch lesen.

Win-win.

KAPITEL 3

Matts Crew wurde zwar nicht zu jedem medizinischen Notfall in dieser Nacht gerufen, doch die Unruhe in der Wache weckte ihn immer wieder auf. Um halb zwei Uhr morgens mussten sie zu einem Unfall auf der Interstate ausrücken. Bis halb sieben hatte er es mit vielen Unterbrechungen auf fünf Stunden Schlaf gebracht. Eine Stunde hier, zwei Stunden da und zwischendurch immer wieder kurze Nickerchen. Aber jetzt war seine Schicht zu Ende, und er fuhr durch den ruhigen Sonntagmorgenverkehr nach Hause.

Eine halbe Stunde später ließ er die Kleider auf den Badezimmerfußboden fallen und stieg in die Dusche. Anschließend genehmigte er sich eine Portion Cornflakes. Bei der dritten Tasse Kaffee des Tages rief er seinen Bruder an.

Nach dem fünften Klingeln meldete sich Colin mit schlaftrunkener Stimme. »Du weißt schon, dass heute Sonntag ist.«

»Es gibt Leute, die arbeiten für ihren Lebensunterhalt«, gab Matt zurück. »Du hast gesagt, *früh.* Es ist fast acht.«

»Es ist Viertel vor.«

»Ja. Früh. Ich will im Baumarkt sein, bevor sämtliche Hobbyheimwerker dort einfallen.«

»Ruf mich in einer Stunde noch mal an«, nuschelte Colin und legte ohne ein weiteres Wort auf.

»Was zum …« Matt starrte das Telefon an. »Im Ernst?«

Er aß noch ein paar Löffel Cornflakes und wartete exakt fünf Minuten, damit Colin Zeit hatte, noch einmal einzuschlafen. Dann wählte er erneut seine Nummer.

Diesmal nahm Colin schon beim zweiten Klingeln ab. »Heilige Scheiße. Du bist so ein Arsch.«

»Ich liebe dich auch. Um halb neun vor dem Baumarkt.«

Colin stöhnte. »Um neun.«

»In Ordnung.«

Diesmal legten sie gleichzeitig auf.

Grinsend trommelte Matt mit den Fingern auf sein Telefon.

Um zehn nach neun schob er den orangefarbenen Einkaufswagen durch das Geschäft, während Colin sich neben ihm an einem Kaffeebecher festhielt, als hinge sein Leben davon ab.

»Dieser Laden ist der reinste Zoo.« Kopfschüttelnd folgte Colin Matt durch die Gänge.

»Für mich riecht er nach einem spaßigen Sonntag.« Sie standen in der Abteilung mit den Sicherheitsvorrichtungen, und Matt legte ein paar Sachen in den Wagen. »Seit ich meine eigene Alarmanlage installiert habe, hat sich einiges getan.«

»Ich hatte nie das Gefühl, eine zu brauchen.«

Matt griff nach einer Kamera für draußen. Zwar brauchte sie einen Stromanschluss, doch die Daten übermittelte sie drahtlos. »Weil du bei deiner Arbeit nicht so viel mitbekommst wie ich. In dieser Stadt passieren ziemlich irre Sachen.«

»Ich lebe gern im Tal der Ahnungslosen.« Colin betrachtete die Schachtel, die Matt gerade in den Wagen gelegt hatte. »Können wir so eine auch unten am Tor montieren?«

Matt schüttelte den Kopf. »Die braucht eine Internetverbindung. Und das Tor ist wie weit vom Haus entfernt? Eine Viertelmeile?«

»Das dürfte hinkommen.«

Matt drückte ihm eine andere Schachtel in die Hand. »Dann brauchst du die hier und musst dafür ein ziemlich langes Kabel verlegen.«

Colin warf einen Blick auf die Beschreibung auf der Packung. »Vermutlich hat Parker deshalb noch keine.«

»Ja. Verdammt umständlich. Aber wenn mich nicht alles täuscht, werden auf ihrem Grundstück gerade sowieso Gräben für die Wasserleitung ausgehoben.«

Colin nickte. Eine geschlagene halbe Minute lang studierte er die Beschreibung. »Okay.« Er legte die Kamera in den Wagen und zeigte auf die Wand mit den Kabeln. »Am besten, wir nehmen eine ganze Rolle.«

Matt lachte. »Wie war das mit dem Tal der Ahnungslosen?«

»Da wohne ich.« Colin griff nach dem Kabel. »Das hier ist zu *ihrer* Sicherheit. Ich kann nicht ständig bei ihr sein.«

Sie stapelten weiteres Zubehör in den Wagen.

»Ich nehme an, wenn ihr verheiratet seid, ziehst du zu ihr.«

»Vermutlich. Ja. Aber so richtig besprochen haben wir das noch nicht. Wahrscheinlich sollte ich ihr erst mal einen Verlobungsring an den Finger stecken und einen Hochzeitstermin finden.«

»Cabo?«, fragte Matt.

»Cabo.« Colin nickte.

»Ich freue mich für dich. Parker ist eine tolle Frau.«

»Ich habe riesiges Glück.«

Matt konnte ihm da nur zustimmen. Etwas Passendes für eine Woche, einen Monat oder auch mehrere zu finden, war leicht. Aber Mrs Für-Immer? Das war etwas ganz anderes.

Sie bezahlten den Einkauf und luden draußen alles in Colins Jeep.

»Bist du mit dem Wagen da?«

Matt zeigte auf sein Motorrad.

»Ach, deshalb hast du meinen Hintern schon so früh aus dem Bett gejagt.«

»Mein Truck ist bei der Inspektion. Ich kriege ihn erst morgen wieder.«

Colin setzte sich ans Steuer. »Bis gleich beim Haus.«

Matt schlenderte zu seinem Motorrad, löste den Helm vom Kettenschloss und setzte ihn auf. Es war bereits ziemlich warm, und die Fahrt war kurz. Deshalb hatte er auf die schwere Lederjacke verzichtet. Er schwang sich auf den Sitz und ließ den Motor an.

Die Sonne und den warmen Fahrtwind auf der Haut, fuhr er die Hauptstraße entlang durch die Stadt. Verdammt, das Leben war schön.

* * *

Erin hörte die Männer schon von Weitem. Sie schaute aus dem Fenster und sah Matt neben ihrem Haus anhalten, während Colin zum Ranchhaus weiterfuhr.

Sie kämpfte gegen die Nervosität an, die sie in Matts Gegenwart immer packte, und öffnete die Tür.

»Guten Morgen.«

Er nahm den Helm ab und legte ihn auf den Sitz. »Wie bitte?«

»Guten Morgen.«

Sein charmantes Lächeln ließ seine Augenwinkel blitzen und traf sie mitten in die Brust. Glatt rasiert, perfekt gestutztes hellbraunes Haar und haselnussbraune Augen. Freundliche Augen. Nicht solche, die sich vor einem nahenden Zornausbruch verdunkelten.

Die Richtung, die ihre Gedanken nahmen, gefiel ihr nicht. Sie wich einen Schritt zurück.

»Guten Morgen.«

»Habt ihr alles bekommen?«

»Ich glaube schon.«

Er kam auf sie zu, und sie gab sich Mühe, nicht zurückzuweichen. Matt trainierte offenbar regelmäßig in einem Studio. Das schloss sie aus seinen imposanten Schultern und daraus, wie sein Oberkörper zur Taille hin schmaler wurde. Sein Bizeps dehnte die kurzen Ärmel des Shirts. Bei diesem Anblick waren sicher viele Frauen versucht, gleich das ganze Paket in Augenschein zu nehmen.

Viele Frauen.

Sie nicht.

Das sagte sie sich zumindest. Die Kraft hinter all der Muskelmasse wirkte einschüchternd.

Er kam noch näher, und sie fand einen Vorwand, um sich zurückzuziehen. »Ich habe Kaffee gemacht und einen Kaffeekuchen gebacken.«

Matt blieb im selben Sekundenbruchteil stehen, in dem sie sich in Bewegung setzte.

»Kaffeekuchen?«

»Ja. Mehl, Zucker und ein paar andere Zutaten.« Sie ging Richtung Haustür.

»Schon bei Kaffee kann ich nicht widerstehen. Aber von deinem Kuchen möchte ich unbedingt naschen.«

Die freche Zweideutigkeit seiner Worte brachte sie zum Grinsen.

»Ich meine das nicht so, wie es sich anhört«, beteuerte er.

Ach wirklich? In den letzten sechs Monaten hatte er immer wieder versucht, mit ihr zu flirten. Und sie hatte jedes Mal getan, was sie tun musste, und vorgegeben, nichts zu merken. So gut aussehend Matthew Hudson auch sein mochte, er war ein Mann. Und dieser Spezies hatte sie für den Rest ihres Lebens abgeschworen.

»Du trinkst deinen Kaffee schwarz, richtig?«

»Das ist dir schon aufgefallen?«

»Eine meiner vielen besonderen Begabungen.«

»Hilfst du mir mal mit dem Zeug?«, rief Colin quer über den Rasen.

Matt schaute sie an. »Ich muss wohl …« Er setzte sich in Bewegung.

»Geh ruhig. Ich hole Kaffee und Kuchen.«

Zurück in dem kleinen Gästehaus, in dem sie seit einem knappen Jahr wohnte, versuchte sie, ihren Atem und ihren Herzschlag unter Kontrolle zu bringen. Der Abstand zu Matt war hilfreich. Dieses Haus war ihr sicheres Nest geworden, ein Ort, an dem sich nie etwas Schlimmes zugetragen hatte. Ein Ort ohne schreckliche Erinnerungen, die sie in den Abgrund ihrer Vergangenheit reißen konnten. Hier heilten ihre Wunden, und sie fühlte sich jeden Tag ein bisschen stärker. Dank der Alarmanlage, die Matt und Colin heute installieren wollten, würde sie noch ein weiteres Hilfsmittel in ihrem Arsenal an Sicherheitsvorkehrungen haben. Eine weitere Waffe, die verhindern würde, dass sie noch einmal zum Opfer wurde.

»Klopf, klopf.«

Parker stand vor der offenen Haustür.

»Komm rein.«

»Sie sind da«, sagte sie.

»Ich weiß. Matt hat schon Hallo gesagt.«

»Ach tatsächlich?«

Erin schüttelte den Kopf über Parkers hintersinniges Grinsen. »Lass das.«

Ihre Freundin marschierte zur Küchenzeile und brach sich von einer Scheibe Kaffeekuchen ein Stück ab. »Er hat schon kurz nach Tagesanbruch angerufen. Nur dass du's weißt.«

»Aber warum denn?«

»Er mag dich. Er will immer so früh wie möglich hier sein, und dann findet er jede Menge Vorwände, um extra lange bleiben zu können. Alles nur, weil er dich lächeln sehen möchte.«

»Pssst.« Erin zeigte auf die offene Tür. »Die können uns hören.«

»Ach was. Sie sind in der Garage und sammeln ihr Männerspielzeug zusammen.«

»Und das sagst ausgerechnet du.«

Parker leckte sich die Krümel von den Fingern. »Ich musste lernen, mit dem Zeug umzugehen, das mein Dad dort herumliegen hatte. Mir blieb keine Wahl. Aber den Jungs macht das Spaß. Das ist der Unterschied. Männer kaufen unnötiges Werkzeug, weil sie es cool finden. Oder weil sie es eines Tages vielleicht mal brauchen könnten. Frauen sagen: *Wozu hat man Nachbarn? Falls ich was brauche, leihe ich es mir.*«

»Dafür kaufen Frauen im Überfluss Geschirr.« Erin nahm zwei Tassen aus ihrem Schrank voller bunter Tassen und Teller.

»Ich nicht. Ich glaube, bei mir sind es Schaufeln. Diesen Winter habe ich jedenfalls ziemlich viele angeschafft.«

»Die waren auch nötig.«

Alle Bewohner und Besucher der Sinclair Ranch hatten mit anpacken müssen. Der Kampf gegen die Schlammlawinen aus dem Canyon war nur mit einer Kombination aus schwerem Gerät und harter Handarbeit zu gewinnen gewesen. Die Bagger und Bulldozer waren längst wieder verschwunden. Doch noch immer lagen überall auf dem Grundstück größere und kleinere getrocknete Schlammreste. Ihnen konnte man nur mit dem Einsatz von Schaufeln und allen verfügbaren Muskelgruppen beikommen. Eine Mitgliedschaft in einem Fitnessstudio brauchte hier draußen keiner mehr.

Erin ließ die Tassen sinken und schaute aus dem Küchenfenster. »Mir kommt gerade ein Gedanke.«

»Und der lautet wie?«

»Was wünscht ihr euch eigentlich zur Hochzeit? Ihr habt doch schon alles, was ihr braucht, und zwar doppelt.«

Parker nahm einen Teller mit Kaffeekuchen und schnappte sich eine Gabel. »Das muss ich mir noch überlegen.«

Erin dachte an ihre eigene Hochzeit und all die Geschenke. Teure Geschenke.

Sachen, die reiche Leute anderen reichen Leuten mitbrachten, um zu zeigen, was sie hatten. Kein einziger Toaster und kein einziger Schmortopf hatten auf dem Gabentisch gestanden. Die Erinnerung an eine riesige schwere Kristallvase, die neben ihrem Kopf gegen die Wand krachte, blitzte auf. Die Kuchenschaufel fiel ihr aus der Hand und landete auf dem Boden.

Parker stellte ihren Teller weg und berührte sie an der Schulter. »Alles in Ordnung? Du bist kreidebleich.«

Erin atmete langsam ein und dann wieder aus. »Ja. Alles okay.«

Parker hob die Kuchenschaufel auf und säuberte den Boden mit einem Küchentuch. »Du hast an *ihn* gedacht, oder?«

Erin spürte, wie das Blut langsam in ihren Kopf zurückkehrte. »Eher an eins unserer Hochzeitsgeschenke.«

»Was immer es war, falls du es eines Tages auf meinem Wunschzettel entdeckst, rede es mir aus.« Parker richtete sich zögernd auf. »Moment mal. Du warst verheiratet? Ich dachte, er wäre dein Ex-*Freund.*«

Matts und Colins Stimmen drangen von draußen herein.

»Ein andermal«, wich Erin der Frage aus und legte noch ein Stück Kuchen auf einen Teller. Ohne auf Parkers heruntergeklappte Kinnlade zu achten, setzte sie ein Gastgeberinnenlächeln auf und ging vor die Tür.

»Eine kleine Stärkung, bevor ihr loslegt«, sagte sie zu den Männern.

Matt war als Erster bei ihr und nahm einen der Teller. Als er ihr ins Gesicht schaute, schwand das Lächeln von seinem Gesicht. »Alles klar bei dir? Du bist plötzlich so blass.«

»Alles gut.« Sie gab Colin den anderen Teller. »Kaffee?«

»Oh, ja. Bitte.«

Erin schob sich an Parker vorbei ins Haus.

»Du machst das ein bisschen zu gut«, raunte Parker.

»Was denn?«

»So tun, als wäre alles in Ordnung.«

Erin schenkte Kaffee ein und versuchte, die zitternden Hände unter Kontrolle zu bekommen. »Willst du auch welchen?«

Parker schwieg.

Erin blickte auf und sah Parkers gerunzelte Stirn.

»Gern.«

Mit zwei Tassen ging Erin nach draußen. »Milch ist im Kühlschrank.«

* * *

Matt ließ sich Zeit mit dem Kaffee, dem Kuchen, der Unterhaltung. Er würde aus diesem Tag herausholen, was er nur konnte. Colins Blick verriet, dass sein Bruder ihn durchschaute.

»Ich habe für alle Fenster und Türen Sensoren besorgt, einen Bewegungsmelder für drinnen und eine Kamera für draußen. Wir können sie so anbringen, dass sie Bilder von der Haustür macht.«

»Und ich habe eine Kamera fürs Tor unten gekauft«, fügte Colin hinzu. »Die zu installieren, wird etwas komplizierter. Wir brauchen einen Graben für das Kabel.«

»Aber wenn es klappt, können wir sehen, wer unten am Tor ist?«, fragte Erin.

»Nur auf dem Monitor drüben im Ranchhaus. Hier nicht.«

Sie versuchte, ihre Enttäuschung zu verbergen. Es wäre schön zu wissen, wer hier ein und aus ging. Im Moment benutzten nur die Bewohner das Tor. Und die Leute, die den Rasen mähten, den Pool reinigten und den Stromzähler ablasen. Dazu die Müllabfuhr und in den letzten Monaten wegen der schweren Schäden auch viele Vertreter der Kommunalbehörden und Angestellte des Countys. Also mehr oder weniger der halbe Ort.

»Wie lässt du denn derzeit jemanden zum Tor rein?«, fragte Matt sie.

»Gar nicht.«

»Das geht nur über die Haussprechanlage im Ranchhaus«, erklärte Colin.

»Und wenn du Besuch bekommst? Gibst du den Leuten dann den Code?« Matt schaute Erin fragend an.

»Ich bekomme keinen Besuch.«

»Wie, du bekommst keinen Besuch?«

Wenn sie das so sagte, klang es, als wäre sie eine Einsiedlerin. »Ich bin neu hier.«

Das schien Matts Sorgenfalten ein wenig zu glätten. »Wir müssten bloß ein Kabel vom Haus zu dir verlegen«, schlug Matt vor. »Nur hörst du dann wirklich jeden klingeln. Auch wenn es nicht für dich ist.«

Erin schüttelte den Kopf. »Ich glaube nicht, dass das nötig ist.«

»Und wenn wir in Cabo sind? Okay, Austin ist hier. Aber vielleicht ist dir wohler, wenn du weißt, wer durchs Tor fährt«, gab Colin zu bedenken.

Parkers jüngerer Bruder Austin stand kurz vor dem Highschool-Abschluss und brachte oft Freunde mit. Sie konnte also etwa die Hälfte der männlichen Teenager von Santa Clarita mit auf die Besucherliste setzen.

»Oder du ziehst, solange wir weg sind, einfach rüber ins Ranchhaus«, schlug Parker vor.

»Würde ich damit nicht Austin den Spaß verderben?«

Colin lachte. »Er ist achtzehn. Deine Anwesenheit wird wüste Partys verhindern.«

»Ich glaube, für wüste Partys ist Austin nicht der Typ.« Parker lächelte Colin an.

Colin und Matt tauschten einen Blick, dann nickten sie entschieden. »Oh doch«, sagte Matt mit absoluter Gewissheit. »Das ist er.«

»Okay. Ich ziehe für ein paar Tage ins Haus und sorge für Ruhe und Ordnung.«

»Freunde kann er einladen, bloß Feiern will ich keine.«

»Verstanden.« Erin nickte Parker zu. Austin war ein netter Junge, und seine Freunde waren allesamt sehr höflich. Sie rechnete nicht mit größeren Problemen.

Colin stand auf. »Wollen wir bis heute Abend weiterplaudern oder irgendwann mal was arbeiten?«

»Wie lange werdet ihr brauchen? Was denkt ihr?«, fragte Erin.

»Den ganzen Tag«, antwortete Matt.

»Ein paar Stunden«, sagte Colin gleichzeitig.

Matt funkelte seinen Bruder an. »Ein paar Stunden mindestens. Vielleicht länger. Kommt ganz darauf an, wie …« Er schaute sich um, suchte nach Worten. »Kommt ganz darauf an.«

Parker lachte leise auf.

»Okay. Gebt Bescheid, wenn ich was tun kann.«

Sobald Matt und Colin außer Hörweite waren, beugte sich Parker zu Erin. »Habe ich es nicht gesagt? Er versucht einfach alles, um möglichst lange bleiben zu können.«

Erin verdrehte die Augen, als würde Parker maßlos übertreiben.

Doch als sie Stunden später das Abendessen planten, musste sie ihrer Freundin recht geben.

Kapitel 4

Damit sie die Arbeit auch wirklich schafften, vereinbarten Matt und Colin, das erste Bier erst hinterher zu köpfen. Und damit der Tag nach dem Feierabend noch weiterging, schlug Matt seiner kleinen Schwester per Textnachricht vor, sie solle sich zum Abendessen einladen.

Grace ließ ihn nicht im Stich. Sie rief Parker an und beklagte sich, sie fühle sich ausgeschlossen. Stets die vollendete Gastgeberin, lud Parker sie ein, zu ihnen herauszukommen.

Beladen mit Nudelsalat und Erdbeeren, tauchte Grace kurz nach fünfzehn Uhr auf, und bald mixten die Frauen Margaritas. Erst von da an arbeitete Matt deutlich flotter, damit er und Colin bald fertig wurden und ebenfalls zum geselligen Teil übergehen konnten.

Gerade hatten sie die Kamera unten am Tor angebracht. Das Kabel konnten sie allerdings erst verlegen, wenn der Graben vollends ausgehoben war. Auf dem Weg zurück zum Haus hörten sie, wie jemand in den Pool sprang.

Jetzt um halb fünf brannte die Sonne nicht mehr so gnadenlos vom Himmel wie noch Stunden zuvor, und die Temperatur war angenehm.

»Anscheinend hat die Party bereits begonnen«, sagte Colin auf dem Weg durch den Garten.

»Ich brauche unbedingt eine Badehose.«

»Ich leihe dir eine.«

In der Hoffnung, einen unbemerkten Blick auf eine Erin im Badeanzug erhaschen zu können, verrenkte sich Matt fast den Hals.

»Geht's noch ein bisschen auffälliger?«, fragte Colin.

»Ja, sicher. Aber unsere Mutter hat uns schließlich Manieren beigebracht.«

Sie lachten.

»Ich glaube, sie mag dich inzwischen recht gern.«

Matt musste nicht nachfragen, wer mit *sie* gemeint war.

»Wirklich?«

»Ja. Heute ist sie nicht ein einziges Mal zurückgezuckt.«

Matt senkte die Stimme, weil sie nun näher bei den Frauen waren. »Ich habe auch immer mindestens eine Armlänge Abstand gehalten.«

Colin knuffte ihn in die Seite. »Aber du wirst ihr erklären müssen, wie sie über ihr Handy die Alarmanlage steuern kann. Und wie der Monitor funktioniert. Ich bin bloß der Kerl für die groben Arbeiten. Der Bildungsbeauftragte bist du.«

Matt ließ die Augenbrauen tanzen. »Los, bring mir die Badehose. Ohne Hemd unterrichte ich am besten.«

Colin hielt sich vor Lachen die Seite und ging zum Haus. Über die Musik hinweg rief er Parker zu: »Braucht ihr was von drinnen? Ich ziehe mich kurz um.«

Parker stand neben dem Mixer, den sie hinausgetragen hatte. »Mehr Eis.«

Colin hob beide Daumen.

Das Platschen im Pool musste Austin gewesen sein. Grace ließ von der Seite aus die Füße ins Wasser baumeln. Und Erin war verschwunden. Vor lauter Vorfreude, sie im Badeanzug zu sehen, lief Matt das Wasser im Mund zusammen. Er hoffte, dass sie sich gerade im Haus umzog.

»Seid ihr fertig?« Parker goss eine großzügige Menge Tequila in den Mixer.

»So weit ist alles erledigt. Nur das Kabel für die Kamera unten am Tor muss noch verlegt werden. Aber das weißt du ja.«

Parker lächelte. »Erin wird sich sehr freuen.«

Er drehte sich einmal um die eigene Achse. »Wo ist sie?«

»Drin. Sie zieht sich um.«

Yeah, Baby.

»Guck nicht so begeistert, sonst verjagst du sie noch«, mahnte Parker.

Matt brachte seine Mundwinkel in eine neutrale Position.

»Auch einen?« Parker hielt ihr halb leeres Margaritaglas in die Höhe.

»Auf jeden Fall.«

Sie drückte den Knopf am Mixer, und der Lärm vereitelte jede weitere Unterhaltung mit ihr.

»Jetzt hab dich nicht so. So viel älter als ich bist du doch gar nicht.« Austin redete vom Pool aus mit Grace.

»Du bist zwölf«, antwortete sie.

»Ich bin achtzehn.«

Grace verdrehte die Augen, lächelte aber dabei.

»Was ist denn hier los?«, fragte Matt.

»Austin baggert mich an.« Grace nahm einen Schluck von ihrem Drink.

Matt kniff die Augen zusammen. »Wie bitte?«

»Schau dir deine Schwester doch an, Kumpel. Sie ist heiß.«

Wäre der Junge zehn Jahre älter gewesen, hätten sich die Härchen in Matts Nacken aufgestellt wie bei einem angriffslustigen Hund. Doch wegen Austins jugendlichem Alter zuckte er nur die Schultern und sagte: »Aus euch beiden könnte durchaus was werden. Also streng dich an.«

Grace tauchte einen Fuß in den Pool und spritzte ihn nass. »Hey!«

In diesem Moment bog Erin um die Ecke. Sie hatte sich in ein dünnes Strandtuch gehüllt, wie um ihren Badeanzug zu verstecken. Was ihr allerdings nur unzureichend gelungen war. Schwarze Einteiler wie diesen trugen die Models in Hochglanzzeitschriften.

Matt gab sich Mühe, nicht aufzuseufzen.

Er konnte Erins lange Beine erahnen, und obwohl vieles verdeckt war, wusste sein Körper doch sehr genau, wer vor ihm stand. Die entsprechenden Stellen wurden jedenfalls sehr lebendig.

Mit einem Glas in der Hand trat Parker neben ihn. »Blinzeln nicht vergessen.«

Mist.

»Danke.« Viel zu hastig nahm er einen viel zu großen Schluck und verzog das Gesicht. Die Eiseskälte schoss ihm in den Kopf, Teile seines Gehirns wurden schockgefrostet. Er konnte nur hoffen, dass er sie nie im Leben brauchen würde. Matt kniff die Augen zu und verschluckte ein paar unfeine Worte.

»Hey! Immer schön langsam.«

Er schüttelte die Kälte aus seinem Kopf.

»Geht's dir gut?« Erins Stimme klang rauchig wie Whiskey und umschmeichelte ihn wie eine warme Brise in einer Sommernacht.

»Ich habe zu schnell getrunken.« Er öffnete die Augen und sah sie direkt vor ihm stehen. Ein Kurzschluss in seinem Gehirn verhinderte jeden vernünftigen Gedanken.

»Die Kälte steigt dir in die Stirnhöhlen.«

»Was?«

»Hier.«

Er konnte nur hilflos dastehen, als sie den Daumen zwischen seine Augen legte und die Stelle mit einer kreisenden

Bewegung massierte. Sie hatte unfassbar blaue Augen und sehr lange Wimpern.

»Drück die Zunge gegen deinen Gaumen.«

Ihm fielen sofort einige Stellen ein, an die er seine Zunge gern drücken wollte. Sein eigener Gaumen gehörte nicht dazu. Obwohl nur ihre Daumenspitze ganz unschuldig an seiner Stirn lag, genoss Matt die Berührung in vollen Zügen.

»Besser?«

»Ein bisschen was merke ich schon«, log er, damit sie weitermachte.

»Was ist denn hier los?«

Matt hörte die Stimme seines Bruders. Die Worte sickerten nur langsam zu ihm durch.

»Matts Hirn hat einen Kälteschock. Erin bringt es gerade wieder in Gang, und der Kleine da baggert mich an«, erklärte Grace.

Colins Antwort ließ geschlagene zehn Sekunden auf sich warten. In der Zwischenzeit nahm Erin die Hand weg.

»Viel Erfolg, Austin.«

»Verdammt noch mal, Parker. Sprich wenigstens du ein Machtwort!«, forderte Grace.

»Austin«, lachte Parker. »Nimm dich zusammen.«

»Danke.«

Matt grinste über Grace' gespielte Empörung und schlug die Faust gegen die Faust seines Bruders.

»Euch ist schon klar, dass Parker meine Schwester und nicht meine Mutter ist und ich ihr nicht gehorchen muss«, sagte Austin.

»Das wollen wir erst mal sehen«, hielt Parker dagegen.

»Ich bin achtzehn. Ich kann tun, was ich will.«

Matt hätte fast laut gelacht, als Austin mit der Hand über seine stolzgeschwellte Brust mit den kaum entwickelten Muskeln strich. Vielleicht konnte der Junge seine Schwester beeindrucken, wenn er ein paar Monate lang täglich zwei Stunden Eisen stemmte.

»Du bist unwiderstehlich«, erklärte Erin. »Aber bist du sicher, dass Grace auf Jungs steht?«

Grace zeigte mit ihrem Glas auf Erin. »Danke. Und ja, sorry, Austin. Frauen sind mir lieber.«

Matt fing an zu lachen und ertappte Erin dabei, wie sie ein Grinsen unterdrückte.

Austin verdrehte die Augen, grinste aber ebenfalls. »Okay, verstanden. Aber falls du es dir anders überlegst, Grace: Ich hätte nichts gegen eine ältere, weisere Frau, die mir ein paar Dinge beibringt.«

»Falscher Text, Kleiner. Glaub mir. Frauen hören es nicht gern, wenn man sie als *älter und weiser* bezeichnet«, klärte Matt den Teenager auf.

»Mit *schön* und *sexy* habe ich es schon versucht. Das funktioniert bei ihr nicht.«

Grace rappelte sich hoch. »Für dieses Gespräch brauche ich dringend mehr Alkohol.«

Austin schnappte sich eine Poolnudel, sein Blick hing weiter an Grace.

Matt schüttelte den Kopf.

»Springst du rein?«, fragte Colin ihn.

»Hast du mir eine Badehose mitgebracht?«

Colin zeigte auf den Sessel, auf den er ein paar Handtücher und Badeshorts gelegt hatte.

Matt schnappte sich die Shorts und schaute Erin an. »Kann ich mich bei dir umziehen?« Das Gästehaus war näher, das Ranchhaus lag ein Stück weiter oben auf dem Hügel. Außerdem fand er die Vorstellung, sich in ihren vier Wänden umzuziehen, seltsam prickelnd. Selbst wenn sie nicht dabei war. Vielleicht klang die Bitte ein bisschen merkwürdig, aber er fand sie unschuldig genug.

»Nur zu.«

Er ging um den Pool herum und dann das kurze Stück zu ihrer Haustür. Den ganzen Tag über war er hier ein und aus gegangen. Sogar auf dem Dach hatte er gestanden. Aber als er jetzt Erins Badezimmertür hinter sich schloss, fühlte er sich fast so verzweifelt wie Austin draußen im Pool.

Auf den Ablagen stand das übliche Mädels-Zeug herum. Tiegel und Tuben, die Frauen für unverzichtbar hielten, die Männern aber Rätsel aufgaben. In seinem Bad fand man immer nur eine knappe Handvoll Produkte. Umso fassungsloser machte es ihn, wie die Kosmetikindustrie den Frauen das Geld aus der Tasche zog. Schade, dass er keine Kosmetikaktien besaß.

Er verkniff sich einen Blick in Erins Medizinschrank, zog sich aus und schlüpfte in die Badehose seines Bruders. Sie war ein bisschen eng, aber noch nicht peinlich. Dann faltete er seine Sachen und hängte sie über den Rand der Badewanne. Schließlich musste er sich später noch einmal umziehen. Also konnte er gleich alles hierlassen.

Da er schon einmal hier war, benutzte er auch gleich die Toilette und klappte anschließend Sitz und Deckel herunter, wie seine Mutter es ihm beigebracht hatte. Bei ihm zu Hause und auf der Feuerwache konnte alles getrost oben bleiben. Innerlich klopfte er sich zufrieden auf die Schulter und verließ das Badezimmer.

Colin paddelte inzwischen mit Austin im Pool, die Frauen saßen unter einem Pavillon im Schatten.

»Wie ist das Wasser?«, fragte er seinen Bruder, um Erins Aufmerksamkeit auf sich zu lenken. Sie plauderte mit dem Rücken zu ihm mit Parker und Grace.

»Perfekt. Tut gut nach der Arbeit in der Hitze heute.«

Matt ging um den Pool herum zu seinem Drink. Er schob sich zwischen die Frauen und nahm sein Glas. »Springt ihr auch rein?«

»Ich denke noch darüber nach«, antwortete Grace.

Endlich drehte sich Erin zu ihm um. Ihr Blick landete auf seiner Brust und blieb dort hängen.

»Ich schon.« Parkers Worte hörte er kaum.

Erin vergaß zu blinzeln. Offenbar war die Frau doch nicht völlig unbeeindruckt von ihm. Er tat, als würde er es nicht bemerken, und drehte sich zur Seite wie ein Pfau, der einem Weibchen von allen Seiten seine Pracht zeigte. Nach einem Schluck aus seinem Glas stellte er es direkt vor Erin wieder ab. Ihr Blick zuckte zu seinem Gesicht, als hätte er sie dabei ertappt, wie sie etwas Ungezogenes tat.

»Und du, Erin?«

»Wie bitte?«

»Springst du auch in den Pool?«

»Ja … äh, nein.«

Fehlten ihr etwa die Worte? Wenn ja, dann nahm er es als gutes Zeichen.

»Vielleicht.«

Damit konnte er leben. Für den Augenblick würde er ihr lieber wieder ein bisschen mehr Luft zum Atmen lassen. Und ihr die Möglichkeit geben, noch ein wenig zu gucken.

Er ging zum Pool und sprang hinein.

Das kühle Wasser beruhigte seine wild gewordenen Hormone und erfrischte nach der Tageshitze seinen Körper. Nach einem langen Schwimmzug unter Wasser tauchte er wieder auf und schüttelte mit einem kurzen Ruck die Tropfen aus seinem Haar.

»Ich weiß schon, wo ich den Sommer verbringe«, verkündete er.

»Prima. Sonntagmorgens wird immer das Becken gereinigt. Helfer sind jederzeit willkommen«, sagte Austin.

Matt schaute kurz zu Erin. Ihre Blicke trafen sich.

Als er lächelte, schaute sie weg.

»Abgemacht.«

Kapitel 5

Sie war beschwipst.

Vielleicht sogar ein wenig betrunken. Und das kam eigentlich nie vor. Zuletzt hatte sie am Silvesterabend mit Parker angestoßen und ihr prompt ein bisschen zu viel über ihre Vergangenheit erzählt. In Gegenwart testosterongesteuerter menschlicher Wesen blieb sie normalerweise stocknüchtern. Dass sie trotz der zweieinhalb anwesenden Männer – Austin betrachtete sie noch nicht als ausgewachsenes Exemplar – nach dem ersten Glas weitergetrunken hatte, überraschte sie selbst am meisten.

Es war längst dunkel und das Abendessen Geschichte. Trotzdem nippten alle noch weiter an Margaritas, und in der Feuerstelle tanzten Flammen.

Ja, sie war beschwipst.

Sie stellte das Glas weg und griff nach ihrer Wasserflasche.

Grace unterhielt alle mit Schwänken aus ihrer Kindheit. »Wir durften ewig keinen Computer im Zimmer haben.«

»Daran warst du schuld«, sagte Matt.

»Nur du«, stimmte Colin zu.

»Wie das?«, fragte Parker.

Über Grace' Züge huschte ein vielsagendes Grinsen. »Du erzählst die Geschichte besser als ich.« Sie nickte Matt zu.

»Colin war fast fertig mit der Highschool, ich noch in der Mittelstufe und unser schlimmes Mädchen … Ich weiß nicht. In der fünften Klasse?«

»Keine Ahnung«, sagte Grace.

Erin lächelte. Ihr gefiel das Geplänkel zwischen den Geschwistern.

»Colin hatte Mom und Dad endlich dazu gebracht, ihm einen Computer im Zimmer zu erlauben.«

»Bis dahin konnte ich nur den Familiencomputer benutzen, auf den unsere Eltern jederzeit Zugriff hatten«, fügte Colin hinzu.

Matt stöhnte. »Das war obernervig. Jedenfalls, Colin war gerade unterwegs, da ist Grace in sein Zimmer und hat sich Youtube-Videos angeschaut. Oder so.«

»Nur dass es dabei nicht geblieben ist«, ergänzte Grace.

»Erzähle ich die Geschichte oder du?«, schimpfte Matt.

Erin lachte.

»Also weiter.« Grace lehnte sich zurück.

»Wir schauen uns also ein paar Filmchen an, und Grace meint, sie hätte in der Schule von einem spannenderen Youtube gehört. Jetzt, wo unsere Eltern uns nicht mehr ständig über die Schulter schauten, könnten wir uns das doch mal ansehen.« Matt sah zu Erin hinüber.

»Es gibt ein spannenderes Youtube?«, fragte Erin.

»Wie man's nimmt. Unsere Grace hat jedenfalls Redtube ins Suchfeld eingegeben, es angeklickt, und wir sind fast vom Stuhl gekippt.«

Austin fing an zu lachen.

Parker und Erin wechselten einen Blick.

»Was ist Redtube?«, fragte Parker.

Grace lehnte sich zurück. »Ich hatte damals auch keine Ahnung.«

»Ein Pornokanal«, erklärte Matt.

»Zu meiner Verteidigung muss ich sagen, dass ich zu dem Zeitpunkt noch nicht mal das berüchtigte Mutter-Tochter-Gespräch hinter mir hatte. Und dass ein Youtube für Erwachsene voller nackter Tatsachen sein würde, war mir nicht klar.« Grace grinste.

Erin beugte sich vor. »Und was ist dann passiert?«

»Wir haben uns Videos angesehen. Etwa zwanzig Minuten lang.«

»Bis Mom reingekommen ist«, fügte Grace hinzu.

Colin nahm Parkers Hand. »Du solltest Mom hören, wenn sie die Geschichte erzählt.«

»War sie entsetzt?«

Matt schüttelte den Kopf. »Erst mal ist sie auf mich losgegangen. »Matthew! Was zeigst du deiner Schwester da?«

»Doofkopf hat so schnell mit dem Finger auf mich gezeigt, dass mir fast schwindelig wurde.« Grace trat Matt gegen den Fuß.

»Ich habe Grace verpetzt, verraten und verkauft. Bevor sie wusste, wie ihr geschah. Manchmal kann man es sich einfach nicht leisten, ein Kavalier zu sein. Außerdem wusste ich, dass Mom sie nicht allzu hart bestrafen würde, während ich ein lebenslanges Internetverbot bekommen hätte.«

Zu ihrer Verwunderung merkte Erin, dass sie völlig entspannt über die Geschichte lachen konnte. »Und was war die Strafe?«

»Ein ausführliches Gespräch über Sex, und zwar beim Abendessen.«

»Klingt schmerzhaft«, stöhnte Parker.

»Mom würde euch erzählen, dass sie sich fast kaputtgelacht hat. Ihre Lieblingsstelle ist, als ich gefragt habe, warum eine Frau den Pimmel von einem Mann in den Mund nehmen will.«

Erin legte den Kopf in den Nacken und lachte aus vollem Herzen. »Oh mein Gott, das ist zum Kreischen.«

Neben ihr lachte Parker Tränen.

»Und was hat euer Dad dazu gesagt?«

»Nur einen Satz.« Matt schaute Grace an, und sie sagten im Duett: »Man nennt das Vorspiel.«

Erin platzte fast vor Lachen.

Grace gähnte verhalten. »Etwas Gutes hatte die Sache aber. Von diesem Tag an haben Mom und Dad alle unsere Fragen, und mit alle meine ich absolut alle, immer sofort und direkt beantwortet.«

»Deshalb läuft es in eurer Familie auch so gut«, stellte Parker fest.

Erin spürte, wie ihr Lachen verebbte und Erinnerungen an ihre Familie an die Oberfläche drängten. Nach all dem Alkohol wollte sie sich diesem schwarzen Loch aber auf keinen Fall nähern. Als Grace noch einmal gähnte, nahm Erin das zum Anlass, den Abend zu beenden. »Ich glaube, wir sollten jetzt aufräumen.«

Parker stand auf. »Ja. Es ist spät geworden.«

Sofort waren alle auf den Beinen und halfen, die Überreste der spontanen Grill-und-Pool-Party zu beseitigen.

»Übrigens«, sagte Colin zu Erin, »Matt muss dir noch erklären, wie die Alarmanlage funktioniert.«

»Ach ja, stimmt.« Sofort war sie wieder nervös. Sie zog ihr Strandtuch fester um sich und drehte sich zu Matt. »Du hast gesagt, es ist ganz einfach.«

»Ja. Ich erkläre es dir kurz.« Er ging voran zu ihrer Haustür und öffnete das Fliegengitter für sie. Anders als früher gegenüber seiner Schwester konnte er wohl doch ein Kavalier sein.

Sie schaltete das Licht im Wohnzimmer an. Je heller es wurde, desto mehr beruhigten sich ihre Nerven.

»Mit dem kann ich alles steuern, nicht wahr?« Sie zeigte auf den kleinen Monitor, der an ein gewöhnliches Tablet erinnerte.

»Ja. Und mit der App, die du dir vorhin aufs Telefon geladen hast.« Er ging zu dem Monitor in der Küchennische, und sie folgte ihm. Matt drückte auf ein Symbol und holte damit zwei Kamerabilder von draußen auf den Bildschirm. Eines zeigte die Haustür, das andere die gesamte Front- und Seitenansicht des Hauses. »Das ist dein Startbildschirm. Darauf kannst du immer sehen, was draußen los ist. Falls Scout am Bewegungsmelder vorbeirennt und das Licht angeht, hast du alles im Blick, ohne dazu auch nur die Haustür öffnen zu müssen.«

Er schob sich ein wenig näher an sie heran. »Um ein Bild zu vergrößern, tippst du einmal darauf. Mit einem Doppelklick kehrst du wieder zum Startbildschirm zurück.« Er zeigte ihr, wie sie die Alarmanlage vor dem Verlassen des Hauses aktivieren und bei ihrer Rückkehr wieder ausschalten konnte. Ihr war vor allem die Nachteinstellung wichtig. Falls jemand versuchte, sich im Dunkeln ins Haus zu schleichen, würde der Alarm losgehen und zusätzlich ein Wachdienst alarmiert. Vielleicht würde sie bald endlich wieder richtig schlafen können und morgens frisch und ausgeruht sein.

»Zeig mir bitte noch, wie ich das über mein Smartphone regeln kann.«

Zwanzig Minuten später hatte sie mit beiden Geräten die Alarmanlage ein paarmal ein- und wieder ausgeschaltet, und Erin war sich ziemlich sicher, dass sie den Bogen raushatte.

Lächelnd betrachtete sie auf dem Handydisplay das Kamerabild von ihrer Haustür. »Ich kann dir gar nicht sagen, wie froh ich bin.«

Matt lehnte sich gegen die Arbeitsplatte und grinste. »Gern geschehen.«

Sie hob den Kopf. Verspätet fiel ihr ein, dass sie sich noch gar nicht bedankt hatte. Sie streckte die Hand aus. »Danke.«

Sein Blick wanderte langsam zu der Stelle, an der sie ihn berührte. Ihre Fingerspitzen lagen auf seinem Unterarm. Wie sie dort gelandet waren, hätte sie nicht sagen können.

»Du hast mit ihm geflirtet!«

»Habe ich nicht. Das würde ich nie tun.«

»Du hast dich ihm regelrecht an den Hals geworfen.«

»Ich bin über die Teppichkante gestolpert. Er hat mich aufgefangen.« Ihre Stimme zitterte. Sein Gesichtsausdruck verriet ihr, dass nichts von dem, was sie sagte, zu ihm durchdrang.

Er trat näher. Ihre Füße blieben, wo sie waren. Sie wusste, dass sie nicht zurückweichen durfte, sonst würde die Strafe noch härter ausfallen. Sie konnte nicht schlucken, nicht atmen.

»Und wer fängt dich jetzt auf?«

Erin schloss die Augen und wankte.

»Alles ist gut. Nimm den Kopf zwischen die Knie.« Matts beruhigende Stimme war bei ihr. Die Nebel vor ihren Augen lichteten sich, sie saß auf einem der beiden Hocker, die normalerweise unter der Küchentheke standen. Matts Hand lag auf ihrem Rücken und drückte sie behutsam vornüber. »Ruhig atmen.«

Ihr Herz hätte es mit dem Schlagzeug einer Speed-Metal-Band aus den Achtzigern aufnehmen können. Ihr Magen wohnte plötzlich in ihrer Kehle, und sie hatte kein Gefühl in den Fingerspitzen.

Kalt war ihr auch.

So kalt.

Sie schlug die Hände vors Gesicht und holte ein paarmal tief Luft, um ruhiger zu werden. »Entschuldige«, presste sie hervor und setzte sich langsam auf.

»Schon gut.«

Gar nichts war gut. »Es tut mir leid.« Diese Gewohnheit musste sie noch ablegen. Wiederholte Entschuldigungen schützten nicht gegen prasselnde Fäuste. Aber ohne Entschuldigungen war es meist schlimmer.

»So was kann passieren.« Jetzt kniete Matt vor ihr, und sie musste nach unten schauen, um sein Gesicht zu sehen. Mitgefühl, Verständnis, aber auch Sorge lagen in seinem forschenden Blick.

»Es tut …«

Er hob einen Finger. »Du musst dich nicht entschuldigen. Ich hole dir ein Glas Wasser.«

Sie machte den Mund auf, um abzulehnen. Doch er war bereits auf dem Weg zum Spülbecken. Erin nutzte die Zeit, in der Matt auf der Suche nach einem Glas ein paar Schränke öffnete.

Langsam einatmen. Langsam ausatmen.

Erinnerungen, oder eher Flashbacks, wie eben stürmten so regelmäßig auf sie ein und zwangen sie in die Knie, dass sogar Autofahren riskant sein konnte. In Matts Gegenwart war ihr das nun schon zum zweiten Mal passiert. Beim ersten Mal hatte Parker ihm einfach erklärt, sie hätte Probleme mit dem Blutzuckerspiegel.

Matt drückte ihr das Glas in die Hand. »Hier.« Überrascht stellte sie fest, dass seine Finger beinahe so sehr zitterten wie ihre.

»Danke.« Sie nahm einen Schluck. »Vielleicht hilft ein bisschen Orangensaft.«

Matt kniete bereits wieder vor ihr. Sein Blick suchte ihren und hielt ihn fest. »Zucker bringt in dem Fall vermutlich nichts.«

Sie machte den Mund auf, um zu widersprechen.

Er neigte sein markantes Kinn zur Seite, als wollte er sagen, dass er ihre Verschleierungstaktik durchschaute. »Geht's besser?«, fragte er.

»Ich spüre meine Fingerspitzen wieder.«

Sie schaute auf seine krampfhaft geschlossenen Fäuste hinunter. Er bemerkte den Blick, dehnte die Finger und rieb dann seine Knie. »Habe ich das irgendwie ausgelöst?«

»Was? Nein.« Sie schüttelte den Kopf. »Ich weiß nicht, was passiert ist. Vielleicht waren es die Margaritas.«

Matt stand auf und ging einen halben Schritt von ihr weg. Die Erklärung kaufte er ihr nicht ab. Darauf bedacht, ihr nicht zu nahe zu kommen, nahm er ihr Smartphone und hielt es ihr hin. »Ganz fertig sind wir noch nicht.«

Sie entsperrte das Gerät und gab es ihm zurück.

Er wischte, tippte ein paarmal und drückte es ihr wieder in die Hand. Das Display zeigte eine Kontaktseite mit Matts Telefonnummer. »Falls du irgendwelche Fragen oder Probleme hast, ruf mich an. Wenn dich etwas belastet, ruf mich an. Wenn du dir Sorgen machst, wenn du Angst hast oder wenn so was wie gerade eben noch mal passiert und du Unterstützung brauchst … ruf mich an.«

»Matt … ich …«

»Ruf mich an.«

In ihrer Kehle bildete sich ein Klumpen.

»Ich sage den anderen, du bist müde.« Er machte sich auf den Weg zur Haustür. »Es sei denn, du möchtest …«

»Das ist lieb von dir«, antwortete sie schnell.

Er öffnete die Tür.

»Danke.«

»Jederzeit.«

Kapitel 6

Die Erinnerung daran, wie Erins Gesicht alle Farbe verloren hatte und ihre blauen Augen glasig geworden waren, wie ihre Brust sich mühsam gehoben und gesenkt und sie nach Luft gerungen hatte, lief fast wie ein Gif aus den sozialen Medien immer wieder in Matts Kopf ab. Um dahinterzukommen, was passiert war, rief er sich jede einzelne Sekunde mit ihr noch einmal ins Gedächtnis. Dass sie regelrecht wegtrat, hatte er jetzt bereits zum zweiten Mal miterlebt. Vor ein paar Monaten war es passiert, als er aus irgendeinem Grund ruckartig den Arm gehoben hatte und sie zurückgewichen war wie ein handscheuer Hund aus Angst vor Schlägen. Parker war dabei gewesen und hatte Erins Reaktion mit einem plötzlichen Blutzuckerabfall erklärt. Aber Matt war nicht von gestern. Man musste nicht Psychologie studiert haben, um zu ahnen, dass Erin gewaltigen Ballast aus ihrer Vergangenheit mit sich herumschleppte. Aus einer Vergangenheit, über die sie sich ausschwieg.

Anfangs hatte er geglaubt, sie wäre einfach nur schüchtern. Eine introvertierte Person, die lieber mit sich allein war als mit anderen zusammen. Doch in einer Menschengruppe saß sie keinesfalls still in einer Ecke. Sie trug zur Unterhaltung bei und interessierte sich für das, was die anderen sagten. Wer sie allerdings aufmerksam beobachtete, merkte bald, dass sie persönlichen Fragen stets gekonnt auswich. Oft, indem sie das Thema wechselte. Wenn er Erin sah, war Parker meist ganz in der Nähe. Und die Frauen hielten zusammen. Auch Parker gab sich immer alle Mühe, das Gespräch von Erins Vergangenheit wegzulenken.

Irgendwer hatte Erin tiefe Verletzungen zugefügt und sie misshandelt. So viel stand fest. Und weil sie nicht über ihre Familie sprach, konnte Matt nur raten, ob es sich um ein Elternteil, einen Angehörigen oder einen Ex-Freund handelte. Handscheu wurde man nicht ohne Grund. So etwas stellte sich ein, wenn man häufig geschlagen wurde. Und wenn man den Schlägen nicht entkommen oder ausweichen konnte.

Ihn machte das stinkwütend.

Als Feuerwehrmann kannte er die dunkle Seite menschlichen Zusammenlebens leider zu gut. Bei medizinischen Notfällen konnte er oft tiefe Einblicke in die Privatsphäre von Menschen gewinnen, wenn ihm die ansonsten fest verschlossenen Türen von Häusern und Wohnungen plötzlich geöffnet wurden. Früh hatte er dabei aus erster Hand erfahren, dass es ziemlich üble Zeitgenossen gab. Sie misshandelten Kinder, Frauen und ältere Menschen. Und die Misshandlungen hatten viele Gesichter. Psychische Gewalt, Verwahrlosung, Schläge. Wenn er sich um ein Kind kümmern musste, das absichtlich verletzt worden war, packte ihn oft der Wunsch, es jemandem heimzuzahlen. Dann musste er sich mit aller Macht beherrschen.

Seinen ausgeprägten Beschützerinstinkt hatte er schon, seit er denken konnte.

Und auch Erin hätte er liebend gern vor jedem Schaden bewahrt. Zwar war er fast sicher, dass im Moment die Gefahr vor allem in ihrem Kopf lebte, doch er wollte ihr im Kampf gegen ihre Dämonen beistehen.

Nach fünf schnellen Meilen sprang er vom Laufband und drosch auf den Boxsack ein, der an einem Spezialhaken von der Decke baumelte.

Er wollte seinen Körper ans Limit bringen. Vielleicht konnte er so das Bild aus seinem Kopf vertreiben, wie Erin beinahe aufs Gesicht gefallen war.

Nach dem Duschen ging er in die Garage und schaltete das Soundsystem an. Bald steckte er bis zu den Ellbogen in dem Rasenmähermotor, den er für seinen Vater reparieren sollte. Weil eine harte Arbeitswoche auf ihn wartete, war es besser, das gleich heute zu erledigen. Viel Freizeit würde er in den nächsten Tagen nicht haben. Der Country-Sender spielte seine Lieblingslieder, ab und zu wehte eine erfrischende Brise durch die offene Garagentür. Nachbarn fuhren vorbei, manche riefen seinen Namen und winkten. Ein paar Kinder sausten auf Fahrrädern die Straße rauf und runter. Er mochte dieses Viertel und sein eingeschossiges Haus, das er allein bewohnte. Weil sein Bruder mehr Platz hatte, fanden die Abendessen mit der Familie entweder dort oder bei ihren Eltern statt. Vermutlich würden sie sich in Zukunft öfter bei Parker treffen. Ihr Haus war riesig, es gab einen Pool, und auf dem Grundstück hätte sie ihr eigenes Woodstock-Festival veranstalten können.

Er sang das Lied mit, in dem ein Mann sich im Flugzeug betrank, weil seine Braut ihn am Traualtar versetzt hatte. Mittendrin hörte er jemanden seinen Namen rufen.

Er hob den Kopf. Vor ihm stand eine völlig unerwartete Besucherin. »Erin?«

»Hi.« Sie trug eine Caprihose, und der leichte Wind ließ ihr Kurzarmshirt tanzen. Das Haar hatte sie im Nacken zusammengebunden und die Augen hinter der großen Sonnenbrille versteckt, die sie allzu häufig trug. »Ich hoffe, ich störe nicht.«

Stören? Nein, verdammt. »Kein bisschen. Du bist immer willkommen.« Mit einem Lappen wischte er sich das Öl von den Händen. »Komm rein.«

Sie trat aus der grellen Sonne in den Schatten der Garage. Erst jetzt bemerkte er die Schale, die sie in einer Hand balancierte. Mit der anderen nahm sie die Sonnenbrille ab. »Ich wollte dir das hier bringen. Parker hat mir deine Adresse verraten.«

Matt warf den Lappen beiseite und nahm das Mitbringsel entgegen.

»Als kleines Dankeschön für deine Hilfe gestern.«

Er betrachtete das Geschenk. »Brownies?«

»Schokolade geht immer.«

»Ich liebe Brownies.«

Sie lächelte. »Und ich backe gern. Trotz der Hitze.«

Er stellte die Schale ab und drehte die Musik leiser. »Das war doch nicht nötig.«

»Ich weiß. Aber es war mir wichtig.« Ihr Blick wanderte durch die Garage und landete auf dem Kalender über der Werkbank. Mit Kalendern wie diesem dekorierten viele Männer ihre Höhlen, aber plötzlich war es ihm ein bisschen peinlich, fast nackte Frauen an seiner Wand zu haben, deren winzige Kleidungsstücke man kaum noch als Bikinis oder Badeanzüge bezeichnen konnte.

»Komm mit rein. Mit Milch schmecken Brownies am besten.«

»Nein, schon gut.«

»Bitte. Ich würde mich sehr freuen.« Jetzt, wo sie mal da war, wollte er sie so lang wie möglich um sich haben. Aber nicht in der Garage, wo sie wirkte wie ein Fisch auf dem Trockenen.

»Okay. Aber nur kurz. Ich möchte wirklich keine Umstände machen.«

Er ging voran ins Haus. Als Feuerwehrmann war er daran gewöhnt, Ordnung zu halten. Vor allem auf der Wache. Hin und wieder mussten sie bei einem Notruf alles fallen lassen, was sie gerade in den Händen hielten. Doch sobald sie zurückkamen, wurde aufgeräumt. Nur während sehr langen Einsätzen bei einem Großfeuer blieb die Unordnung auch mal eine Weile liegen. Jetzt war er dankbar für diese antrainierte Ordnungsliebe, denn er führte eine Frau in sein Haus, die er gern beeindrucken wollte.

Die Küche war klein, für ihn aber mehr als ausreichend. Matt rückte an seinem schmalen Esstisch einen Stuhl für Erin zurecht. »Milch? Oder lieber Kaffee?«

»Milch, bitte.«

Er wusch sich am Spülbecken die Hände, dann nahm er zwei Gläser und zwei kleine Teller für die Brownies aus dem Schrank.

»Wohnst du schon lange hier?«, fragte Erin.

»Seit etwa fünf Jahren. Ich wollte ein Grundstück, auf dem Platz für ein Wohnmobil ist. Gehst du auch manchmal campen?«

Sie schüttelte den Kopf. »Ich mag fließendes Wasser.«

Er trug die Milch zu ihr. Sie hatte die Hände in den Schoß gelegt, und er bemerkte, wie sie sich mit einem leisen Lächeln auf den Lippen umschaute.

»Mein Wohnmobil hat einen großen Wassertank. Fließendes Wasser ist also vorhanden.«

Sie nahm die Plastikfolie von der Schale mit den Brownies und legte jedem einen auf den Teller.

»Als Kind war ich nie campen. Und später hatte ich keine Gelegenheit dazu.«

Matt setzte sich ihr gegenüber, sprang aber gleich noch einmal auf und holte Servietten. »Das heißt, du hast nicht grundsätzlich was dagegen. Du hast es einfach noch nie ausprobiert.«

Sie lachte. »Ja. So könnte man es ausdrücken.«

»Du solltest es mal versuchen. Ich schleppe Colin mit, sooft er Zeit hat. Im Sommer fahren wir ab und zu nach Rincon.«

»Was ist Rincon?«

»Ein Strand, an dem man Wohnmobile parken und ein paar Tage lang den Ozean genießen kann.« Er schnupperte an seinem Brownie. »Hmmm. Noch warm.«

Sie schaute zu, wie er abbiss.

Selbst wenn das Ding grauenhaft geschmeckt hätte, er hätte felsenfest behauptet, nie im Leben etwas Besseres gegessen zu haben. Aber als er den ersten Bissen im Mund hatte, schloss er die Augen und wollte am liebsten wohlig aufstöhnen. Das schokoladige Gebäck schmolz wie Butter auf seiner Zunge. »Oh mein Gott.«

Er öffnete die Augen und sah sie lächeln.

»Schmeckt's?«, fragte sie.

Er kaute langsam und genoss den köstlichen Geschmack. »Wow. Das ist nicht irgendeine Backmischung.«

Sie schüttelte kurz und heftig den Kopf. »Nein. Wenn man sich schon die Zeit zum Backen nimmt, kann man es auch richtig machen.«

Der nächste Happen schwebte bereits vor seinen Lippen. »Du backst richtig, und ich esse richtig. Ich bin froh, dass du die Brownies hierhergebracht hast und nicht zur Feuerwache. Die würde ich nämlich ungern teilen.«

Sie biss von ihrem Brownie ab und lächelte. »Nicht übel.«

Dann kauten sie beide stumm und tranken Milch dazu. Matt legte gleich noch einen Brownie auf seinen Teller.

»Ich muss mich vergewissern, dass der erste nicht bloß zufällig so gut war.« Brownie Nummer zwei gesellte sich in seinem Magen zu Nummer eins. »Nein. Absolut genauso gut.«

Die Hälfte ihres Brownies lag noch immer vor ihr auf dem Teller. »Schön, dass du sie magst. Und ich bin dir wirklich sehr dankbar für deine Hilfe gestern.«

»Wenn das die Belohnung ist, sag mir bitte Bescheid, wenn ich den Müll raustragen, dein Auto reparieren oder sonst was für dich tun kann.«

Sie schob ihren Stuhl zurück. »Ich will dich nicht aufhalten.«

»Du hast noch nicht mal aufgegessen.«

»Vielleicht habe ich mir ja bereits eine Kostprobe genehmigt, als ich die Brownies aufgeschnitten habe.«

Er suchte fieberhaft nach einem Grund, weshalb sie noch bleiben sollte, und hätte alles darum gegeben, ein bisschen mehr Zeit mit ihr zu verbringen. Besonders, wenn sie ihn so anlächelte wie jetzt gerade. »In den nächsten paar Tagen ist mein Dienstplan dicht gedrängt. Aber am Donnerstag habe ich frei. Kann ich dich irgendwie überreden, mit mir essen zu gehen?«

Schon war ihr Lächeln verschwunden. »Matt …«

»Wir müssen es nicht als Date bezeichnen. Einfach nur als Abendessen. Oder wäre dir ein Mittagessen lieber? Kaffeetrinken?« *Alles, was du willst.*

»Ich … im Moment ist es bei mir eher ungünstig.«

Er ahnte, dass die Ablehnung so etwas wie ein Reflex und keineswegs persönlich gemeint war. Erins Antwort bedeutete nicht: »Ich habe kein Interesse an dir.« Sie klang mehr nach: »Ich brauche noch Zeit.« Mit dieser Art Ablehnung kam er irgendwie zurecht.

»Vielleicht ein andermal?«

»Matt …«

Er winkte ab. »Du musst dich nicht sofort entscheiden. Falls du mal Hunger hast, und dein Kühlschrank ist leer, dann helfe ich dir aus. Ich bin deine Notrufnummer für Notfallmahlzeiten.«

Jetzt grinste sie wieder. »Notfallmahlzeiten?«

»Ich kann auch ziemlich gut Spinnen aus dem Haus schaffen.«

»Das ist unter Umständen sehr hilfreich.« Sie stand auf.

Er führte sie durchs Wohnzimmer zur Haustür.

»Wie eine Junggesellenbude sieht dein Haus gar nicht aus.« Sie schaute sich um. »Hat eine deiner früheren Freundinnen dich beim Einrichten unterstützt?«

Er legte eine Hand auf seine Brust und verzog das Gesicht, als hätte sie ihn schmerzhaft getroffen. »Das war ich ganz allein.« Mit ein bisschen Hilfe von seiner Schwester, aber das musste er ihr ja nicht auf die Nase binden. »Möchtest du dir gern auch den Rest ansehen?«

»Nein, danke. Ich muss nach Hause. Die Arbeit wartet.«

Er verzichtete auf weiteres Drängen. Stattdessen brachte er sie zu ihrem Wagen. Sie öffnete die Tür per Fernbedienung, und er hielt sie ihr auf. »Danke für die Brownies.«

»Danke für gestern.«

Sie schob sich hinters Steuer, ließ den Motor an und das Fenster herunter.

Er stützte eine Hand auf die Motorhaube. »Und immer dran denken, bei Essensnotfällen bin ich dein Mann.«

Sie lächelte und sagte nicht Nein. »Tschüs, Matt.«

Er richtete sich auf und trat einen Schritt zur Seite, damit sie wegfahren konnte.

Zurück in seiner Küche, stellte er fest, dass sie ihre Sonnenbrille liegen lassen hatte. Was bedeutete, dass er sie tatsächlich bald wiedersehen würde. Die Schale mit den Brownies stand auch noch da. Wenn er es geschickt anstellte, reichte das für zwei Besuche bei ihr.

Beschwingt von den wunderbaren Aussichten, verschlang er den Rest ihres Brownies und ging zurück in die Garage.

Das Leben war schön.

* * *

»Unfassbar, dass ich morgen früh fliege.« Es war Mittwoch, und Parker stand vor einem offenen Koffer. Um sie waren zehn oder zwölf Outfits verstreut. Scout legte am Fuß des Bettes die Schnauze auf die Pfoten, als würde ihn das alles furchtbar langweilen.

Erin holte ein Strandkleid aus dem riesigen begehbaren Schrank und hielt es hoch. »Wie wär's mit dem hier?«

Parkers Blick hellte sich auf. Sie griff nach dem rückenfreien weißen Baumwollkleid. »Warum liegt das nicht längst in meinem Koffer?« Sie drückte es an die Brust und schaute in den Spiegel. »Ich habe es in einem süßen kleinen Geschäft in Point Loma gekauft. Als ich noch in San Diego gewohnt habe.« Sie seufzte, als schwelgte sie in Erinnerungen.

»Du warst dort auf dem College, stimmt's?«

Parker stellte den entrückten Blick ab und legte das Kleid weg. »Ja. Und wenn ich mich zusammengerissen hätte, hätte ich jetzt einen Abschluss in der Tasche. Aber leider war ich damals viel zu sehr damit beschäftigt, Strandkleider zu kaufen und Anlässe zu finden, sie auch zu tragen.«

Erin wusste, dass Parker jetzt, da ihr kleiner Bruder bald mit der Highschool fertig war, noch einmal aufs College gehen und ihren Abschluss nachholen wollte. »Reue ist pure Zeitverschwendung.«

Parker hob den Kopf und schaute Erin fest in die Augen. »Bereust du deinen Ex denn nicht?«

Allein die Erwähnung des Mannes beschleunigte ihren Herzschlag. »Autsch.«

Parker fing an, die Outfits zusammenzurollen, die in den Koffer sollten. »Weil wir gerade davon sprechen: Wolltest du noch etwas dazu sagen, dass du mit diesem Ex verheiratet warst? Oder sollen wir weiterhin so tun, als hätte ich das nicht erfahren?«

In der Hoffnung, mit einer Ablenkung das Thema wechseln zu können, schaute Erin an Parker vorbei. »Hast du passende Schuhe zu dem Kleid?«

Parker hörte auf zu packen, senkte das Kinn und schaute sie an. »Ich verstehe nicht, weshalb du so ein Geheimnis darum machst. Es gibt viele Leute, die zu jung geheiratet haben. Und du hattest offenbar gute Gründe, den Scheißkerl zu verlassen. Doch es gibt keinen, dich zu schämen oder dir Vorwürfe zu machen.«

Den Blick in die Ferne gerichtet, stand Erin wie angewurzelt da. Sie dachte an die Worte der Frau in der Beratungsstelle, kurz bevor sie alles hinter sich gelassen und weit weg von zu Hause ein neues Leben begonnen hatte. *»Ein Mensch ohne Vergangenheit zu sein, ist schwer. Falls jemand die Wahrheit erahnt, wird es fast unmöglich, sie für sich zu behalten. Aber mit jeder Person, der Sie sich anvertrauen, machen Sie es ihm ein wenig leichter, Sie zu finden.«*

»Ich sehe dir an, dass du lieber über Schuhe reden möchtest«, sagte Parker.

»Ja, bitte.« Sie verabscheute die Verzweiflung in ihrer Stimme.

Parker setzte sich auf die Bettkante und sprach leise weiter. »Was hältst du davon: Ich sage dir, was ich vermute, und du kannst es bestätigen oder mich auslachen, falls ich komplett danebenliege.«

Erin zuckte unschlüssig die Achseln.

»Du hast den Falschen geheiratet, und er hat dich geschlagen.«

Erin blinzelte ein paarmal, sagte aber nichts.

»Er hat es nicht bloß einmal getan. Im Gegenteil. Ich nehme an, es ist ziemlich häufig passiert.«

Wieder das Blinzeln.

»Ich würde meinen Trip nach Cabo darauf verwetten, dass du eine Höllenangst hast, er könnte dich hier finden. Was die Alarmanlage erklärt, und dass du immer zweimal nachschaust, ob auch alle Türen abgeschlossen sind. Er ist der Grund, weshalb du nie jemanden hierher einlädst und keinen Job hast, für den du täglich das Haus verlassen müsstest.«

Erin drückte Daumen und Zeigefinger aufeinander und machte kleine kreisende Bewegungen.

»Habe ich was vergessen?«

Sie hörte kreischende Reifen und spürte hartes, kaltes Glas am Gesicht. »Nein. Du hast es perfekt zusammengefasst.«

Parker lächelte grimmig. »Das kam ein bisschen zu schnell, meine Liebe.«

Anstelle weiterer Ausflüchte entschied sich Erin für die Wahrheit. »Er ist brandgefährlich. Wenn er mich findet, bringt er mich um.«

Nun verschwand das Lächeln völlig aus dem Gesicht ihrer Freundin. »Je mehr Menschen du um dich hast, desto besser bist du geschützt.«

»Dass man sich darauf nicht immer verlassen kann, müsstest du selbst am besten wissen«, erwiderte Erin. »Ich lerne gerade, mich selbst zu schützen.«

Ein paar Sekunden lang schwiegen sie beide.

»Dass du mit so viel Angst leben musst, tut mir sehr leid«, sagte Parker schließlich.

Erin seufzte und zwang sich, die Finger locker zu lassen. »Und mir erst. Aber wenigstens bin ich hier weit weg von meinem alten Leben.«

»Wie lange wart ihr denn verheiratet?«

Nein. Darüber reden wir jetzt nicht. »Lass uns was anderes spielen, okay? ›Wahrheit oder Pflicht‹ ist irgendwie öde.«

Parker nickte. »Verstanden. Sorry. Ich wollte dich nicht bedrängen.«

»Du willst es genau wissen. Das ist in Ordnung. Mir würde es ähnlich gehen.«

Parker verstaute das Baumwollkleid im Koffer. »Ich habe ein paar braune Sandalen, die passen zu fast allem.«

Schuhe waren ein viel unverfänglicheres Thema.

Erin schaute zu, wie Parker im Schrank verschwand und mit den Sandalen wieder herauskam.

»Bitte behalte das alles für dich.«

Parker hörte auf zu packen und schaute ihr fest in die Augen. »Ich habe dir versprochen, niemandem etwas zu sagen, und dieses Versprechen immer gehalten. Einmal hat Colin mich direkt gefragt, was mit dir los sei. Und ich habe ihm geantwortet, Geheimnisse seien mir heilig.«

Ein weiteres Shirt wanderte in den Koffer. »Aber ich habe mir selbst ein paar Dinge zusammengereimt, und sicher wird das auch anderen bald gelingen. Nur dass du mit dem Kerl verheiratet warst, hätte ich niemals erraten.«

»Außer dir errät das auch keiner.« Das hoffte sie zumindest. Erin ließ den Blick über die Kleider auf dem Bett schweifen und begann zu zählen. »Ich dachte, ihr seid nur fünf Tage weg. Sechs, wenn man den Anreisetag mitzählt.«

»Ja, richtig.«

Sie rechnete kurz nach. »Du willst dich also dreimal täglich umziehen?«

Parker rollte ungerührt ein weiteres Outfit zusammen. »Das ist mein erster Urlaub seit drei Jahren. Ich möchte freie Auswahl haben.«

»Ich wette, du wirst außer dem einen Strandkleid insgesamt nur noch drei weitere Sachen brauchen. Die meiste Zeit verbringst du sowieso im Badeanzug oder nackt im Bett.«

Parker lächelte. »Die Auswahl gefällt mir!«

Kapitel 7

Erin stand neben Matt in der Einfahrt. Er sollte Colin und Parker rechtzeitig für ihren Nachmittagsflug zum Flughafen chauffieren.

Während Colin das Gepäck in Matts Truck verstaute, zählte Parker noch einmal alles auf, was in ihrer Abwesenheit zu tun und zu lassen war.

»Keine Partys. Austin weiß Bescheid.«

»Ich war dabei, als du es ihm gesagt hast.«

»Wenn du im Gästezimmer übernachtest, vergiss nicht, Scout abends aus dem Haus zu werfen. Sonst steht er beim allerersten Sonnenstrahl vor dir und winselt, weil er zum Pinkeln rauswill.«

»Geht klar.«

»Am Samstag kommen Mallory und Jase und legen sich an den Pool. Wahrscheinlich bleiben sie über Nacht.«

Auch das hatte Erin bereits gehört.

»Und, ach ja, Austin habe ich gesagt, falls er bei Freunden übernachtet oder mal später nach Hause kommt, soll er dir Bescheid geben. Damit dich das Tor nicht erschreckt.«

Das war gut. Die Alarmanlage im Ranchhaus meldete nämlich jedes Mal, wenn das Tor geöffnet oder geschlossen wurde.

Ein notwendiges Übel, wenn die Grundstückseinfahrt so weit entfernt lag.

»Prima.«

»Oh, und …«

Colin schob sich hinter Parker und legte die Arme um sie. »Erin ist eine erwachsene Frau. Sie kommt sicher zurecht.«

»Aber es …«

Matt öffnete die hintere Tür seines Doppelkabinen-Trucks. »Ich glaube, als wir noch in der Highschool waren und Mom und Dad nach Monterey gefahren sind, war die Liste kürzer«, frotzelte er.

Colin lachte. »Partys gab's natürlich trotzdem.«

Matt grinste. »Das haben wir Grace in die Schuhe geschoben.«

Erin schüttelte den Kopf. »Ihr seid schrecklich.« Sie umarmte Parker. »Viel Spaß. Und mach dir keine Gedanken.«

»Danke.«

Erin senkte die Stimme, damit nur Parker sie hören konnte. »Und falls er dir einen Ring ansteckt, schreib mir.«

Das brachte ihr eine weitere Umarmung ein, dann stieg Parker endlich in den Truck.

Matt öffnete die Fahrertür, Colin ging auf die Beifahrerseite.

»Du hast deine Sonnenbrille bei mir vergessen. Wenn du später zu Hause bist, bringe ich sie dir vorbei«, sagte Matt.

Parker ließ ihr Fenster herunter. »Moment mal. Du hast deine Sonnenbrille vergessen? Bei ihm?«

Diese Frau wollte wirklich das Gras wachsen hören. »Du hast mir seine Adresse gegeben. Für die Brownies.«

Parkers erwartungsvolles Lächeln fiel in sich zusammen. »Oh.«

»Dann bis später?«, fragte Matt.

»Ist nicht dringend«, antwortete sie. »Ich habe noch eine andere.«

Er strahlte, als hätte sie ihn eingeladen.

»Jetzt aber los. Für einen internationalen Flug müsst ihr etwas mehr Zeit einplanen«, sagte Erin.

Matt fuhr los und winkte.

»Erholt euch gut!«

Dann waren sie weg.

Bellend rannte Scout dem Truck ein Stück hinterher und trottete dann zu Erin zurück. »Jetzt sind nur noch wir beide hier«, sagte sie zu dem Hund.

Austin war noch in der Schule, deshalb hatte sie die Häuser und das Grundstück für sich. Doch wie um sie daran zu erinnern, dass sie doch nicht völlig allein war, fingen ein paar Hühner in dem erst kürzlich wieder aufgebauten Gehege an zu gackern. Erin betrachtete es als Aufforderung nachzusehen, ob sie ein paar frische Eier bekommen würde.

Scout blieb dicht an ihrer Seite.

* * *

»Und nicht einfach durchs Tor fahren. Erin muss wissen, wer aufs Grundstück kommt.«

Jetzt musste Matt sich letzte Anweisungen anhören.

»Verstanden.«

»Du hättest die Sonnenbrille vorhin gleich mitbringen können.«

Die Sonnenbrille lag in seinem Handschuhfach, aber das behielt er für sich. Schließlich kam es auf das richtige Timing an.

»Und was hätte ihm das gebracht?«, antwortete Colin an seiner Stelle.

»Oh.« Nach einer kurzen Pause sprach Parker weiter. »Colin hat dir aufgeschrieben, in welchem Hotel wir sind. Oder? Falls es Probleme gibt und du uns auf dem Handy nicht erreichst, ruf dort an.«

Matt warf ihr im Rückspiegel einen Blick zu. »Ja, Mami. Ich kenne den Namen des Hotels, eure Flugnummern, und ich wüsste sogar, wo ihr vor Ort ein bisschen Gras bekommen könnt. Vielleicht würde das bei einer gewissen Lady zur Entspannung beitragen.«

Aus dem Augenwinkel sah er, wie sein Bruder ein Lachen unterdrückte.

»Ich vermute mal, das war eine Beleidigung.« Parker kniff den Mund zu einem schmalen Strich zusammen.

Matt lachte auf. »Wenn du das nur vermutest, muss ich mich nächstes Mal mehr anstrengen. Wir kommen sicher zurecht, Parker. Erin ist eine erwachsene Frau, Austin ist ...« Er zögerte. »Kein Baby mehr. Und ich werde regelmäßig zu den beiden rausfahren und nach dem Rechten sehen.«

Colin drehte sich nach hinten zu seiner Liebsten. »Mach dir keine Gedanken, Süße. Sicher steht das Haus noch, wenn wir wiederkommen.«

Matt lächelte, doch als er einen Blick in den Rückspiegel warf, sah er so etwas wie Angst über Parkers Züge huschen. Er kannte diesen Gesichtsausdruck von Menschen, die Knall auf Fall ihre Bleibe verlassen mussten, wenn er mit seiner Mannschaft zu einem Einsatz anrückte. Plötzlich wurde ihm einiges klarer. Mit all ihren Anweisungen und Ermahnungen mochte Parker wie ein Kontrollfreak wirken. Doch vor knapp einem Jahr hatte sie beinahe ihr Zuhause verloren, und die Erinnerungen schienen sie jetzt einzuholen.

»Die Waldbrandsaison hat noch nicht angefangen«, sagte Matt schnell. »Alles ist noch grün. und wir haben keine Santa-Ana-Winde.«

Er sah sie ein paarmal blinzeln. Ihr Mund war noch immer ein verkniffener Strich.

Colin streckte die Hand nach ihr aus. »Bist du deshalb so angespannt?«

»Es ist total blöd.«

»Aber verständlich«, antwortete er mitfühlend.

Matt bog auf die 405 ab. Dort herrschte der übliche Stoßverkehr. »Ich passe gut auf alles auf, Parker. Flieg nach Cabo, leg dich in die Sonne und komm erholt zurück.«

»Alles klar, Süße?«, hakte Colin nach.

»Ja. Aber ich glaube, ich bin absolut urlaubsreif.«

Matt grinste seinen Bruder verschwörerisch an. Er wusste, dass Colin einen Ring eingepackt und einen ausgefeilten Plan hatte, wann und wie er ihn Parker an den Finger stecken wollte. Vielleicht wurde sie lockerer, wenn sie wusste, dass jemand in Zukunft alle Verantwortung mit ihr teilte.

Wieder schaute er in den Rückspiegel.

»Was für ein irrer Verkehr. Wir werden doch wohl den Flug nicht verpassen?«

Oder Parker war einfach Parker und würde sich nicht mehr ändern.

* * *

Erin betrachtete sich nicht als Babysitter und Austin nicht als Baby. Doch als Matt mit Parker und Colin wegfuhr, ertappte sie sich dabei, wie sie die Mahlzeiten für die nächsten Tage plante und im Kopf einen Einkaufszettel schrieb, damit sie genügend Vorräte für sie beide im Haus hatte.

Dann dachte sie an Parkers endlose Liste von Anweisungen und daran, dass Austin oft Freunde mitbrachte. Er war im letzten Highschool-Jahr und elternlos. Schon deshalb versammelten sich seine Freunde am liebsten bei ihm. Selbst wenn sie nur ziemlich harmlose Computerspiele spielen wollten. Erin beschloss, mindestens die doppelte Menge zu kochen für den Fall, dass weitere hungrige Teenager bei ihnen einfielen.

Gebacken hatte sie schon immer gern, doch kochen machte ihr erst richtig Spaß, seit sie in Parkers Gästehaus gezogen war. Vielleicht auch, weil sie selten zum Essen wegging. Darauf verzichtete sie weniger aus Sparsamkeit, sondern vor allem, um unentdeckt zu bleiben. Und seit ihre Freundschaft mit Parker enger geworden war, kochte sie oft für sie beide und manchmal sogar für alle, die sich auf der Sinclair Ranch zusammenfanden. Mallory war vor ein paar Monaten mit ihrem Freund zusammengezogen, kam am Wochenende aber gern her und brachte Jase dann mit. Dass Jase ein Cousin von Colin und Matt war, machte die Besuche noch viel familiärer.

Erin mochte die Großfamilienatmosphäre mit all den unterschiedlichen Persönlichkeiten, dem Gealber, Gestichel und Gelächter. Die Erinnerung an ihre Schwester und deren Familie flackerte vor ihr auf. Sie dachte an ihr letztes Gespräch, bevor sie für immer verschwunden war.

»Wo willst du denn hin?«, hatte Helen gefragt.

»Das darf ich dir nicht sagen. Das darf niemand wissen.«

»Und wie kann ich sicher sein, dass der Dreckskerl dich nicht gefunden und umgebracht hat?«

»Meine Scheidungsanwältin wird mich immer auf dem Laufenden halten, wie es dir geht. Und dich, wie es mir geht.« Das musste für die nächste Zeit genügen. »Maci Brandt ist Geschichte. Ich ändere ganz amtlich meinen Namen, bekomme einen neuen Pass, eine neue Identität.«

Ihre Schwester begann am Telefon zu weinen. Zu ihr zu gehen, hatte Erin nicht gewagt. Denn Helen hätte sie sicher gedrängt, eine andere Möglichkeit zu finden. Deshalb machte sie den Anruf erst Minuten vor ihrer Flucht. Und in der Hoffnung, dass es ein paar Stunden dauern würde, bis Desmond ihr Verschwinden bemerkte.

Wer sich mit Fällen auskannte, in denen jemand mit einer neuen Identität neu anfangen musste, hätte ihr geraten, ihrer Schwester lieber gar nichts zu sagen. Doch in Ungewissheit und Sorge zu leben, wollte sie Helen nicht zumuten.

»Was soll ich Dad sagen?«

»Das ist mir ehrlich gesagt egal. Sag ihm, ich bin tot. Was immer für dich leichter ist.« Auch diesen Mann würde sie nie wiedersehen.

»Tu das nicht, Maci. Es muss doch eine andere Lösung geben.«

Das Bild des Sargs, den Desmond ihr gezeigt hatte, als er ein paar Tage nach ihrer Entlassung aus dem Krankenhaus im Voraus für ihr und sein Begräbnis bezahlt hatte, schoss ihr durch den Kopf. Er hatte gemeint, die Innenausstattung aus weißem Satin würde ihn an ihr Brautkleid erinnern, und eine junge Leiche sähe darin sicher wunderschön aus.

Die Drohung hätte eindeutiger nicht sein können.

Dieser Mann war fähig, sie umzubringen und es wie einen Unfall aussehen zu lassen.

Dann wäre er der bemitleidenswerte Witwer und sie tot.

»Ich hab dich lieb, Helen. Bitte provozier ihn nicht. Er ist gefährlich. Wenn er glaubt, er kann mich aus meinem Versteck locken, indem er dir oder deiner Familie etwas antut, wird er es ohne Skrupel versuchen. Bitte, lass mich gehen und stell keine Nachforschungen an. Das ist besser für uns alle. Und halt dich von ihm fern.«

»Bitte bleib. Bitte. Wir finden eine Lösung.«

»Es geht nicht anders. Ich bin schon unterwegs. Und jetzt sag mir noch ein letztes Mal, dass du mich lieb hast.«

»Verdammt, Maci.« In Helens Stimme mischten sich Schmerz und Zorn.

»Bitte lass das nicht deine letzten Worte an mich sein.«

Helen schluchzte. »Maci … Bitte.«

»Ich liebe dich.«

»Ich liebe dich auch. Und Gott, wie ich ihn hasse. Wie konnte das alles nur passieren?«

Eine sehr gute Frage.

»Bitte, sag's noch mal«, bat Erin.

»Ich liebe dich, Maci.«

Sie beendete das Gespräch, ließ das Telefon in der Spalte zwischen den Sitzen des Busses verschwinden und stieg beim nächsten Halt aus.

An diesem Tag hatte Maci Brandt aufgehört zu existieren, und Erin Fleming war geboren.

Sechs Monate lang war Erin durchs Land gezogen, hatte die noch sichtbaren Narben mit Make-up zugedeckt und war dann in Parkers Gästehaus gelandet. Erst dann hatte sie sich ein Smartphone zugelegt und keine wechselnden billigen Prepaid-Handys mehr benutzt, um ihre Spur zu verwischen. Sie hatte vorsichtig ein wenig durchgeatmet und wieder mehr als drei Stunden am Stück geschlafen. Inzwischen schaffte sie bereits vier und hielt das für ein kleines Wunder. Nächte, in denen sie durchschlief, waren selten. Meist wachte sie irgendwann schweißgebadet und atemlos auf, weil die Albträume ihr fast die Luft abdrückten. Sie brauchte dringend eine Therapie. Das wusste sie sehr gut, doch noch wagte sie diesen Schritt nicht. Denn bei einer Therapie würde eine fremde Person von ihrer Vergangenheit erfahren, und das durfte eigentlich niemals geschehen.

Nur, warum dachte sie gerade in den letzten Tagen so intensiv darüber nach?

Erin genoss den Platz in Parkers geräumiger Küche und bereitete das Abendessen vor. Austin blieb nach Unterrichtsende oft länger in der Stadt, hatte aber bislang nicht geschrieben, dass er woanders essen würde. Vermutlich erwartete er nicht, dass sie ihn bekochte. Für einen Achtzehnjährigen war er ziemlich selbstständig. Kochen würde sie trotzdem.

Aber erst einmal machte sie es sich mit ihrem Laptop auf der Couch bequem. Scout lag zu ihren Füßen, Sushi, die selten gesehene Katze, rollte sich neben ihr zusammen und döste. Erin öffnete die Datei mit dem neuesten Buch einer Kundin, das sie bearbeiten sollte.

Die Arbeit als freiberufliche Lektorin war nicht ihr Traumberuf, doch sie konnte dabei anwenden, was sie im Studium gelernt hatte, und mit den Einnahmen ihre Rechnungen bezahlen. Ihren Abschluss hatte sie unter dem Namen gemacht, den sie im vergangenen Jahr abgelegt hatte. Aber Collegezeugnisse interessierten ihre Kundschaft offenbar wenig. Inzwischen verfügte sie über sechs Monate Erfahrung mit den unterschiedlichsten Lektoratsarbeiten und konnte sich bereits auf Referenzen und Empfehlungen von zufriedenen Schreiberlingen stützen.

Maci Brandt hatte das im Studium Gelernte nie genutzt. Umso passender, dass Erin Fleming es jetzt tat. Durch die Arbeit für zwei kleine Onlineverlage hatte sie einen Fuß in die Tür der Bücherwelt bekommen. Darüber hinaus gehörten vor allem unabhängige Autorinnen und Autoren, die ihre Werke selbst verlegten, zu ihren Kunden. Sich unter dem neuen Namen hinter ihrem Computer zu verstecken, war viel unkomplizierter, als sie gedacht hatte. Dass auch Desmond womöglich unter einem falschen Namen nach ihr suchte, vergaß sie dabei keine Sekunde lang. Auf den Gedanken, sie könnte sich als Roman-Lektorin über Wasser halten, würde er allerdings schwerlich kommen. Während ihrer Ehe hatte er nicht gewollt, dass sie arbeitete. Sie hatte nur einmal ein Praktikum in der Firma absolviert, die ihm inzwischen mehrheitlich gehörte. In der Marketingabteilung. Eigentlich gar nicht das, was sie nach dem College hatte machen wollen.

Doch ihr Vater hatte ihr den Praktikumsplatz besorgt, den sie fürs Studium gebraucht hatte. Der Rest war, wie man so schön sagte, Geschichte.

Sie hatte davon geträumt, eine etwas zahmere Ausgabe von Supermans Reporterfreundin Lois Lane zu werden. Auf Superman hätte sie notfalls verzichtet, dafür aber gern als Journalistin gearbeitet. Sogar in ein Redaktionsbüro hätte sie sich gesetzt und dort im Innendienst für Artikel recherchiert.

Doch sie hatte den alten Traum begraben. Anderer Leute Arbeit zu lektorieren, war ebenfalls erfüllend. Im Augenblick beschäftigte sie sich mit einem Mystery-Manuskript. Die Autorin benutzte ein männliches Pseudonym. Ihre Leserschaft hielt sie für einen Mann und kaufte die Bücher. Hinter das kleine Geheimnis war Erin nur gekommen, weil sie während der Arbeit an den beiden ersten Bänden telefonisch ein paar Fragen hatte klären müssen. Bei ihrem traditionellen Verlagshaus hatte die Autorin mit Liebesromanen achtbare Erfolge erzielt. Doch dass sie sich ein neues Genre erschließen wollte, war in ihrem Verlag auf wenig Gegenliebe gestoßen. Deshalb verlegte sie ihre Mystery-Reihe selbst. Die Frau, die vorgab, ein Mann zu sein, schrieb inzwischen bereits am vierten Teil und wurde immer erfolgreicher und populärer.

Aus gutem Grund.

Im Moment war Erin beim ersten Durchgang, bei dem sie immer auch zur Unterhaltung las. Bevor sie sich mit den Einzelheiten befasste und der Autorin half, ihren Text zu verbessern, wollte sie ein Gefühl für die Geschichte entwickeln. Beim zweiten Durchgang ging es dann ans Eingemachte, doch im Augenblick folgte sie dem Detective auf der Jagd nach den Bösen durch die Seiten und Kapitel. Die Stelle, an der mithilfe einer Blüte ein perfekter Mord begangen wurde, las sie genauer. Aufgebrüht mit dem Tee des Opfers, ließ sich das tödliche Blütengift später nicht nachweisen. Erin markierte die Seite.

Die Richtigkeit dieser Informationen würde sie beim zweiten Durchgang genau überprüfen.

Fakten checken gehörte zu ihrem Job, und sie machte das mit großer Hingabe. Wenn sie sich ganz und gar in Recherchen vertiefte und die Welt um sich herum vergaß, kamen ihr oft Ideen für eigene Geschichten. Nicht, dass sie die je niederschreiben würde. Trotzdem trug sie die Gedanken immer in ein Notizbuch ein.

Jetzt schrieb sie die Worte *Der Teeblumenmord* auf eine neue Seite.

Sie lächelte. Das klang gut.

Sie malte sich aus, wie ihr Ex in einem Bistro in London saß. Eines von denen, in die er sie nach der Ankunft dort ausgeführt hatte. Schon nach knapp einer Woche hatte er das nicht mehr getan, weil sich die Schwellung über ihrem Auge unmöglich mit Make-up hatte verbergen lassen. In ihrer Vorstellung hielt er eine vornehme englische Teetasse in der Hand. Bemalt mit einem zarten Motiv aus Heidekraut und Pfingstrosen. Oben auf dem Tee schwamm eine Blüte. In Erins Kopf war sie blau mit einem Herzen in einem sehr dunklen, fast schwarzen Violett. Beinahe wie die Blutergüsse, die sie davontrug, wenn er nicht glücklich war.

Er würde den Tee trinken und sie dabei anschauen.

Sein Lächeln würde in sich zusammenfallen.

Erin schüttelte die Gedanken ab. Sicher war es keine gesunde Angewohnheit, sich den Tod seines Mannes vorzustellen. Seines Ex-Mannes.

Sie schloss die Augen und seufzte.

Meines hoffentlich baldigen Ex-Mannes.

Sie nahm sich vor, am nächsten Morgen ihre Anwältin anzurufen und nachzufragen, ob es Neuigkeiten gab. Nach dem letzten Gespräch mit ihr machte sie sich wenig Hoffnung, dass bald alles geklärt sein würde. Allein dass sie das Kontaktverbot erwirkt hatte, war ein kleines Wunder. Doch nachdem ihr Noch-Ehemann sich nun ein Jahr lang von ihr ferngehalten hatte, standen die Chancen für eine Aufhebung des Verbots gut. Wobei sowieso kein Gerichtsbeschluss der Welt ihn davon abhalten würde, sich an ihr zu vergreifen.

Ständig flackerten allzu lebhafte Erinnerungen vor ihr auf. Schließlich klappte sie den Laptop zu. Sie rappelte sich hoch und ging zum Kühlschrank. Dort stand die Weinflasche, die sie hineingestellt hatte.

Nein. Sie war allein.

Völlig allein. Und wenn er herausfand, dass sie getrunken hatte …

Erin stöhnte und nahm sich eine Flasche Wasser. Weil sie sich irgendwie ablenken musste, öffnete sie die Kühlschranktür noch etwas weiter und fing an, alles auszuräumen.

Nach einer halben Stunde hatte sie eine ganze Menge abgelaufener Würzmittel und Saucen weggeworfen. Sie nahm an, dass Parker den abgelaufenen Senf durchaus noch verwendet hätte. Doch einen Kühlschrank zu putzen, war immer auch ein kleiner Neuanfang.

Ein Signalton vom Tor sagte ihr, dass Austin nach Hause kam.

Den Blick ins Freie, um sich zu vergewissern, dass er es wirklich war, wollte sie sich eigentlich verbieten. Doch am Ende ging sie doch zum Erkerfenster.

Sie nickte.

Nur Austin.

Scout tappte zur Treppe im hinteren Teil des Hauses, die zur Garage hinunterführte, und wartete dort schwanzwedelnd auf Austin.

Erin wandte sich wieder den gläsernen Einlegeböden aus dem Kühlschrank zu, die sie gerade im Spülbecken abwusch.

Austin wirbelte ins Haus wie ein Tornado. Eine Tür schlug zu, ein Rucksack plumpste zu Boden. Unten an der Treppe rief er nach Scout.

Auf das dumpfe Geräusch des klopfenden Hundeschwanzes folgte ein kurzes Bellen, dann rannte Scout die Treppe hinunter, um seinen Lieblingsmenschen zu begrüßen.

Erin lächelte.

Auf dem Weg durchs Haus redete Austin mit dem Hund. Dann kam er direkt in die Küche. »Riecht gut hier.«

»Es gibt Hühnchen.«

Austin blieb stehen. »Heiliger Strohsack. Was machst du denn da?«

»Ich putze den Kühlschrank. Wusstest du, dass der Ketchup schon seit einem Jahr abgelaufen war?«

Der Junge verschwand achselzuckend in der Speisekammer und kam mit einer Snackpackung Chips wieder heraus. »Hat aber immer noch ganz gut geschmeckt.«

»Die weggeworfenen Sachen kaufe ich nach.«

Er linste in den fast vollen Mülleimer neben ihr.

»Wenn du meinst.«

Gerade als sie am Spülbecken den Lappen auswrang, signalisierte ein doppelter Klingelton der Haussprechanlage, dass schon wieder jemand am Tor war.

Austin nahm den Hörer ab, murmelte ein paar Silben, sagte *Jap* und drückte den Knopf für den Toröffner.

»Das Abendessen ist bald fertig. Falls du nicht da bist, hebe ich dir etwas für später auf.«

»Danke. Hunger habe ich immer.«

Damit brachte er sie zum Lächeln.

»Ich habe ein bisschen mehr gemacht, falls du Besuch bekommst.«

Austin tippte gedankenverloren auf seinem Smartphone herum. »Prima«, murmelte er.

Damit verließ er die Küche. Scout folgte ihm, und Erin trocknete den nächsten gläsernen Einlegeboden ab und stellte ihn weg.

Wenn sie die Beilagen fürs Abendessen rechtzeitig fertig haben wollte, musste sie sich sputen.

Jemand klopfte an die Haustür, und sie wartete darauf, dass Austin sich kümmerte. Aber er war wohl in sein Zimmer weiter hinten im Haus gegangen.

Also trocknete sie sich die Hände ab, ging zur Tür und blickte in ein Gesicht, mit dem sie nicht so bald gerechnet hatte.

Kapitel 8

»Matt?«

Sein Lächeln reichte von einem Ohr zum anderen, und er hatte ihre Sonnenbrille auf der Nase. An ihm sah sie ziemlich albern aus. Erin musste lachen.

»Na? Steht sie mir?« Er drehte ihr das Profil zu.

»Hat was«, log sie. »Noch vorteilhafter wäre sie mit einem weißen Gestell.«

Er schaute sie über den Rand der Brille hinweg an, als würde er darüber nachdenken. »Das könnte gut zu dem weißen Siebzigerjahre-Anzug passen, den ich letztes Jahr zu einer Mottoparty getragen habe.«

»Du hast dich für eine Mottoparty verkleidet?«

»Du klingst überrascht. Ist das nicht der Sinn von Mottopartys? Sich verkleiden?«

Erin trat zwei Schritte zurück und hielt ihm die Tür auf. Er gab ihr die Brille und marschierte ins Haus.

»Du hättest nicht extra herkommen müssen. Das hatte keine Eile.«

»Die Brille lag schon ein paar Tage bei mir rum. Von Eile kann also nicht die Rede sein.« In der Küche blieb er abrupt stehen und zeigte ungläubig auf die vollgestellten Arbeitsflächen. »Frühjahrsputz?«

Eher ein Kampf gegen innere Dämonen. Aber putzen beruhigte tatsächlich ihre Nerven. »Könnte man sagen.«

Er machte den Kühlschrank auf und griff nach dem Bier, das sie bereits zurückgestellt hatte. »Darf ich?«, fragte er.

»Ich nehme an, das gehört deinem Bruder. Also würde ich sagen, du darfst.«

Matt nickte und öffnete die Flasche.

»Es ist Happy Hour. Willst du auch eins?«, fragte er.

»Bier ist nicht so mein Ding.«

Er machte den Kühlschrank noch einmal auf. »Wein ist auch da. Parker hat sicher nichts dagegen, wenn du dir ein Glas davon nimmst.«

»Der Wein gehört mir.« Sie stand stocksteif da, während Matt in der Küche umherschwirrte, als wohnte er hier. Seit die schweren Regenfälle vorbei waren, sah sie seinen Wagen häufig in der Einfahrt stehen. Colin war zwar noch nicht offiziell eingezogen, trotzdem wohnte er schon halb hier bei Parker, und die Brüder verbrachten offenbar viel Zeit miteinander.

Matt schnappte sich die Weinflasche und schloss den Kühlschrank. »Dann stößt du mit mir an?«

Sie machte den Mund auf, um abzulehnen, zögerte dann aber.

Er schaute ihr in die Augen und neigte fragend den Kopf.

Erin zog eine Schublade auf und reichte ihm einen Korkenzieher.

»So mag ich mein Mädchen.« Er sagte das so leichthin, dass die Worte erst zu ihr durchsickerten, als sie sich bereits umgedreht hatte, um einen der letzten Regalböden abzutrocknen.

Sie war nicht *sein* irgendwas, hatte aber keine Ahnung, wie sie ihn korrigieren sollte, ohne schnippisch oder spießig zu klingen. Deshalb tat sie so, als hätte sie ihn nicht gehört.

»Gläser?«, fragte er, nachdem der Korken aus der Flasche geploppt war.

»Über der Kaffeemaschine.« Sie zeigte mit dem Ellbogen auf den Hängeschrank.

Er schenkte ihr ein, stellte sich neben sie und wartete, bis sie das Wasser abgedreht hatte. Dann reichte er ihr das Weinglas und prostete ihr mit seinem Bier zu. »Auf Colin und Parker.«

»Das ist süß.« Und unerwartet.

Sie tranken beide einen Schluck.

»Ich bin meinem Bruder wirklich dankbar. Wenn er nicht so heiß auf Parker wäre, hätte ich dich nie kennengelernt.« Matt stellte das Bier weg und schnappte sich ein Geschirrtuch.

»Matt.« Ihr Ton war warnend.

Er nahm einen der Einlegeböden und trocknete ihn ab. »Freunde kann man nie genug haben. Stimmt doch?«

Freunde? Sie glaubte kaum, dass er von einer ganz harmlosen Freundschaft sprach. »Stimmt.«

»Eben.« Er nickte.

Sie schaute zu, wie er den Glasboden an seinen Platz im Kühlschrank schob.

»Soll das alles wieder rein?«

»Du musst mir nicht helfen.«

»Gegenleistung für die Happy Hour.« Er fing an, die Sachen in den Kühlschrank zu räumen.

Sie konnte nur staunend zuschauen. Matt war kein kleiner Mann. Sie war knapp über eins siebzig, ihn schätzte sie auf mindestens eins neunzig. Seine Schultern füllten jedes Shirt, in dem sie ihn je gesehen hatte. Von hinten betrachtet bestand er nur aus Muskeln, einer schmalen Taille und einem knackigen …

Matt wandte sich um und ertappte sie dabei, wie sie ihn anstarrte.

Sie schloss die Augen und drehte sich schnell weg.

Er lachte leise auf. »Erwischt.«

»Sorry.« Sie spürte, wie ihre Wangen heiß wurden. Verlegen griff sie nach ihrem Wein. Sie wollte im Erdboden versinken.

Wie konnte sie sich nur dabei ertappen lassen, wie sie seinen Hintern fixierte? »Ich … ich habe nur versucht, mir dich in dem weißen Elvis-Anzug vorzustellen.«

»Ah, ja. Schon klar.«

Gott, wie peinlich! »Ja, wirklich.«

Er ging um sie herum und nahm sein Bier. »Kein Problem.«

Sie wagte einen Blick in sein Gesicht, und seine sanften Haselnussaugen lächelten zurück. »Ein Mann bei der Hausarbeit ist ungewohnt für mich.«

»Hat dein Vater nie in der Küche mit angepackt?«

Sie musste etwas tun, um ihre Nervosität zu überspielen. »Es mag seltsam klingen, aber die Antwort lautet nein. Meine Mutter wusste nicht mal, dass es eine Küche gibt. Und für meinen Vater war eine Küche bloß ein Posten auf einer Rechnung.« Hastig stellte sie ein paar Sachen in den Kühlschrank.

»Und wer hat bei euch gekocht?«

Die Haushälterinnen.

»Wir sind irgendwie klargekommen«, sagte sie stattdessen.

»Aber …«

»Meine Eltern haben sich früh getrennt, und nachdem Mom ausgezogen war, hat mein Vater Babysitter angeheuert. Die haben dafür gesorgt, dass etwas auf den Tisch kommt.« *Babysitter* klang nicht ganz so hochgestochen wie *Kindermädchen.*

»Und wenn du bei deiner Mutter warst? Gab's da auch Babysitter?«

Erin stieß ein kurzes, hartes Lachen aus. »Ich habe mich falsch ausgedrückt. Meine Mom ist nicht einfach nur ausgezogen, sie hat uns verlassen. Als ich sie zum letzten Mal gesehen habe, war ich sieben.« Darüber war sie schon lange hinweg. Ihre Mutter spielte für sie keine große Rolle mehr.

»Verdammt, Erin. Das ist übel.«

Sie zuckte die Achseln. »Es ist lange her. Aber falls ich dich angestarrt habe …«

»Du hast mich angestarrt«, unterbrach er sie grinsend.

Sie straffte die Schultern und zwang sich, ihm ins Gesicht zu schauen. »… liegt das tatsächlich daran, dass ein Mann bei der Hausarbeit für mich ziemlich ungewöhnlich ist.«

»Soll das heißen, du hast nicht einfach nur aus Spaß und Interesse meinen Hintern abgecheckt?«

Sie blinzelte. Suchte nach Worten.

Er fing an zu lachen.

»Du bist wirklich unglaublich überzeugt von dir.«

Sein jungenhaftes Lächeln erreichte die volle Wattstärke. »Und du bist umwerfend, wenn du rot wirst.«

Sie legte beide Hände an ihre Wangen und versuchte, sie zu kühlen. »Du bist schrecklich.«

»Ich weiß. Man sollte mich verbieten.« Er griff nach dem Mülleimer. »Ich bringe ihn kurz raus. Du kannst dir ja inzwischen eine schlagfertige Erwiderung ausdenken.«

* * *

Matt besaß viele Talente, doch er fand, dass »Charme versprühen« ziemlich weit oben auf der Liste stand. Und heute Abend hatte er das Gefühl, von der Jury die volle Punktzahl erhalten zu haben und eine Runde weitergekommen zu sein.

Die Idee mit der Happy Hour hatte jedenfalls funktioniert. Nach zwei Drinks hatte er Erin geholfen, das Abendessen vorzubereiten, und sich kurzerhand selbst dazu eingeladen. Wie ein Baseballspieler, der sich den nächsten Punkt sicherte, bevor die gegnerische Mannschaft wusste, wie ihr geschah. Er wählte den Platz neben Austin, damit er Erin beim Essen zuschauen konnte.

»Freust du dich, dass du bald mit der Schule fertig bist?«, fragte Erin den Jungen.

»Ich kann's kaum noch erwarten.«

»Das war bei mir auch so. Aber gemütlicher kriegst du's nie wieder«, erklärte Matt.

»Das sagen alle.«

»Willst du aufs College?«, erkundigte sich Matt.

Austin schüttelte den Kopf. »Ich könnte mir eher eine berufliche Schule vorstellen. Welche am besten passt, überlege ich mir im Lauf des Sommers.«

»Und was meint Parker dazu?« Parker war zwar Austins Schwester und nicht seine Mutter, hatte ihm und Mallory aber in den letzten drei Jahren beide Elternteile ersetzen müssen.

»Sie findet es okay und meint, nicht jeder müsse aufs College. Außerdem kann ich das später immer noch.«

»Das stimmt«, bestätigte Erin.

Matt interessierte sich mehr für Erin als für Austin. »Warst du denn auf dem College?«

Sie nickte.

»Und wo?«

Die Frage schien sich irgendwo in ihrem Kopf zu verfangen, denn sie antwortete nicht sofort. »An der Ostküste«, sagte sie schließlich.

Matt fand die Antwort seltsam. Die meisten Collegeabsolventen hatten sofort den Schlachtruf ihrer gefeierten Sportmannschaften auf den Lippen. *Go Cougars! Yeah Huskies!*

Er hätte gern nachgehakt, sah aber, wie Erin Daumen und Zeigefinger aufeinanderpresste und mit der freien Hand nur noch lustlos in ihrem Essen stocherte.

»Und was hast du nach der Highschool gemacht?«, fragte Austin ihn.

Erin hörte zu, wie Matt dem Jungen seinen Werdegang beschrieb. Von der Highschool aufs Junior College und von dort direkt in eine saisonale Hotshot Crew, wo er bei Waldbränden an vorderster Front Schutzschneisen geschlagen hatte. Später hatte er dann als Feuerwehrmann im L.A. County angefangen. Diesen Traum in die Tat umzusetzen, war nicht einfach gewesen. Über fünf Jahre lang hatte er sich immer wieder für einen festen Posten bei der Feuerwehr beworben und im gesamten Bundesstaat Aufnahmetests durchlaufen. Sogar in Arizona, Idaho und Nevada hatte er es versucht. Zwar hatte er lieber in der Nähe seiner Familie bleiben wollen, doch um einen Fuß in die Tür zu bekommen und Erfahrungen in seinem Traumjob sammeln zu können, wäre er überall hingegangen. Nach ein paar Jahren hätte er dann um eine Versetzung ersuchen können.

»Ich hatte Glück«, sagte er. »Viele von meinen Kumpels haben aufgegeben. Ein paar sind zur Polizei gegangen, andere haben studiert oder Jobs in der Baubranche angenommen.«

»Dass jemand, der eigentlich Feuerwehrmann werden wollte, in einem Schreibtischjob glücklich wird, kann ich mir kaum vorstellen«, sagte Erin.

»Für mich wäre das meine ganz persönliche Hölle.«

Sie lächelte.

»Für mich auch«, erklärte Austin. »Schon deshalb wäre das College für mich reine Zeitverschwendung. Ich fand die riesigen Baumaschinen toll, die den ganzen Winter über hier im Einsatz waren.«

Matt nickte. »Interessante Arbeit, gute Bezahlung. Und ziemlich krisensicher.«

Austin nahm sich noch eine Portion Kartoffelpüree. »Jap. Manche Jobs kann man tatsächlich nicht nach China auslagern.«

»Hochleitungsmonteur ist auch ein spannender Beruf«, sinnierte Matt laut.

»Und was macht man da so?«

»Man steigt auf Masten und zieht Stromleitungen.«

Erin legte die Gabel weg. »Großer Gott. Setz ihm doch nicht so was in den Kopf. Parker kriegt einen Herzanfall.«

Matt grinste. »Keine Sorge. Ich habe Colin beigebracht, wie man eine Herzdruckmassage macht und jemanden beatmet. Sie ist in sicheren Händen.«

Und so lief die Unterhaltung weiter. Austin steuerte lustige und interessante Kommentare und Fragen bei, Erin nur wenige Bemerkungen. Am Ende hatte sie nur die Hälfte ihrer Portion gegessen, während Matt und Austin ordentlich zugelangt hatten.

»Das war unglaublich lecker.« Matt trug seinen Teller zum Spülbecken.

»Du hast geholfen«, antwortete Erin.

»Stimmt. Ich habe den Salat durchgemischt.« Er zwinkerte.

Austin stellte seinen Teller neben Matts und ging zurück ins Esszimmer. »Wie ist das eigentlich? Datet ihr beide?«

Erins Teller kam ein wenig zu hart auf der Arbeitsplatte auf. »Was? Nein!«

Binnen einer Sekunde waren ihre Wangen knallrot. Passend zu ihrem Haar, das langsam zu einem Erdbeerblond verblasste. Mit Betonung auf Erdbeer. Matt hätte sein nächstes Monatsgehalt darauf verwettet, dass Rot nicht ihre natürliche Haarfarbe war. In dem halben Jahr, das er sie jetzt kannte, war ihr Haar gewachsen. Jetzt reichte es ihr bis weit auf den Rücken, und die Farbe wirkte weniger kräftig. Außerdem wurde Erin, seit die Sonne täglich schien, schnell braun, woraus er schloss, dass sie keine typischen Rotschopf-Gene hatte. »Dabei bemühe ich mich redlich, Kleiner.« Matts Antwort färbte Erins Wangen noch dunkler.

Sie starrte ihn erbost an, doch er bemerkte ein kleines amüsiertes Zucken um ihre Mundwinkel. »Man sollte dich wirklich verbieten.«

Er ließ grinsend die Augenbrauen tanzen.

Erin schüttelte den Kopf. »Ich nehme mal an, jetzt willst du Kaffee. Zur Happy Hour und zum Abendessen hast du dich ja erfolgreich eingeladen.«

»Und ich dachte, ich hätte das ganz unauffällig gemacht.« Er wischte die Hähnchenknochen von seinem Teller in den Müll und stellte sich dann an die Spüle. »Aber das Angebot nehme ich natürlich gern an.«

Sie verdrehte die Augen und lachte leise. Dann setzte sie Kaffee auf.

Zehn Minuten später war das Geschirr in der Spülmaschine verstaut, Austin war in seinem Zimmer verschwunden und Matt trank mit Erin auf der vorderen Veranda im Sonnenuntergang Kaffee.

»Nächstes Mal koche ich für dich«, erklärte er.

Erin musterte ihn über den Rand ihrer Tasse hinweg. »Ich habe dir schon gesagt, dass Daten im Moment für mich nicht infrage kommt.«

»Ich spreche nicht von einem Date. Ich spreche von essen.« Er trank einen Schluck Kaffee. »Oder, Moment mal. War das heute ein Date? Das war mir nicht klar, sonst hätte ich Blumen mitgebracht.« Sein Scherz vertrieb die Anspannung aus ihrem Blick.

»Funktioniert das bei allen Frauen?«, fragte sie.

Er spielte den Ahnungslosen. »Funktioniert was?«

»Kurzerhand in ihr Leben einzusteigen.«

»Keine Ahnung. Ich habe es noch nie versucht.«

»Ach, komm schon. Du machst das, als hättest du es zigmal geübt.«

Er stellte die Tasse weg. Um noch möglichst lange bleiben zu können, trank er den Kaffee nur langsam. »So verrückt das vielleicht klingen mag, normalerweise muss ich Frauen nicht mehrmals um ein Date bitten, bevor sie Ja sagen. Aber du bleibst hartnäckig, deshalb versuche ich jetzt mal was anderes.«

»Du steigst in mein Leben ein.«

»Mehr oder weniger. Zu deiner Welt gehöre ich ja bereits irgendwie, weil Colin mein Bruder ist, der mit Parker zusammen ist, die deine Vermieterin ist …«

Sie unterbrach ihn mit einer Handbewegung. »Okay. Schon verstanden.«

Er grinste und zeigte dabei seine Grübchen. »Dann kriege ich also ein Date?«

»Oh mein Gott. Das habe ich nicht gesagt.«

Von Grübchen zum Schmollmund in Lichtgeschwindigkeit. »Na schön. Ein Abendessen. Kein Date. Morgen muss ich arbeiten, aber am Samstag würde es prima passen.«

Sie stellte ihre Tasse ab. »Matt. Wir werden nicht … Für Dates habe ich gar keine Zeit.«

»Aber essen musst du gelegentlich.«

Sie hielt inne.

Langsam kam er voran. Das spürte er.

»Am Samstag kommen Mallory und Jase.«

»Prima. Dann stelle ich mich an den Grill, wir essen alle zusammen, haben aber kein Date.« Damit konnte sie sicher leben. Dass er sie dabei ertappt hatte, wie sie seinen Hintern abcheckte, und dass sie ein paarmal rot angelaufen war wie ein verknallter Teenager, ließ hoffen.

Erin Fleming hatte etwas für ihn übrig. Sie wollte es nur nicht wahrhaben.

Keine schlechte Ausgangsposition.

Kapitel 9

»Die Kontaktsperre wurde vor exakt einem Jahr verhängt. Deshalb hat der Richter eine Anhörung bewilligt.«

Renees Worte sorgten bei Erin für Herzrasen.

»Er hätte mich fast umgebracht.«

»Darauf werde ich nachdrücklich hinweisen. Aber es gab nie eine offizielle polizeiliche Untersuchung, und der Crash auf der Kreuzung wurde als Unfall eingestuft. Mit dem Antrag auf Kontaktsperre sind wir nur durchgekommen, weil stapelweise Berichte aus Notaufnahmen über deine vorangegangenen angeblichen Unfälle vorliegen. Da nun seit einem Jahr nichts mehr passiert ist und es keinen Kontakt gab, habe ich wenig Hoffnung, dass die Sperre beibehalten wird.«

Erin starrte ins Leere und blinzelte die aufsteigenden Tränen weg. Sie war froh, Scout an ihrer Seite zu haben. »Es gab keinen Kontakt, weil er nicht weiß, wo ich bin.« Das hoffte sie zumindest inständig.

»Auch das werde ich deutlich machen. Aber ich muss dich warnen. Ich habe seine Darstellung und die Einlassungen seines Anwalts gelesen. Klingt alles recht überzeugend.«

»Er ist ein Großmeister der Manipulation.«

»Wie alle Narzissten. Aber sieh es doch mal so: Ohne die Kontaktsperre hat er keinen fadenscheinigen Grund mehr, die Scheidung zu verweigern.«

»Er wird die Scheidungsunterlagen niemals unterzeichnen.«

»Irgendwann tut er es.«

Erins Bauchgefühl sagte etwas anderes. »Bitte, gib alles, Renee.«

Einen Augenblick lang herrschte Stille in der Leitung. »Glaubst du wirklich, nur die Kontaktsperre hält ihn von dir fern?«

Nein. Ihr war von Anfang an klar gewesen, dass eine gerichtliche Anordnung Desmond niemals davon abhalten würde, ihr etwas anzutun. Doch falls die Sperre aufgehoben wurde, hatte sie einen emotionalen Strohhalm weniger, an dem sie sich festhalten konnte.

»Er hat keine Ahnung, wo du bist, Maci.«

»Das ist nicht mehr mein Name.«

Renee seufzte. »Wie kommst du zurecht? Hast du schon Freunde gefunden?«

»Damit irgendwer von meiner wahren Vergangenheit erfährt?«

»Du kannst nicht leben wie eine Einsiedlerin. Das ist nicht gesund.«

»Mir geht's gut, Renee. Danke.« Scout hob die Schnauze von den Pfoten, stand auf und legte den Kopf in ihren Schoß. »Alles okay, Scout.«

»Scout? Sprichst du mit einem Haustier?«

»Mit einem Hund.«

»Hunde sind gut. Treue Gefährten und ein prima Alarmsystem gegen böse Kerle.« Renees Stimme klang hoffnungsvoll.

»Wann ist die Anhörung?«

»Nächsten Freitag. Einmal habe ich sie bereits verschieben lassen. Weitere Verzögerungen wird der Richter nicht hinnehmen. Ich werde kämpfen wie eine Löwin. Das weißt du, nicht wahr?«

Erin strich über Scouts Kopf und kraulte ihn hinter den Ohren. »Ja. Ruf mich hinterher an.«

»Selbstverständlich.«

Als Erin aufgelegt hatte, glitt eine einzelne Träne über ihre Wange.

Was, wenn Desmond die ganze Zeit über gewusst hatte, wo sie war, und nur darauf wartete, dass die Kontaktsperre wegfiel? Was, wenn er sie die ganze Zeit beobachtet hatte und die Härchen in ihrem Nacken sich niemals grundlos aufrichteten? Wenn er hier auftauchte und Parker oder Austin etwas antat?

Scout legte eine Pfote neben seine Nase auf ihren Oberschenkel.

Erin betrachtete den Hund. »Für einen Schoßhund bist du zu groß.«

Eine zweite Pfote landete in ihrem Schoß, als wollte Scout sie vom Gegenteil überzeugen.

Sie musste hier weg. Wenn Desmond auftauchte, musste sie die Menschen schützen, die ihr jeden Tag wichtiger wurden. Andernfalls würde er sie benutzen, um an sie heranzukommen. So wie er es Helen angedroht hatte. Deshalb konnte es keinerlei Kontakt zu ihrer Schwester geben.

Vor einem Jahr, lange bevor sie nach Santa Clarita gezogen war und in Parkers kleinem Gästehaus Zuflucht gefunden hatte, war sie davon ausgegangen, den Rest ihres Lebens auf der Flucht zu verbringen. Erst die letzten sechs Monate hatten ihr die Hoffnung zurückgegeben, dass sie irgendwo Wurzeln schlagen und ein normales Leben führen konnte. Selbst wenn es nur sehr flache Wurzeln waren.

Für tiefere müsste sie sich sicher sein, dass Desmond das Interesse an ihr verloren hatte.

Doch das war reines Wunschdenken.

»Wenn du mich verlässt, werde ich dich suchen. Und ich werde dich finden. Und wenn ich dich habe, wirst du zu spüren bekommen, wie tief enttäuscht ich von dir bin.« Die Worte hatte er ihr ins Ohr geraunt, während er nach einem Streit auf sie eingeprügelt hatte. Dabei konnte man von einem Streit eigentlich gar nicht sprechen.

Er schlug zu. Sie kauerte sich zusammen.

Sie betrachtete ihre Hände, dachte an die Handgelenkschiene, die geschienten Finger, den eingegipsten Arm.

Das Pochen in ihrem Kopf zwang sie, die Erinnerungen zu verdrängen.

Und sie brauchte dringend eine Kopfschmerztablette.

* * *

Matt und die Crew verbrachten den Großteil des nächsten Tages mit Kontrollfahrten. Sie überprüften, ob auf Firmen- und Privatgeländen verdorrtes Gestrüpp vorschriftsmäßig entfernt wurde. Fast überall begrüßte man sie mit einem Lächeln oder einem freundlichen Händedruck. Doch es gab auch Herrschaften, die der Meinung waren, es ginge die Feuerwehr einen feuchten Dreck an, wenn direkt an der Hauswand meterhoch trockenes Gras stand.

Ganz gleich, wie diplomatisch Matt und seine Kameraden auftraten, diese Leute machten immer das größte Geschrei, nur um dann noch lauter zu schreien, wenn es bei ihnen brannte.

Diesen Teil seines Jobs mochte Matt am allerwenigsten.

Einen Wasserstrahl auf lodernde Flammen zu richten oder in ein brennendes Gebäude zu stürmen, um Leben zu retten, war ihm tausendmal lieber, als sich mit den gärtnerischen Gepflogenheiten seiner Mitbürger auseinanderzusetzen.

Bis zum ersten Mai musste überall das Unterholz entfernt werden. Deshalb sprachen sie bei dieser Kontrollfahrt lediglich Verwarnungen aus. Sie hatten eine ganze Liste von Grundstücksbesitzern, die alljährlich aufs Neue ermahnt werden mussten. Später folgte eine schriftliche Aufforderung, dann wurde eine Frist gesetzt, nach deren Ablauf die Stadtverwaltung oder das County einschreiten würden. Wenn die Grundstückseigner nicht selbst aktiv wurden, erledigten Arbeitstrupps das Nötigste und schickten dann eine Rechnung. Im Dienst der öffentlichen Sicherheit.

Als sie nach einem weiteren ziemlich unerfreulichen Gespräch wieder in den Truck stiegen, stöhnte Tom: »Was für ein Spaß.«

»Alle Jahre wieder dasselbe Gejammer. Bis er im Juli dann endlich in die Gänge kommt«, pflichtete Captain Arwin düster bei.

»Wie lange arbeitest du schon auf dieser Route?«, fragte Matt.

»Auf unserer Wache bin ich seit zehn Jahren. Aber hier im Tal sind es fast zwanzig. Bloß nach einem großen Feuer gibt es eine Zeit lang weniger Beanstandungen. Dass es diesmal nur ein paar sind, beweist, dass die Brände von letztem Jahr den Leuten noch in den Knochen sitzen.«

Tom schüttelte den Kopf. »Spätestens nächstes Jahr ist alles vergessen.«

Jessie stieg als Letzter ein und schloss die Tür.

»Bis zum Feierabend müssen wir noch ein paar Stunden durchhalten«, sagte Arwin.

Matt griff stöhnend nach dem Headset, Tom ließ den gigantischen Truck an. Im selben Moment kam ein Einsatzbefehl.

»Dem Himmel sei Dank«, seufzte Matt.

Tom wandte sich kopfschüttelnd, aber mit einem Grinsen zu ihm um.

Ein Feuer zu bekämpfen, war allen viel lieber als Klinkenputzen. Andere mochte das schockieren, aber dafür waren sie schließlich zur Feuerwehr gegangen.

In der Nähe der Stevenson Ranch war ein Buschfeuer ausgebrochen. Weil es sich auf eine Wohnsiedlung zubewegte, beorderte die Einsatzzentrale ein halbes Dutzend Fahrzeuge zur Brandstätte.

Als sie dort ankamen, hatten die Flammen bereits über vier Hektar Buschland zerstört und fraßen sich mit großer Geschwindigkeit eine Hügelflanke hinauf, direkt auf die Wohnhäuser auf der Kuppe zu. Einige andere Mannschaften waren schon zur Hügelflanke vorgerückt. Deshalb wurde Matts Crew zu den Gebäuden geschickt, die das Feuer zuerst erreichen würde.

Das Wohnviertel ähnelte zahlreichen anderen im Santa-Clarita-Tal. Entlang der Straßen und vor den Häusern waren Fahrzeuge geparkt. Im Moment standen viele Bewohner draußen und filmten die näher kommenden Flammen mit ihren Smartphones, um die Bilder später im Netz zu posten.

Für Matt und seine Crew behinderten diese Leute vor allem ihre Arbeit.

Sie hielten dicht bei den beiden Häusern, die am meisten gefährdet waren, und sprangen aus dem Truck. Innerhalb kürzester Zeit hatten sie die komplette Schutzkleidung angelegt, von den Helmen bis zu den Stiefeln, und schnallten sich Atemschutzgeräte auf den Rücken. Der Kommandant verschwand hinter den Gebäuden, um sich einen Überblick zu verschaffen.

Als er zurückgerannt kam, war klar, dass Eile geboten war.

»Die Flammen sind schnell, Männer. Also los.«

Matt streckte die Faust in die Runde. »Auf geht's!«

Zwei Kameraden schlugen die Fäuste gegen seine, dann packten sie die Schläuche und machten sich an die Arbeit.

Matts Puls begann zu jagen. Beruhigen würde er sich erst wieder, wenn alles vorbei war.

Verdammt, er liebte diesen Job.

* * *

Erin sah Rauchwolken über dem Tal. Angst vor dem Feuer musste sie nicht haben. Dafür war der Rauch zu weit entfernt. Aber sie sorgte sich um Matt. Sie öffnete die App auf ihrem Telefon und schaute nach, ob seine Wache im Einsatz war. Ihre Befürchtung bestätigte sich, ihr Magen zog sich nervös zusammen.

Weil sich der Rauch hartnäckig am Himmel hielt, schaltete sie einen Regionalsender im Fernsehen an. Doch dort kam nur ein kurzer Beitrag, in dem es hieß, es gebe einen Brand und die Feuerwehr sei unterwegs. Das wusste sie bereits. Vermutlich griffen die Medien auf dieselbe Informationsquelle zurück wie sie.

Bald meldete der Sender, das Feuer breite sich aus und weitere Einsatzkräfte seien angefordert worden. Ihre Unruhe wuchs.

Schließlich rückten auch Filmcrews an und bezogen hinter einer Absperrung Stellung. Zwar fraßen sich die Flammen weiter den Hügel hinauf. Doch im Moment sah es aus, als könnten die Wohnhäuser gerettet werden. Erin registrierte allerdings nur dichten Rauch und die Feuerwehrtrucks in den Straßen. In Schutzkleidung und mit Schläuchen in den Händen sahen für sie alle Feuerwehrleute gleich aus. Angespannt hielt sie nach Matt Ausschau, konnte ihn aber nicht ausmachen. Als dieselben Filmaufnahmen noch einmal abgespielt wurden, verließ sie den Platz auf der Sofakante und ging in Parkers Küche.

Sie musste sich beschäftigen.

Sich ablenken.

In den nächsten zehn Minuten suchte sie in der Vorratskammer Mehl, Zucker und andere Backzutaten zusammen. Ein Blick in den Kühlschrank zeigte, dass ein paar wesentliche Sachen fehlten. Deshalb eilte sie zu ihrem Haus, holte das Nötige und rannte zurück.

Bevor sie loslegte, schaute sie noch einmal auf die App und zappte in der vergeblichen Hoffnung auf Neuigkeiten zwischen den regionalen Nachrichtensendern im Fernsehen hin und her.

Parker war keine leidenschaftliche Köchin, doch von ihrer Mutter hatte sie jede Menge Backformen und Geräte geerbt. Deshalb gab es in diesem Haushalt alles, was Erin sich wünschen konnte. Während die Klimaanlage für erträgliche Temperaturen sorgte, verwandelte sie die geräumige Küche in eine Bäckerei.

Als Austin aus der Schule kam, kühlten bereits Dutzende Cookies, ein Blech Brownies, ein Kaffeekuchen und ein Pfirsichauflauf auf verschiedenen Gitterrosten aus.

Austin ließ den Rucksack fallen, seine Kinnlade klappte herunter. »Was zum …?«

Erin zeigte auf den Fernseher. »Es brennt«, sagte sie, als wäre damit ihre Backzwangshandlung erklärt.

Austin schaute kurz zum Fernseher und dann zurück zu der Arbeitsplatte voller unerwarteter, aber doch sehr willkommener Leckereien.

»Ja. Ich hab's mitbekommen. Aber was hat das mit dem hier zu tun?«

Das Summen des Kurzzeitmessers zeigte an, dass wieder ein Blech Cookies fertig geworden war. Diesmal mit Erdbeerfüllung. »Matt.«

»Matt leidet unter Zuckermangel?«

Ein Blech raus aus dem Ofen, das nächste rein. »Matt ist bei dem Feuer im Einsatz.«

Austin verschlang ein Cookie mit einem Happs und stöhnte genießerisch auf. »Ja? Und?«

Erin schüttelte den Kopf. »Matt kämpft gegen das Feuer und ich … ähm.« Sie ließ den Blick durch die Küche schweifen und strich sich eine Haarsträhne aus dem Gesicht, die sich aus ihrem lockeren Dutt gelöst hatte. »Ich backe.«

Austin griff nach einem Brownie. »Du weißt schon, dass das keinen Sinn ergibt.« Er biss ab, dann studierte er das Innere des Gebäckstücks. »Heiliger Strohsack. Das Ding ist der Wahnsinn.«

»Hey! Lass noch was übrig. Die sind für Matt.«

In diesem Moment wurde ihr klar, welche Unmengen von Zuckerbomben sie an einem einzigen Nachmittag produziert hatte.

Austin stapelte drei weitere Brownies auf seine Hand. »Ich glaube kaum, dass er das alles schafft.«

»Nicht er allein. Ich bringe die Sachen auf die Wache.« Genau. Das war doch sicher von Anfang an ihr Plan gewesen. Sie hatte für seine ganze Mannschaft gebacken. Sie warf einen Blick auf die Uhr.

»Machst du das jetzt jedes Mal, wenn Matt im Einsatz ist?«

Sie drehte sich zum Ofen. Verdammt. Sie hatte den Timer nicht eingeschaltet.

»Keine Ahnung. Ja. Vielleicht.«

Sie spähte durchs Ofenfenster und schätzte ab, wie lange das Blech noch in der Backröhre bleiben musste. Dann fing sie an, das Geschirr zu spülen.

Jetzt berichtete eine Reporterin vor Ort live über das Feuer. Die gelbe Jacke der Frau war wohl eher ein Mode-Statement als Schutzkleidung. Sie beschrieb den Brand als *bedrohlich* und *zerstörerisch,* danach fielen Worte wie *heroisch* und *furchtlos.* Am Ende erklärte sie, zu wie viel Prozent das Feuer augenblicklich unter Kontrolle sei und dass es vermutlich erst am nächsten Morgen vollständig gelöscht sein würde.

»Ich wette, es ist längst aus«, sagte Austin mit einem Mund voller Schokoladenkrümel.

»Sie meinte, nicht vor morgen früh.«

»Geh raus und sag mir, ob du noch Rauch siehst.«

Erin verzichtete auf eine Entgegnung. Stattdessen öffnete sie die Schiebetür und ging bis ans Ende der Terrasse, um eine bessere Aussicht zu haben.

Ein wenig Rauch stand noch am Himmel, doch in den letzten Stunden hatte sich einiges getan.

Austin kam zu ihr heraus. »Siehst du?«

»Glaubst du, es ist aus?«

»So gut wie. *Unter Kontrolle* heißt streng genommen, dass sie in die Erde um den Brandherd eine Linie ziehen können, die kein Funke mehr überspringt.«

»Wirklich?«

»Jap. Bis zum Ende des Sommers kennst du dich mit so was aus.« Er wandte sich zum Gehen, drehte sich aber noch einmal zu ihr um. »Wenn du das ganze Zeug rechtzeitig zu Matts Rückkehr auf der Wache haben willst, packst du am besten sofort alles ein.«

Kapitel 10

Vor der Feuerwache waren etliche Autos geparkt, darunter auch Matts Truck. Ein kurzer Blick durch die hohen Türen der Fahrzeughalle zeigte, dass die Einsatzfahrzeuge noch nicht zurück waren. Einerseits wünschte sich Erin, Matt wäre da und sie könnte sich davon überzeugen, dass es ihm gut ging. Andererseits wollte sie die ganze Wagenladung Gebäck, die sie mitgebracht hatte, am liebsten ungesehen abliefern und wieder weg sein, bevor er daraufkam, wem er und die Crew die Leckereien zu verdanken hatten. Sie nahm eine große Papiertüte vom Rücksitz.

Auf dem Weg zum Eingang dämmerte ihr, dass vielleicht gar niemand da war, der sie hereinlassen konnte.

Sie klopfte ein paarmal, wartete und kam sich plötzlich ein bisschen dämlich vor. Schließlich probierte sie aus, ob die Tür offen war.

Bingo.

Sie drückte die Tür einen Spaltbreit auf. »Hallo?«, rief sie.

Aus dem hinteren Teil des Gebäudes drangen Geräusche, also trat sie ein. »Hallo?«

Mit dem Mitbringsel in den Händen ging sie an den Büros der Wache vorbei nach hinten, wo sie die Fahrzeughalle vermutete. Doch anstelle einer großen Halle, in der es von

Feuerwehrmännern wimmelte, gelangte sie in einen großen Aufenthaltsraum. In der angrenzenden Küche waren zwei Frauen mit Kochen beschäftigt. Wie bei ihr zu Hause lief auch hier der Fernseher mit Berichten über das Feuer.

»Hallo!«, rief sie zum dritten Mal.

Die beiden Frauen wandten sich zu ihr um und lächelten.

»Augenblick, ich nehme dir das ab.« Erin schätzte die dunkelhäutige Frau auf Mitte vierzig. Sie hatte ein sehr nettes Lächeln und umwerfend ausdrucksvolle Augen.

»Ich hoffe, es ist in Ordnung, dass ich einfach so reinplatze.« Erin gab der Frau die Tüte.

»Kein Problem! Wenn offen ist, einfach reinkommen.« Die zweite Frau war weiß und mindestens zehn Jahre jünger als die andere. Sie hatte kurzes braunes Haar und ziemlich viel Eyeliner aufgelegt. Erin fragte sich, weshalb ihr das auffiel.

»Ich habe noch mehr im Wagen«, sagte sie.

»Brauchst du Hilfe?«

»Nein, das krieg ich hin.«

Sie stapelte die drei Backbleche mit den restlichen Backwaren aufeinander und schleppte alles auf einmal in die Wache. Die Frauen halfen ihr beim Auspacken.

»Ich bin Tamara, Antons Frau«, sagte die ältere. »Und das ist Kim. Sie ist mit Tom verheiratet.«

Erin fühlte sich plötzlich fehl am Platz. »Ich bin Erin … äh, eine Freundin von Matt.«

Die beiden hoben die Brauen, ihr Lächeln wurde noch breiter. »Er hat uns noch gar nichts verraten.«

In Erins Bauch begannen Schmetterlinge zu flattern. Allerdings nicht die freudig aufgeregten wie vor einem ersten Kuss, sondern jene, die drohten, ihr Frühstück wieder ans Licht zu bringen, wenn sie nicht aufpasste. »Das hätte mich auch überrascht. Wir … wir sind bloß Freunde und …« Ihre Wangen wurden heiß. »Und wir kennen uns noch nicht lang.«

»Schon gut, meine Liebe. Wir wollten nicht neugierig sein, haben uns nur gewundert«, sagte Tamara. »Möchtest du was trinken? Wasser? Limo? Stärkere Sachen gibt's hier nicht.«

»Nein, danke. Ich bin schon wieder weg …« Die Sorge um Matt machte sie zum Nervenbündel.

Kim nahm eine Flasche Wasser aus dem Kühlschrank und reichte sie Erin. »Du musst uns auch nichts erklären. Wir wissen, wie kribbelig es einen macht, wenn die Jungs draußen im Einsatz sind. Deshalb sind wir ja hier.«

Erins angespannte Miene wich einem Lächeln. »Oje, ihr Armen. Leider kenne ich eure Männer nicht, aber es muss schlimm für euch sein. Ich bin bloß eine Freundin und …«

Tamara grinste. »Ich würde gern behaupten, dass es mit der Zeit leichter wird.«

Kim zog das Abdeckpapier von einem Blech voller Cookies. »Betreibst du eine Bäckerei?«

Erin schüttelte den Kopf. »Ich backe, wenn ich nervös bin.«

»Auweia. Das war bloß ein kleines Feuer. Was machst du erst bei einem mehrtägigen Waldbrand?«

Kein schöner Gedanke. Erin schluckte. »Kocht ihr beide immer hier?«

»Nein, nein. Das ist das erste richtige Feuer der Saison. Da wollten Kim und ich den Jungs eine Freude machen. Bei größeren Einsätzen werden sie draußen in den Camps verpflegt. Aber bei kleineren Bränden machen wir uns gern hier nützlich, um nicht zu Hause die Wände hochzugehen.« Tamara nickte Kim zu. »Christina war auch hier, aber nachdem sich die Jungs gemeldet hatten, haben wir sie heimgeschickt.«

»Wer ist Christina?«, fragte Erin.

»Jessies Frau.«

Kim schien ihren fragenden Blick zu bemerken. »Keine Sorge. Du wirst sie alle noch kennenlernen. Christina ist hochschwanger. Wir haben ihr versprochen, sie anzurufen, sobald es Neuigkeiten gibt.«

Die Vorstellung, neue Leute zu treffen, beunruhigte Erin. »Ich sollte jetzt …«

»Wie hast du Matt denn kennengelernt?«, fragte Tamara.

»Meine Freundin ist mit seinem Bruder zusammen.«

»Und wie lange datet ihr schon?«

Erin blinzelte ein paarmal. »Wir sind bloß Freunde«, wiederholte sie.

Kim und Tamara wechselten einen Blick. »Ah, ja. Okay.« Kim hielt einen Brownie in die Höhe. »Die sehen köstlich aus.«

Ohne es zu merken, hatte sich Erin gesetzt und die Wasserflasche halb leer getrunken. Sie stand auf. »Ich sollte jetzt wirklich …«

Noch bevor sie den Satz zu Ende gesprochen hatte, vernahmen sie die automatische Toranlage.

»Ich glaube, sie kommen.«

Erin gefror das Lächeln im Gesicht. Wie in aller Welt sollte sie Matt ihre Anwesenheit erklären?

* * *

Er war hungrig, verdreckt und vollgepumpt mit Adrenalin.

»Sieht aus, als würden wir doch noch zu unserem warmen Essen kommen«, sprach Tom ins Mikrofon seines Headsets.

Matt hatte die zusätzlichen Autos auf dem Parkplatz gesehen. Er mochte es, wenn die Partnerinnen oder Partner von Kollegen nach einem Einsatz mit einem guten Mahl auf sie warteten und sich anhörten, was sie in den letzten Stunden erlebt hatten. Wenn sie einmal besonders lange draußen gegen ein Feuer kämpften, gesellte sich oft auch seine Mutter zu den Getreuen auf der Wache und packte mit an. Win-win für alle Beteiligten.

Das Feuer heute hatte es in sich gehabt. Doch weil es fast windstill und die Landschaft noch nicht vollkommen ausgedörrt war, hatten sie die Flammen schnell unter Kontrolle bekommen. Ein paar Crews waren noch damit beschäftigt, letzte Glutnester zu löschen. Für morgen hatte er sich freiwillig als Ablösung gemeldet. Zwar würde er durch die Überstunden das Grillen mit Erin verpassen, aber vielleicht vermisste sie ihn dann ein bisschen und willigte bald in ein richtiges Date ein.

Tom steuerte den Truck rückwärts in die Halle, die Crew sprang heraus.

Der Captain überließ es seinen Männern, den Auspuff an die Absauganlage anzuschließen und den Truck für den nächsten Einsatz klarzumachen. Erst danach würden sie ihre rußigen Hintern in den Innenbereich der Wache bewegen.

»Ich glaube, den Rost vom Winter sind wir heute losgeworden«, sagte Tom.

Matt stieß seine Faust gegen Toms. »Allerdings. Das nächste Feuer kann kommen.« Hier in Südkalifornien gab es immer ein nächstes.

Schon beim ersten Schritt in die Wache versetzte der Duft von Knoblauch und Gewürzen seinen Magen in freudige Erwartung. Mitten in der Küche umarmte der Captain Tamara und Kim stürzte auf Tom zu.

»Christina haben wir nach Hause geschickt, Jessie. Am besten, du rufst sie gleich an.«

Jessie hatte sein Telefon bereits in der Hand.

Matt wollte sich gerade auf den Weg zu den Duschräumen machen, als er sie entdeckte. Er blinzelte ein paarmal. »Erin?«

Sie stand auf der anderen Seite des großen Esstischs hinter Bergen von köstlich duftenden Speisen. Die Hände hatte sie ineinandergeschlungen, und sie trat nervös von einem Fuß auf den anderen. »Hi.«

Matt wusste nicht, was in ihm vorging. Später würde er versuchen, sich zu erinnern, und feststellen, dass sein Kopf völlig leer gewesen war. Seine Füße trugen ihn zu ihr, seine Hand bewegte sich auf sie zu. Gerade hatte sie ihn noch voller Anspannung gemustert, jetzt bog er ihr Gesicht mit den Händen zu ihm, und sein Mund näherte sich ihrem.

In dem Moment, in dem ihre Lippen sich berührten, wurde sein Adrenalinspiegel in Höhen katapultiert, die er nicht einmal bei einem Feuer erreichte. Ganz gleich, wie gefährlich der Einsatz war.

Sie schmeckte nach Sonnenschein und Frühlingsregen zugleich.

Erin schnappte nach Luft, oder vielleicht war er es selbst gewesen. Doch sie wich nicht zurück. Als sich schließlich wieder sein Gehirn zuschaltete, hielt er sie noch einen Augenblick fest. »Du bist hergekommen.«

Ihr Gesicht war dunkelrot angelaufen, ihre Augen waren vor Überraschung riesengroß, und ihr Blick hing an seinen Lippen. »Ich habe … ähm …«

Er wusste, dass er sein Lächeln kaum wieder loswerden würde. »Du hast dir Sorgen gemacht?«

Sie nickte dreimal kurz.

Matt legte die Hände an ihre Schultern und bemerkte den Rußfleck, den er in ihrem Gesicht hinterlassen hatte. Beim Versuch, ihn mit dem Daumen wegzuwischen, machte er es nur schlimmer.

Obwohl er sie lieber weiter festgehalten hätte, ließ er die Hände an seine Seiten fallen. »Ich muss unter die Dusche.«

Sie brachte noch immer keinen Ton heraus.

»Geh bitte nicht weg.« Er war ziemlich sicher, dass er ihr das sagen musste, damit sie noch da war, wenn er aus der Dusche kam.

»Ähm …« Erin legte die Fingerspitzen an ihre Lippen. »Okay.«

Er drückte ihr ein Küchentuch in die Hand.

Der Kommandant und Tom schlossen sich ihm an. Im Vorbeigehen hörte er Tamaras Stimme. »Nur Freunde. So, so.«

* * *

Erin war wie betäubt.

Dass sie dastand und ein Küchentuch umklammerte, fand sie fast genauso verwirrend wie das, was gerade passiert war. Matt hatte sie geküsst.

Und sie hatte es zugelassen.

Direkt vor seinen Mannschaftskameraden.

Kim trat lachend neben sie. »Du hast da …« Sie machte eine Wischbewegung an ihrer Wange.

»Die Toilette ist dort drüben.« Tamara zeigte den Flur entlang.

Gute Idee.

Erin flüchtete sich hinter die Toilettentür. Im Spiegel sah sie außer dem Ruß in ihrem Gesicht auch strahlende Augen. Mit kaltem Wasser wusch sie Matts Berührung ab. Sie blieb am Waschbecken stehen und musterte sich im Spiegel.

Er hatte sie geküsst.

Und, Grundgütiger, sie hatte den Kuss erwidert.

Augenblick. Hatte sie das wirklich? Sie schloss die Augen und rief sich alles noch einmal in Erinnerung. Den Moment, bevor seine Lippen ihre berührt hatten, und das Flattern im Magen. Sie hatte den Schmutz vom Kampf gegen das Feuer auf seiner Haut gesehen und wie sein Blick ihren gefunden und festgehalten hatte. Ohne nachzudenken, hatte er die Hände nach ihr ausgestreckt. So als hätte er das schon hundertmal getan und sie zu küssen wäre ganz alltäglich. Dabei war das ihr erster Kuss gewesen.

Ihr wunderbarer erster Kuss.

Matt hatte sie so zärtlich und behutsam berührt, dass sie nach Luft geschnappt und sich zu ihm gebeugt hatte.

Jap! Sie hatte den Kuss erwidert. Eindeutig.

»Oh Gott.« Wie sollte sie ihm noch einmal in die Augen schauen? Ihm und der ganzen Mannschaft?

Zwanzig Minuten später saßen Matt und die anderen in ihren blauen Uniformhosen und L.A.-County-Firefighter-T-Shirts am Tisch und schaufelten Essen in sich hinein wie Teenager nach der Schule.

»Bei einem solchen Festmahl wünscht man sich fast ein tägliches kleines Feuer.« Tom lud sich die nächste große Portion Kartoffelpüree mit Knoblauch auf den Teller.

»Du kochst bloß nicht gern«, erwiderte Jessie.

Tom zuckte die Achseln.

»Falls es dich tröstet, wir essen auch nicht gern, was du kochst«, fügte Matt hinzu.

Erin saß still lächelnd mit am Tisch. Seit sie in Kalifornien lebte, war dies die größte Gruppe von Fremden, mit der sie bislang zusammengetroffen war. Dabei saßen eigentlich nur fünf Leute am Tisch, die sie nicht kannte. Maci, die Frau, die sie einmal gewesen war, hatte Spaß an geselligen Runden gehabt. Aber Erin? Erin fühlte sich in Menschengruppen unwohl. Sicher würden bald die ersten Kennenlernfragen gestellt werden. Und sie musste mit einstudierten Lügen antworten. Nur gut, dass kein Alkohol in den Gläsern war. Wenn sie etwas trank, konnte sie den Mund nicht halten und plauderte Geheimnisse aus. Das wusste sie seit ein paar Margaritas mit Parker.

»Es gibt fast so viel Dessert wie Abendessen. Also lasst noch ein bisschen Platz«, sagte Tamara.

»Hast du eine Obstpastete gemacht?«, fragte Anton seine Frau.

»Nein. Für den Nachtisch hat Erin gesorgt.«

Kim lachte leise, verzichtete aber auf einen Kommentar.

Matt beugte sich vor. »Hast du Brownies mitgebracht?«

Eine unverfängliche Frage. »Ja.«

Er verzog das Gesicht.

»Was ist? Ich dachte, du magst sie.«

»Deine Brownies sind der helle Wahnsinn. Den Jungs hier eine Kostprobe davon zu geben, könnte gefährlich werden.«

In seiner Stimme lag Stolz, und Erin konnte sich ein Lächeln nicht verkneifen.

»Der helle Wahnsinn? Tatsächlich?«, fragte Jessie.

Matt schüttelte den Kopf. »Ja. Vermutlich mögt ihr sie nicht. Ich erspare euch die Erfahrung und nehme sie mit nach Hause.«

»Jetzt muss ich sie probieren, Diät hin oder her«, erklärte Tamara.

»Du bist genau richtig, wie du bist.« Kim wechselte das Thema, und bald redeten alle durcheinander wie in einer großen Familie.

Das Familienoberhaupt war Anton, und Jessie war das Baby. Wobei das Alter nicht unbedingt im Vordergrund stand. Es gab einfach verschiedene Rollen. Kim war Toms zweite Frau. Anton und Tamara waren »schon ewig« verheiratet, wie Tamara sagte, bevor sie sich zu ihrem Mann beugte und ihn küsste. Jessie war ein frischgebackener Ehemann und würde bald ein frischgebackener Vater sein.

»Wie habt ihr beide euch denn kennengelernt?«, wandte sich Tamara an Erin und Matt.

Erin ließ Matt den Vortritt. »Durch Colin. Seine Verlobte ist Erins Vermieterin.«

»Ich wusste gar nicht, dass Colin verlobt ist«, bemerkte Tom.

»Nicht offiziell«, sagte Erin und schaute zu Matt. »Oder weißt du mehr als ich?«

»Sicher hat er inzwischen die Frage aller Fragen gestellt«, erwiderte Matt. Er wandte sich an die anderen am Tisch. »Er und Parker sind in Cabo. Dort will er ihr einen Ring anstecken.«

»Aber wird sie auch Ja sagen?«, fragte Jessie.

Alle schauten Erin an.

»Ja. Ja, das wird sie.«

Matt lächelte.

Tamara neigte den Kopf. »Wie schön. Parker wohnt ganz oben im Creek Canyon, nicht wahr? Wo es die Überschwemmungen gab?«

Matt nickte. »Ja. Erin hat Parkers Gästehaus gemietet. Der Winter war ziemlich dramatisch.«

Erneut richteten sich alle Blicke auf Erin.

»Es muss furchtbar gewesen sein. Erst das Feuer, dann Wasser ohne Ende«, sagte Kim.

»Ich bin erst nach der Waldbrandsaison eingezogen. Aber Parker sagt, es sei die Hölle gewesen«, antwortete Erin.

Anton schob seinen leeren Teller beiseite und lehnte sich zurück. »Das Creek-Canyon-Feuer war eines der schlimmsten, die wir hier je erlebt haben. Es ist regelrecht aus dem Canyon heraus explodiert und hat uns keine Zeit gelassen, es aus der Luft zu bekämpfen. Von Hand oder mit Bulldozern Feuerschneisen zu schlagen, war absolut undenkbar. Ein Wunder, dass wir nicht mehr Wohnhäuser verloren haben.«

Das Gespräch drehte sich nun um das Feuer, zu dem die Männer heute ausgerückt waren. Wie es sich verhalten hatte, was sie getan hatten, um die Wohnsiedlung zu sichern. Im Lauf der Unterhaltung wurde Erin bewusst, weshalb die Ehefrauen der Feuerwehrleute gerade beim ersten Feuer der Saison so wichtig waren. Beim Reden verarbeitete die Crew die Ereignisse des Tages. Was anderen Menschen vielleicht Angst gemacht hätte, gehörte hier zum Alltag. Nebenbei erfuhr sie, dass alle anderen Feuer, mit denen sie es in diesem Jahr bislang zu tun gehabt hatten, binnen einer Stunde gelöscht worden waren. Bei den bevorstehenden größeren Bränden würde es wohl nur Telefonanrufe, aber keine weiteren gemeinsamen Abendessen auf der Wache geben.

»Wenn wir länger draußen bleiben müssen, wird eine weitere Crew zur Wache beordert, damit für andere Notfälle jemand bereitsteht.« Gearbeitet wurde in drei Schichten, rund um die Uhr. A, B und C. Matt und seine Crew gehörten zur B-Schicht. Normalerweise fuhren die Mannschaften immer in derselben Zusammensetzung zu ihren Einsätzen. Mit gelegentlichen Ausnahmen.

Für Erin war das eine ganz neue Welt.

Als Tamara aufstand und die Teller zusammenstellte, erhoben sich auch alle anderen und halfen mit. Das restliche Essen wurde eingepackt, um es mit nach Hause zu nehmen.

»Was ist das denn alles?« Jessie zeigte auf die riesige Menge von abgedecktem Gebäck.

»Das Dessert«, antwortete Kim. »Ich hoffe, du hast noch Hunger.«

Matt schaute Erin an. »Wie viele Brownies hast du denn mitgebracht?«

Sie blinzelte ein paarmal. »Ich backe wirklich gern.«

Kapitel 11

Matt brachte Erin zu ihrem Wagen. Sie hatte ihn am Straßenrand abgestellt. »Fahr nächstes Mal einfach auf den Parkplatz der Wache.«

»Du gehst davon aus, dass es ein nächstes Mal gibt?«

Ihr Lächeln verriet ihm, dass sie ihn aufzog. Doch bei Erin konnte man nie ganz sicher sein. Um noch ein paar Minuten mit ihr allein verbringen zu können, lehnte er sich gegen die Wagentür. »Dich hier zu sehen, war eine Überraschung.«

Sie hatte wunderschöne Augen. Himmelblau, aber nicht blass. Groß und unschuldig. Augen, in denen er ertrinken konnte.

»Ich war selbst ein bisschen erstaunt«, sagte sie.

»Ist dir klar, dass du genug gebacken hast, um die gesamte Crew ins Zuckerkoma zu versetzen?«

Sie musste lachen.

Er mochte ihr Lachen. Wenn er sie doch nur dazu bringen könnte, ihm in die Augen zu schauen.

»Tut mir leid, dass ich den Grillabend morgen verpasse.«

»Kein Problem. Vielleicht bestellen sich Austin und Mallory ja auch nur eine Pizza.«

Er wünschte sich so sehr, dass diese Augen ihn anschauten. »Trotzdem tut es mir leid, dass ich nicht kommen kann. Es sei denn, die beiden ordern Pizza mit Anchovis. Das verpasse ich gern.«

Bingo. Sie hob den Blick, und ihre Augen lächelten.

Bei seinen nächsten Worten würde sie wieder wegschauen. Darauf hätte er gewettet. Aber er hatte das Gefühl, dass Reden ihn bei dieser Frau weiterbringen würde. Deshalb nahm er sich ein Beispiel an seiner kleinen Schwester und sprach etwas aus, was sie eigentlich beide wussten. »Ich habe dich geküsst.«

Ihr Blick fiel auf ihre Füße. »Ja, stimmt.«

»Du hast es zugelassen.«

Ihre Hände begannen eine Art Tauziehen mit dem Schulterband ihrer Tasche. »Ja. Stimmt auch.«

Matt spürte ihr Unbehagen so deutlich wie die kühle Nachtluft, die ihn daran erinnerte, dass der Sommer sich erst noch warmlaufen musste. Er machte einen Schritt vom Wagen weg und öffnete ihr die Tür.

Erin zögerte. Ihr Blick driftete zu seinen Augen und von dort verstohlen zu seinen Lippen. Das war eine Einladung. Doch er wartete.

Los doch!, schrie eine Stimme in seinem Kopf. Er musste sich nur ein klein wenig vorbeugen, dann konnte er sie küssen und dafür sorgen, dass sie es auch spürte.

»Ähm … «, begann sie.

In der Wache heulte eine Sirene auf und beendete jäh den magischen Augenblick.

Er legte den Kopf in den Nacken und schloss die Augen.

»Was ist das?«

»Unser nächster Einsatz.«

»Aber ihr seid doch eben erst zurückgekommen.«

Er lachte. »Wir konnten ungestört essen. Das war ein absoluter Glücksfall.« Bedächtig legte er eine Hand an ihre Wange und beugte sich zu ihr. »Ich rufe dich morgen an.«

»Fühl dich nicht …«

Das automatische Tor der Fahrzeughalle öffnete sich. Er musste sich beeilen.

Seine Hand fiel von ihrem Gesicht. Der Kuss, zu dem sie bereit gewesen war, würde warten müssen. »Fahr vorsichtig.«

»Pass auf dich auf.«

Er zwinkerte ihr zu. »Immer.«

* * *

Ihr hektisch vibrierendes Telefon auf dem Nachttisch holte Erin aus der morgendlichen Benommenheit. Sie hatte viel zu wenig geschlafen. Stattdessen hatte sie Matts Worte, die Art, wie er sie angesehen hatte, und natürlich den Kuss in Gedanken öfter durchgespielt als ein Teenager sein erstes Date. Sie war verloren. Absolut verloren. Wenn sie sich nicht gerade hin und her gewälzt hatte, hatte sie immer wieder die App geöffnet, die zeigte, ob seine Wache bei einem Einsatz war.

Ihr Telefon vibrierte schon wieder, und sie angelte es schlaftrunken von dem Tischchen neben ihrem Bett. Wie viele Notfälle konnte es an einem Samstagmorgen um sieben geben?

Die erste Nachricht stammte von Parker, ein Foto, auf dem die linke Hand ihrer Freundin zu sehen war. An ihrem Ringfinger glitzerte ein atemberaubender Diamant.

Die zweite bestand ebenfalls aus einem Foto, das Parker und Colin vor großen Felsblöcken an einem Strand zeigte. Am Himmel hingen Wolken, und sie waren beide bis auf die Haut nass. Fast so, als wären sie in ihren Kleidern ins Wasser gefallen, herausgezogen und auf den Sand geschleift worden. Sie sahen jämmerlich aus, strahlten aber in die Kamera, als hätten sie sich gerade halb totgelacht. Die Geschichte zu dem Foto ist unglaublich!, hatte Parker dazugeschrieben.

Die dritte Nachricht stammte von Matt. Parker hat Ja gesagt. Und … Guten Morgen.

Erin schrieb zuerst an Parker. Herzlichen Glückwunsch! Bin wirklich neugierig, weshalb ihr beide ausseht wie begossene Pudel.

Der nächste Text ging an Matt. Guten Morgen. Ja, Parker hat mir schon Fotos geschickt. Dein Bruder hat einen schönen Ring ausgesucht. Erin vermutete allerdings, dass Parker Fotos von Ringen, die ihr gefielen, unauffällig auffällig hatte herumliegen lassen. Und Colin hatte die Hinweise offenbar verstanden.

Sie legte das Telefon weg und schlug die Decke zurück. Dann lauschte sie nach Geräuschen von Austin oder Scout, doch alles war still. Allerdings hatte Parker ihr gesagt, dass Austin am Wochenende meist lange schlief.

Ihr Telefon summte.

OMG!!! Er hat dich geküsst? Matt hat dich geküsst?

Erin blinzelte ein paarmal, schüttelte den Kopf und blinzelte dann wieder. Ja, sie hatte richtig gelesen.

Hat er dir das geschrieben?, textete sie zurück.

Auf dem Display konnte sie sehen, dass Parker tippte. Matt hat es Colin verraten und Colin mir. Familien-Buschtrommeln. Seltsam, aber wahr. Wie war's?

Himmlisch. Einfach himmlisch. Verrate ich dir, wenn du wieder hier bist. Viel Freude mit dem Funkelstein.

Du machst mich fertig, Erin. Sag mir wenigstens: Lächelst du jetzt gerade? Parkers Frage überraschte sie.

Sie legte eine Hand an ihre Wange und spürte das Grinsen auf ihren Lippen.

Ja.

Parker musste wie üblich das letzte Wort haben. Yay!!! Okay! Wir reden, sobald ich zu Hause bin. Sie fügte drei Zeilen Herzchen in verschiedenen Farben, Kussmünder und Blümchen hinzu. Die Frau war offensichtlich glücklich.

Erin grub die Zehen in den Teppich und zwang sich aufzustehen. Als sie in die Küche kam, tappte Scout aus Austins Zimmer, stellte sich an die Schiebetür nach draußen und wedelte mit dem Schwanz.

Sie machte dem Hund die Tür auf, und weil es bereits warm genug war, ließ sie sie gleich offen. So konnte Scout kommen und gehen, wie er wollte.

Heute entschied sie sich für einen Tee als Wachmacher. Sie füllte den Wasserkessel. Munter zu werden, stand ganz oben auf ihrer Liste. Fast so weit oben wie die Suche nach der Antwort auf die Frage, wie es mit Matt weitergehen sollte. Wie kam sie dazu, seinen Kuss zu erwidern oder sich von ihm küssen zu lassen? Sie war ja noch nicht mal geschieden.

Er konnte das natürlich nicht wissen, und sie betrachtete sich nicht länger als verheiratet. Aber trotzdem.

Gerade als der Wasserkessel lossummte, klingelte ihr Telefon.

Wenn man vom Teufel spricht. »Guten Morgen, Matt.«

»Klingt gut, wie du das sagst.«

Sie schüttelte den Kopf. »Du flirtest, wenn du den Mund aufmachst.«

»Bekenne mich schuldig. Ich wollte dir gerade noch mal schreiben, da dachte ich, wenn wir beide sowieso wach sind, kann ich dich auch anrufen.«

Sie legte das Telefon auf die Arbeitsplatte und drückte auf das Lautsprechersymbol. »Mir scheint, du hast heute Morgen schon recht fleißig telefoniert.«

»Oh. Da hat wohl jemand gepetzt.«

Sie goss kochendes Wasser in die Tasse mit dem Teebeutel. »Verrätst du deinem Bruder immer alles?«

»Nur, wenn es wichtig ist. Er freut sich so, dass Parker Ja gesagt hat. Kann sein, dass ich in dem Zusammenhang den Kuss erwähnt habe.«

»Ich hätte nie gedacht, dass Männer so was machen.«

»Eigentlich wollte er mir nur erzählen, wie gut Parker der Ring gefällt und dass sie findet, jeder Mensch bräuchte ein bisschen Romantik im Leben. Parker hat neben ihm gesessen und gefragt, wie es zu Hause läuft. Du weißt ja, dass sie gern alles unter Kontrolle hat.«

»Oh ja.«

»Jedenfalls hat sie sich erkundigt, ob ich schon beim Haus war, und ich habe den beiden erzählt, dass du zur Wache gekommen bist. Ich glaube, Parker hat gekreischt. Du weißt schon, so ein typisch weiblicher Glückskreischer.«

Erin konnte sich das mühelos vorstellen. »Aha.«

»Und dann habe ich ihnen aus Versehen verraten, dass ich dich geküsst habe.« Er legte eine kleine Pause ein. »Sie hat noch mal gekreischt.«

»Wie bitte verrät man jemandem etwas *aus Versehen?*«

»Keine Ahnung. Vielleicht liegt es am Schlafmangel. Bist du sauer?«

Er hatte auch nicht geschlafen. Sie lächelte.

»Nein.«

»Gott sei Dank.«

»Aber private Dinge behalte ich normalerweise lieber für mich.«

»Es wird nicht mehr vorkommen.«

Sie zögerte. »Was denn? Dass wir uns küssen?«

»Nein! Ich meine, hoffentlich kommt *das* noch mal vor. Ich habe große Lust auf weitere Küsse. Aber ich werde mich davor hüten, auch nur ein Wort darüber zu verlieren.«

Schlagartig wurde ihr bewusst, dass sie schamlos mit ihm flirtete und ihm jede Menge Bälle zuwarf. »Ich bin derzeit nicht in der Lage, weitere Küsse zu versprechen.«

Einen Moment lang schwieg er. »Hat es dir nicht gefallen?«

»Doch. Es war …« Sie seufzte. »Ich bin nicht gut in solchen Sachen.«

»Irrtum. Ich konnte letzte Nacht nicht schlafen, weil ich immer an dich denken musste.«

Sie verdrehte die Augen. »Du hast nicht geschlafen, weil du zwei weitere Einsätze hattest.«

»Moment mal. Woher weißt du das?«

Sie biss sich auf die Lippe. Herrje, wie konnte sie sich so verplappern? »Von der App.«

»Du spionierst mir nach.« Er lachte.

»Überhaupt nicht. Diese App kann sich jeder aufs Telefon laden. Ich liege nicht mit einem Fernglas vor der Wache auf der Lauer.«

»Das wäre auch ein bisschen unheimlich«, antwortete er.

»Stimmt. Dir nachzuspionieren liegt mir fern.«

»Du warst bloß neugierig?«

»Besorgt.«

»Das ist ja noch besser.«

Erin schloss die Augen. »Matt …«

»Schon gut. Ich hab's verstanden. Ich habe dich geküsst, und es hat dir so gut gefallen, dass du immer wieder daran denken musstest. Prima! Ich will, dass du an mich denkst.«

»Du bist ziemlich überzeugt von dir.«

»Liege ich falsch?«

Oh, wie gern sie ihm versichert hätte, wie richtig er lag. Doch sie schwieg.

»Siehst du«, sagte er. »Ich will, dass du weißt, dass ich auch an dich denke.«

Dass er an sie dachte, freute sie sehr. So ungern sie es zugab.

»Geh mit mir aus.«

»Nein.« Die Antwort kam fast reflexartig. »Ich meine, tut mir leid. Aber zurzeit passt es einfach nicht.« Selbst in ihren Ohren klang das nach einer lahmen Ausrede.

Nach ein paar Sekunden sagte Matt: »Okay. Ich will dich nicht drängen.«

Eigentlich genau, was sie hören wollte. Nur weshalb zog ihre Brust sich dann schmerzhaft zusammen? »Okay.«

»Das heißt nicht, dass ich aufgebe. Ich warte bloß ab.« Er sagte das mit so viel fröhlicher Leichtigkeit, dass der Druck in ihrer Brust sofort nachließ.

»Du bist unglaublich.«

»Ja. Ich weiß. Und jetzt muss ich los.«

»Pass auf dich auf«, bat sie.

»Erin?«

»Ja?«

»Nichts. Ich sage nur gern deinen Namen. Ich melde mich später noch mal.« Damit legte er auf.

Bevor ihr Gehirn das Gespräch verarbeiten konnte, summte ihr Telefon.

Du bist auch unglaublich.

Sie starrte aufs Display. *Oh, Erin. Was machst du da bloß?*

* * *

Erin stand in der Ankunftshalle, um wie versprochen Parker und Colin abzuholen. Anstatt in einer Autokolonne endlos im Kreis durch die Be- und Entladezone zu fahren, bis die beiden irgendwann dort erschienen, hatte sie den Wagen ins Parkhaus gestellt. An öffentlichen Orten trug sie immer eine

Baseballmütze und eine Sonnenbrille. Sie musste ihr Gesicht verbergen. In einem Flughafen ganz besonders.

Desmond reiste viel. Das verlangte seine Arbeit. Zumindest hatte er das immer behauptet. Sie nahm allerdings an, dass er in Wahrheit diverse Affären jonglierte. Jedenfalls war er viel unterwegs, was ihr immer wieder ein paar Tage ohne ihn beschert hatte. Allein der Gedanke an ihn veranlasste sie, den Kopf zu senken und das Kinn an die Brust zu ziehen, um ihre Augen zu verstecken. Die Sonnenbrille hatte sie nun doch abnehmen müssen. Sie in einem geschlossenen Gebäude zu tragen, wäre zu auffällig gewesen.

Öfter, als sie wahrhaben wollte, fragte sie sich, ob er auch die anderen Frauen schlug. Sie konnte unmöglich die Einzige sein. Oh, wie sehr sie sich immer gewünscht hatte, er möge sich an der Falschen vergreifen und hinter Gittern landen. Dann hätte sie ihr altes Leben vielleicht behalten können.

Trotz all ihrer Bemühungen, diese Gedanken abzustellen, weckten die vertrauten Flughafengeräusche Erinnerungen. Und in den meisten spielte er eine Rolle.

Eine Sekunde lang blieb ein Geschäftsmann in einem Anzug neben ihr stehen, und sie erstarrte. Aus dem Augenwinkel sah sie den Namen eines Reisenden auf einem Tablet-Computer. Erst jetzt traute sie sich aufzublicken und stellte fest, dass der Fremde ganz anders aussah als ihr Noch-Ehemann.

Matt trug keine Anzüge. Zumindest hatte sie ihn nie in einem gesehen.

An ihn zu denken, beruhigte ihr jagendes Herz.

Jetzt traten wieder Reisende durch den Passagierausgang in die Ankunftshalle. Sie musste sich konzentrieren. Mit den Augen suchte sie in der Menge nach dem glücklichen Paar. Fünf Minuten vergingen, dann erschienen die beiden genau so, wie sie es erwartet hatte. Mit frischer Bräune, lächelnd und so entspannt, dass jeder sofort erraten konnte, womit sie ihren Urlaub verbracht hatten.

Parker entdeckte sie, kreischte auf und rannte zu ihr. Bevor Erin auch nur Hallo sagen konnte, hielt Parker ihr schon die Hand unter die Nase.

In natura war der Ring noch schöner als auf dem Foto. »Gut gemacht, Colin.« Erin legte die Arme um die beiden.

»Womöglich habe ich ja den einen oder anderen Hinweis bekommen.«

»Herzlichen Glückwunsch.«

Parker war aufgeregt wie ein Teenager und schmiegte sich auf dem Weg zum Gepäckband an Colin. »Wir haben so viel zu tun. Nora plant schon die Verlobungsparty.« Nora war Colins und Matts Mutter.

»Bald wirst du dein Leben kaum wiedererkennen«, sagte Erin zu Colin.

»Ja, den Verdacht habe ich auch.« Sein Lächeln verriet, dass er das völlig in Ordnung fand. Vor ihrer eigenen Hochzeit war Erin zweimal Brautjungfer gewesen. Und während ihre Freundinnen sich genauso benommen hatten wie jetzt Parker, hatten die Männer genauso entspannt gewirkt wie Colin. Nie wäre sie darauf gekommen, dass das bei ihrem Bräutigam nur eine Fassade sein könnte. Doch sie hatte sich getäuscht.

»Du hättest uns auch einfach draußen einsteigen lassen können. Erin? Alles klar bei dir?«

Erin merkte, dass Parker mit ihr redete. Gehört hatte sie nur die letzten Worte. »Entschuldige. Ja. Was hast du gesagt?«

Parker neigte den Kopf. »Nichts.«

Die Frauen warteten gemeinsam, während Colin am Gepäckband nach den Koffern Ausschau hielt.

»Wie geht's Matt?«, fragte Parker.

»Das ist eine Fangfrage.«

Parker lachte. »Erzähl mir alles.«

Erin beugte sich ein wenig näher und senkte die Stimme. »Nicht, solange Colin dabei ist. Die beiden verraten einander mehr Geheimnisse als dreizehnjährige Mädchen im Sommerlager.«

»Dann heb es dir auf bis zum nächsten Mädelsabend.«

»Und der ist wann?«

»Sobald alle Zeit haben. Die Idee hatte Colin auf dem Heimflug. Er meint, ich bräuchte jetzt dringend Wein, Schokolade, Östrogen und ein paar Brautmodenzeitschriften.«

Erin schaute zu, wie Colin nach dem zweiten Koffer griff. »Er ist sehr einfühlsam.«

»Ja. Ich bin ein Glückspilz.«

Erin legte einen Arm um die Schultern ihrer Freundin. »Der Glückspilz ist er.«

Colin rollte das Gepäck zu ihnen. »Habt ihr jetzt genug über mich geredet?«

»Wir fangen gerade erst an.« Parker knuffte ihn in die Seite.

Das Glück der beiden war herzerwärmend. »Fertig?«, fragte Erin.

Sie machten sich auf den Weg zum Ausgang, doch schon nach ein paar Schritten hörte sie es.

Jemand rief ihren Namen.

»Maci?«

Der Ruf kam aus einiger Entfernung, die weibliche Stimme klang gänzlich unbekannt. Nur mit größter Mühe gelang es ihr, sich nicht umzudrehen und nachzuschauen, wer mit ihr reden wollte. Eine Sekunde lang zögerte sie.

»Bist du irgendwo hängen geblieben?«, fragte Parker.

»Maci? Bist du das?« Immer noch sehr weit hinter ihnen. Von irgendwo aus dem Gepäckbereich.

Erin ging schneller, schob sich durch die Menschenmenge, die zum Ausgang strebte. Die Fußgängerampel am Überweg zeigte an, dass die Grünphase noch neun Sekunden dauerte.

»Das schaffen wir.« Ohne innezuhalten, trat sie auf die Fahrbahn und hoffte, dass Parker und Colin ihr folgten.

Obwohl die Sonne gerade untergegangen war, kramte sie die Sonnenbrille aus der Tasche. Auf dem Weg ins Parkhaus verbarg sie dahinter ihre Augen.

»Du hast es aber eilig.«

Erin lauschte mit gespitzten Ohren nach dem Namen, den sie abgelegt hatte. Dabei strebte sie mit unvermindertem Tempo weiter. »Je früher wir loskommen, desto besser.«

»Warum?«, fragte Parker. »Hast du heute noch ein heißes Date? Oh mein Gott. Genau. Das ist es. Du bist heute Abend mit Matt verabredet!«

Erst im Parkhaus wagte Erin einen Blick über die Schulter.

Nichts. Niemand war ihnen gefolgt. Vielleicht hatte sie sich getäuscht. Vielleicht hatte jemand nach einer anderen Maci gerufen.

»Es ist Dienstag. Dienstags hat man kein heißes Date.« Nach einem weiteren hektischen Blick öffnete sie per Fernbedienung den Kofferraum des Wagens.

»Wenn der eine am Wochenende Dienst hat, vielleicht schon.«

Erin ging zur Fahrerseite und setzte sich ans Steuer. »Matt und ich haben heute keine Verabredung.«

Parker setzte sich hinter sie und überließ Colin den Beifahrersitz.

»Wann dann?«

»Dates sind nicht geplant.« Weshalb brauchte Colin so lang? *Verstau doch endlich das Gepäck.*

»Was? Warum?«

»Du weißt, warum.« Erin warf einen Blick in den Rückspiegel und seufzte erleichtert auf, als Colin den Kofferraum schloss. Sie kramte einen Zehndollarschein aus ihrer Handtasche und ließ den Wagen an.

»Erin? Matt ist nicht *er.*«

Erin schaute erneut in den Rückspiegel, dann in die Seitenspiegel. Im Parkhaus schien niemand zu lauern. »Lass uns später darüber reden.«

Colin schob sich auf den Beifahrersitz und schloss die Tür. Noch bevor er den Gurt angelegt hatte, waren sie unterwegs zur Ausfahrt.

Erst draußen auf dem Freeway, der wieder einmal mehr einem Parkplatz als einer Autobahn glich, lockerte Erin den eisernen Griff um das Lenkrad.

»Und?«, seufzte sie. »Habt ihr schon einen Termin?«

Die beiden musterten sie nur stumm.

»Was?«

Kapitel 12

Die rustikale Kneipe im Stadtzentrum war ideal für eine Happy Hour mit ein paar Jungs. Erin und Parker machten sich mit Grace und einer Freundin im Ranchhaus einen Mädelsabend, Matt hatte Colin und ein paar von Colins Kollegen hierher eingeladen. *Eingeladen* bedeutete, er würde ein paar Runden Bier ausgeben und den Fahrdienst übernehmen.

»Eine Frau wie Parker gibt's nur einmal. Ich freue mich für dich, Kumpel.« Die Worte kamen von Fabio, einem von Colins Kollegen. Abgesehen von seinem langen Haar sah Fabio dem Mann kaum noch ähnlich, der in den Achtzigern viele Cover von Liebesromanen geziert hatte.

»Ja. Sie ist wirklich was Besonderes.« Colin nahm einen Schluck Bier. Es war sein zweites, und das dritte wartete bereits mit perfekter Schaumkrone auf dem Tresen.

Glynn knuffte Colin gegen die Schulter. »Fuchtelt sie immer noch mit irgendwelchen Schießeisen rum?«

»Nur wenn sie muss.«

»Diese Frau gehört nach Texas, wo sie das Gewehr in die Rückscheibe ihres Trucks hängen könnte. Du kennst die Geschichten, oder, Matt?«, fragte Fabio.

Matt nickte. »Parker und ihr Gewehr sind Legende. Bei der ersten Begegnung mit Colin hat sie sich die Knarre geschnappt und ist mit ihm durch ein Bachbett marschiert, um die Schäden auf dem Grundstück zu inspizieren. Stimmt's, großer Bruder?«

Colin legte die Hand an sein Herz. »Liebe auf den ersten Blick. Ich wusste sofort, dass ich sie näher kennenlernen muss.«

»Sie wird dich immer fest im Griff haben«, frotzelte Glynn.

Die Männer lachten und machten ein paar Bemerkungen über lange Beine und rassige Kurven, gingen dabei aber nicht zu weit. Immerhin ging es um Colins Verlobte. Da war Respekt geboten. Wobei Parker der Respekt von Colins Kollegen von Anfang an sicher gewesen war, weil sie sich nie einfach zurücklehnte und bei der Arbeit zuschaute. Sie machte sich genau wie die Männer die Hände schmutzig, und am Ende eines Arbeitstages schmerzte ihr der Rücken mindestens so sehr wie allen anderen. Matt wusste das, weil Colin sich öfter darüber beklagte. Zu gern wollte er in jeder Notlage Parkers rettender Ritter sein. Aber anstatt auf ihn zu warten, krempelte sie stets gleich selbst die Ärmel hoch.

Matt bewunderte die Frau. »Sie wird eine prima Hudson werden«, sagte er zu seinem Bruder.

Colins Züge wurden weich. »Wow. Das hört sich gut an. Parker Hudson.«

»*Mrs* Parker Hudson«, fügte Glynn hinzu.

Matt hob sein Glas. »Auf einen Junggesellen weniger in der Stadt.«

Mit Prosit-Rufen ließen die Männer Colin und Parker hochleben. Gefolgt von ein paar Rülpsern.

* * *

»… war es gar nicht so einfach, von dem kleinen Boot runterzukommen, das Colin für die Fahrt zum Lovers' Beach gechartert hatte. Er steht also draußen an der Leiter, um mir runterzuhelfen. Da kommt plötzlich diese gigantische Welle.

Sie packt das Boot, es fängt an zu schlingern und ich verliere das Gleichgewicht. Er will mich auffangen, und wir landen beide im Wasser. Bevor wir wissen, wo oben und unten ist, wirft uns schon die nächste Welle an Land. Wir konnten vor Lachen kaum aufstehen. Versucht mal, durch feuchten Sand zu stöckeln, wenn euch ein pitschnasses Strandkleid an den Beinen klebt.«

»Das ist völlig gaga. Warum wolltet ihr bei dem schlechten Wetter überhaupt da raus?«

»Weil Colin einen Plan hatte. Außerdem hatte den ganzen Tag über kein einziges Wölkchen am Himmel gestanden. Der Captain oder Skipper, also jedenfalls der Mann mit dem Boot, meinte auch bloß: ›Kein Problem. Ich bringe euch hin.‹«

»Er wollte was verdienen«, stellte Erin fest.

Grace nickte, während Parkers Freundin Jennifer ihnen Wein nachschenkte.

»Wir stehen also triefend am Strand, und plötzlich fängt Colin an, wie von einer Wespe gestochen alle seine Taschen abzuklopfen. Dann kehrt er um und rennt zurück ins Wasser.«

Erin fiel die Kinnlade herunter. »Er hatte den Ring verloren.«

Parkers Lächeln wurde noch breiter. »Ja.«

»Oh mein Gott!« Jennifer setzte sich wieder aufs Sofa.

»Und wie habt ihr ihn wiedergefunden?«

»Moment. Eins nach dem andern. Er ruft also hektisch: ›Er ist in einer schwarzen Schachtel! In einer kleinen schwarzen Schachtel!‹ Und ich: ›Heilige Scheiße.‹ Und schon stehen wir beide im Wasser und suchen den Grund nach der Schachtel ab. Ich konnte bloß denken: *Der ist weg.* Der Golf von Kalifornien ist keine Badewanne. Die Wellen sind gnadenlos.«

Erin griff nach Parkers linker Hand. »Aber ihr habt ihn offensichtlich gefunden. Nur wie?«

»Warte. Wir sind sicher eine halbe Stunde lang durchs Wasser gewatet und haben im Sand gewühlt. Irgendwann sind ein paar andere Leute am Strand auf uns aufmerksam geworden und wollten wissen, was wir da machen. Sie haben uns beim Suchen geholfen. Nach einer Weile habe ich zu Colin gesagt, es sei hoffnungslos. Er meinte, er hätte mir so gern einen perfekten Moment beschert. Ich habe geantwortet, dass schlechtes Wetter und Wasser uns zusammengebracht haben und uns jetzt nicht auseinanderbringen würden.«

Grace seufzte. »Wie romantisch.«

Parker strahlte. »Dein Bruder fällt also mitten im Wasser auf ein Knie und nimmt meine Hand. Es klang, als hätte er seine kleine Rede ein paarmal geübt. Aber er war unglaublich aufgeregt und hat sich ständig wiederholt. Dass die Wellen uns beinahe umgeworfen haben, war auch nicht hilfreich. Aber in dem Moment war das egal. Er hat gesagt, zu Hause würde er mir gleich einen neuen Ring besorgen und für die Zwischenzeit an einem Straßenstand in unserem Urlaubsort einen kleinen Ersatz beschaffen. Dann hat er mich gebeten, ihn zu heiraten. Ich habe geweint. Er hat geweint. Es war so verdammt perfekt.« Bei der Erinnerung vernebelte sich ihr Blick.

Erin wischte sich eine Träne ab.

»Aber was war mit dem Ring?«, hakte Jennifer nach.

»Oh.« Parker lachte. »Wir steigen wieder ins Boot, und der Skipper, der die ganze Zeit dort gewartet hat, drückt Colin eine kleine schwarze Schachtel in die Hand und fragt, ob die ihm gehört.«

Grace fing an zu lachen, und die anderen stimmten mit ein.

»Die Schachtel war die ganze Zeit auf dem Boot?«, fragte Jennifer.

»Jap. Wir sind gleich noch mal ausgestiegen, damit wir auf dem Lovers' Beach ein Foto machen konnten. Diesmal mit

Ring. Jetzt wisst ihr, warum wir auf der Aufnahme aussehen wie zwei angespülte Ratten.«

»Wie zwei glückstrahlende angespülte Ratten«, ergänzte Erin.

Jennifer betrachtete das Foto, von dem sie sprachen. »Ihr beide steht da, als hätte euch ein Wal ausgespuckt.«

»Diesen Abend werde ich mein Leben lang nicht vergessen.«

»Ich wette, mein Bruder hat fast einen Herzkasper bekommen. Der Ring war kein Schnäppchen«, sagte Grace.

Parker hielt ihre Hand in die Höhe. »Du weißt, was er gekostet hat?«

Grace schaute Parker an, als wäre sie nicht ganz richtig im Kopf. »Ich war dabei, als er ihn gekauft hat.«

Parker fiel die Kinnlade herunter. »Und du hast kein Sterbenswörtchen gesagt?«

»Um Gottes willen.«

Erin schüttelte den Kopf. »In eurer Familie wird doch immer alles ausgeplaudert.«

Grace musterte sie mit zusammengekniffenen Augen. »Wie kommst du denn darauf?«

Erin schwieg ein paar Sekunden zu lange. Parker nutzte die Gelegenheit. »Erin ist ein bisschen angesäuert. Weil Matt Colin verraten hat, dass er sie geküsst hat.«

»Er hat was?« Grace japste nach Luft.

»Komm schon. Du willst doch nicht behaupten, dass du davon nichts weißt?«, hakte Erin nach.

Jennifer wedelte mit der Hand. »Ach wirklich? Du hast was am Laufen? Matt ist dein anderer Bruder, stimmt's, Grace? Der Feuerwehrmann?«

Parker, Grace und Erin nickten.

»Ich hatte wirklich keinen Schimmer.« Grace wandte sich an Parker. »Warum hast du mir nichts gesagt?«

Parker hielt die Hand mit dem Ring in die Höhe. »Ich war ein bisschen abgelenkt.«

»Und wann kam es zu dem Kuss?«

Oh nein. Erin spürte, wie sie ins Zentrum der Aufmerksamkeit rückte. Zeit, den Wein wegzustellen und Wasser zu trinken. »Am Freitag.«

Parker beugte sich vor und stützte die Ellbogen in den Schoß. »Du hast gesagt, du erzählst es mir später. Und später ist jetzt, Mädchen. Also los.«

Sie musste die Sache so harmlos wie möglich darstellen. »Es war wirklich nichts Weltbewegendes.«

Grace ließ sich aufs Sofa plumpsen und verdrehte dramatisch die Augen. »Na hör mal. Matt ist schon seit Weihnachten in dich verschossen. Und du willst behaupten, es wäre nichts Weltbewegendes passiert?«

»Seit Weihnachten? Davor habe ich ihn doch bloß einmal kurz gesehen.«

»Ja? Und?«

Zu hören, dass Matt sie vom ersten Moment an anziehend gefunden hatte, ließ ihren Bauch ziemlich angenehm kribbeln.

Jennifer zog die Füße unter sich und steckte die Hand in die Chipstüte. »Das ist einfach himmlisch«, seufzte sie.

Die drei anderen schauten sie an. Parker und Grace lachten.

Jennifer hob die Schultern. »Ich bin schon ewig verheiratet. Über Schmetterlinge im Bauch, erste Küsse und Verlobungen zu reden, ist besser als ein Liebesroman.«

Erin stemmte sich von der Couch hoch, um sich Wasser zu holen. »Es war kein … Es war einfach nur ein Kuss.«

Parker sprang auf und schnitt ihr den Weg zur Wasserflasche ab. »Oh nein. Auf die Geschichte mit dem Kuss warte ich schon seit Cabo. Trink also schön weiter dein Wahrheitsserum und sing, du kleiner Kanarienvogel.«

Erin ließ sich von Parker zum Sofa zurückschieben und nahm das Weinglas, das Grace ihr in die Hand drückte.

»Okay. Okay.« Um sich Mut zu machen, trank sie einen Schluck. »Nachdem Matt euch zum Flughafen gebracht hatte, kam er mit meiner Sonnenbrille noch mal zurück.«

»Die, die du bei ihm vergessen hattest, als du ihm die Brownies gebracht hast?«, fragte Grace.

»Ihr erzählt euch ja wirklich alles«, stellte Erin kopfschüttelnd fest.

Grace zuckte die Achseln. »Er meinte, wenn du so gut küsst, wie du backst, wäre er kaum noch zu retten.«

Erin spürte, wie ihre Wangen heiß wurden. So viel Aufmerksamkeit war ihr unangenehm.

»Backen ist für Männer wie ein Vorspiel«, pflichtete Jennifer bei.

Parker kicherte. Grace stimmte mit ein.

Der Wein zeigte in der versammelten Runde eindeutig Wirkung.

Grace wedelte mit der Hand. »Du hattest ihm also einen Schokoladenliebeszauber gebacken, und er hat einen Vorwand gefunden, dich zu besuchen, als du allein warst.«

»Austin war da. Wir waren nicht allein.«

Grace verzog das Gesicht. »Dumm gelaufen.«

»Ist ja auch egal. An dem Abend hat er mich nämlich gar nicht geküsst. Das ist am nächsten Tag passiert.«

Parker kniff die Augen zusammen. »Ich dachte, da musste er arbeiten.«

Erin wusste, dass die beschwipsten Frauen einen Riesenspaß an der Geschichte haben würden. Deshalb beschloss sie, ihnen alles zu sagen, aber nur in einer Kurzversion. Wie wenn man beherzt ein Pflaster abriss.

»Es gab einen Buschbrand. Ich habe mir Sorgen gemacht und zur Ablenkung gebacken. Und als ich allen Zucker und alles Mehl verbraucht hatte, habe ich die Sachen zur Feuerwache gebracht, um den Jungs eine Freude zu machen. Dort haben bereits zwei andere Frauen in der Küche gewerkelt. Die Ehefrauen von zwei Männern aus Matts Crew. Ich wollte das viele Gebäck nur kurz abgeben und gleich wieder gehen. Aber dann kamen die Jungs von ihrem Einsatz zurück. Matt hat mich gesehen, und ich glaube, er war überrascht. Er ist zu mir gekommen, als wäre es das Normalste der Welt, und hat mich einfach geküsst. Mehr gibt es nicht zu erzählen.« Den stockenden Monolog hatte sie in ihr Weinglas gesprochen.

»Und was hast du gemacht?«, fragte Jennifer.

Seltsamerweise fiel es ihr leichter, Jennifer anzusehen. Vielleicht, weil sie die Frau kaum kannte. »Ich habe dagestanden.« Sie schloss die Augen. »Und seinen Kuss erwidert.«

Parker kreischte als Erste, Grace stimmte mit ein.

»Es war nur ein kurzer Kuss vor einer ganzen Gruppe von Fremden.«

»Der Anfang von etwas Gutem«, erklärte Parker.

Erin neigte den Kopf. »Ich bin noch nicht bereit für irgendeinen Anfang. Ganz gleich, wie gut es werden könnte.«

Grace hörte auf zu lachen und stellte eine simple Frage. »Warum?«

Erin schaute Parker an, die ebenfalls verstummte und die Lippen zusammenpresste.

Halte deine Erklärungen schlicht, bleib so nahe wie möglich an der Wahrheit, aber verrate dich nicht. Fest entschlossen, keinen einzigen Schluck mehr zu trinken, stellte Erin ihr Weinglas ab. »Ich habe eine üble Beziehung hinter mir und bin noch nicht bereit für etwas Neues.«

Diese Erklärung ließ Grace nicht gelten. »Das Beste am Ende einer schlechten Beziehung ist, dass man danach eine bessere beginnen kann. Ich gebe zu, ich bin ein bisschen voreingenommen, aber Matt ist einer von den Guten.«

»Das ist er ganz sicher. Es liegt allein an mir. Ich bin noch nicht so weit.«

Grace senkte das Kinn und fixierte sie. »Aber du hast seinen Kuss erwidert.«

Parker lachte. »Sie hat nicht behauptet, ihre Libido wäre noch nicht so weit. Sie sagt, *sie* wäre noch nicht so weit. Ich kann das verstehen. So was braucht manchmal Zeit. Wenn ich Colin direkt nach dem Tod meiner Eltern kennengelernt hätte, wäre ich vermutlich auch nicht sofort an seine Brust gesunken.«

Erin hätte sie am liebsten umarmt.

»Ja, verstehe. Aber noch gibt es Hoffnung. Vielleicht erklärt deine Libido deinem Hirn ja, was es tun soll«, sagte Grace.

»Ich bin kein Mann. Ich denke nicht mit Körperteilen südlich des Bauchnabels.«

Mit diesem Kommentar brachte Erin alle zum Lachen. Und zum Glück wechselte Parker das Thema und kam auf Brautkleider zu sprechen.

Erin hatte das Gefühl, ganz gut davongekommen zu sein. Dafür schuldete sie Parker ein ganzes Blech Brownies.

Kapitel 13

Erin klappte den Laptop auf und klickte ein Manuskript an. Sie hatte ihrer Kundin versprochen, den ersten Lektoratsdurchgang binnen einer Woche fertig zu haben. Ihr Terminkalender war diesen Monat prall gefüllt. Schön für ihr Bankkonto, doch ihr blieb kaum Luft zum Atmen. Den straffen Zeitplan hatte sie sich allerdings absichtlich auferlegt. So musste sie sich auf die Arbeit konzentrieren und konnte nicht darüber nachdenken, was ihr Hoffentlich-bald-Ex-Mann gerade machte.

Trotzdem saß sie jetzt am Morgen nach dem Mädelsabend mit dem schalen Nachgeschmack von zu viel Wein hier und grübelte angespannt. Wie kam Renee wohl zurecht, und wie würde der Richter entscheiden?

Dass die Kontaktsperre schwerlich verlängert werden würde, ganz gleich, was sie sagte oder tat, quälte sie.

Nachdem sie die erste Manuskriptseite fünfmal gelesen hatte und immer noch nicht wusste, worum es in der Geschichte ging, gab sie auf. Sie klappte den Laptop zu und ging in ihre kleine Küche. Die Anspannung machte sie ganz kribbelig. Sie musste dringend etwas tun. Ein kurzer Blick in die Schränke ergab, dass sie ihre Vorräte seit der Backzwangshandlung, bei der bergeweise Leckereien für Matt und seine Crew entstanden waren, noch nicht wieder aufgefüllt hatte.

Putzen.

Ja, beim Putzen konnte sie Dampf ablassen und damit das Warten auf Renees Anruf erträglicher machen.

Erin öffnete den Schrank unter der Spüle und wollte die Putzsachen herausholen. Doch angesichts des Durcheinanders in dem kleinen Kasten beschloss sie, ihn komplett auszuräumen und erst einmal gründlich auszuwischen.

In der Hoffnung auf eine weitere Ablenkung schaltete sie das Radio an. Als der gesamte Schrankinhalt auf dem Küchenboden verteilt war, ließ sie heißes Wasser ins Spülbecken, fing an, den Schrank auszuwaschen, und konzentrierte sich dabei auf das Lied im Radio. Sie war so in den Song vertieft, dass sie beim Klingeln des Telefons erschrocken hochfuhr und sich an der Unterseite des Spülbeckens den Kopf anschlug. Einen Moment lang sah sie nur Sternchen und ihr wurde fast übel. Sie hatte die Stelle erwischt, an der unter ihrem Haar eine Narbe verborgen lag, die erst noch flacher werden musste. Mit der Haarbürste blieb sie fast täglich daran hängen.

Während das Telefon weiter klingelte, rappelte sie sich vorsichtig hoch. »Hallo?« In der Eile hatte sie vergessen nachzusehen, von wem der Anruf kam. Mit einer Hand hielt sie das Telefon, mit der anderen rieb sie sich den Hinterkopf.

»Ich bin's.« Es war Renee. Sie klang verhalten.

Erin setzte sich auf den Küchenboden und lehnte sich an einen Schrank. »Schlechte Nachrichten, oder?«

»Es gibt viel zu besprechen. Aber sag mir erst mal, wie du mein Rezept für die Butterkekse findest.«

Der Geheimcode. »Absolut fantastisch.«

»Sitzt du gerade?«

Erin schaute sich um. »Ja.«

»Der Richter hat die Kontaktsperre nicht verlängert. Es tut mir leid.«

Einen Moment lang blieb ihr die Luft weg. »Damit mussten wir rechnen.«

»Ich habe alles versucht. Die Arroganz in Desmonds Augen war unübersehbar. Aber ich glaube, er hat Schauspielunterricht genommen.«

Wollte sie das wirklich hören? Zu gern hätte sie aufgelegt und den Kopf in den Sand gesteckt. Doch sie wusste, dass sie alle greifbaren Informationen über das Vorgehen ihres Noch-Ehemanns brauchte, um ihm immer einen Schritt voraus zu sein. Oder lieber zwanzig Schritte, falls das möglich war.

»Was ist passiert?«

Renee seufzte. »Er hat neben seinem Anwalt gestanden und größtenteils ihm das Reden überlassen. Als ich schon nicht mehr damit gerechnet habe, dass er etwas sagt, hat er darum gebeten, vereidigt zu werden. Dann hat er eine filmreife Vorstellung abgezogen. Er stand vor dem Richter und gab zu Protokoll, dein erster Antrag auf eine Kontaktsperre ließe sich nur durch die Kopfverletzung bei deinem Unfall erklären. Sein Anwalt brachte den ärztlichen Bericht über deine Amnesie bei der Einlieferung ins Krankenhaus ins Spiel. Und er hat dreist behauptet, du hättest bis heute Gedächtnislücken.«

»Also alles wie beim ersten Mal.«

»Ja. Nur diesmal ist es Desmond gelungen, vor dem Richter in Tränen auszubrechen. Er hat beteuert, dich von ganzem Herzen zu lieben und es nicht zu ertragen, dass du irgendwo draußen in der Welt allein bist und glaubst, er hätte dir etwas zuleide tun wollen. Er behauptet, du bräuchtest psychologische Hilfe. Ich hätte beinahe gelacht.«

Erin konnte sich Desmonds falsche Tränen gut vorstellen. Sie passten zu seiner erlogenen Geschichte. Szenen wie diese hatte sie viel zu oft erlebt, wenn er in einer Notaufnahme oder einer Arztpraxis neben ihr gestanden hatte.

»Und dann?«

»Ich habe natürlich gekontert. Ich habe ihn aufgefordert, die vielen Arztberichte über deine Verletzungen zu erklären. Er meinte, einige Ärzte hätten anklingen lassen, dass den Unfällen womöglich eine seelische oder geistige Beeinträchtigung zugrunde liege. Dem habe ich widersprochen. Doch er hat auf die Medikamente verwiesen, die du nach den Krankenhausaufenthalten immer eingenommen hast. Die Verordnungen sind dokumentiert, deshalb konnte ich da nichts machen. Er sagte, jedes Mal, wenn du dich verletzt hättest, hätten die Ärzte dir noch mehr Schmerzmittel verschrieben.«

»Von denen ich nur einen Bruchteil genommen habe.«

»Kaum zu beweisen«, sagte Renee.

Jetzt bekam Erin tatsächlich Kopfschmerzen.

»Er meinte, du könntest unter dem Münchhausen-Syndrom leiden.«

»Und was zum Teufel soll das sein?«, fuhr Erin auf.

»Wer es hat, fügt sich selbst Verletzungen zu oder täuscht eine Krankheit vor, um Aufmerksamkeit oder auch Medikamente zu bekommen.«

Erin merkte, wie ihr übel wurde. »Dann ist Desmond jetzt also auch Arzt?«

»Es gibt tatsächlich einen Arztbericht aus einer Notaufnahme, in dem auf die Möglichkeit hingewiesen wird. Das muss Desmonds Anwalt vor der ersten Anhörung überlesen haben.«

»Verstehe ich das richtig? Ich bin geisteskrank, verletze mich selbst, um Aufmerksamkeit zu bekommen und an Medikamente zu gelangen, und Desmond ist das Opfer.«

Renee atmete lang und hörbar aus. »So wollte sein Anwalt es darstellen.«

»Das ist lächerlich. Absurd.«

»Es tut mir leid. Und wenn du mich fragst, hat der Richter ihm auch nur einen Teil davon abgekauft. Er hat vor allem das vergangene Jahr betrachtet und festgestellt, dass es keinen Kontakt zwischen euch gab. Er ist der Meinung, die Scheidung wäre das passende Instrument, euch voneinander fernzuhalten. Da Desmond nie wegen häuslicher Gewalt belangt wurde und keine Eintragungen in seinem Führungszeugnis hat, hat der Richter die Verlängerung des Kontaktverbots abgelehnt.«

Erin schwieg.

»Wir wussten, dass es so laufen könnte, Maci«, sagte Renee.

»Ja.«

»Wir schaffen das schon.«

Erin spürte, wie Tränen in ihre Augen drängten. »Okay.« Sie war wie betäubt.

»Ich rufe heute noch seinen Anwalt an und frage nach, wo wir in Sachen Scheidung stehen. Aber ich denke, ich höre frühestens am Montag wieder von ihm.«

»Okay.«

»Versuch, nicht allzu viel darüber nachzudenken. Er hat keine Ahnung, wo du bist. Und sobald er irgendwelche Anstalten macht, noch einmal in deinem Leben in Erscheinung zu treten, zerre ich ihn so schnell vor den Richter, dass er ein Schleudertrauma davonträgt.« Renee versuchte, sie ein wenig aufzuheitern. Doch leider würde sie nicht dabei sein, falls Desmond plötzlich in ihrem Leben auftauchte.

»Okay.«

»Ich rufe dich am Montag wieder an.«

Erin legte auf und ließ das Telefon neben sich auf den Boden fallen. Die Beine, die sie an die Brust gezogen hatte, rutschten ihr weg und rissen dabei zwei Flaschen Putzmittel um.

Tränen quollen aus ihren Augen, ihr Atem ging in kurzen, harten Stößen. *Du mieser Drecksack. Du gewinnst einfach immer.*

»Du gewinnst einfach immer«, stieß sie laut hervor und trat dabei in die Luft. Mit der Fußspitze erwischte sie eine

Plastikflasche mit einem Putzmittel. Die Flasche schlitterte über den Küchenboden.

Sie trat nach einem zweiten Behälter. »Drecksack!«, schrie sie.

Ihr Schädel pochte, Tränen strömten. Sie schrie und trat auf die Putzmittelflaschen ein, bis sie aufplatzten und ihr Inhalt sich über den Boden ergoss.

»Was fällt dir bloß ein!«

Es war so gemein und so ungerecht. Harte Schluchzlaute entstiegen ihrer Brust.

Plötzlich wurde das Schädelpochen zu einem realen Geräusch. Es kam von der Haustür.

»Erin?« Matt stand draußen und rief ihren Namen. »Mach die Tür auf.«

»Es ist alles in Ordnung.« Erschrocken betrachtete sie das Chaos, das sie angerichtet hatte, versuchte aufzustehen, bereute es aber sofort. Ihr Herzschlag dröhnte in ihren Ohren.

»Mach auf, Erin«, drängte Matt noch lauter und rüttelte an der Klinke.

Schon beim ersten Schritt Richtung Tür rutschte sie auf einer Putzmittellache aus, stürzte und fing sich mit der rechten Hand ab. Wie ein Blitzstrahl jagte der Schmerz durch ihren rechten Arm.

Matt wummerte weiter gegen die Haustür.

Sie stemmte sich hoch und öffnete ihm. Sein Kiefer war angespannt, seine Augen erinnerten an die eines Raubvogels auf Beutesuche. »Großer Gott!« Er zog sie an seine Seite, sein Blick flog durch den Raum. »Wo ist er?«

»Was?«

»Du hast jemanden angeschrien. Wo ist er?«

»Hier ist niemand.«

Matt hörte nicht zu. Er ließ sie los, eilte in ihr Schlafzimmer, dann ins Bad.

»Matt, hier ist keiner.«

Mit wenigen schnellen Schritten war er wieder in der Küche. Seine Hände griffen nach ihrem Gesicht, mit den Daumen wischte er ihr die Tränen von den Wangen. Dann strich er ihr wirres Haar zurück. »Verdammt, Erin. Du blutest.«

»Wirklich?« Sie tastete nach ihrem Hinterkopf. Tatsächlich. Blut klebte an ihren Fingerspitzen. Die Flut von Erinnerungen, die es auslöste, riss sie beinahe von den Füßen.

Matt fing sie auf und brachte sie zum Sofa.

»Ich habe mir unten am Spülbecken den Kopf angeschlagen«, erklärte sie.

Er war schon wieder im Bad. Sie hörte Wasser laufen, kämpfte gegen den Schwindel. Zu viele Gefühle. Daran war das Adrenalin schuld, das ihre Adern überschwemmte.

Matt kam zurück und schaute sich die Stelle an ihrem Hinterkopf an.

»Sicher halb so schlimm. Ich spüre es kaum … Autsch!«

Er tupfte mit einem nassen Waschlappen das Blut weg, und sie zuckte zusammen.

»Das tut sicher weh.« Er schob ihr Haar zur Seite, und sie spürte, wie seine Finger dem Verlauf der Narbe folgten. »Sieht aus, als wäre eine alte Wunde wieder aufgeplatzt.«

»Glaubst du, das muss genäht werden?«

Er drückte ein Handtuch gegen ihren Kopf. »Sieht ganz so aus.«

»Verdammt.«

»Hast du Verbandsmaterial im Haus?«

»Im Wäscheschrank ist ein Erste-Hilfe-Set.«

»Ich hole es. Drück du so lange das Handtuch fest auf die Stelle.«

Mit Platzwunden kannte sie sich aus. Sie hob die rechte Hand, zuckte zusammen und benutzte doch lieber die linke.

Matt fand das Set und legte ihr einen Verband an. Langsam kamen sie beide wieder zu Atem.

»Was ist denn passiert? Wen hast du angeschrien?«

Sie drehte vorsichtig den Kopf. Wirklich gut fühlte sich das tatsächlich nicht an. Sie zeigte auf die Küche. »Ich habe den Schrank unter der Spüle geputzt. Dann hat mein Telefon geklingelt. Ich habe mich erschreckt und mir den Kopf angeschlagen. Das war's.«

Matt blinzelte ein paarmal, dann musterte er sie mit durchdringendem Blick. »Du wirkst ziemlich durcheinander.«

»Ja, es hat ordentlich gerumst und tut ganz schön weh.«

»Ist dir übel?«

»Ein bisschen.«

»Warst du bewusstlos?« Er fragte sie aus wie ein Rettungssanitäter.

»Nein.«

»Und du bist auf dem Fußboden ausgerutscht?«

»Ja. Ich glaube, beim Hinfallen habe ich mir das Handgelenk verstaucht.«

Er kniff die Augen zusammen. »Warum sieht es hier aus, als hätte sich eine Horde Kleinkinder mit Putzsachen beworfen?«

Sie betrachtete das Putzmittelmassaker auf dem Küchenboden. »Der Anruf. Schlechte Nachrichten. Könnte sein, dass ich meinen Frust an den nächstbesten greifbaren Gegenständen ausgelassen habe.«

Mit der Antwort entlockte sie Matt ein winziges Lächeln. »Und dabei hast du geschrien.«

»Die Nachricht hat mich wütend gemacht, Matt.« *Sag nur das Nötigste. Verrate nicht zu viel.*

»Willst du drüber reden?«

Ein knappes Kopfschütteln.

An seinem Gesicht konnte sie ablesen, wie wenig ihn das überraschte. Doch er bohrte nicht weiter. »Okay. Dann fahren wir jetzt in die Notaufnahme.«

»Eine normale Arztpraxis würde sicher auch …«

»Ich kenne dort ein paar Leute und sorge dafür, dass du zügig drankommst.«

* * *

Gelassen zu bleiben, wenn man eigentlich explodieren wollte, war wirklich verdammt anstrengend. Matt mahnte sich energisch zu Ruhe und Geduld.

Erin war übel und ihr war schwindelig. Sie schob es darauf, dass sie nichts gegessen hatte. Er setzte sie kurzerhand in seinen Truck und fuhr sie auf dem schnellsten Weg ins örtliche Krankenhaus. Zwar war er kein Sanitäter, doch durch unzählige Einsätze bei medizinischen Notfällen sah das Stammpersonal der Notaufnahme ihn hier häufig ein und aus gehen.

Mit etwas Glück war das Wartezimmer um diese Uhrzeit noch nicht brechend voll. Er parkte direkt neben der Einfahrt für die Krankenwagen und benutzte den Code für den Hintereingang.

»Wir können auch ganz normal vorne reingehen«, sagte Erin.

»Keine Sorge. Die kennen mich hier.«

Ein paar Leute drehten sich nach ihnen um. Unter dem medizinischen Personal, das sich momentan im Empfangsbereich aufhielt, entdeckte Matt leider nur ein einziges vertrautes Gesicht. »Dr Brown.«

»Ja?« Der Arzt schaute ihn an, als überlegte er, wo er ihn schon einmal gesehen hatte.

»Matt Hudson. Ich bin öfter mit der Feuerwehr hier.«

»Ah, ja. Natürlich.« Dr Brown schüttelte ihm die Hand. »Ich glaube, das letzte Mal hatten wir nach der üblen Geschichte oben in Castaic miteinander zu tun.«

Matt nickte. Bei einer Massenkarambolage auf der Interstate hatte es viele Verletzte gegeben. »Die Nacht war die Hölle.«

Dr Brown nickte, dann wandte er sich lächelnd an Erin. »Was ist denn passiert?«

»Meine Freundin hat sich den Kopf angestoßen. Ihr ist übel und schwindelig.«

»Es geht mir schon besser.«

Matt streifte Erin mit einem kurzen Blick, dann wandte er sich wieder an Dr Brown. »Und stur ist sie auch. Platzwunde, knapp drei Zentimeter lang.«

»Synkopen?«, fragte der Arzt.

Matt schüttelte den Kopf.

»Bewusstlos war ich nicht«, sagte Erin.

Dr Brown kniff die Augen zusammen. »Arbeiten Sie im medizinischen Bereich?«

»Nein. Aber was Synkopen sind, weiß ich.«

»Wir schauen uns das gleich mal an.« Dr Brown winkte eine der Schwestern zu sich. »Lisa? Bringen Sie die Patientin bitte in ein Behandlungszimmer?«

Lisa war eine kleine Frau in den Dreißigern mit einem herzlichen Lächeln. »In Nummer zwölf ist gerade Platz.«

»Prima.«

Matt trat beiseite und schaute zu, wie die Schwester Erin mitnahm. Als sie außer Hörweite war, senkte er die Stimme. »Also, ähm … Erin ist wirklich ziemlich stur. Ich glaube, sie hat was gegen Krankenhäuser und wird nicht unbedingt wahrheitsgemäß antworten.« Matt war bewusst, dass er im Augenblick ein wenig großzügig mit der Wahrheit umging. Doch er wollte sicherstellen, dass Erin gründlich untersucht und nicht mit ein paar Stichen und einer Tetanusspritze abgespeist wurde.

»Sie denken, sie war bewusstlos, gibt es aber nicht zu?«

»Zutrauen würde ich es ihr.« Eigentlich hätte er wegen seiner kleinen List ein schlechtes Gewissen haben müssen. Doch er rechtfertigte sich mit der Tatsache, dass Erin auf dem Weg ins Krankenhaus besorgniserregend still gewesen war. Lächelnd machte er sich auf den Weg zu Zimmer zwölf.

Erin saß auf der Kante einer Liege, die Schwester maß ihren Blutdruck und stellte Fragen nach ihrem Allgemeinzustand. Leide sie unter Asthma, Diabetes, Allergien? Erin antwortete jedes Mal mit Nein.

»Und wann hatten Sie die letzte Auffrischimpfung gegen Tetanus?«, erkundigte sich Lisa.

»Letztes Jahr im Februar.«

Lisa zuckte nicht mit der Wimper, doch Matt horchte auf. Wenn er bei seinen Einsätzen jemanden nach der letzten Tetanusimpfung fragte, kamen die meisten ins Grübeln und konnten sich am Ende nur vage erinnern. Es sei denn, sie waren in letzter Zeit wegen einer Verletzung behandelt worden.

Matt setzte sich stumm auf einen Stuhl.

Lisa nahm Erin die automatische Blutdruckmanschette ab und verstaute das Ding an seinem Platz. »Dr Brown ist in ein paar Minuten bei Ihnen. Im Büro sage ich Bescheid, damit man für Sie eine Karteikarte anlegt.« Damit eilte Lisa zum nächsten Patienten.

»Vielen Dank«, riefen Matt und Erin ihr hinterher.

Erin rieb angespannt ihre Oberschenkel und schaute sich im Zimmer um. »Irgendwie finde ich das ein bisschen übertrieben.«

»Dass wir in die Notaufnahme gefahren sind?«

»Ja.«

»Schon möglich«, sagte er. »Aber mir ist wohler, wenn du richtig durchgecheckt wirst.«

Sie grinste. »Gehört das auch zu deinem Heldenkomplex?«

»Du meinst, so was habe ich?« Matt machte ein unschuldiges Gesicht.

Ihm fiel auf, dass sie die Daumen an den Zeigefingerkuppen rieb. Anstatt die nervöse Geste zu übergehen, griff er nach ihren Händen. »Lass mich raten. Du magst keine Krankenhäuser.«

»Kennst du jemanden, bei dem das anders ist?«

Wo sie recht hatte …

Bevor sie weiterreden konnten, betrat Dr Brown das Zimmer, und sie richteten sich auf.

»Okay. Schauen wir uns die Sache mal an«, sagte er freundlich.

»Wahrscheinlich ist mit ein paar Stichen alles erledigt. Oder mit Klammern«, meinte Erin.

Lisa kam mit Verbandsmaterial, Kochsalzlösung und ein paar anderen Utensilien zurück.

Dr Brown zog sich Handschuhe über und klopfte auf die Liege. »Bitte mal auf die Seite legen.«

Erin löste die Hände aus Matts Griff und legte sich hin. Die Anspannung war ihr ins Gesicht geschrieben, und als Dr Brown die Wunde berührte, zuckte sie zusammen.

»Woher stammt denn die Narbe?«

Erin antwortete erst nach ein paar Sekunden. »Von einem Autounfall.« Sie schaute Matt an.

»Und der war wann?«

»Letztes Jahr.«

»Die Narbe ist recht groß. Haben sie ein Schädel-Hirn-Trauma erlitten? Innere Blutungen?«

Sie blinzelte ein paarmal, dann fixierte sie Matt, als wäre es ihr unangenehm, in seinem Beisein noch mehr zu sagen.

So gern er auch die Antwort hören und gleich noch weitere Fragen stellen hätte wollen, bot er dennoch an, das Behandlungszimmer zu verlassen. »Soll ich lieber draußen warten?« Er griff nach ihrer Hand.

Erleichterung huschte über ihre Züge. »Ist das okay?«

»Selbstverständlich.« Er küsste ihren Handrücken, dann verließ er den Raum, entfernte sich aber nur wenige Schritte. Draußen zog er sein Telefon aus der Tasche und tat, als würde er seine Nachrichten lesen. Dabei spitzte er aufmerksam die Ohren.

»Erzählen Sie mir etwas über den Unfall.« Matt hörte Dr Browns Stimme.

»Es hat ordentlich gekracht. Ich bin im Krankenhaus aufgewacht und habe mich ein paar Tage lang an kaum etwas erinnert. Angeblich gab es eine Schwellung in meinem Gehirn, die sich aber von selbst wieder zurückgebildet hat.«

Matt schluckte betroffen.

»Kompletter Gedächtnisverlust oder bloß Erinnerungslücken bezüglich des Unfallhergangs?«

»Erinnerungslücken«, antwortete Erin.

»Sie haben Glück gehabt.«

Matt hörte Erin nervös auflachen. »Ja, vermutlich.«

»Die Verletzung von heute liegt genau auf der Narbe.«

»Ja. Schon meine Haare zu bürsten, kann eine Herausforderung sein.«

Aus dem Behandlungszimmer drang ein Geräusch. »Ich möchte Sie noch kurz untersuchen«, sagte Dr Brown.

Matt trat von einem Fuß auf den anderen und fragte sich, was hinter dem Vorhang passierte.

»Ist Ihnen noch übel?«

»Die Übelkeit ist fast weg. Ich bin bloß noch nervös.«

»Liegt das an uns? Oder leiden Sie allgemein unter Ängsten?«

»Eine Angststörung wurde bei mir nie diagnostiziert, falls Sie das meinen«, antwortete Erin.

»Schauen Sie bitte auf diesen Punkt.« Stille. »Folgen Sie dem Licht mit den Augen, den Kopf dabei still halten.«

Der Arzt gab weitere Anweisungen, Matt hörte zu.

»Okay«, sagte Dr Brown schließlich. »Ich möchte gern ein CT von Ihrem Kopf haben.«

»Okay.«

»Und jetzt zeigen Sie mir Ihre Hand.«

Matt lächelte und entfernte sich noch ein paar Schritte.

Als der Arzt den Raum verließ, nickte Matt ihm zu und näherte sich der Tür des Behandlungszimmers.

Die Schwester räumte gerade das Verbandsmaterial und die anderen Dinge weg, die zum Nähen der Wunde nötig gewesen waren. »Darf ich wieder reinkommen?«, fragte er.

»Ja, klar.« Erin grinste und richtete sich auf. »Sie machen Aufnahmen von meinem Kopf und meinem Handgelenk.«

Matt gesellte sich wieder an Erins Seite und spielte den Ahnungslosen. »Ach ja?«

»Nur vorsichtshalber.«

»Klingt vernünftig. Geht's dir besser?«

»Ganz gut, bis auf die Kopfschmerzen und das Handgelenk.«

»Ich kann Ihnen ein Schmerzmittel holen«, bot Lisa auf dem Weg zur Tür an.

»Nicht nötig. Ich nehme zu Hause etwas.«

»Sicher? Wir haben hier die besseren Sachen.«

Erin schüttelte vorsichtig den Kopf. »Sicher.«

Als sie wieder mit Matt allein war, fanden ihre Daumen und Zeigefinger erneut zueinander, und die reibenden Bewegungen begannen von vorn. Langsam hatte Matt den Verdacht, dass sie seinetwegen so angespannt war. »Mache ich dich nervös?«

Sie betrachtete ihre Hände und schob sie unter ihre Oberschenkel. »Es ist der Geruch. Desinfektionsmittel und Latex, zusammen mit dem, was hier sonst noch in der Luft hängt.«

»Und Erinnerungen«, fügte er hinzu.

»Das auch.«

Er nahm sich die Freiheit, seine Hand auf ihr Knie zu legen. »Falls du mal drüber reden willst, ich bin ein guter Zuhörer.«

Ihre schönen Augen wurden weicher, ihre Schultern lockerten sich. »Wenn du auch nur ansatzweise ein Kotzbrocken wärst, könnte ich dich leichter auf Abstand halten.«

Matt klimperte mit den Wimpern und setzte seinen drolligsten Welpenblick auf. »Meine Mom sagt, ich wäre ein prima Fang.«

Erst bebte nur ihr Oberkörper, dann lachte sie aus vollem Hals.

Kapitel 14

Um Erin die Nervosität zu nehmen, lenkte Matt sie mit unterhaltsamen Geschichten über seine medizinischen Einsätze mit der Crew ab. Er erzählte ihr von dem Mann, der mit einer Gitarre aufs Flachdach eines Einkaufszentrums gestiegen war, sämtliche Kleider ausgezogen und einen Auftritt hingelegt hatte.

Erin konnte sich die Szene bildlich vorstellen und musste lachen.

»Drei Feuerwehrtrucks und ein Dutzend Streifenwagen waren vor Ort. Wir hatten keine Ahnung, ob er psychisch krank oder selbstmordgefährdet war. Oder ob er einfach nur mal im Rampenlicht stehen wollte. Und wir waren wirklich überrascht, wie gut er spielte.«

»Er hatte Talent?«

Matt grinste. »Genug, um es unter die Finalisten jeder Fernsehshow zu schaffen. Aber bei jedem unserer Versuche, ihn zum Runterkommen zu überreden, machte er einen Schritt näher zur Kante des Dachs. Wir hatten wirklich Angst, er könnte springen.«

»Und wie ging die Sache aus?«

»Volle zwei Stunden lang hat sich wenig getan. Ein Teil des Einkaufszentrums wurde vorsichtshalber geschlossen. Dann hat sich der Kerl plötzlich hingesetzt und gewartet, dass ihn jemand holt.«

Erin hatte Mitleid mit dem Mann. »Wie traurig. So begabt, aber offenbar hatte er Probleme.«

Matt schüttelte den Kopf. »Nein, nein. Der Kerl muss dir nicht leidtun. Sein Auftritt war bloß ein Ablenkungsmanöver. Er hatte keinen einzigen verwirrten Knochen in seinem splitternackten Leib. Während er die Polizei und die halbe Feuerwehr der Stadt in Atem gehalten hat, haben seine Komplizen ein Schmuckgeschäft im Einkaufszentrum leer geräumt.«

»Nicht dein Ernst.«

»Oh doch. Eine Zeit lang hat man hier in der Gegend von nichts anderem mehr geredet.«

Dr Brown kam zurück. Er brachte einen Laptop mit. »Ich habe Ihren CT-Bericht.«

Den Gesichtsausdruck des Arztes konnte Erin nur schwer deuten. Kein joviales Lächeln, keine beruhigenden Worte. »Ja?«

Der Doc stellte den Computer auf ein Rolltischchen und klappte ihn auf. »Ist es Ihnen lieber, wenn Matt noch mal rausgeht?«

Anders als vorhin, als es um den Unfall gegangen war, fand sie das unnötig. »Nein. Er kann ruhig hierbleiben.«

Dr Brown lächelte kurz, dann öffnete er den Ordner mit den Bildern.

Matt rückte näher an Erin heran und griff nach ihrer linken Hand.

»Heute ist es für Sie glimpflich ausgegangen. Es waren bloß ein paar Stiche nötig, und vielleicht haben Sie in den nächsten Tagen noch Kopfschmerzen. Gegen das verstauchte Handgelenk helfen der Stützverband und Entzündungshemmer.«

Erin spürte, dass ein *Aber* kommen musste. »Klingt doch ganz gut.«

Dr Brown klickte sich durch mehrere Aufnahmen, dann hatte er die Knochenstrukturen ihres Gesichts auf dem Bildschirm. Er zeigte auf eine bestimmte Stelle. »Als wir über den Unfall gesprochen haben, haben Sie die anderen Brüche nicht erwähnt. Linkes Jochbein und Nasenbein. Ich nehme an, diese Verletzungen sind schon älter.«

Matt beugte sich vor und versuchte, die Beschreibungen des Arztes auf dem Bild zu erkennen.

Erin musste nicht hinschauen. Sie hätte Matt doch bitten sollen, den Raum zu verlassen. »Ja, das stimmt. Die Brüche waren lange vor dem Autounfall wieder verheilt. Deshalb habe ich sie nicht erwähnt.« Sie spürte, wie Matt ihre Hand drückte.

»Und der alte Armbruch?« Dr Brown zeigte auf eine Stelle auf einer anderen Aufnahme. Der Knochen hatte dort eine kleine Beule. Als Erin keine Erklärung lieferte, schaute der Arzt sie schweigend an.

»Ich hatte eine Phase mit ziemlich vielen Unfällen.«

»Die häufigsten ›Unfälle‹, die zu Knochenbrüchen im Gesicht führen, werden von Fahrzeugen oder Fäusten verursacht. Gab es noch ein weiteres Unglück?« Der Arzt klappte den Laptop zu und holte tief Luft. Diesen Gesichtsausdruck kannte Erin von einigen anderen Medizinern. Und sie konnte beobachten, wie Dr Brown Matt musterte und dabei vermutlich gewisse Schlüsse zog.

»Es gab einige, aber die sind eine ganze Weile her. Den schrecklichen alten Wagen habe ich nicht mehr. Ich bin ihn losgeworden und umgezogen. Erst später habe ich hier neue Freunde gefunden.«

Matt umschloss ihre Finger mit seinen Händen. Sie spürte, dass er zitterte.

»Freut mich zu hören. Die Fäden können Sie in fünf bis sieben Tagen bei Ihrem Hausarzt ziehen lassen.« Dr Brown wandte sich an Matt. »Falls neurologische Störungen auftreten,

Erbrechen, Schwindel, Apathie oder irgendwelche anderen Auffälligkeiten, bringen Sie sie sofort wieder her.«

»Geht klar.«

»Und wie man einen Wagen wartet, damit man sicher damit fahren kann, wissen Sie, Matt?«

Matt ließ ihre Hand nur kurz zum Aufstehen los. »Darauf können Sie wetten.«

»Gut.« Voller Mitgefühl schaute Dr Brown sie an. »Sie sagen, Sie sind erst vor Kurzem hergezogen. Haben Sie hier überhaupt schon einen Hausarzt?«

»Nein.«

»Dann geben wir Ihnen ein paar Adressen mit.«

Sie lächelte. »Danke.«

»Lisa bringt gleich die Entlassungsunterlagen. Matt, kann ich kurz draußen mit Ihnen sprechen?«

Während Matt und der Arzt hinausgingen, atmete Erin tief aus. Sie ließ den Kopf hängen und schloss die Augen. Matt hatte zu viel gehört, zu viel erfahren.

Die Schwester kam herein und schloss die Glastür zum Flur. »Alles in Ordnung?«

Erin knipste ihr einstudiertes Lächeln an. »Ja. Danke.«

Lisa setzte sich mit einem kleinen Papierstapel zu ihr. Sie wiederholte noch einmal, was der Arzt bereits über die Fäden und die Vorsichtsmaßnahmen gesagt hatte. Zusätzlich zu den Namen einiger Hausärzte hatte sie eine Liste von Therapeuten und Flyer von Hilfsorganisationen mitgebracht. »Dr Brown meinte, die soll ich Ihnen geben.«

Erin war plötzlich zum Weinen zumute.

Wie oft hatte ihr jemand ein Infoblatt in die Hand gedrückt oder ihr eine Telefonnummer zugesteckt, unter der sie Hilfe finden konnte? Wie oft? Wie oft war Desmond beiseitegenommen worden, hatte die Ärzte aber gewinnend angelächelt, sein Bedauern über ihren unglücklichen Sturz ausgedrückt und sie dann aus der Praxis oder dem Krankenhaus geführt. Zu Hause hatte er die Telefonnummern und Broschüren immer vor ihren Augen verbrannt.

Sie blinzelte die ungebetenen Tränen weg.

Die Liste mit den Therapeuten behielt sie. Die Handzettel mit den Hotline-Nummern gab sie der Schwester zurück. »Die brauche ich nicht mehr. Aber mit jemandem zu reden, hilft mir vielleicht.«

Es war, als hätte Lisa bislang den Atem angehalten. »Gut. Denn Ihren Freund möchte ich nur ungern hassen.«

»Oh nein. Matt ist … Er ist kein …« Das war nicht gut. »Bitte denken Sie nicht, dass …«

Lisa hob eine Hand. »Schon in Ordnung. Er wirkt, als würde ihm wirklich etwas an Ihnen liegen. Aber manchmal kann der Schein auch trügen.«

In den nächsten Minuten tat Erin, was sie konnte, um jeden Verdacht von Matt zu nehmen. Kurz darauf saß sie wieder in seinem Truck, und er stellte die Klimaanlage auf die höchste Stufe. Es war erst Mai, doch die Temperatur im Santa-Clarita-Tal näherte sich bereits der Fünfunddreißig-Grad-Marke. Was draußen gerade noch auszuhalten war, wurde im Inneren eines Fahrzeugs unerträglich.

Matts Hände packten das Steuer so fest, als müsste er einem Angreifer die Luft abdrücken.

Sie schuldete ihm eine Erklärung. »Hattest du heute etwas Bestimmtes vor?«, fragte sie.

Er versuchte ein Lächeln, doch es wirkte gezwungen. »Ich wollte eine Frau überraschen, die ich gern daten möchte, und sie fragen, ob sie Lust auf eine Wanderung hat. Aber es gab eine Planänderung.«

Deshalb war er also am Vormittag zu ihr herausgefahren.

»Wie wär's mit einem Strandspaziergang? Am Meer ist es sicher kühler, und der Arzt meinte, ich soll heute Anstrengungen vermeiden.«

Er griff nach ihrer Hand. Händchenhalten mit Matt entwickelte sich langsam zur Gewohnheit. Und sie musste sich eingestehen, dass es ihr gefiel.

Matt steuerte den Wagen vom Parkplatz. Nach ein paar Meilen bog er auf den Freeway ab.

Erin atmete tief durch. »Ich muss dir etwas sagen.«

Er schürzte die Lippen. »Ich bremse dich nur sehr ungern, denn ich will wirklich mehr über dich erfahren. Aber könntest du bitte warten, bis wir an der Küste sind? Wenn du mir nämlich das erzählst, womit ich rechne, will ich dabei nicht am Steuer sitzen. Einen Unfall mit dir im Wagen würde ich mir niemals verzeihen.«

Die Tränen zurückzuhalten, wurde zur Unmöglichkeit. »Okay.«

Er wechselte die Spur und bog auf den Highway nach Ventura ab. Erst dann legte er die Hand wieder auf ihre, hob sie an den Mund und küsste ihren Handrücken.

* * *

In der Nähe von Ventura gab es viele Plätzchen, an denen ein Paar einen Strandspaziergang machen, im Ozean schwimmen oder im Schatten einer Palme auf einer Steinmauer sitzen konnte. Zu einer solchen Stelle brachte Matt sie jetzt. Hier unten am Meer war es tatsächlich deutlich kühler und angenehmer als im Landesinneren. Er setzte sich neben Erin und wartete.

Nachdem sie zehn Minuten stumm aufs Wasser geschaut hatten, kamen ihm Zweifel, ob sie sich heute noch ein Herz fassen und mit ihm reden würde.

»Wäre es leichter für dich, wenn ich dir sage, was ich vermute?«

Wie ein kleines Fischlein öffnete und schloss sie den Mund ein paarmal. Dann stützte sie die Hände auf die Mauer und drückte die Ellbogen durch. »Eigentlich darf ich mit keinem darüber sprechen. Niemals.«

»Hat *er* das gesagt?«

Sie blinzelte. »Ja. Aber das ist nicht der Grund für meine Verschwiegenheit. Jetzt nicht mehr.«

»Jemand hat dir wirklich übel mitgespielt«, begann er für sie.

Sie nickte langsam. »Du darfst niemandem etwas sagen. Weder deinem Bruder noch deinen Eltern. Niemandem, Matt. Und es gibt etwas, worüber ich auf keinen Fall sprechen kann. Das musst du bitte einfach so hinnehmen. Okay?«

Einen Moment lang rutschte sie unruhig hin und her. Dann holte sie tief Luft. »Ich habe ihn während eines Praktikums kennengelernt. In meinem letzten Collegejahr.«

»Wo?«

Sie schüttelte den Kopf. »Wo, ist nicht wichtig. Er war älter, charismatisch. Ich war jung und naiv. Er hatte Einfluss, stellte etwas dar. Und er war hoch angesehen in … in seinem Bekanntenkreis und unter seinen Geschäftspartnern.« Erin schloss die Augen. »Sein bestimmendes Auftreten habe ich für Selbstbewusstsein gehalten, habe mich davon beeindrucken lassen und fand es anfangs anziehend. Während einer Reise hat er mich zum ersten Mal geschlagen.«

Matt spürte, wie sich seine Hände zu Fäusten ballen wollten und die Muskeln in seinen Unterarmen sich anspannten.

»Er hat mir vorgeworfen, ich hätte mit dem Barkeeper geflirtet. Am Ende habe ich es fast selbst geglaubt. Ich war schockiert, durcheinander. Doch noch vor dem Heimflug hatte er mich überzeugt, dass es nicht wieder passieren würde.

Gleichzeitig beharrte er auf dem Standpunkt, ich hätte die Schläge provoziert und müsste mir mehr Mühe geben, keine männliche Aufmerksamkeit auf mich zu ziehen. Ich hatte einen Bluterguss an der Wange und Schuldgefühle.« Ihre Brust hob und senkte sich mit einem harten, bitteren Lachen.

Matt hätte sie gern in die Arme genommen, doch ihre Haltung hielt ihn auf Distanz. Es war, als müsste sie das Ungeheuerliche ohne jeden Körperkontakt aussprechen.

»Aber bei dem einen Mal ist es nicht geblieben.«

»Ich habe den Überblick verloren. Nach dem zweiten Mal hat er mir ein Versöhnungsgeschenk gemacht. Nach dem dritten Mal gab es einen spontanen Kurztrip auf eine Insel. Inzwischen weiß ich, dass er mich verstecken wollte. Auch eine Sonnenbrille verdeckt nicht alles.«

Das Blut jagte durch Matts Venen wie ein reißender Fluss, der sich an Felsen brach. »Warum bist du nicht gegangen?« Weshalb man bei jemandem blieb, der einen misshandelte, hatte er noch nie verstanden.

»So einfach war das nicht. Er hat mich isoliert. Mit der Zeit hat er jede meiner Regungen gesteuert. Er machte das so raffiniert und so unauffällig, dass ich kaum verstand, was mit meinem Leben passierte. Bis ich eines Tages in den Spiegel geschaut und mich selbst nicht wiedererkannt habe. Meinen früheren Freundeskreis hatte ich längst aus den Augen verloren. Als er mir das Nasenbein gebrochen hatte, ist er mit mir nach Europa geflogen und hat allen erzählt, ich wollte mir die Nase machen lassen. Er hat meinen Pass weggeschlossen, damit ich nicht abhauen konnte. Und als ich gesagt habe, ich würde gehen, hat er gedroht, meiner Schwe…« Erin biss sich auf die Zunge.

Matt war ziemlich sicher, dass sie *Schwester* hatte sagen wollen.

»… dass er Menschen, die mir wichtig sind, etwas antun würde. Er hat so oft bewiesen, dass er mir Verletzungen zufügen konnte, ohne dass jemand die Wahrheit erfuhr.«

»Außer den Ärzten. Irgendwer muss doch mal was gesagt haben.«

Einen Atemzug lang schaute sie ihn an. Ihr Blick war weich. »Oh ja.« Erin deutete auf ihr Gesicht. »Ich hätte mein linkes Auge verlieren können. Es war sehr schlimm damals, und ich lag mehrere Tage im Krankenhaus. Die Ärzte wussten, was los war. Die Schwestern auch. Manche haben mich ganz direkt gefragt, fast so wie Dr Brown heute. Es war mir so peinlich. Dass ich es so weit hatte kommen lassen, war furchtbar demütigend.«

Matt hielt es nicht mehr aus. Er nahm ihre Hand fest in seine. »Es war nicht deine Schuld.«

»Ich habe es zugelassen. Ich habe mich nicht gewehrt. Nicht ein einziges Mal.« Unvergossene Tränen standen in ihren Augen. »Irgendwann war er einfach nur noch widerlich und gemein. Immer. Er musste nicht mal mehr getrunken haben, um mit den Fäusten auf mich loszugehen. Bist du schon mal ins Gesicht geschlagen worden, Matt?«

»Nicht, seit ich erwachsen bin.« Er und Colin hatten sich in ihrer Kindheit oft gerauft, es aber nie darauf angelegt, einander zu verletzen.

»Das tut weh. Der Schock ist fast so schlimm wie der körperliche Schmerz.«

»Wie hast du es geschafft, doch noch wegzukommen?«

Vom Meer her driftete eine Brise an Land und wehte ihr das Haar aus dem Gesicht. Matt wollte sie fest in die Arme nehmen und ihr sagen, dass sie in Sicherheit war.

»Er wollte einen Sohn.«

Matt schmeckte plötzlich Galle in der Kehle.

»Ich habe ihm gesagt, ich wäre noch nicht so weit. Aber meine Bedürfnisse waren unwichtig. Er hat meine Verhütungspillen im Klo runtergespült und mich gezwungen …«

Unwillkürlich schnappte Matt nach Luft. Wie jemand das tun konnte, was Erin beschrieb … Doch das Letzte, was sie jetzt brauchte, war, dass er aggressiv oder angriffslustig wirkte. Hätte er den Kerl allerdings vor sich gehabt, hätte er sich unmöglich beherrschen können.

»Ich hatte wahnsinnige Angst, schwanger zu werden. Es ging nun nicht mehr allein um mich.«

»Wurdest du denn schwanger?«

»Nein. Ich habe mir heimlich von einer Ärztin eine Spirale einsetzen lassen. Leider habe ich nicht damit gerechnet, dass De…« Erin presste erschrocken die Lippen aufeinander. »Dass er darauf achten würde, wann ich meine Periode bekomme. Durch die Spirale bleibt sie manchmal aus. Irgendwann meinte er, ich müsste schwanger sein, sonst hätte ich längst meine Tage haben müssen.«

»Er ist dahintergekommen.«

Sie nickte. »Ich habe ihm erklärt, ich wollte kein Kind, das dann vielleicht genauso misshandelt würde wie ich. Er war außer sich vor Wut. Wie konnte ich es wagen, ihm Gewalttätigkeit vorzuwerfen, wo doch alles allein meine Schuld war. Ihm zu sagen, dass ich ihn verlassen würde, war ein großer Fehler.«

Matt merkte, dass er ihre Hand viel zu fest hielt, und lockerte die Finger ein wenig. Sie von ihrer Vergangenheit sprechen zu hören, war wie der Entgleisung eines Zuges zusehen zu müssen. Man wusste, dass etwas sehr Schlimmes passieren würde, konnte den Blick aber nicht losreißen. »Und wie ging es dann weiter, Liebes?«

Sie zeigte auf ihren Hinterkopf. »Wir waren im Auto unterwegs. Er schäumte vor Wut und sagte, wenn ich seine Kinder nicht wollte, sollte ich lieber tot sein.« Erin starrte hinaus aufs

Meer, ihre Worte wurden zu einer abgehackten Liste von Fakten. »Die Ampel war rot. Vor uns fuhr niemand. Er hat geschrien. Ich habe mich gegen die Tür gedrückt. Er hat nicht gebremst. Stattdessen hat er zu mir rübergegriffen, meinen Gurt gelöst und ist in die Kreuzung gerast.«

Matts Körper erstarrte zu Eis. »Was zum …!«

Erin blinzelte die Tränen weg. »Als ich im Krankenhaus aufgewacht bin, saß er an meinem Bett, und ich wusste nicht, was passiert war. Doch nach etwa einer Woche kam die Erinnerung zurück. Er hat mir sofort erklärt, er hätte bewiesen, dass er mich umbringen konnte, wenn er es wollte.«

Matt ließ ihre Hand los und legte einen Arm um ihre Schultern. Er zog sie fest an seine Seite. Während sein Verstand noch mit dem Gehörten rang, weinte sie leise in seinen Armen.

»Du hast es geschafft, von ihm wegzukommen, Erin.«

»Ja. Aber der Preis war hoch.«

»Wie meinst du das?«

»Er ist immer noch da draußen. Er gibt nicht auf. Und er beharrt auf seiner Unschuld.«

»Er gibt nicht auf? Wie muss ich mir das vorstellen? Du bist nicht mehr bei ihm.«

Sie stöhnte. »Das hätte ich nicht sagen sollen.«

Matt beugte sich ein wenig zurück und schaute ihr in die Augen. »Du kannst offen mit mir sein. Dieses Gespräch ist wie in einem Tresor verschlossen. Es sei denn, du zeigst mir den Kerl eines Tages. In dem Fall …«

Sie brachte ein trauriges Lächeln zustande.

»Als ich von ihm weg bin, habe ich mir eine Anwältin gesucht und es geschafft, ein Kontaktverbot zu erwirken.« Erin betrachtete die Hände in ihrem Schoß. »Und ich habe die Scheidung eingereicht.«

Aber klar doch. Deshalb hatte sie nicht einfach ihre Zelte abbrechen können. Sie war mit ihm verheiratet gewesen. »Moment mal … Du bist noch verheiratet?«

Neue Tränen drängten an die Oberfläche. »Er weigert sich, die Scheidungspapiere zu unterschreiben. Heute Morgen, als das hier passiert ist …« Sie zeigte auf ihren Hinterkopf. »… habe ich erfahren, dass das Kontaktverbot nicht verlängert wird.«

»Verdammt.«

»Er hat keine Ahnung, wo ich bin. Das hoffe ich zumindest.«

»Und damit es so bleibt, hältst du deine Vergangenheit geheim.«

Sie nickte. »Je weniger Leute etwas über mich wissen, desto besser. Parker weiß nur, dass mein Ex mich geschlagen hat. Die Details kennt sie nicht.«

Langsam wurde Matt einiges klar. »Deshalb arbeitest du von zu Hause.«

»Ja.«

»Und gehst nur selten unter Leute.«

»Es ist besser so«, sagte sie. »Nicht mal meine Familie kennt meine neue Adresse. Sonst würde er sie unter Druck setzen, um an mich ranzukommen.« Sie begann zu zittern.

»Hey.« Matt legte die Hände auf ihre Arme und zwang sie, ihn anzusehen. »Dass du mir das alles anvertraust, berührt mich sehr. Ich fühle mich richtig geehrt.«

»Ich nehme an, das meiste hattest du dir inzwischen sowieso zusammengereimt.«

Er nickte. »Vor ein paar Wochen habe ich mal ruckartig den Arm gehoben und du bist zusammengezuckt. Da habe ich bereits etwas geahnt. Ich habe Colin gefragt, ob Parker mit ihm über dich spricht, aber das hat er verneint. Er sagt, er kennt keine andere Frau, die Geheimnisse so gut für sich behalten kann.«

Damit entlockte er ihr ein kleines Lächeln. »Man hat mich gewarnt. Selbst gute Freunde können sich unabsichtlich verplappern. So könnten Informationen zu ihm durchdringen. Deshalb weiß nicht mal meine Anwältin, wo ich jetzt bin.«

»Nicht dein Ernst.«

»Oh doch.«

»Bist du denn überhaupt aus Washington State?«

Als sie nicht antwortete, schüttelte er den Kopf. »Vergiss die Frage. Ist ja auch egal. Du bist hier. Du bist in Sicherheit. Du hast eine Alarmanlage, Überwachungskameras und eine Vermieterin, die im Zweifel erst schießt und dann fragt.« Er schob ihr das Haar hinters Ohr. »Jetzt ist mir so vieles klarer.«

Sie wischte sich eine letzte Träne weg und seufzte. »Der einzige Mensch, dem ich das alles noch erzählt habe, ist meine Anwältin. Und den Leuten, die mir geholfen haben wegzukommen.«

Er sah, wie sich ihre Schultern entspannten. »Und wie fühlt sich das jetzt für dich an?«

»Befreiend.«

»Deine Geheimnisse sind bei mir gut aufgehoben. Und wenn du mal wieder das Gefühl hast, du müsstest Putzmittel durch die Küche werfen, ruf mich an.«

Und da war es. Ein kleines Lachen, mit dem sie die Stirn an seine Schulter lehnte.

Es gab ihm den Mut, sie fest in die Arme zu schließen. Dann küsste er sie oben auf den Kopf, weil das die einzige Stelle war, die er erreichen konnte.

»Matt?«

»Ja?«

»Ich bin am Verhungern.«

Aus irgendeinem Grund lösten diese Worte seine Anspannung und brachten ihn zum Lachen.

Kapitel 15

In einem ungenutzten Zimmer in seinem Haus hatte Matt sich ein Fitnessstudio eingerichtet. Die Fleischbeschau in den herkömmlichen Fitnessstudios war ihm zuwider, und auch die von Testosteron geschwängerten Muckibuden mit ihren eisenstemmenden Kraftprotzen, die seit zehn Jahren keine Kohlenhydrate angerührt hatten, waren nicht sein Fall. Weil er sich an beiden Enden des Spektrums fehl am Platz fühlte, trainierte er lieber zu Hause.

Gerade bot ihm sein kleines Privatstudio jede Möglichkeit, sich bis zur Erschöpfung auszupowern.

Er hatte Erin in Ventura zu einem frühen Abendessen eingeladen und während eines Strandspaziergangs ihre Hand gehalten. Sie hatte ihm anvertraut, dass sie inzwischen zu einer versierten Lügnerin geworden war, was ihr vorheriges Leben betraf. Dass ihre Wahrheiten auch andere zum Lügen verdammten, belastete sie.

Erins Geheimnisse zu bewahren, würde ihm leichtfallen. Außer gegenüber seiner Familie. Die Nähe, die sie alle füreinander empfanden, machte es schwer, etwas für sich zu behalten.

Grace bohrte immer besonders hartnäckig, wenn sie Neuigkeiten witterte. Und seine Mutter konnte regelrecht listig sein, wenn sie einer Sache auf den Grund gehen wollte. Es war, als würde sie einem Wahrheitstropfen in den Kaffee kippen, und noch vor dem ersten Löffel Cornflakes kannte sie sämtliche Details.

Dad hingegen lehnte sich einfach zurück und wartete. Oder er machte einem ein schlechtes Gewissen. »Meine Meinung ist dir wohl nicht wichtig.«

Und verdammt, seinem Bruder Colin vertraute Matt schon immer alles an. Zum Glück konnte der aber meist den Mund halten.

Diesmal musste er den Tresor allerdings sicher verschließen. Das hatte er Erin versprochen.

Sie hatte gute Gründe, die Drohungen ihres Ex ernst zu nehmen. Und für Matt würde er weiterhin ihr *Ex* bleiben, selbst wenn seine Unterschrift auf den Scheidungspapieren noch fehlte. Der Mann war offenbar fähig, Erin umzubringen, nur um zu beweisen, dass er es konnte.

Seit Erins Offenbarungen lief in Matts Kopfkino ein endloser Horrorfilm.

Zu den wummernden Bässen lauter Musik zog er sein Shirt aus, stülpte Boxhandschuhe über seine Fäuste und begann das Oberkörpertraining. Zwar konnte er kein Foto auf den Boxsack kleben, der an einem Spezialhaken von der Decke hing, trotzdem drosch er gnadenlos auf das Ding ein. Was hätte er darum gegeben, Erins Peiniger fünf Minuten lang zwischen die Finger zu bekommen.

»Wer?« Matts rechte Faust prallte gegen den Sack.

»Schlägt?« Ein kraftvoller linker Haken.

»Frauen?« Links, rechts, links, links.

Mit jedem Schlag wiederholte er die Worte.

Ein Fausthieb für jede Träne, die Erin vergossen hatte.

Er malte sich das Gesicht eines Mannes aus, den er hoffte niemals sehen zu müssen. Brach ihm in seiner Vorstellung das

Nasenbein und verpasste ihm Veilchen um die ausgedachten Augen.

»Beschissener Feigling!« Wieder und wieder schlug er auf den Sack ein.

Erst als seine Arme so müde waren, dass er sie kaum noch heben konnte, und seine Rückenmuskeln vor Überanstrengung brannten, hörte er auf. Hinter ihm begann jemand zu klatschen.

Matt fuhr herum und riss schützend die Fäuste vors Gesicht.

»Colin.«

»Beeindruckende Vorstellung.« Sein Bruder kam zu ihm und hielt den Boxsack fest. Als das Ding wieder still hing, schaute er Matt an.

»Wie lang hast du dort gestanden?«

»Lang genug, um zu wissen, dass du eine Mordswut auf jemanden hast. Und ich bin heilfroh, dass es nicht ich bin.« Colin schaltete das Radio aus.

Matt zog die Boxhandschuhe aus und warf sie beiseite. Er griff nach seiner Wasserflasche und setzte sich auf eine der Trainingsbänke.

»Willst du drüber reden?«, fragte Colin.

»Nein.« Die Antwort kam zu schnell.

»Es hat was mit Erin zu tun, stimmt's?«

Er war ein verschlossener Tresor, verdammt.

Matt schwieg. Lügen kam nicht infrage, das lag einfach nicht in seiner Natur.

Das Schweigen zog sich in die Länge.

»Du weißt, dass ich alles für mich behalten werde«, sagte Colin.

Matt leerte die Wasserflasche mit wenigen Zügen und wischte sich mit dem Unterarm den Mund ab. »Dasselbe habe ich auch versprochen.«

Colin nickte ein paarmal. »Ich hole uns ein Bier, du gehst duschen.«

Zehn Minuten später saßen sie auf Matts Veranda. »Wie kommt es, dass du hier bist? Ich dachte, du wärst heute Abend bei Parker.« Es war Samstag. Dass Matt versprochen hatte, Erins Geheimnisse zu bewahren, lag einen ganzen Tag zurück. In der Zwischenzeit hatte er den Rasen gemäht, seinen Wagen und sein Wohnmobil geputzt und die Steuerkette seines Dirtbikes repariert.

»Ich sehe sie später. Sie hat gesagt, Erin wollte mit ihr reden.«

»Ach?« Matt schaute ihn an.

»Das ist alles, was ich weiß. Ich wollte vorschlagen, dass du zur Happy Hour zu mir kommst. Aber dann ist mir eingefallen, wie lange ich schon nicht mehr hier bei dir war.«

Matt nahm einen Schluck Bier. »Es wird seltsam werden, wenn du umziehst.«

Colin legte die Füße auf einen Stuhl. »Mein Haus vermiete ich erst mal nur.«

»Ach ja?«

»Ja. Parker und ich haben es so besprochen. Mit der Miete können wir die Hypothek, die Versicherung, die Steuern und ein paar Extras bezahlen. Ich hatte vorgeschlagen, es loszuwerden. Aber sie meint, es sei besser, es zu behalten, bis ihr Bruder alt genug ist, um sein Erbe anzutreten. Dann wird sie das Ranchhaus verkaufen müssen.« Parkers Eltern hatten in ihrem Testament verfügt, dass das Geld aus einem etwaigen Verkauf ihres Heims auf einem Treuhandkonto liegen sollte, bis alle drei Kinder zweiundzwanzig Jahre alt waren. Parker und ihre Schwester Mallory hatten diese Altersgrenze bereits hinter sich gelassen. Bei Austin war das erst in vier Jahren der Fall.

»Das ist ein großer Schritt.«

»Mit meinem Haus?«, fragte Colin.

»Ja.«

»Halb so wild. Es sind bloß ein paar Wände und ein Dach. Okay, Parkers Anwesen gehört weder ihr noch mir, aber jetzt dort wegzuziehen, fühlt sich nicht richtig an.« Die Sinclair Ranch umfasste vier Hektar in einer wunderbaren Lage, mit allem, was man sich wünschen konnte. Leider hatte dort im vergangenen Sommer ein verheerendes Buschfeuer gewütet und Scheunen und andere Gebäude zerstört. Im Winter danach hatten die heftigsten Regenfälle, die seit sieben Jahren über Südkalifornien niedergegangen waren, vieles von dem weggespült, was das Feuer übrig gelassen hatte. Aber hey, es gab noch den Pool und das Gästehaus.

Und Erin.

»Habt ihr auch besprochen, ob Erin weiterhin bei Parker wohnen kann?«

Colin schaute ihn an. »Will sie umziehen?«

»Nicht dass ich wüsste. Ich glaube, ihr gefällt es dort draußen recht gut.« Schön abgelegen, mit Alarmanlage und bei Freunden, die für sie da sind. »Aber es ist immer gut, wenn außer ihr noch ein paar andere Leute dort sind.«

»Wie muss ich das verstehen?«

»Ich arbeite im Schichtdienst. Und die Vorstellung, dass sie allein ist, gefällt mir nicht.«

Colin blieb still.

Matt stimmte in das Schweigen ein.

Sie tranken beide einen Schluck Bier.

»Könnte es sein, dass dein inniger Wunsch, Erin zu beschützen, etwas mit dem imaginären Gesicht auf deinem Boxsack zu tun hat?«

Matt stellte seine Flasche beiseite.

Tresor. Fest verschlossen.

Es ging um Erins Sicherheit.

»Das Grundstück liegt ziemlich einsam. Man kann nie vorsichtig genug sein.«

Colins Füße fielen von dem Stuhl. »Verdammt, Matt. Muss ich mir Sorgen machen?«

Er schüttelte den Kopf. »Wenn ihr etwas zu befürchten hättet, müsste ich mein Schweigegelübde brechen. Niemals würde ich ein Versprechen über die Sicherheit anderer Menschen stellen.«

»Und falls die Lage sich ändert?«

»Bist du der Erste, der es erfährt. Im Moment reicht es mir zu wissen, wann du nicht da bist, damit ich mir einen Vorwand suchen kann, selbst dort zu sein.« Denn falls Kotzbrocken, Drecksack oder wie immer der Name von Erins Ex lautete, sich nur aufgrund des Kontaktverbots ferngehalten hatte, würde er ihr in nächster Zeit vielleicht einen Besuch abstatten. »Ab wann läuft die Kamera unten am Tor?«

»Kommende Woche ziehe ich das Kabel.«

»Brauchst du Hilfe?«

»Kostenlose Hilfe lehne ich niemals ab.« Colins Füße landeten wieder auf der Sitzfläche.

»Danke, dass du nicht weiterbohrst, Bruder. Ich will, dass Erin mir vertraut. Und wenn ich es jetzt vergeige, kann ich meine Hoffnung begraben, dass es mit uns weitergeht.«

»Heißt das, du kommst voran?«

Matt schaute zu, wie an der Seite der beschlagenen Bierflasche ein Wassertropfen nach unten rollte. »Ich hoffe es, Mann. Wir haben zusammen gegessen, aber ein richtiges Date war das nicht. Sie sagt, für Dates wäre sie noch nicht bereit. Aber so, wie sie mich manchmal anschaut, werde ich den Verdacht nicht los, dass sie damit vor allem sich selbst überzeugen will.«

»Dass es zwischen euch gefunkt hat, ist längst allen aufgefallen. Und dass sie dir ihre Geheimnisse anvertraut, ist ein gutes Zeichen. Hab Geduld.«

Matt schnaubte. »Eine meiner Stärken.«

Colin lachte. »Bring sie mit zu einem Familienessen.«

»Ich glaube kaum, dass sie sich darauf einlässt.«

»Unsere Verlobungsfeier wird sie auf keinen Fall verpassen.«

Matt nickte bedächtig. »Mir gefällt, wie du denkst.«

* * *

»Musst du nicht arbeiten?«, fragte Erin. An jedem Abend, an dem sie sich nicht sahen, rief Matt sie an. Und seit sich ihr Hinterkopf mit dem Spülbecken angelegt hatte, fand er ständig neue Vorwände, um bei ihr aufzukreuzen.

»Kein Einsatz im Moment.«

»Das möchte ich hoffen.« Erin saß auf dem Deck am Pool, die Sonne verschwand gerade hinter dem Horizont und nahm einen Teil der Tageshitze mit. Jetzt im Spätfrühling brachte die Abendluft noch eine leichte Kühle mit sich.

»Was machst du gerade?«

Sie betrachtete ihren Laptop. »Ich versuche zu arbeiten.«

»Bist du abgelenkt?«

»Nur von einem Mann, der jeden Abend einen anderen Grund findet, um mit mir zu plaudern. Die meisten Leute schreiben heutzutage einfach Textnachrichten.«

»Texten ist langweilig. Ich tue es zwar auch, aber reden ist viel besser. Beim Texten geht so viel verloren.«

Erin klappte den Computer zu und legte ihn beiseite. »War heute viel los bei euch?«

»Willst du behaupten, du hättest keinen Blick auf die App geworfen?«

Sie schnappte kurz nach Luft, gab sich aber ahnungslos. »Ich habe das Ding nicht ständig offen.«

Matt lachte leise. »Siehst du? Wenn wir nur hin- und herschreiben würden, hätte ich die kleine Pause gerade nicht gehört und dir vielleicht geglaubt. Aber so hab ich dich gleich durchschaut.«

»Du behauptest, ich sei eine Lügnerin?« Sie lächelte.

»Ähm, tja …« Er stotterte. »Ich würde sagen, du bist eine begnadete Faktenverbiegerin. Wenn ich mich recht erinnere, hast du das erst kürzlich selbst zugegeben.«

Ja, sie hatte ihm gestanden, dass sie seit ihrer Trennung von Desmond viel zu oft Lügen über sich erzählen musste.

»Ah. Na, jedenfalls hoffe ich, dass sich die Leute hier im Tal heute Nacht zusammenreißen und euch schlafen lassen.«

»In der Wochenmitte ist es meist ruhiger als am Wochenende. Außer bei Vollmond. Aber der ist erst nächste Woche.«

Sie lachte. »Du weißt, wann Vollmond ist?«

»Ja. Wenn ich kann, tausche ich vorher die Schicht.«

»Nicht dein Ernst.«

»Oh, doch. Lass beim nächsten Vollmond einfach mal die App offen und schalte den Ton ein. Und dann schau, wie viel Schlaf du kriegst.«

Sie war beinahe versucht, es auszuprobieren.

»Ach ja, wegen Colins und Parkers Verlobungsfeier. Du kommst doch, oder?«, fragte er.

»Ich konnte kaum Nein sagen. Parker hat mich gebeten, einen Kuchen zu backen.«

»Herrje.«

»Was ist?«

»Kuchen. An deinem Kuchen würde ich mich zu gern satt essen.« Seine Stimme klang sehnsuchtsvoll.

»Worauf spielst du da eigentlich gerade an?«

Er lachte. »Deinen Kuchen habe ich schließlich noch nicht probiert.«

Die Worte »noch nicht« kamen deutlich bei ihr an. Doch sie beschloss, nicht weiter darauf einzugehen. »Du bist unmöglich.«

»Ich weiß. Wie geht's deinem Kopf heute?«

Die tägliche Frage. »Der tut nur weh, wenn ich draufliege.«

»Versuch's doch mal mit einem Hämorrhoidenkissen.«

Kein schlechter Vorschlag, aber sicher rochen die Dinger grässlich nach Schaumstoff. »Ich schlafe lieber auf der Seite. Besten Dank.«

Die nächste Frage kam erst ein paar Sekunden später. »Und wie schläfst du überhaupt?«

Ein Auge halte ich immer offen. »Ganz gut.«

Matt stieß einen Summton aus. »Mir gegenüber musst du dich nicht verstellen.«

»Wenn ich mich aus Versehen auf den Rücken drehe und Druck auf den Hinterkopf bekomme, wache ich natürlich auf. Aber sobald die Fäden gezogen sind, wird das sicher besser.«

»Erin?«

»Wirklich, Matt. Ich kriege genug Schlaf.« Sie unterdrückte ein Gähnen. »Manchmal mache ich eben tagsüber ein Nickerchen. Als Ausgleich für die Stunden, die mir nachts vielleicht fehlen.«

»Das finde ich gut.«

»Da bin ich aber froh. Und jetzt zurück an die Arbeit«, flachste sie.

»Wir sehen uns am Sonntag.«

»Ha! Heißt das, bis dahin keine weiteren Anrufe?«

»Ähm … nein.«

Das hätte sie auch überrascht. »Danke fürs Kümmern«, sagte sie.

»Jederzeit gern.«

Nach dem Auflegen stellte sie sich vor, wie Matt in die Wache zurückkehrte. Trug er seine blaue Uniform oder nur ganz lässig ein T-Shirt zu langen Hosen? Das Haar hielt er kurz, sein Kinn war immer glatt rasiert. So kannte sie ihn, zumindest wenn er arbeitete. Wenn er ein paar Tage freihatte, sah man ihn auch mal mit Stoppeln oder einem Dreitagebart. Ihr gefiel dieser Kontrast. Es gab den Matt im Dienst und die Freizeitversion.

Seit dem Gespräch über ihre Vergangenheit kümmerte er sich noch rührender um sie. Vielleicht hätte sie ein schlechtes Gewissen haben sollen, weil er ihr so viel von seiner Zeit schenkte. Aber sie musste sich eingestehen, dass sie die Aufmerksamkeit und seine Besorgnis auch ein wenig genoss. Lange hatte sie die Bürde eines gewalttätigen Ehemanns ganz allein getragen. In den ersten Gesprächen mit Renee hatte sie vor allem die harten Fakten aufgelistet, ohne allzu viele Emotionen. Okay, ein paarmal waren Tränen geflossen. Aber ihrer Ehehölle hatte sie nur mit guter Planung und dem richtigen Timing entkommen können, und sie hatte schreckliche Angst gehabt, Desmond würde etwas merken. Deshalb hatte sie sich nicht erlaubt, in ihrer Verzweiflung zu versinken.

Und jetzt wollte sie diesem Mann nicht die Macht geben, sie noch einmal zum Weinen zu bringen.

Sie verdrängte Desmond aus ihren Gedanken und überließ Matt den Platz darin. Erstaunlich schnell hatte sie danach drei Kapitel des Buches gelesen, das sie gerade lektorierte. Dann trieb die kühle Abendluft sie ins Haus.

Kapitel 16

Kuchenbacken war kein Problem. Doch allein beim Gedanken daran, zu der Feier im Haus von Matts Eltern zu gehen, rebellierte ihr Magen. Sie war gerade dabei, ein paar der verlorenen Pfunde wieder auf die Rippen zu bekommen, aber bei der Vorstellung, mit fremden Leuten zusammen zu sein, verging ihr der Appetit.

Mr und Mrs Hudson, Emmitt und Nora, waren ein paarmal mit Colin zum Ranchhaus gekommen. Jase, mit dem Mallory zusammenlebte, war einer von Matts Cousins und kam regelmäßig mit zur Ranch. Doch da war ja noch der Rest von Matts Familie. Eine Großmutter, die eigens nach Kalifornien geflogen war, um Parker kennenzulernen. Eine Tante mütterlicherseits mit ihrem Mann und außerdem eine Handvoll enge Freunde der Familie.

Jap, Erin hätte sich am liebsten irgendwo verkrochen.

Stattdessen hatte sie sich von Nora an der Tür den Kuchen abnehmen und von Grace ein Glas Wein in die Hand drücken lassen. Matt schob sich an ihre Seite und begrüßte sie mit einem Kuss auf die Wange. Wann hatte sich diese Vertrautheit eingestellt? Seine Zärtlichkeiten zurückzuweisen, lag ihr fern.

Überall wurde gelacht und geplaudert. Aus den Lautsprechern im Wohnzimmer tönte Musik.

»Schön, dass du da bist«, flüsterte Matt ihr ins Ohr.

»Deine Familie ist sicher sehr nett, aber …«

Er legte eine Hand an ihre Taille und schob sie ein paar Schritte weiter in den Raum. »Die beißen nicht. Grandma Rose wird reden, bis deine Ohren glühen, sich morgen aber an kein Wort erinnern. Und heute dreht sich hier sowieso alles um Colin und Parker. Bleib einfach locker und feiere mit.«

Kaum hatte Matt zu Ende gesprochen, da kam seine Tante zu ihnen und streckte Erin die Hand hin. »Ich bin Tante Bethany. Und Sie müssen Matts Freundin sein.«

Erin fiel die Kinnlade herunter.

»Wir haben uns gerade erst kennengelernt, Tante Beth.«

Beth hatte dieselben Augen und denselben Mund wie ihre Schwester Nora. Doch im Gegensatz zu Matts Mutter trat sie sehr bestimmend auf. »Mag sein. Aber sagte ich das nicht gerade?«

Erin verzichtete auf weitere Erklärungen und reichte der Frau die Hand. »Schön, Sie kennenzulernen.«

»Colin sagt, Sie wohnen bei Parker.«

»Im Gästehaus, ja«, antwortete Erin.

Beth lächelte. »Wie praktisch. Dann könnt ihr da ja gleich Doppeldates haben.«

Jap, diesem Gespräch wollte Erin gern entkommen. Lieber jetzt als später.

»Wie geht's Jasmine und Karl? Ich dachte, ich sehe sie heute«, sagte Matt.

»Gut. Bestens. Aber sie sind sehr beschäftigt.« Beth beugte sich näher. »Die beiden wünschen sich ein Baby, und sie hat gerade ihren Eisprung. Deshalb …« Sie hob ein paarmal vielsagend die Brauen, dann zwinkerte sie. »Ich kann es kaum erwarten, Großmutter zu werden.«

»Jasmine ist meine Cousine und seit zwei Jahren mit Karl verheiratet«, erklärte Matt Erin.

Bethany tippte mit dem Finger an das Glas in ihrer Hand. »Ich werde schließlich nicht jünger.«

»Wir würden uns alle sehr freuen. Aber weißt du was, Tante Beth? Ich habe Erin versprochen, ihr hinten im Garten etwas zu zeigen.«

»Was denn?«, fragte Beth.

»Du weißt schon. Ich habe es selbst gemacht. Nicht wahr, Babe?« Er schaute Erin an und knuffte sie unauffällig in die Seite.

»Oh. Das, ähm … Kunstwerk.«

Matts Augen blitzten.

»Ein Kunstwerk? Von dir?«, fragte Beth.

»Als ich noch klein war.« Matt wedelte mit der Hand. »Aber Frauen gefällt so was.«

Tante Bethany kaufte ihm das offenbar ab. Jedenfalls ließ sie das Thema auf sich beruhen und trat zur Seite. »Du musst Mallory sein …«

»Ihr nächstes Opfer«, flüsterte Matt Erin ins Ohr und nahm sie an der Hand. Kichernd flüchteten sie hinaus in den Garten.

Draußen standen Jase und Austin.

»Keine Lust auf den Trubel?«, fragte Austin.

»Frische Luft«, antwortete Erin.

Austin lachte. »Ah, ja.«

»Wann ist denn deine Abschlussfeier?«, fragte Matt.

»Am Donnerstag. Mein letzter Schultag war am Freitag. Unglaublich, dass es jetzt vorbei ist.«

»Ja, das ging schnell.«

»Ich hätte gedacht, dass du heute mit deinen Freunden um die Häuser ziehst.« Erin stellte ihr Weinglas nach nur einem Schluck ab. Noch immer fühlte sie sich nicht wohl dabei, in fremder Gesellschaft Alkohol zu trinken.

»Das kann ich noch den ganzen Sommer lang tun. Aber Parker verlobt sich nur einmal.«

Erin wurde warm ums Herz. »Du bist ein sehr lieber kleiner Bruder.«

Er zuckte die Achseln. »Sag ihr das bloß nicht. Sonst gewöhnt sie sich dran.«

Matt zog sie weiter zum hinteren Teil des Gartens.

»Du willst mir dein Kunstwerk zeigen?«, lachte sie und zwinkerte.

»Gut, dass du mich daran erinnerst …«

Am Rand eines Blumenbeets lag eine Betonplatte mit drei Paar Handabdrücken. »Nur falls Tante Beth fragt.«

»Unfassbar, dass sie einfach fröhlich erzählt, ihre Tochter hätte gerade einen Eisprung.«

»Meine Familie ist eindeutig zu gesprächig. Das ist unser Fluch.« Matt musterte sie mit einem liebevollen Blick. »Wie geht's deinem Kopf?«

»Gut. Die Fäden sind gezogen. Noch eine Woche, dann gehe ich zum Friseur.« Mit einer schwungvollen Bewegung ließ sie ihr Haar fliegen. »Das Rot muss weg.«

»Willst du etwa behaupten, du bist kein echter Rotschopf?« Er grinste.

»Scherzkeks.«

Lachend berührte er eine Haarsträhne auf ihrer Schulter. »Und was hast du vor?«

»Keine Ahnung. Aber das hier fühlt sich irgendwie nicht mehr richtig an.« Mit dem Rot hatte sie sich getarnt. Vielleicht war jetzt außer einer neuen Farbe auch eine neue Haarlänge angesagt. Eine, die sie noch nie getragen hatte.

»Wie wär's mit Lila?«

»Du meinst, weil das meine Persönlichkeit unterstreichen würde?« Sie verdrehte die Augen.

»Sollte ein Witz sein«, antwortete er. »Welche Haarfarbe hast du ursprünglich?«

Sie beugte sich zu ihm. »Ich bin blond«, flüsterte sie.

Matt drückte eine Hand auf seine Brust. »Oh! Ich stehe auf Blondinen. Vielleicht solltest du lieber nicht gleich ganz blond werden.«

»Warum das denn?«

»Weil ich sonst ununterbrochen an dich denken muss.«

Damit brachte er sie zum Lächeln.

»Und wie geht's dir abgesehen von deinem Kopf?« Sie und Matt hatten seit der sehr privaten Unterhaltung am Strand oft geredet und einander Textnachrichten geschrieben. Das Thema Desmond hatten sie ausgespart. »Gibt es was Neues?«

»Alles unverändert.« Renee hatte sie informiert, dass sie noch immer im Stand-by-Modus operierten, weil der Richter für die Unterzeichnung der Scheidungsunterlagen eine Fristverlängerung genehmigt hatte.

»Bist du immer noch so angespannt?«

Erin zupfte ein Blatt von einem Baum. Ihren Händen etwas zu tun zu geben, beruhigte ihre Nerven. »Du willst wissen, ob ich ständig über die Schulter schaue, weil ich mich beobachtet fühle? Ja. Aber es wird besser.«

Er nahm ihre Hand mit dem Blatt in seine.

Ohne groß nachzudenken, trat Erin einen Schritt näher.

»Wie sieht denn dein Donnerstag aus?«, fragte Matt.

»Denkst du an ein Date?«

»Nur, wenn du Ja sagst. Andernfalls will ich einfach bloß wissen, was du am Donnerstag so machst. Ich hätte auch den Samstag vorschlagen können. Aber am Wochenende sind immer viel mehr Leute unterwegs.«

Er hatte sich offenbar Gedanken über den richtigen Tag gemacht. »Matt …«

»Bevor du Nein sagst, hätte ich einen Vorschlag. Wir würden auch kaum jemandem begegnen.«

»Am Donnerstag ist Austins Abschlussfeier. Parker möchte gern, dass ich mitkomme.«

Matt kniff die Augen zusammen. »Du wagst dich in ein voll besetztes Stadion?«

»Ich muss dort mit niemandem reden.«

»Dann bleiben wir bei Samstag«, sagte er.

»Ich erinnere mich nicht, Ja gesagt zu haben.«

»Solange ich kein Nein höre, gehe ich von Zustimmung aus.«

Sie lachte. »Diese Regel ist mir neu.«

Dieses Grinsen. Matts jungenhafter Charme stand in komplettem Gegensatz zu seinen breiten Schultern und der schmalen Taille. Was ihr bisher an Männern große Angst gemacht hatte, gefiel ihr auf einmal am besten. Matt war wie ein Chamäleon – ein starker Beschützer, wenn sie einen brauchte, aber sanft und behutsam, wenn die Situation es erforderte.

»Da ist aber jemand in Gedanken ganz weit weg.« Er rückte näher.

»Bin schon wieder da.«

»Willst du drüber reden?«

Sein zärtlicher Blick versetzte die Schmetterlinge in ihrem Bauch in flatternde Aufregung.

»Am Anfang hast du mir Angst gemacht«, gestand sie.

Er zog erstaunt die Brauen hoch. »Habe ich etwas Falsches getan?«

Sie berührte ihn am Arm. »Nein. Ganz und gar nicht. Aber in mir ist das Gefühl von Anziehung nun mal eng mit Angst und Schmerzen verbunden. Ich kämpfe dagegen an, doch es …«

Er legte eine Hand an ihre Hüfte und schaute ihr fest in die Augen. »Ich würde mir eher den Arm abhacken, als dir wehzutun.«

Erin zeigte auf ihren Kopf. »Hier drin weiß ich das. Aber meine Impulse habe ich nicht immer ganz unter Kontrolle.«

»Das kann ich verstehen.« Seine Stimme war so ruhig, so warm.

»Ich bin ganz schön kaputt.«

»Und ich glaube, du bist gar nicht so kaputt, wie du denkst«, entgegnete er.

»Ich hätte keine Lust auf ein Date mit mir.« Damit gab sie ihm den offiziellen Warnhinweis.

Er lächelte. »Ist wohl auch besser so. Ein Date mit dir selbst würde auf Außenstehende vermutlich ziemlich gaga wirken.«

Sie senkte den Blick und sah hinunter auf ihre Füße, doch er hob ihr Kinn mit einer Hand behutsam an, sodass sie ihm in die Augen schauen musste. »Inzwischen habe ich eine recht gute Vorstellung davon, worauf ich mich einlasse, Erin. Und ich will es gern versuchen. Du hast mir deine Geheimnisse anvertraut ...«

Sie presste die Lippen aufeinander.

Matt zögerte. »Zumindest einen Teil davon. Ich wünsche mir, dass dein Vertrauen in mich groß genug ist, um herauszufinden, wie es mit uns weitergeht. Was wäre das Schlimmste, was passieren kann?«, fragte er.

Die Antwort auf diese Frage lief prompt wie ein Nachrichtenband durch ihren Kopf. Sie schloss die Augen und versuchte zurückzuweichen.

Matt lockerte seinen Griff, ließ sie aber nicht los. »Sprich mit mir, Erin. Was beschäftigt dich?«

»Wir sollten ...«

»Ich möchte dir beim Kampf gegen deine Ängste beistehen. Aber dazu muss ich sie kennen.«

Das Leben war so schrecklich unfair. Sie holte tief Luft und atmete langsam wieder aus. »Was, wenn es mit uns beiden gut läuft, er mich findet und ich abtauchen muss?«

Matt legte die Hände an ihre Schultern und seufzte, als hätte er die perfekte Lösung für ihr Problem. »Aus meiner Sicht läuft es jetzt schon gut. Ich habe von deinen Brownies gegessen und kann mir ein Leben ohne sie gar nicht mehr vorstellen.« Er grinste. »Und falls, nur *falls* er dich findet, muss er erst mal an mir vorbeikommen.«

»Und wenn aus uns beiden doch nichts wird?«

»Darüber machst du dir Sorgen?« Er rückte so nahe, dass sie den Kopf in den Nacken legen musste, um sein Gesicht zu sehen.

»Gefühle verblassen. Menschen ändern ihre Meinung.«

Seine Zungenspitze huschte über seine Lippen, dann betrachtete er ihren Mund.

Sie schluckte. *Oh verdammt.* Im Augenblick hatte der Mann, der sie ansah, als wollte er sie zum Lunch verspeisen, so gar nichts Jungenhaftes an sich. Erin war fast sicher, dass sie sich ihm entgegenreckte. Wie von selbst befeuchtete ihre Zungenspitze ihre Unterlippe.

Matt hatte es gesehen. »Lass es uns wenigstens versuchen.«

Seine Lippen waren warm, sein Atem heiß. Diesmal gab es kein Zögern. Keine Frage, ob das gerade wirklich passierte. Es geschah einfach. Matt verschlang ihren Mund, ergriff Besitz von ihrer Zunge.

Die Schmetterlinge in ihrem Bauch flatterten wild durcheinander, und mit jeder Sekunde kamen neue hinzu.

Sie schloss die Augen und vergaß alle Bedenken. Sie hatten über etwas Wichtiges gesprochen, aber das tat jetzt nichts zur Sache. Seine Hände fanden den Weg von ihren Schultern zu ihrer Taille. Er zog sie an sich. Dass jemand sie so zärtlich und liebevoll berührt hatte, war Ewigkeiten her.

Sie spürte, wie seine Hand nach ihrer griff und sie an seine Seite führte. Sie verstand es als Aufforderung, ihn anzufassen. Und wagte es. Der starke Rücken, die schmale Taille. Tiefer sollten ihre Hände vermutlich nicht wandern, deshalb schob sie die

Fingerspitzen an ihm nach oben. Sie merkte, wie seine Hände ihrem Beispiel folgten und genau das taten, was sie vorgab.

Selbst jetzt, wo er ihr mit seinen Küssen den Atem nahm, überließ er ihr die Führung. Kein Zwang, keine raschen Manöver. Ruhig und zärtlich streichelte seine Zunge ihre. Sie schmiegten die Oberkörper aneinander. Und ja, Matt war eindeutig erregt. Auch robuste Jeans konnten nicht alles verbergen. Er drückte sich an sie, versuchte aber nicht, sein Vergnügen mit drängenden Bewegungen zu steigern oder sie ebenfalls zu erregen. Das war gar nicht nötig. Sein Kuss genügte.

Zumindest solange sie hier im Garten seiner Eltern standen.

Stimmen vom Haus her beendeten den magischen Moment.

Matts Lippen lösten sich von ihren und bewegten sich zu ihrem Ohr. »Er müsste erst an mir vorbeikommen, Erin.«

Die Worte waren ein Versprechen.

Eines, auf das sie vertrauen wollte.

* * *

»Da seid ihr ja«, rief Colin, als Matt und Erin ins Haus zurückkamen.

Ein Blick, und Parker schüttelte den Kopf. »Eine Brautjungfer und der Trauzeuge sollten sich erst nach der Trauung zusammen davonmachen. Ihr beide seid zu früh dran.«

Matt spürte, wie Erin neben ihm erstarrte. Er schaute sie an und bemerkte, dass ihr Lippenstift ein wenig verschmiert war.

Schnell wischte er sich den Mund ab, ein paar Leute fingen an zu lachen.

Erin vergrub den Kopf an seiner Schulter. Ihre Wangen färbten sich dunkelrot.

»Ein Kunstwerk zeigen! So, so!«, rief Tante Beth aus der offenen Küche.

Matt sah, wie seine Mutter ihn und Erin lächelnd musterte. Kurzerhand legte er Erin den Arm um die Schultern, als wollte er sagen: *Ja, bei uns läuft was.*

Gott, er hoffte, dass etwas lief.

Was immer es sein mochte. Und bitte mehr als nur ein flüchtiger Flirt.

Ja, sie schleppte so einiges mit sich herum. Ihr Gepäck hatte Übergröße und war so schwer, dass man dafür beim Fliegen hätte doppelt bezahlen müssen. Doch sie küsste wie ein Engel. Sie brauchte nur für den Moment ein Paar zusätzliche Flügel, das sie umfing.

Matt war klar, dass er Erin noch kaum kannte. Aber vielleicht kannte sie sich auch selbst noch nicht ganz. Denn während sie sagte, sie sollten nichts miteinander anfangen, sprachen ihre Lippen eine ganz andere Sprache. Bis die Angst wieder übermächtig wurde. Was würde passieren, wenn diese Angst verschwand und die Fesseln der Vergangenheit von ihr abfielen?

Er konnte es nur erahnen, aber wenn es passierte, wollte er unbedingt dabei sein.

»Also, was meint ihr?«, fragte Colin.

Matt versuchte, ins Hier und Jetzt zurückzufinden. Offenbar erwartete man eine Antwort von ihm. Er schaute Erin an. Auch sie schien verwirrt.

»Was meinen wir wozu?«, fragte Matt.

Colin zog Parker an seine Seite. »Trauzeuge?«

Parker schaute Erin an. »Brautjungfer?«

Zum zweiten Mal an diesem Tag quoll Matts Herz vor Gefühlen fast über. Ja, er hatte damit gerechnet, dass sein Bruder ihn fragen würde. Aber jetzt, wo es so weit war … Er ließ Erin los und packte Colin. Keine coole einarmige Männerumarmung. Er drückte seinen besten Freund herzhaft an seine Brust, so wie es der Anlass verdiente. »Ich wäre geehrt.«

»Ich hab dich lieb, Mann.«

»Ich dich auch, Bruder.«

Neben ihnen standen Parker und Erin. »Wir sind erst so kurz befreundet. Bist du sicher?«

»Erin, du bist einer der wunderbarsten Menschen, die ich kenne. Du gehörst längst zur Familie. Und ich will, dass unser Band noch fester wird.«

Matt spürte Erins inneren Kampf. Er konnte geradezu ihre Stimme hören. *Was, wenn ich mich darauf einlasse, er mich dann findet und ich abtauchen muss?*

»Dann mache ich das sehr, sehr gern.«

Die Frauen umarmten einander, doch Matt sah das Zögern und die Besorgnis in Erins Haltung.

Seine Mutter räusperte sich. »Lasst uns essen, bevor alles kalt wird.«

»Es gibt sowieso fast nur kalte Sachen, Mom«, lachte Grace.

Colin klopfte Matt auf die Schulter, die anderen Gäste setzten ihre unterbrochenen Unterhaltungen fort. Bald überlagerte der Geräuschpegel das Gespräch zwischen Erin und Parker.

»Offenbar läuft es ganz gut zwischen euch beiden«, sagte Colin zu Matt.

»Sie hat mehr Schichten als eine Zwiebel. Aber ich bleibe dran.«

Sein Bruder klopfte ihm auf den Rücken. »Parker hat Mallory gebeten, ihre Trauzeugin zu sein, und Grace wird eine der Brautjungfern.«

»Klingt perfekt.«

»Ja. Und ich möchte Austin als einen meiner Brautführer haben.«

Matt nickte. »Prima.«

Colin zog ihn ein Stück weiter weg. »Parker und ich wollen Dad bitten, sie zum Altar zu führen.«

Matt drehte sich zu ihrem Vater, der gerade bei Grace stand. »Verdammt, daran hatte ich gar nicht gedacht.«

Die Sinclair-Geschwister waren elternlos. Dass Parker keinen Vater mehr hatte, der sie zur Trauung führen konnte, musste sehr bitter für sie sein.

»Als wir darüber gesprochen haben, hat sie geweint. Am Wochenende gehen wir mit Mom und Dad essen und fragen Dad bei der Gelegenheit.«

Matt schluckte und atmete tief aus. »Er wird das Rampenlicht genießen.«

»Ganz sicher.«

Colin redete weiter, doch Matts Blick folgte Erin, die sich langsam durch den Raum bewegte und schließlich durch die Hintertür verschwand.

»Colin.« Matt deutete auf die Tür. »Ich muss nach ihr sehen.«

»Meinst du, es gibt ein Problem?«

Matt klopfte seinem Bruder auf die Schulter. »Sicher keins, das ich nicht lösen kann.«

Mit fünf Schritten war er an der Tür. Sechs weitere, dann kam er vor Erin zum Stehen.

Sie atmete viel zu angestrengt, ihr Gesicht war blass. »Bitte.« Sie wich nach rechts aus, Matt machte die Bewegung mit und blieb vor ihr.

»Du steckst bereits mittendrin, und er wird dich nicht finden.«

Erins Blick schoss zu ihm wie der Kopf einer zubeißenden Klapperschlange. »Woher willst du wissen, was ich gerade denke?«

»Na ja, ich vermute mal, dass du in Bezug auf die Leute da drinnen ganz ähnliche Zweifel und Ängste hast wie wegen uns beiden.« Er deutete mit dem Kinn zum Haus.

Noch bevor die erste Träne aus ihrem Augenwinkel quoll, sah er, wie ihre Augen feucht wurden. »Er ist gefährlich, Matt. Sobald ich ihn auch nur in einem angrenzenden Bundesstaat wittere, muss ich weg. Sonst bringe ich alle in Gefahr. Wie kann ich Zusagen für die Zukunft machen, wenn ich gar nicht weiß, ob ich eine habe?«

Matt zog sie in seine Arme. »Du kannst nicht weglaufen«, raunte er. Er drückte sie an sich. Leise weinte sie an seiner Brust. »Ich halte dich fest.«

Kapitel 17

Erin drehte schwungvoll den Kopf hin und her. Mit mehr Volumen und Spannkraft denn je fiel ihr das Haar in weichen Wellen bis knapp zu den Schultern.

»Das ist *deine* Farbe, *dein* Look.« Manuela knetete eine winzige Menge Haarwachs in die Spitzen, trat einen Schritt zurück und bewunderte ihr Werk. »Das Rot hat mir nie recht gefallen.«

Erin im Grunde auch nicht. Die Farbe war nur Mittel zum Zweck gewesen. Das warme Hellbraun mit den sparsam gesetzten Highlights war von ihrem natürlichen Strandblond ausreichend weit entfernt, dabei aber viel weniger krass als das Rot. Und dann der Schnitt …

Sie schüttelte den Kopf und musste einfach immer weiter lächeln. »Ich glaube, so kurz habe ich mein Haar zuletzt in der dritten Klasse getragen.«

»Der Style steht dir. Im Moment sieht man überall nur langes, glattes Haar. Aber deine Naturlocken kommen mit dem kürzeren Schnitt viel besser zur Geltung. Dieser Look ist perfekt für dich.«

Manuela hatte Erins Haar an der Seite gescheitelt und nur ganz leicht durchgestuft, damit es ihr locker ins Gesicht fiel.

»Es wirkt so leicht und so frei«, freute sich Erin.

Die Friseurin nahm ihr den Umhang ab und wischte ihr ein paar verirrte Haarspitzen vom Rücken.

Erin bezahlte und bedankte sich.

»Aber nicht noch mal mein Kunstwerk ruinieren.«

Erin lachte, wusste aber, dass Manuela das nur halb im Scherz gesagt hatte. Den einen Versuch mit Farbe aus dem Drogeriemarkt trug ihr die Friseurin immer noch nach.

»Versprochen.«

»Und versteck dich nicht. Schnapp dir eine Freundin und zieh mit ihr um die Häuser. Du wirst sehen, wie alle die Köpfe nach dir drehen.«

»Ja, Ma'am.« Erin nickte, auch wenn sie sich sehr wohl zu Hause verstecken und, sobald sie unter Leuten war, alles daransetzen würde, so wenig wie möglich aufzufallen. »Und danke noch mal.«

In Santa Clarita kletterten die Temperaturen jetzt jeden Tag höher. Als eine für die Uhrzeit schon ziemlich warme Brise ihren Nacken streifte, wurde ihr Lächeln noch breiter.

Desmond hatte kurzes Haar gehasst.

Beschwingt stieg sie in ihren Wagen und ließ die Fenster herunter. Ein Blick in den Rückspiegel, und sie seufzte. Sie erkannte sich kaum wieder. Das Lächeln, die viel entspannteren Züge und, ja, natürlich die neue Frisur. Erin fühlte sich wieder ein Stück weniger wie Maci und ein Stück mehr wie die Frau, die sie gern werden wollte.

Sie ließ den Motor an und stellte die Klimaanlage auf die höchste Stufe.

Aus purer Gewohnheit schaute sie kurz auf die App, die zeigte, ob Matt im Einsatz war. Allem Anschein nach befand sich die Crew gerade auf der Wache. Kurz entschlossen machte sie sich auf den Weg dorthin. Doch schon nach ein paar Metern wurde sie plötzlich unsicher. An Matts Arbeitsplatz aufzutauchen, nur um ihren neuen Look zu präsentieren, kam ihr jetzt doch ein wenig albern vor. Frisches Gebäck für ihn und die Crew wäre ein besserer Vorwand gewesen.

Leider hatte sie nichts gebacken, und es wurde schon viel zu warm, um ihr kleines Haus noch weiter aufzuheizen.

Der Mut verließ sie. Unschlüssig fuhr sie an der Feuerwache vorbei. Die Türen der Fahrzeughalle waren geschlossen, doch allem Anschein nach war sie leer. Jedenfalls ließen sich hinter den hohen Fenstern keine Umrisse großer Fahrzeuge ausmachen.

Die Crew war offenbar ausgeflogen. Vielleicht besser so.

Am besten, sie ging gleich einkaufen. Abends wurde es kühler, und umweht vom Duft frisch gebackener Brownies einzuschlafen, war eine schöne Vorstellung.

Sie bog um die Ecke und fuhr auf den Parkplatz des Supermarkts.

Der Anblick des gewaltigen roten Trucks in der Feuerwehrzufahrt zauberte ein Lächeln auf ihr Gesicht. Sie konnte ihren Wagen gar nicht schnell genug abstellen, sprang heraus, schnappte ihre Handtasche und eilte ins Geschäft.

Drinnen ging sie an den Kassen entlang und spähte dabei in die einzelnen Gänge. Die Männer standen in der Obst- und Gemüseabteilung.

Jessie betastete Früchte, Matt schüttelte ungeduldig den Kopf.

Sie blieb stehen und wartete, bis er aufblickte.

Das passierte schneller als gedacht.

Er sah zu ihr, sah wieder weg, dann fuhr sein Kopf zu ihr herum.

Matt ließ den Salat in den Wagen fallen und war mit wenigen großen Schritten bei ihr.

»Wow.« Er streckte die Hand aus und berührte ihre Haarspitzen.

»Erkennst du mich überhaupt noch?«, fragte sie.

»Ja! Sieht toll aus.« Er lächelte, als hätte er tatsächlich Freude an dem, was er sah. »Gefällt's dir auch?«

»Ich bin begeistert.« Sie drehte schwungvoll den Kopf hin und her.

»Ein bisschen Blond sehe ich auch. Aber deine natürliche Farbe ist das noch nicht, oder?«

»Es ist näher dran, aber nein.«

Sein Blick wanderte von ihrem Haar zu ihren Augen. »Du bist wunderschön. Egal, mit welcher Frisur. Aber der neue Look gefällt mir.«

Ja, darauf hatte sie gehofft. »Danke.«

Er beugte sich näher. »Ich würde dich gern küssen und dir zeigen, *wie* gut er mir gefällt. Aber ich bin im Dienst.«

Sie fand seine Zurückhaltung genauso herzerwärmend wie seine Worte. »Professionell zu bleiben, ist manchmal sehr schwer«, scherzte sie.

Er lachte.

Über seine Schulter hinweg schaute sie zum Rest der Crew. »Kauft ihr fürs Abendessen ein?«

Matt verdrehte die Augen. »Ja. Vorausgesetzt, Jessie kann sich irgendwann entscheiden. Der Mann will erst jede Tomate persönlich kennenlernen.«

Tom entdeckte sie und winkte.

Sie winkte ein wenig unsicher zurück. »Ich sollte kurz Hallo sagen.«

Matt verstand das als Einladung. Im nächsten Moment lag seine Hand in ihrem Kreuz, und er brachte sie zum Einkaufswagen der Mannschaft.

»Hi«, sagte sie.

Ein Chor von Begrüßungen folgte. Tom musterte sie. »Ich hätte dich fast nicht erkannt und dachte schon, ich müsste Matt daran erinnern, dass er bereits eine Freundin hat.«

»Hey!«, schimpfte Matt. »Hör einfach nicht hin«, sagte er zu Erin.

Im Einkaufswagen sah sie vor allem Gemüse. »Was soll's denn zum Abendessen geben?«

»Wenn wir so weitermachen, gar nichts.« Anton deutete mit dem Kinn auf Jessie.

»Ihr mögt, was ich koche, oder?«, fragte Jessie.

Die drei anderen Männer nickten.

»Dann müsst ihr auch mit meiner sorgfältigen Auswahl leben.«

Erin in der Öffentlichkeit zu küssen, war im Moment leider keine Option. Trotzdem konnte Matt die Finger nicht ganz von ihr lassen. Er zog sie näher zu sich und sprach so laut, dass Jessie ihn hörte. »Der Jüngste in der Crew ist immer der Koch, und mit diesem Kerl haben wir wirklich Glück. Leider hat er noch nicht kapiert, dass es beim Einkaufen schnell gehen muss, weil jederzeit ein Einsatz dazwischenkommen kann.«

Sie neigte fragend den Kopf. »Und was macht ihr dann?«

»Manchmal ist der Einkauf schon im Truck, und bei einem kurzen Einsatz ist das kein Problem«, antwortete Tom.

»Aber wenn der Einsatz länger dauert, werden die Sachen warm und verderben«, fügte Matt hinzu.

»Meistens lassen wir alles im Laden und holen es später. Aber am besten ist es natürlich, wenn wir es zurück zur Wache und bis zum Kühlschrank schaffen.« Antons letzte Worte waren an Jessie gerichtet, der den Wink offenbar verstand und die nächsten Lebensmittel zügiger zu den bereits ausgewählten legte.

Erin schlenderte mit den Männern durchs Geschäft und schaute zu, wie sie den Wagen füllten. »Warum kauft ihr nicht vor dem Schichtdienst ein?«

»Man mag es kaum glauben, aber so ist es einfacher. Hin und wieder planen wir tatsächlich voraus und bringen

Lebensmittel mit. Aber nur wenn wir zusammen einkaufen, hat am Ende jeder das, was er will. Die Kosten teilen wir uns.« Matt ging an ihr vorbei, nahm ein frisch gebackenes Brot vom Regal und legte es zu den anderen Sachen. Und das alles, ohne seine andere Hand von ihr zu nehmen.

Erin fiel auf, wie viele Leute sich nach der Crew umdrehten. Hauptsächlich Frauen. »Ihr Jungs erregt hier drin einiges Aufsehen.«

Tom lachte. »Man gewöhnt sich dran.«

»Wir sind die Retter in der Not, meistens freut man sich, uns zu sehen. Nach den verheerenden Bränden im letzten Jahr ist es uns wochenlang kaum noch gelungen, irgendwo unser Essen zu bezahlen. In Restaurants ging die Rechnung aufs Haus, in Lebensmittelgeschäften gab uns die Filialleitung einen ordentlichen Rabatt, und den Rest haben oft andere Kunden draufgelegt.«

»Ich weiß, wie dankbar Parker nach dem Feuer war. Und so ging es Hunderten anderen Menschen im Tal sicher auch.« Sie bogen in die Fleischabteilung ein.

Bald lag alles im Wagen, was die Crew brauchte, und sie stellten sich an der Kasse an.

Matt wollte etwas zu ihr sagen, doch plötzlich erwachten die Funkgeräte zum Leben. Die Männer seufzten im Chor.

Ringsum blieben Kunden stehen und beobachteten die Feuerwehrmänner interessiert.

Anton hörte sich die Instruktionen der Einsatzzentrale an, Jessie schob den Wagen zur Seite.

»Wir müssen los«, sagte Matt.

»Und euer Einkauf?«

»Den bewahren sie hier für uns auf. Wir kommen wieder.«

Nur um mittendrin wieder zu einem Einsatz gerufen zu werden? »Ich könnte die Sachen für euch zur Wache bringen.«

Matt griff in seine Tasche. »Das wäre super.« Er drückte ihr einen Schlüssel in die Hand. »Lass ihn einfach in der Küche liegen und zieh die Tür hinter dir zu, wenn du rausgehst.«

»Danke, Erin!«, rief Tom, während die Männer bereits im Laufschritt das Geschäft verließen.

Matt hauchte ihr einen Kuss zu, dann war er weg.

Jetzt, wo sie mit dem Einkaufswagen allein dastand, spürte sie die neugierigen Blicke der anderen Kunden. Sie straffte die Schultern und schob den Wagen weiter. Es war schön, den Jungs helfen zu können, während sie losjagten, um anderen zu helfen.

Noch schöner war es, dass Matt ihr den Schlüssel anvertraute und die Verantwortung für die Versorgung der Crew.

Aber am allerschönsten war sein hingehauchter Kuss.

* * *

Desmond Brandt schüttelte eine Kapsel aus dem Tablettenröhrchen und schluckte sie trocken hinunter. Dann lehnte er sich in seinem Ledersessel zurück und starrte auf den Monitor auf dem Schreibtisch. Jenseits der Bürotür lief alles wie immer. Er war der Boss, und seine Leute spurten.

Nur diese Schlampe wollte partout nicht verstehen, wo ihr Platz war.

Ein ganzes Jahr lang hatte er die unverdiente Strafe ertragen. Ein Kontaktverbot. Erwirkt von seiner eigenen Frau. Unzählige Male hatte er sie von der Schwelle des Todes ins Leben zurückgeholt, und das war nun der Dank.

Er rieb sich das Kinn mit dem perfekt getrimmten Bart, den er sich seit ihrem Verschwinden stehen ließ und der bestens zu der Rolle passte, die er spielte. Er, der verlassene Ehemann, tief gebeugt von Trauer und Sorge um seine abwesende Frau.

Seit einem Jahr bezahlte er drei Privatdetektive auf zwei Kontinenten. Einen an der Westküste der Staaten, den anderen an der Ostküste und den dritten in Großbritannien. Gerade, als er erwogen hatte, einen vierten anzuheuern, um auch in anderen Teilen Europas nach ihr suchen zu lassen, war der hilfreiche Hinweis auf seinem Schreibtisch gelandet.

Der kurze Videoclip stammte aus einer Nachrichtenmeldung vom vergangenen Winter.

Maci stand im Hintergrund, während ein Reporter mit der Besitzerin eines von Wassermassen verwüsteten Grundstücks in Kalifornien sprach. Der kleine Auszug aus der monatealten Reportage war jetzt noch einmal gesendet worden, weil der Jahrestag des dramatischen Feuers bevorstand, das dem Jahrhundertregen vorangegangen war. Der Privatdetektiv, der an der Westküste nach Maci suchte, hatte sie in dem Clip erkannt.

Desmond war dankbar für die gegenwärtige Nachrichtenflaute. Das alte Filmchen sollte offenbar ein wenig Drama in den ansonsten recht ereignislosen Tag bringen.

Und da stand sie. In einer Jacke, die er ihr in einem Urlaub gekauft hatte. Eigentlich hatte sie sie selbst gekauft, aber mit seinem Geld. Deshalb gehörte sie ihm. Alles an ihr gehörte ihm.

Nur wegen ihm war sie überhaupt noch am Leben.

Hatte er sie nicht eigenhändig aus dem Autowrack gezogen, das leicht hätte in Flammen aufgehen können? Und das, obwohl er selbst aus einer tiefen Wunde seitlich am Gesicht geblutet hatte. Der heftige Aufprall bei dem Zusammenstoß war auch an ihm nicht spurlos vorübergegangen.

Er hatte an ihrem Bett gesessen, Spezialisten für Hirntraumen hinzugezogen und für die Persönlichkeitsstörungen, die solche Verletzungen oft auslösten. Oder, so wie bei ihr, erst zu Unfällen und Verletzungen führten. Die Experten hatten bestätigt, was Desmond bereits wusste. Maci war nicht richtig im Kopf.

»Auch in einem menschlichen Gehirn kann es zu Kurzschlüssen kommen«, hatte man ihm erklärt. Und er hatte dafür gesorgt, dass das in die Arztberichte einging.

Trotzdem hatte sie ihn mit nichts als einem Stapel Scheidungsunterlagen, einer unverschämten Zicke von Anwältin und dem verdammten Kontaktverbot sitzenlassen. Er hatte tief Luft geholt. Und nach dem Luftholen sein exquisites Wohnzimmer komplett demoliert. Der Schmerz über ihren schamlosen Betrug hatte sich in einer Zerstörungsorgie Luft gemacht. Das ganze Haus roch nach ihr. Erinnerte ihn an sie.

Bilder des verwüsteten Zimmers flackerten in seinem Kopf auf wie ein alter Kinofilm. Schwarz-weiß und mit Streifen im Zelluloid, die einen unwillkürlich die Augen zusammenkneifen ließen, um die Bildfetzen erkennen zu können.

Er blinzelte die Erinnerungen weg.

Stattdessen schaute er sich noch einmal den kurzen Auszug aus dem monatealten Interview und den Kameraschwenk über das Grundstück an, auf dem Maci sich damals aufgehalten hatte.

Ohne die Jacke hätte er sie vermutlich gar nicht erkannt. Langes rotes Haar. Sie sah aus wie ein Flittchen.

Desmond stemmte sich vom Schreibtisch hoch. Einen Moment lang war er versucht, die Faust in den Monitor zu dreschen.

Stattdessen durchquerte er den Raum, öffnete den gut bestückten Barschrank und goss zwei Fingerbreit Scotch in ein Glas.

Jetzt, wo sie endlich eine Spur hatten, war es nur eine Frage der Zeit, bis sie Macis Aufenthaltsort kennen würden.

Die Hälfte des Drinks leerte er in einem Zug und spürte dem Brennen nach. Er widersetzte sich dem Impuls, das Gesicht zu verziehen. Kontrolle war alles und beflügelte ihn.

Ja, Kontrolle auszuüben, war sein Treibstoff. Eigentlich sollte er jemanden damit beauftragen, die Sache für ihn zu erledigen. Aber würde derjenige auch erkennen, wie krank seine Frau war?

Nein. Nein. Er musste sich selbst darum kümmern.

Er kippte den Rest des Scotchs in sich hinein, stellte das Glas weg, durchquerte erneut das Büro mit dem edel kühlen Design und riss die Tür auf. »Keller«, bellte er.

Sein Sekretär drückte den Rücken durch, dann sprang er auf. »Sir?«

Die Reaktion des Mannes stimmte Desmond ein wenig zufriedener. Er nickte in Richtung seines Büros und ging zurück zum Schreibtisch.

Eine Sekunde später stand Keller mit einem Notizblock geradezu vor ihm stramm.

Desmond klickte die Aufnahme seiner Frau vom Bildschirm und setzte sich. »Sagen Sie alle meine Termine ab.«

Keller machte sich eine Notiz. »Für welchen Zeitraum?« Der Mann schaute ihm nicht in die Augen.

»Für die nächsten vier Wochen.«

Keller hob fragend den Kopf.

Ein eisiger Blick von Desmond, und der Mann konzentrierte sich wieder auf den Schreibblock.

»Ist das ein Problem?«, fragte Desmond.

»Selbstverständlich nicht, Sir. Allerdings findet nächste Woche die Besprechung der Anteilseigner statt.«

Desmond lehnte den Kopf an den Ledersessel. »Ich halte einundfünfzig Prozent an dieser Firma. Sorgen Sie dafür, dass die Besprechung verlegt wird.«

»Sir?«

Wollte der Mann etwa seine Entscheidung hinterfragen? »Sie haben Einwände, Keller?«

Der Sekretär schaute weg. »Nein, Sir. Ich kümmere mich darum.«

»Gut.«

»Soll ich eine Erklärung für Ihre Abwesenheit abgeben?«

Einen Moment lang dachte er darüber nach, was er die Öffentlichkeit wissen lassen wollte. »Falls jemand fragt, sagen Sie, ich versuche, Frieden zu finden. Wegen des Verlusts meiner Frau. Außerdem muss ich mich um einen kranken Angehörigen in Griechenland kümmern.«

Keller kritzelte hektisch auf seinen Block und hörte gar nicht mehr auf. Dem Umfang seiner Notizen nach zu urteilen, schrieb er gerade aus dem Kopf die amerikanische Unabhängigkeitserklärung nieder.

»Wann reisen Sie ab?«

Zu gern hätte er geantwortet: *sofort.* Doch sich ein wenig Zeit zu lassen, würde sich weniger … verzweifelt anfühlen. »Montag.«

Keller seufzte. »Verstanden.«

Ein paar Sekunden lang schaute Desmond zu, wie seine eigenen Finger auf den Schreibtisch trommelten. Als er wieder aufblickte, war er überrascht, Keller immer noch neben ihm stehen zu sehen. »Das wäre alles.«

Sein Sekretär sah aus, als wollte er salutieren, und stakste aus dem Raum.

Vier Wochen.

Binnen vier Wochen würde alles so sein, wie es sein musste.

Kapitel 18

Mit der großen Sonnenbrille und den Locken, die sie dem kürzeren Haar verdankte, hatte Erin das Gefühl, gleichzeitig sichtbar und doch gut versteckt zu sein. Austins Abschlussfeier fand im Stadion des Community Colleges statt. Zusammen mit Parker, Colin und Mallory applaudierte sie, als Austins Name aufgerufen wurde. Nach der Feier fuhren sie in die Stadt und mussten in der Lobby eines beliebten Restaurants fast eine Dreiviertelstunde lang warten, bis ihnen Plätze zugewiesen wurden.

Erst beim Essen fiel Erin auf, dass sie seit dem Morgen nicht ein einziges Mal das Bedürfnis gehabt hatte, sich zu verstecken. Dabei hatte es im gesamten vergangenen Jahr keinen Tag gegeben, an dem sie nicht in der Öffentlichkeit den Kopf eingezogen, in einem Restaurant lieber ganz hinten gesessen oder das Gesicht ununterbrochen hinter einer Sonnenbrille verborgen hatte. Manchmal hatte sie noch zusätzlich eine Baseballmütze aufgesetzt, was dazu führte, dass selbst ihr Telefon sie hin und wieder nicht erkannte.

Weniger ängstlich zu sein, fühlte sich gut an.

Austin unterhielt die kleine Gruppe mit Schilderungen, wie er mit spätestens fünfundzwanzig die Welt erobert haben wollte. Der Einstieg dazu sollte der Sommerjob beim County sein, den Colin ihm vermittelt hatte.

»Nach spätestens einer Woche Arbeit wirst du dich nach den Tagen sehnen, an denen Parker dir befohlen hat, den Pool zu putzen«, sagte Colin.

»Aber die Bezahlung ist besser.«

»Heißt das, du bist diesen Sommer Austins Boss, Colin?«, fragte Erin.

»Nur wenn er in meinem Team eingeteilt ist. Was er im kommenden Winter sowieso sein wird, wenn wir das Bachbett wieder freiräumen müssen.« Der vergangene Winter war kaum mehr als eine endlose Kolonne von Lastwagen und Bulldozern gewesen, mit denen Schlamm und Geröll aus dem Bachbett vom Grundstück geschafft worden waren.

Colin zog sein Telefon aus der Gesäßtasche und schaute aufs Display.

Die Bedienung brachte die Getränke und nahm die Bestellung fürs Essen auf.

»Matt ist bald hier. Er sagt, er hat was für dich, Austin.« Colin steckte das Telefon wieder weg.

Allein Matts Namen zu hören, zauberte ein Lächeln auf Erins Gesicht.

»Eigentlich wollten wir ihn auch mit zur Abschlussfeier im Stadion nehmen, aber wir konnten nur vier Karten bekommen«, erklärte Parker ihr.

Austin beugte sich vor und rieb sich die Hände. »Aber herkommen und dem frischgebackenen Absolventen ein kleines Geldgeschenk überreichen kann er natürlich trotzdem.«

Damit brachte er alle zum Lachen. »Du wirst dich sehr, sehr artig bedanken. Selbst wenn er dir nur eine Glückwunschkarte ohne jegliches beigelegte Bargeld geben sollte.«

Colin legte die Stirn in Falten. »Welchen Sinn hat eine Karte ohne Geld?«

Parker knuffte ihn kopfschüttelnd in die Seite.

Mallory zog einen Umschlag aus ihrer Handtasche und reichte ihn ihrem Bruder. »Bargeld ist da auch nicht drin.«

Austin riss den Umschlag auf. Als er die Karte aufschlug, fiel etwas heraus. »Super! Danke!« Er wedelte mit der Gutscheinkarte.

Parker schüttelte den Kopf. »Lies, was sie geschrieben hat. Sich nur das Geld unter den Nagel zu reißen, ohne einen Blick auf die guten Wünsche zu werfen, ist unhöflich.«

Es war immer spannend, Parker bei der Erziehung ihres kleinen Bruders zu erleben. Noch interessanter war, wie klaglos Austin ihre Bemühungen akzeptierte. Er hörte auf, die Augen zu verdrehen, und fing an zu lesen. Sein Grinsen verschwand. Er räusperte sich und seine Augen wurden feucht. Am Tisch breitete sich Schweigen aus, alle schauten ihn an.

Erin sah, dass auch Mallorys Augen verräterisch glänzten.

»Was steht denn drin, Austin?«, fragte Parker.

Er wischte sich mit dem Handrücken über die Wangen. »Mallory schreibt, ich bin ihr Lieblingsbruder.« Er hielt Parker die Karte hin.

Schon nach einem Blick darauf erlosch ihr Grinsen und sie schluckte. »Darf ich sie laut vorlesen?«

Austin nickte.

Parker räusperte sich. »Für meinen Lieblingsbruder. Ich bin so froh, dass du dich in den Hintern getreten und deinen Abschluss gepackt hast. Sonst wäre heute ein ganz mieser Tag. Mom und Dad zu verlieren, war für uns alle unglaublich schlimm. Aber am schlimmsten war es für dich. Dir wurde so viel Zeit mit ihnen gestohlen. Heute, an einem Tag, an dem deine ganze Zukunft noch vor dir liegt, will ich dir sagen, dass ich an jedem besonderen Tag, bei jedem Meilenstein an deiner Seite sein werde. Ich werde dich an Moms Lächeln erinnern und daran, dass du genauso lachst wie Dad. Sie haben dich geliebt und wären heute unsagbar stolz auf dich. Ich liebe dich auch.«

Erin spürte einen Klumpen in der Kehle. »Das ist wirklich berührend, Mallory.«

Parker legte ihre Hand auf Austins.

Ein paar Sekunden lang versanken alle in nachdenklichem Schweigen.

Dann platzte Matt mitten in den ernsten Moment. »Warum macht ihr denn so betroffene Gesichter? Ich dachte, heute wird gefeiert.«

Erin rutschte auf der Bank ein Stück zur Seite, damit Matt sich zu ihr setzen konnte. »Mallory hat Austin eine sehr rührende Karte geschrieben.«

Matt zog einen Umschlag aus der Gesäßtasche und warf ihn Austin zu. »Das ist wohl eher was für Mädels. Ich habe einfach Geld in ein Kuvert gesteckt.« Er zwinkerte Austin zu, der sich eine letzte Träne abwischte und dann den Umschlag aufriss.

Matt schob sich neben Erin und lächelte sie an. Er küsste sie, ohne zu zögern. Es war die Art Kuss, bei der man den Eindruck bekommen konnte, sie würden so etwas ständig machen. Die Art Kuss, die in ihr die Lust weckte, ihn wiederzusehen. Und zwar oft. Unter dem Tisch legte er ihr eine Hand aufs Knie und drückte sie sanft. »Du siehst umwerfend aus.«

»Oh, danke, Matt. Dass dir das auffällt!«, scherzte Colin.

Matt beugte sich lachend über den Tisch. »Willst du auch einen Kuss?« Mit lauten Schmatzern in die Luft brachte er alle zum Lachen.

Austin wedelte mit einem Hundertdollarschein. »Danke!«

»Hast du die Karte gelesen?«

Außer Matt konnten alle über Parkers Frage lachen. »Warum habe ich das Gefühl, etwas verpasst zu haben?«

Nach dem Essen verabredete sich Austin per Textnachricht mit ein paar Freunden. Mallory war mit ihrem eigenen Wagen da, Colin und Parker wollten eigentlich Erin mit nach Hause nehmen. Doch Matt bot sich als Chauffeur an.

Erin freute sich darüber. Bis sie vor seinem Motorrad standen und er ihr einen Helm in die Hand drückte.

»Nicht dein Ernst.«

»Willst du behaupten, du bist noch nie auf einem Motorrad mitgefahren?«

Sie ließ den Blick über den Parkplatz schweifen und stellte fest, dass Parker und Colin bereits weg waren. »Ich habe noch nie auf einem Motorrad gesessen, geschweige denn jemanden gedatet, der eins hatte.«

Er legte ihr zärtlich eine Hand unters Kinn. »Dann datest du ab jetzt einen Biker.«

Damit riss er sie aus ihrer Motorrad-Trance. »Wir daten? Ein Biker und ich?«

Er grinste. »Vertraust du mir?«

Eigentlich musste sie darüber nicht nachdenken. Trotzdem zögerte sie eine Sekunde lang. »Ja.«

Er legte die Lippen auf ihre und küsste sie ganz anders als vorhin zur Begrüßung im Restaurant. Als er schließlich den Kopf hob, wanderte sein Blick über ihr Gesicht und ihr Haar. »Dein neuer Look gefällt mir jeden Tag noch ein bisschen besser.« Er nahm ihr den Helm aus der Hand und setzte ihn ihr auf.

Das fühlte sich genauso an, wie sie erwartet hatte. Irgendwie eng und auch warm. Geräusche drangen nur noch wie von fern zu ihr durch.

»Wir fahren wirklich mit diesem Ding?«

Er zog den Riemen unter ihrem Kinn fest. »Ich fahre, du legst die Arme um mich und hältst dich fest.«

Ihr Magen machte einen kleinen Sprung. »Oh Gott.«

Als der Helm richtig saß, breitete Matt eine Lederjacke für sie aus. Bisher hatte das Ding nur lässig über seinem Arm gehangen. »Meine Mutter würde wollen, dass du die trägst.«

Erin rückte die Tasche zurecht, die sie an einem Schulterriemen quer vor dem Körper trug. Dann ließ sie sich von Matt in die Jacke helfen.

Für die milde Spätfrühlingsnacht war sie beinahe zu warm. »Und worin fährst du?«, fragte sie.

Er zwinkerte und setzte seinen Helm auf. »In deinen Armen.«

Matt schwang sich auf das Bike und schob es vom Ständer. Dann drehte er den Zündschlüssel, und der Motor erwachte grollend zum Leben.

Soll ich wirklich? Vermutlich war sie viel zu naiv. Mit Motorrädern konnten schlimme Dinge passieren. Doch etwas ganz Neues auszuprobieren, war aufregend und spannend.

»Kommst du?«

Sie atmete tief durch, schwang ein Bein über den Sitz und schob sich hinter Matt.

»Stell die Füße da drauf.« Er zeigte auf die Fußrasten links und rechts.

»Okay.« So ganz ohne Bodenberührung fühlte sie sich ein wenig hilflos. »Und jetzt?«

Er nahm ihre Hand von ihrem Oberschenkel und legte sie an seine Taille. Dann drehte er sich zu ihrer anderen Hand und tat mit ihr dasselbe. Als ihre Hände da lagen, wo er sie haben wollte, drückte er mit dem Finger erst ihr Visier herunter, dann seines. »Kann's losgehen?«

Erin schüttelte den Kopf, lächelte, dann nickte sie. »Bring uns nicht um.«

Er zwinkerte. »Geht klar.«

Sobald sich das Motorrad in Bewegung setzte, presste sich Erin an Matt, schlang die Arme um ihn und hielt sich gut fest. Sie kannte nur Autos mit Sicherheitsgurten, Türen und Fenstern. Und jetzt saß sie auf einem Ding, das genauso schnell, nein sogar noch schneller fahren konnte, dafür aber keinen einzigen Airbag hatte.

»Purer Wahnsinn«, murmelte sie, während sie gemächlich vom Parkplatz rollten.

»Wenn ich dich unterwegs verstehen soll, musst du lauter sprechen.« Er bog um die Ecke und wartete an der Ampel, bis die Ausfahrt zur Straße freigegeben wurde.

»Wahnsinn!«, wiederholte sie und hatte das Gefühl zu brüllen.

Er legte seine linke Hand auf ihren Arm. »Ich passe auf uns auf.« Und die Ampel sprang auf Grün.

Es dämmerte bereits und noch herrschte dichter Verkehr, aber immerhin ging es voran.

Erin spürte, wie ihre Oberschenkel sich unwillkürlich an Matts Beine pressten, damit sie im Gleichgewicht blieb. Gern hätte sie sich eingeredet, dass diese Sitzposition einfach zum Motorradfahren gehörte und sie völlig kaltließ. Doch sie musste sich eingestehen, dass sie den engen Körperkontakt ziemlich prickelnd fand. Einem Mann so nahe zu sein und darauf zu vertrauen, dass er sie unversehrt nach Hause brachte, war ein ganz ungewohntes Gefühl und vielleicht sogar ein bisschen symbolisch. Anstatt den Moment zu Tode zu analysieren, beschloss sie, sich auf die neue Erfahrung einzulassen und sie einfach zu genießen.

Am Stadtrand bog Matt auf die Canyon Road ab, die hinaus zu Parkers Grundstück führte. Den Stadtverkehr hatten sie nun hinter sich, und als die Wände des Canyons entlang der kurvigen Strecke näher zusammenrückten, war sie dankbar für die dicke Jacke. Teile ihres Körpers spürten, wo die kühlere Luft zwischen den Felswänden hing. Aber das war nicht weiter schlimm. Das Freiheitsgefühl auf der Maschine überlagerte alles andere, und sie spürte ihr Lächeln. Diese erste Motorradfahrt fühlte sich so ähnlich an wie ihr Haar abzuschneiden. Und so erfrischend wie ein Sprung in einen kühlenden Pool.

Sie schlang sich um Matt wie ein Brötchen um einen Hotdog.

Es war schön, ihn zu spüren.

Das Vibrieren der Maschine unter ihr, die Wärme des Mannes vor ihr, die ungezähmte Landschaft um sie herum. Plötzlich verstand sie. Verstand, weshalb Leute sich auf Motorräder schwangen. Eine einzige Fahrt, und sie hatte es kapiert.

Bald hatte die Dunkelheit der Halbmondnacht die Dämmerung abgelöst. Als Matt in die lange Anwohnerstraße zum Haus einbog, war sie fast enttäuscht, dass die Fahrt schon zu Ende ging.

»Und? Wie findest du es?«, fragte er auf den letzten geruhsamen Metern vor der Einfahrt.

»Ich komme mir vor wie ein Kind mit einem neuen Spielzeug.«

Er drehte den Kopf ein wenig, und sie sah ihn grinsen. »Gut.«

Erin lockerte ihren Griff und ließ eine Hand von Matts Taille auf seinen Oberschenkel fallen. Der Mann war durchtrainiert. Selbst durch den derben Jeansstoff hindurch spürte sie seine Muskeln.

Am Tor gab er den Code ein, dann bedeckte er ihre Hand mit seiner.

Er fuhr bis zum Gästehaus und parkte das Motorrad neben ihrem Wagen.

Als der Motor verstummt war, blieb er einen Moment lang sitzen und schaute nach unten.

Erst jetzt merkte sie, dass sie inzwischen beide Hände auf seine Oberschenkel gelegt hatte. Seine Wärme unter ihren Fingern war aufregend.

Matt atmete schwer. *So als wäre er erregt,* schoss es ihr durch den Kopf. Vielleicht so sehr wie sie.

Hatten Motorräder diesen Effekt? Weckten sie erotische Gefühle? So prickelnd aufgeladen war sie seit Jahren nicht mehr gewesen. Eigentlich traurig, wenn man bedachte, dass sie noch keine dreißig war. Und jetzt saß sie atemlos stumm auf einem Motorrad. Hinter einem gut aussehenden, warmherzigen Mann, der sich offenbar nur mühsam unter Kontrolle hielt.

Erins Finger bewegten sich an seinen Schenkeln nach oben bis zu den Hüften und dann wieder zu ihrem Ausgangspunkt.

Er stieß den Atem aus, löste den Kinnriemen, zog sich den Helm vom Kopf und ließ ihn in den Kies fallen.

Ihre Hände wanderten weiter langsam über seine Schenkel, vor und zurück, und er blieb reglos sitzen. »Woran denkst du?« Der heisere Klang ihrer Stimme überraschte sie.

»Was ich denke? Wenn sich deine Finger noch ein bisschen höher tasten, findest du es mühelos raus.«

Sie lächelte. Ihre Daumen zuckten in die entsprechende Richtung.

Er hielt den Atem an.

Eine ganz kurze Berührung war doch sicher okay. Oder?

Matt hielt ihre Hand fest, bevor sie ihr Ziel erreichte. Die plötzliche Bewegung ließ sie zusammenzucken. Nicht aus Angst, sondern eher vor Erregung. »Erin?« Ihr Name war eine Frage.

»Willst du das lieber nicht?«

Er drehte sich zu ihr und schaute sie an. Dann nahm er ihr den Helm ab und ließ ihn locker an seiner Hand baumeln.

Seine Pupillen waren groß, raubtierhungrig vor Lust. Oder aber sie passten sich nur an die Dunkelheit an. Schwer zu sagen. Vielleicht ein bisschen was von beidem.

Er wollte sie, sie konnte es deutlich sehen. Sein Verlangen hing greifbar in der Luft.

»Ich will überall von dir angefasst werden«, flüsterte er. »Und ich will jeden Zentimeter deines Körpers anbeten.«

Jap, wenn ihr Herz noch ein bisschen schneller schlug, würde sie medizinische Hilfe brauchen.

Sie wollte ihn, und ganz offensichtlich wollte er sie auch. Also? Was hielt sie zurück? Erin befeuchtete ihre trockenen Lippen.

»Verdammt, Erin. Ich möchte dir keine Angst machen.«

Sie krümmte die Finger auf seinen Schenkeln. »Sehe ich ängstlich aus?«

Ein kurzes Kopfschütteln. Sein Blick fiel auf ihre Lippen. »Du siehst aus, als wolltest du mich in einem Stück verschlingen.«

»Bin ich so offensichtlich?«

»Ja, Babe. Das bist du.«

Sie rückte noch ein wenig näher, sein Mund war nur noch einen Atemzug entfernt.

Er zögerte. »Wenn du Angst bekommst, wenn ich aufhören soll … ganz gleich, wie weit wir schon gegangen sind, dann höre ich sofort auf.«

War das denn überhaupt möglich? Die Frage musste ihr im Gesicht gestanden haben.

»Wassermelone«, sagte er unvermittelt.

»Wie bitte?«

»Das ist das Signal. Du sagst *Wassermelone* und ich höre auf.«

»Ich weiß nicht, ob wir so was brauchen.«

»Das können wir beide nicht wissen.« Er war völlig ernst. Dass er über diesen Augenblick nachgedacht und sich ein

Sicherheitswort für sie ausgedacht hatte, steigerte ihr Verlangen nach ihm noch weiter.

»Du hast recht. Wir wissen es nicht. Aber ich will's gern rausfinden.« Erin streckte sich und drückte die Lippen auf seine. Sie schmeckte Überraschung. Und die schmeckte köstlich.

Matt kämpfte mit dem Helm in seiner Hand. Dann fluchte er leise an ihrem Mund und ließ den Helm zu Boden fallen.

Die verdrehte Haltung, in der er auf dem Motorrad saß, machte das Küssen viel schwerer als nötig. Nur zum Absteigen löste er die Lippen kurz von ihren. Dann küsste er sie mit noch größerer Leidenschaft weiter.

Erin legte die Hände in seinen Nacken und schloss die Augen. Wenn sie sich bislang geküsst oder berührt hatten, waren stets andere Menschen in der Nähe gewesen. Diesmal war es anders. Sie waren allein, sämtliche Einverständniserklärungen unterzeichnet. Bei diesem Gedanken lächelte sie an seinen Lippen.

Sie saß noch immer rittlings auf dem Motorrad und hätte lieber ihn als den Sitz zwischen ihren Schenkeln gespürt. Wie sie unfallfrei von der Maschine steigen sollte, während gleichzeitig Matts Zunge jeden Winkel ihres Mundes erforschte, war ihr ein Rätsel.

Matts Zunge war wirklich sehr talentiert.

»Wir sollten …«

»Ja«, murmelte er an ihren Lippen. »Ja.«

Er schob eine Hand unter ihren Oberschenkel, die andere unter ihren Hintern und hob sie mühelos vom Sitz. »Festhalten«, raunte er, nur um sie dann weiter zu küssen.

Erin schlang die Beine um seine Taille. Die atemberaubende Kraft dieses Mannes war plötzlich nicht mehr beängstigend, sondern einfach unfassbar verführerisch.

Unter Küssen trug er sie zum Haus und schaffte es irgendwie zusammen mit ihr bis zur Tür. Er versuchte, den Knauf zu drehen, doch die Tür war abgeschlossen wie immer.

Anstatt Erin auf die Füße zu stellen, drückte er ihren Rücken gegen die Hauswand, während sie in ihrer Umhängetasche hektisch nach den Schlüsseln tastete. Seine Härte presste sich an ihre weiche Mitte und sorgte für ein kleines Feuerwerk in ihrem Kopf.

Die Schlüssel … Sie spürte die …

Er presste sich noch fester an sie. »So schaffen wir es nie bis ins Haus.«

»Hier sieht uns keiner.« Er bedeckte ihren Hals mit Küssen.

»Hab sie.« Sie zog die Schlüssel hervor. Eine Sekunde lang war es, als würde sie Matt entgleiten. Sie schnappte nach Luft und schlang die Schenkel noch fester um ihn. Doch er hatte nur seine Position verändert, um ihr die Schlüssel aus der Hand nehmen zu können.

Während er sich mit der Tür abmühte, grub sie die Finger in sein Haar, küsste seine Mundwinkel und knabberte an seinem Kinn.

Dreimal versuchte er erfolglos, den Schlüssel ins Schloss zu stecken, ohne sie dabei loszulassen.

»Du kannst mich auch absetzen«, lachte sie.

»So leicht gebe ich nicht auf.«

Jetzt musste sie erst recht lachen. Er kämpfte weiter mit dem Schlüsselproblem und küsste sie dabei. Als die Tür endlich aufging, purzelten sie beinahe ins Haus.

Matt balancierte sie beide aus und warf die Tür mit einem Tritt hinter ihnen zu. In derselben Sekunde heulte die Alarmanlage los.

Rasch trug er Erin zur Küchentheke, wo der Steuerungsmonitor lag, und setzte sie dort ab. Doch sie hielt die Beine weiterhin um seine Hüfte geschlungen.

Jetzt, wo er die Hände frei hatte, rieb Matt ihre Schenkel genauso, wie sie draußen auf dem Motorrad seine gerieben hatte.

Sie tippte den Nummerncode ein, der die Alarmanlage zum Verstummen brachte, und legte den Monitor beiseite.

Schon spürte sie seine Daumen an ihren Hüftknochen und wie seine Hände die Rundung ihres Hinterns nachzeichneten. Mit festen und doch zärtlichen Bewegungen erkundete er sie durch die Baumwollhose hindurch. Seine Finger zogen den Stoff von ihrer Haut.

Er hatte gesagt, er wolle jeden Zentimeter ihres Körpers anbeten, und genau das tat er jetzt und ließ sich dabei Zeit, obwohl seine Küsse vor Lust und Verlangen ganz fiebrig waren.

Längst war ihr in seiner Jacke viel zu heiß. Sie lehnte sich zurück und versuchte, sie von ihren Schultern fallen zu lassen.

Matt streifte sie ihr ab. Seine Küsse wanderten über ihr Schlüsselbein in den V-Ausschnitt ihres Shirts.

So fühlt sich also echte Leidenschaft an, schoss es ihr durch den Kopf. Einen dunklen Moment lang wollte ihr Gehirn Vergleiche anstellen. Doch die Gefühle, die Matt in ihr auslöste, hatten absolut nichts mit den Gefühlen zu tun, die das Monster, dessen Ehefrau sie gewesen war, ihr hatte einreden wollen.

»Alles okay?«, fragte Matt.

Die dunklen Gedanken zerstoben. »Besser als okay.«

Der Blick seiner sanften Augen senkte sich in ihre. »Keine Gedanken an ein kürbisähnliches Ding mit rotem Fleisch und schwarzen Kernen?«

Erin legte die Hände an seine Brust und ließ sie langsam tiefer gleiten. »Nein. Ich frage mich bloß, ob du eine Banane in der Tasche hast. Oder ob du dich nur freust, mich zu sehen.«

Er drängte sich in ihre Hände, und sie griff durch die Jeans hindurch zu. »Ich bin erledigt.«

Mit langsamen, verhaltenen Bewegungen spielte Matt mit dem Ausschnitt ihres Shirts und arbeitete sich zum ersten Knopf vor. Als er ihn geöffnet hatte, küsste er die Stelle, die seine Fingerspitzen gerade noch gestreichelt hatten. Dann wandte er sich dem nächsten Knopf zu.

Eine Sekunde lang fragte sie sich, ob Matt auch Geschenke so bedächtig auspackte und die Vorfreude auskostete, oder ob er einfach ungestüm die Verpackung aufriss.

Sein Mund wanderte von den geöffneten Knöpfen zur Oberseite ihrer Brüste.

Das Atmen wurde ihr schwer. Ihre Brüste reckten sich ihm wie von selbst entgegen. Ihre kribbelnden Brustwarzen wünschten sich Aufmerksamkeit, doch Matt hatte es nicht eilig.

Vielleicht war es Zeit, ihm zu zeigen, was sie wollte.

Erin schob die Hände unter sein Shirt und genoss den perfekten Moment. Sie spürte seinen durchtrainierten Körper unter den Fingern, seine Lippen auf ihrer Haut und die liebevollen Berührungen eines Mannes, der ihr Lust und Vergnügen bereiten wollte, keine Schmerzen.

Er öffnete den letzten Knopf, und gleich darauf lag ihr Shirt neben seiner Jacke auf der Küchentheke. Im Gegenzug zog sie ihm sein Shirt über den Kopf und ließ es zu Boden fallen.

Das Lachen über die Suche nach den Schlüsseln und den Kampf mit der Haustür war verebbt. An seine Stelle war knisternde Konzentration getreten, die wie ein freiliegendes Kabel den ganzen Raum unter Strom setzte.

Matt zog sie näher an die Kante der Theke und schloss sie in die Arme. Brust an Brust, Haut an Haut neigte sie den Kopf ein wenig zur Seite, und er ergriff die Gelegenheit, sie hart und fordernd zu küssen. Ohne Vorwarnung löste sich der Verschluss ihres BHs, und Matt warf das überflüssig gewordene Kleidungsstück beiseite.

Harte Lippen wurden weicher, als sie sich den vorwitzigen Spitzen ihrer Brüste widmeten. Seine Zunge spielte erst mit einem Nippel, dann mit dem anderen.

Erins Kopf fiel nach hinten zwischen ihre Schulterblätter, ihre Beine schlossen sich noch fester um ihn. »Das fühlt sich himmlisch an«, seufzte sie.

»Oh, ja.« Er legte eine Hand unter die Brust, die er gerade mit dem Mund erkundete. Mit einer üppigen Oberweite war sie nicht gesegnet, doch die Größe ihrer Brüste passte zu ihren Proportionen. Und Matt schien zu gefallen, was sie hatte.

Langsam fühlte sich ihr Hinterteil vom Sitzen auf der Küchentheke schon ein bisschen taub an. Gleichzeitig wurde der Wunsch immer stärker, Matt an ihrer Seite liegen zu haben.

»Ich habe ein Schlafzimmer«, erinnerte sie ihn.

Er knabberte an ihrer Brustwarze.

»Oh … Das Sofa ist näher«, schnurrte sie.

Matt hatte offenbar andere Ideen. Er zerrte an ihrer Hose, hob einen Moment lang den Kopf und sah ihr fragend ins Gesicht.

Verdammt, sie fing wirklich an, dieses Lächeln zu lieben. Selbstbewusst. Übermütig. Matt.

»Mir die auszuziehen, während ich darauf sitze, wird schwierig.«

Er schaute auf seine Hände. »Wo du recht hast …«

Sie kicherte.

Matt hob sie schwungvoll von der Theke. Diesmal hielt er ihren Hintern mit beiden Händen fest und drückte ihn auf dem Weg zum Sofa. Dort setzte er sie auf der Armlehne ab.

»Hoch mit dir«, forderte er.

Sie stand auf, und er schälte sie gleichzeitig aus Hose und Pantys.

Erin wollte nach dem Knopf seiner Jeans greifen.

Er wich ihr aus. »Noch nicht.«

»Schüchtern?«

Starke Hände drückten sie sanft auf die Armlehne. »*Schüchtern* habe ich nicht im Programm. Und wenn ich mit dir fertig bin, wirst du dich fragen, wo ich dein Leben lang gesteckt habe.«

Sie schüttelte den Kopf. »Klingt nach einem ziemlich abgenutzten Spruch.«

Ein unergründlicher Ausdruck trat in seine Augen, dann fiel er auf die Knie. Ihre Blicke versenkten sich ineinander. »Nein. Ich will einfach, dass du dann genau dasselbe denkst wie ich.«

Eine Sekunde lang musste sie über seine Worte nachdenken. Gerade, als ihr deren Bedeutung aufging, drückte Matt ihre Knie auseinander und legte die Lippen an ihre Mitte.

Erin war verloren. Jeder Gedanke an abgenutzte Sprüche oder daran, dass Matt noch seine Jeans anhatte, flog davon. Wie seine Zunge und seine Lippen mit ruhigem, sanftem Druck nach ihren empfindlichsten Stellen suchten, nahm ihr den Atem.

Sie stützte sich mit einer Hand ab und wölbte sich ihm entgegen. Als sie sich in dieser Stellung nicht mehr halten konnte, ließ sie den Rücken auf die Sitzfläche des Sofas sinken. Damit wurde ihr Becken auf der Armlehne zum höchsten Punkt ihres Körpers und ihre Mitte für Matt zu einem erotischen Geschenk auf einem Silbertablett. Und Matt nahm sich, was er haben wollte. Als die heiße Welle tief in ihrem Inneren sich weiter ausbreitete und anschwoll, legte sie eine Hand an seinen Kopf und hielt ihn fest. Nur Sekunden später katapultierte seine Zunge sie an einen Ort, an dem es keine Gedanken mehr gab. Er machte weiter, bis sie ihn wegschieben musste, damit sie nicht schrie.

Danach lag sie so zufrieden und entspannt vor ihm, dass sie es nicht einmal schaffte, verlegen zu werden. Selbst dann nicht, als er sie anlächelte.

»Funktioniert es?«, fragte er von dem intimen Platz zwischen ihren Beinen aus.

»Was denn?« Sprachen sie über irgendetwas vor dem Moment, in dem er sie in ein anderes Universum entführt hatte?

»Du weißt es nicht?« Grinsend hob er ihr Becken von der Armlehne und bettete sie in voller Länge auf das Sofa. »Keine Sorge. Es geht noch weiter.«

Sie konnte sich beim besten Willen nicht daran erinnern, worüber sie gesprochen hatten.

Doch im Moment war das zweitrangig. Matt warf bereits seine Jeans und die Boxershorts beiseite, und seine Erektion schien zu allem bereit.

Er war ein sehr schöner Mann. In jeder Beziehung.

»Wie möchtest du es gern?« Er schaute sie an.

Zunächst konnte sie mit der Frage nichts anfangen. Dann wurde ihr klar, dass er sich Gedanken machte, wie sie es empfinden würde, wenn er sich auf sie legte und mit seinem Gewicht auf das Sofa drückte. Ja, tatsächlich. Fürs erste Mal war das vielleicht wirklich keine gute Idee.

Erin setzte sich auf und rückte ans Ende des Sofas. »Leg dich hin.«

Er drückte ihr ein Kondom in die Hand und streckte sich genüsslich aus.

Das kleine Päckchen zwischen ihren Fingern schien sie auszulachen. »So was habe ich ewig nicht mehr gesehen.«

Matt strich über ihren Arm. »Aber du weißt schon noch, wo es hingehört?«

Dieser Mann brachte sie in fast jeder Lebenslage zum Lachen. Dabei konnte sie sich nicht daran erinnern, je zuvor beim Sex gelacht zu haben. Aber sie hatte auch … Nein! Daran würde sie jetzt nicht denken. Hier war jetzt nur Platz für Matt und für sie. Alle anderen Gedanken und Gefühle mussten warten.

Erin riss die Verpackung auf und nahm den feuchten Gummi heraus.

Matt führte ihre Hand. Einen Moment lang hing ihr Blick an der Farbe ihres Nagellacks, dann legte sie langsam die Finger um ihn. Als sie den Kopf hob, sah sie, dass er die Augen geschlossen hatte. Sie nahm es als Erlaubnis weiterzumachen. Ein Teil von ihr wollte mit ihm dasselbe tun, was er gerade mit ihr getan hatte. Aber damit würde sie vielleicht tatsächlich die Vergangenheit heraufbeschwören. Und das Letzte, was sie jetzt wollte, war ein Gespräch über Wassermelonen.

Deshalb verwöhnte sie ihn mit der Hand. Ihre Finger fanden weiche und harte Stellen. Und empfindliche Stellen, die für mehr Feuchtigkeit sorgten, auch ohne Kondom.

Ohne groß nachzudenken, fing ihre Fingerspitze einen Tropfen auf und führte ihn an ihre Lippen. Er schmeckte anders. Roch einfach wunderbar.

»Oh, verdammt.« Matt hatte die Augen geöffnet und schaute ihr zu.

Sie biss sich auf die Unterlippe und lächelte. Dann zog sie ihm das Kondom über und schob sich an Matts Körper nach oben. Ihre Lippen trafen sich, Matts Arme schlangen sich um ihren Rücken, seine Hände fanden zu Stellen, die er vorher nicht hatte erreichen können.

Sie zu küssen und zu berühren, schien ihm völlig auszureichen. Kein einziges Mal versuchte er, die Kontrolle zu übernehmen. Als hätte er ihre Gedanken gelesen, hörte er einen Moment lang auf, sie zu küssen, und schaute sie mit seinen warmen Augen an. »Wie und wann, das bestimmst du.«

Die Gefühle, die in ihr aufwallten, wollten ihr Tränen in die Augen treiben. Energisch blinzelte sie sie weg und schob sich über ihn. Fast wie zuvor das Motorrad vibrierte nun der Mann unter ihr. »Langsam. Okay?«, sagte sie.

Matt legte die Hände an ihre Hüften und half ihr, den richtigen Winkel zu finden.

Er war ihr so nahe. »Bist du sicher?«

Sie stützte die Hände auf seine Schultern und nickte.

Gemeinsam fanden sie zueinander. Dann hielten sie inne. Seine Länge dehnte sie mit sanftem Druck und fühlte sich unglaublich gut an. Weil sie wusste, dass er auf ein Zeichen wartete, beugte Erin sich zu ihm, küsste ihn und begann, sich zu bewegen.

Matt flüsterte ihr die süßesten Dinge ins Ohr. Er sagte genau das, was sie hören wollte. Was er spürte, wie schön sie war, wie sehr er sich wünschte, dass sie sich immer nach Momenten wie diesem sehnen würde. Als die Gefühle mit jeder Sekunde überwältigender und intensiver wurden, hörte er auf zu reden. Erins Höhepunkt nahte mit Macht, und anstatt zu schweigen, ließ sie es ihn wissen. Er hielt den ruhigen Rhythmus aufrecht, bis sie seinen Namen schrie. Ihr Körper pulsierte und zog sich um ihn zusammen. An seinem flachen, schnellen Atem las sie ab, wie sehr er sich beherrschte und welche Qualen er litt.

»Was brauchst du?«, fragte sie.

Er winkelte die Knie an und drang noch tiefer in sie ein. Sie stöhnte wohlig auf. »Noch mehr von dir«, flüsterte er. »Komm noch einmal für mich.«

»Ich kann …« Sie wollte sagen, *Ich kann nicht mehr.* Doch er stieß tiefer und schneller in sie hinein, und schon ließ ein weiterer, noch intensiverer Orgasmus sie erbeben. Gleichzeitig verriet sein ersticktes Stöhnen, dass er diesen Höhenflug gemeinsam mit ihr erlebte.

Sie sank über ihm zusammen, nur ganz langsam schwebten sie gemeinsam zurück zur Erde.

Erin schmiegte den Kopf an die Stelle zwischen seiner Schulter und seinem Kinn. »Wo hast du bloß mein Leben lang gesteckt?«

Er stieß triumphierend eine Hand in die Luft. »Yes! Mission erfüllt.«

Kapitel 19

Sie hatten vom Sofa auf ihr Bett gewechselt. Sein T-Shirt bedeckte ein wenig zu viel von ihr. Matt hatte seine Boxershorts angezogen, damit er sich bei ihrer Unterhaltung nicht völlig nackt fühlte, während sie in seinem Shirt einfach zum Anbeißen aussah.

Sobald sie zu Atem gekommen waren, hatte Erin erklärt, sie habe einen Bärenhunger.

Die Bemerkung, dass sie gerade vom Abendessen kamen, hatte er sich verkniffen. Stattdessen war er ihr in die Küche gefolgt und hatte geholfen, Sandwiches zu machen. Zum Dessert hatte sie Brownies aufgewärmt.

Matt wedelte mit einem Stück der schokoladigen Köstlichkeit. »Du hast mir etwas verheimlicht.«

Sie saß im Schneidersitz auf ihrem Bett, er hatte sich an die Kopfstütze gelehnt. »Was denn?«, fragte sie zwischen zwei Happen.

»Gewärmte Brownies. Das treibt den Wahnsinn auf die Spitze.« Er liebte ihr Lächeln.

»Ich weiß nicht, weshalb ich so hungrig bin.«

Er ließ eine Hand auf ihren nackten Oberschenkel fallen. »Ich habe eine Vermutung.«

»Schmecken ganz gut, die Dinger, was?«

Erin aß offenbar gern … danach. Matt war fasziniert, wie sehr sie das genoss. »Vielleicht solltest du das Rezept schützen lassen und damit Geld verdienen.«

»Du meinst, wie Betty Crocker?«

Er musterte sie. Von oben bis unten. Sein Shirt verhüllte zwar einiges, doch er wusste sehr genau, dass sie keine Pantys trug. »Wie eine brandheiße Version von Mrs Crocker.«

»Woher willst du wissen, dass sie nicht ebenso brandheiß war? Vielleicht wäre sie ja die Blondine deiner Träume gewesen.«

Er wiegte den Kopf, als würde er darüber nachdenken. »Derzeit stehe ich ganz und gar auf eine freche Brünette mit flottem Haarschnitt.«

»Ich habe nicht nach Komplimenten gefischt, Matt.«

»Du darfst es trotzdem behalten.«

Er sah, wie sich ihr Blick verlor, und stupste mit dem Fußrücken gegen ihr Knie. »Wo warst du gerade?«

Sie blinzelte ein paarmal und ließ den Teller mit dem angebissenen Brownie sinken. »Habe ich …? War ich …?« Sie sprach die Frage nicht aus, doch Matt ahnte, was sie sagen wollte.

»Ja und ja.«

Sie lächelte und schaute beiseite.

»Sag mir, woran du denkst«, forderte er sie auf.

Sie schüttelte den Kopf. »Ich will diesen Moment nicht kaputtmachen.«

Matt setzte sich auf und drehte sich so, dass sie ihm in die Augen schauen musste. »Nichts kann kaputtmachen, was gerade passiert ist. Und um es festhalten zu können, müssen wir offen und ehrlich sein. Ich will nicht, dass du ins Grübeln kommst, wenn ich weg bin, und vielleicht falsche Schlüsse ziehst.« Er hielt kurz inne. »Sprich mit mir, Erin. War das dein erstes Mal, seit …« Er musste ihren Ex-Mann nicht erwähnen. Das war nicht nötig.

»Ja.«

Obwohl er sich vor der Antwort fürchtete, hakte er weiter nach. Er wollte ihr deutlich machen, dass Beklommenheit und Ängste in ihrer Situation normal waren. Nur so konnten sie sich eines Tages ganz davon befreien. »Und hast du … zu irgendeinem Zeitpunkt an ihn gedacht?«

Sie drückte die Augen zu, und sein Magen zog sich um das eben verschlungene Brownie herum zusammen.

»Meine Gedanken wollten in diese Richtung laufen. Aber ich habe es nicht zugelassen, Matt. Ich wollte nicht mal einen Hauch dieses Gespensts aus meiner Vergangenheit in der Luft hängen haben.«

Er seufzte und beugte sich vor. Mit der Hand auf ihrem nackten Oberschenkel sagte er: »Bitte halte alles Schöne fest, was wir getan haben. Du warst mit ihm zusammen, er war brutal … Es muss unfassbar schwer sein, sich auf etwas einzulassen, was lange mit Schmerzen und Gewalt verbunden war. Ich finde, dafür haben wir es ziemlich gut hinbekommen.«

Erins Hände verschlangen sich ineinander. Ein klares Stresssignal. »Ich hätte nie geglaubt, dass mir Sex noch mal Spaß machen könnte.«

»Also, mein Eindruck war, dass du gerade ziemlich viel Spaß hattest. Es sei denn, ich bin ein komplett ahnungsloser Dödel.«

Sie lächelte und sagte lange nichts. Dann sah er Tränen in ihren Augen schimmern. »Du warst so einfühlsam, so geduldig.« Ihre Stimme brach.

Gütiger Himmel! Gleich würde sie weinen.

Er hasste es, Frauen weinen zu sehen.

Er nahm den Teller von ihrem Schoß, stellte ihn weg und zog sie in seine Arme. Er konnte unmöglich wissen, was ihr gerade durch den Kopf ging. Deshalb schwieg er und hielt sie einfach fest, bis sie sich wieder gefangen hatte.

Sie klammerte sich an ihn, atmete flach und schnell. »Es tut mir leid.«

»Das muss es nicht.«

Erin weinte fast lautlos. »Ich wünschte, wir bräuchten kein Sicherheitswort.«

Er strich ihr durchs Haar und massierte ihren Nacken. »Hast du dich dadurch sicherer gefühlt?«

Sie nickte.

»Dann behalten wir es bei.«

»Heute musste ich es nicht sagen.«

Zu gern wollte er glauben, dass es jedes Mal so leicht sein würde. Doch ein paarmal hatte er sich während ihres Zusammenseins tatsächlich mit aller Macht zurückhalten müssen. In seiner kurzen Laufbahn bei der Feuerwehr hatte er oft genug erlebt, dass alte Traumen Menschen jederzeit wieder einholen konnten. »Wir behalten es bei«, wiederholte er. »Wenn ich aufhören oder etwas anders machen soll, wenn es dir nicht gut geht, ist *Wassermelone* das Zauberwort.«

»Es tut mir so leid.«

»Bitte hör auf, das zu sagen. Ich stehe voll und ganz hinter dem, was wir tun. Tausendprozentig. Mit offenen Augen, aus freiem Willen und mit deiner Vergangenheit im Blick.«

Sie nickte an seiner Schulter.

»Okay. Die nächste Frage ist, wo ich heute Nacht schlafe.« Er hatte keine Lust, nach Hause zu fahren. Und er hatte das Gefühl, Erin alleinzulassen, nachdem … sie jetzt alleinzulassen, wäre keine gute Idee.

Sie löste sich von seiner Schulter und wischte sich mit seinem Shirt die Tränen ab. »Ich will, dass du bleibst, weiß aber nicht, ob ich es schaffe.«

»Was denn?«

Ihre Unterlippe bebte. »Ob ich mit dir in einem Bett einschlafen kann.«

Matt stellte ihren Teller auf den Nachttisch. »Das finden wir nur raus, wenn wir es versuchen.«

»Matt …«

»Wenn du willst, dass ich gehe, dann gehe ich. Und wenn nötig, schlafe ich auf dem Sofa. Aber lass es uns versuchen.«

Ihre Tränen versiegten, und sie verbarg ein Gähnen hinter ihrer Hand. »Ich fühle mich, als wäre ich einen Marathon gelaufen.«

»Machst du das manchmal?«

»Nein.« Sie lachte.

Er schlug die Decke zurück, klopfte auf die Matratze und zögerte. »Auf welcher Seite schläfst du?«

»In diesem Bett? Überall.«

Er fragte nur sehr ungern, doch er musste es wissen. »Und mit ihm?«

»Rechts. Er hat bestimmt, dass ich rechts schlafe.«

Matt nahm an, dass sie sich links wohler fühlen würde, rutschte nach rechts und schüttelte das Kopfkissen auf. »Ich muss morgen ziemlich früh zum Dienst.«

Sie schaute ihn lange schweigend an. »Warum bist du so rücksichtsvoll und so geduldig mit mir?«

Er beugte sich an ihr vorbei und knipste die Nachttischlampe aus. Dann berührte er im Dunkeln ihr Gesicht. »Ich möchte gern annehmen, dass ich das jedem gegenüber bin. Aber bei dir ist der Grund, dass du seit unserer ersten Begegnung meine Welt rockst. Und jetzt, wo ich fast nackt in deinem Bett liege, möchte ich es auf keinen Fall vermasseln. Rücksicht und Geduld sind das Minimum, Erin. Du verdienst noch viel mehr.«

Sie sank neben ihn. Als sie sich ausstreckte, streifte ihn ihr Bein. Dann drehte sie sich zu ihm, und er legte die Arme um ihren schlanken Körper. Ein paar Sekunden lang waren sie beide still. Dann spürte er, wie ihre Muskeln lockerer wurden.

»Wenn du willst, dass ich …«

Ihr leises Einatmen und das folgende tiefe Ausatmen verrieten ihm, dass sie nicht zuhörte.

Erin war bereits eingeschlafen.

Matt küsste sie aufs Haar und legte eine Hand an ihre Hüfte.

Das hier, diese ganze Sache, war einfach durch und durch gut.

* * *

Als sie aufwachte, war er weg, und die Sonne stand seit Stunden am Himmel. Licht durchflutete das Zimmer, die kleine Klimaanlage summte. Sie erinnerte sich nicht, sie eingeschaltet zu haben.

Erin drehte sich um, zog das Kissen zu sich, auf dem Matt gelegen hatte, und drückte es ans Gesicht. Es roch nach ihm. Ihre Sinne erwachten, Wärme durchrieselte ihren Körper und die Erinnerung an die vergangene Nacht brachte Licht in ihre Seele. Ein paar Sekunden lang lag sie einfach nur da und stellte sich vor, dass Matt noch immer ihr Haar streichelte und leise mit ihr redete.

Verdammt, sie fühlte sich gut. So gut wie … Wie Ewigkeiten nicht mehr. Matt hatte alles dafür getan, dass sie sich ohne Angst fallen lassen konnte. Und das, ohne sie zu behandeln, als wäre sie aus Glas. Er hatte sich genommen, was er brauchte, sie überall geküsst und frech beknabbert. Und, heiliger Strohsack, sie konnte es kaum erwarten, all das wieder zu tun.

Widerstrebend öffnete sie die Augen und schaute auf die Uhr.

Es war schon nach zehn.

Ein leises Lachen stieg in ihrer Kehle auf und brach schließlich laut aus ihr heraus. Bis zehn hatte sie schon seit Teenagertagen nicht mehr geschlafen.

Sie streckte sich wie eine Katze und wackelte dabei mit den Fingern und Zehen. Ihr Blick fiel auf Matts Shirt, das sie noch immer trug. Die Vorstellung, dass er halb nackt auf seinem Motorrad nach Hause gefahren war, brachte sie gleich noch einmal zum Lachen.

Das Badezimmer rief eindeutig ihren Namen, deshalb schwang sie die Beine aus dem Bett. Die von der Klimaanlage gekühlte Luft streifte ihren nackten Hintern und jagte ihr einen kleinen Schauer über den Rücken.

»Was ist mit deinem Höschen passiert, Mädel?«, fragte sie sich gut gelaunt.

In dem kleinen Badezimmer klebte neben ihrer Zahnbürste ein Zettel.

Hab deine Zahnbürste benutzt. Hier ist noch Platz für eine zweite. Ich bringe eine mit. Matt.

Als sie im Bad fertig war, nahm sie den Zettel mit zur Küchenzeile. Sie brauchte dringend einen Kaffee. Doch erst einmal fand sie einen weiteren Zettel neben ihren Pantys auf dem Fußboden.

Die hätte ich gern mitgenommen. Aber ich bin erwachsen und hab es gelassen. Matt.

Kichernd warf sie das Höschen in den Wäschekorb. Wieder in der Küche, fand sie einen weiteren Zettel auf der Theke.

Das ist in deinem Haus nun mein offizieller Lieblingsplatz. Matt.

»Meiner auch.«

Noch ein Zettel. Diesmal auf dem Behälter mit den restlichen Brownies.

Hab mir eins davon zum Frühstück genehmigt. Matt.

Die letzte Nachricht fand sie im Schrank bei den Kaffeetassen. Sie war länger und bedeckte mehrere Klebezettel.

Du bist wunderschön, wenn du schläfst. Atemberaubend, wenn du unter meinen Berührungen explodierst. Mutig, weil du dich mir in diesen verletzlichen Momenten zeigst. Ich wollte dich mit einem Kuss wecken, habe es aber nicht fertiggebracht, meine schlafende Schönheit zu stören. Bitte schreib, wenn du wach bist. Dann kann ich dir sagen, wie wunderbar die Nacht mit dir für mich war. Wie wunderbar jeder Moment mit dir für mich ist. Hab einen absolut großartigen Tag. Matt.

Lächelnd drückte sie seine Liebesbotschaften an die Brust.

Sie fischte ihr Telefon aus der Handtasche, sah die Akkuanzeige blinken und stöpselte das Ladekabel ein. Dann lehnte sie sich an die Küchentheke und schickte Matt eine Nachricht.

Gerade aufgewacht.

Binnen Sekunden zeigte das Display an, dass er schrieb. Ungeduldig wartete sie auf seine Antwort.

Gib mir zwei Minuten.

Sie legte das Telefon weg, schaltete die Kaffeemaschine an und holte die Kaffeesahne aus dem Kühlschrank.

Nach exakt hundertzwanzig Sekunden klingelte ihr Telefon.

»Guten Morgen«, schnurrte seine Stimme.

»Es ist fast Mittag«, antwortete sie.

»Ich bin eifersüchtig auf dein Bett.«

Ihre Fingerspitzen strichen über seine Zettelchen. »Jemand war ziemlich mitteilsam, bevor er gegangen ist.«

»Ja. Na ja. Ich hätte dir das lieber alles direkt gesagt. Aber du hast geschlafen wie ein Murmeltier. Obwohl ich nicht ganz lautlos war, hast du nicht mal geseufzt.«

»Das ist ungewöhnlich. So tief schlafe ich sonst nie.«

Seine Antwort ließ ein paar Sekunden auf sich warten. »Schön, dass du so gut schlafen konntest. Und was machst du jetzt?«

»Kaffee. Und ich habe dabei dein T-Shirt an. Worin bist du denn nach Hause gefahren?«

Er lachte. »Ich habe ausgesehen, als wollte ich zu einer Village-People-Mottoparty. Kein Shirt, aber eine Lederjacke.«

Sie kicherte.

»Das findest du lustig?«

»Mal eine neue Art Peinlichkeit am Morgen danach.«

»Irrtum, Darling. In Verbindung mit heute Nacht kann es keinerlei Peinlichkeiten geben.« Er seufzte. »Wie geht es dir jetzt? Bereust du irgendwas?«

»Nicht, dass ich wüsste. Ich fühle mich gut, Matt. Richtig gut. Vielleicht gehe ich heute sogar joggen.«

»Ich wusste gar nicht, dass du läufst.«

»Das habe ich auch lange nicht getan. Aber heute ist mir danach. Es ist ein so strahlend schöner Tag.« So als hätte seit ihrer Namensänderung jemand zum ersten Mal die Jalousien ganz hochgezogen. Das war Matt gewesen.

»Himmel, ich wünschte, ich könnte das Lächeln auf deinem Gesicht sehen.«

Das war genau das, was sie auf den Lippen spürte. »Was machst du denn am Samstag?«

»Du willst ein Date mit mir?«

Sie nahm sich Kaffee und goss eine großzügige Portion Kaffeesahne hinein. »Eigentlich hast du als Erster gefragt. Vor ein paar Tagen.«

»Oh. Ja, das stimmt.«

Sie trank einen Schluck. »Ich habe eine Idee.«

»Da bin ich gespannt.«

»Sollen wir mit dem Motorrad in die Berge fahren und dort ein Picknick machen?«

»Großer Gott, Frau! Wo hast du mein Leben lang gesteckt?«

Erin lächelte in ihre Tasse. Sie hatte keine Ahnung. Aber jetzt, wo sie dort gelandet war, wollte sie keine Zeit mehr verschwenden.

Kapitel 20

Matt fühlte sich, als würde er sein Date für den Abschlussball abholen. Bloß ohne Anzug. Er hielt am Tor und drückte den Klingelknopf fürs Haus.

»Hey, Matt. Komm rein«, sagte Parkers Stimme aus der Sprechanlage.

Er winkte in die Kamera, die auf einem der Zaunpfähle angebracht war, und wartete, dass das Tor sich öffnete. Sein Bike war nicht zu überhören, und als er den Motor abstellte, steckte Erin bereits den Kopf aus der Haustür.

»Passt gut auf euch auf, Kinder«, rief Parker von der Veranda des Ranchhauses.

»Geht klar, Mami«, rief Matt lachend zurück.

Er legte den Helm auf den Sitz und nahm das kleine Paket, das er aufs Motorrad geschnallt hatte. Nach dem Dienst hatte er sich zu Hause umgezogen und war dann direkt zu Erin gefahren. Während der ruhigeren Phasen bei der Arbeit hatte er ununterbrochen an sie gedacht. Jetzt, während der letzten Schritte zu ihr, vibrierte sein Körper vor Vorfreude.

»Klopf, klopf.« Er ging durch ihre offene Tür und sah, wie sie Proviant in einen Rucksack packte.

»Komm rein.«

Heute steckte ihr hübscher Hintern in hautengen Jeans. Ihm lief das Wasser im Mund zusammen. »Du siehst zum Anbeißen aus.«

»Ha! Du meinst das Essen.«

»Ich meine dich!« Er legte das Paket auf die Küchentheke, seinen Lieblingsplatz in diesem Haus, stellte sich hinter sie und schlang die Arme um ihre Taille. Dann drückte er die Lippen auf die Seite ihres Halses. Sie unterbrach, was sie gerade tat, und lehnte sich an ihn.

»Du lenkst mich ab.«

»Ja, Ma'am. Mit voller Absicht.«

Sie drehte sich in seinen Armen und legte die Hände an seine Hüften. »Hi.«

Er beugte sich vor, bis er ihren Atem spürte. »Hallo.«

Matt stahl sich einen Kuss und, verdammt, sie schmeckte gut. Wie Sommer und Apfelstrudel.

Als sie sich seufzend an ihn schmiegte, wich er einen halben Schritt zurück. »Wenn wir damit anfangen, kommen wir niemals hier weg.«

Erins Zungenspitze huschte über ihre Lippen, dann wandte sie ihm wieder den Rücken zu.

Er legte das Kinn auf ihre Schulter und behielt sie in den Armen. »Was essen wir denn heute?«

»Du hast gesagt, du bist nicht wählerisch.«

»Das stimmt.«

»Gut. Es ist eine Überraschung.« Sie zog den Reißverschluss des Rucksacks zu.

»Apropos Überraschung.« Matt zog sein Mitbringsel zu sich und drückte es ihr in die Hände. »Für dich.«

Sie betrachtete die in Geschenkpapier gewickelte Schachtel. »Was ist das?«

»Für dich.«

»Ganz ohne Geburtstag und ohne Weihnachten?« Erin schob einen Finger unter das Klebeband.

»Ich glaube, es wird dir trotzdem gefallen.«

Sie schlug das Papier auseinander und öffnete die Schachtel. Kurz fiel ihr die Kinnlade herunter. Dann nahm sie die rote Lederjacke und drückte sie an die Wange. »Die ist wunderschön.«

»Wenn du mit mir in die Berge fährst, musst du passend angezogen sein.«

Sie gab ihm die Jacke und drehte sich um, damit er ihr hineinhelfen konnte. »Wann hattest du denn Zeit, sie zu kaufen?«

Sie schlüpfte in die Ärmel, dann drehte sie sich wieder zu ihm.

Die Jacke saß perfekt.

»Ich hatte Unterstützung. Im Netz habe ich hier in der Stadt ein Geschäft gefunden, wo die Jacke vorrätig war. Dann habe ich Parker angerufen.«

Erin schob sich an ihm vorbei zum Spiegel neben der Haustür. »Du hast Parker für dich zum Einkaufen geschickt?«

»Ich brauchte eine Frau wegen der Größe. Mit so was kenne ich mich nicht aus.« Er ging zu ihr und zog den Reißverschluss zu. Aber nur bis kurz unterhalb ihrer Brüste. Dann nahm er sich die Freiheit, die Mädels so zurechtzurücken, dass sie bestens zur Geltung kamen.

»Macht's Spaß?«, fragte Erin.

»Ich setze bloß meine Fantasien in die Tat um.«

Sie drehte sich wieder zum Spiegel und strich mit den Händen über die Jacke. »Die ist unglaublich süß. Vielen, vielen Dank.«

Oh, ja. Das fand er auch. »Sehr gern geschehen. Und ich habe noch eine Überraschung.«

»Matt!«

»Die ist nötig. Glaub mir.« Er schaute sich kurz im Zimmer um, dann schnappte er den Rucksack. »Bist du fertig?«

»Ich schalte noch kurz die Alarmanlage ein, dann komme ich zu dir raus.«

Er ging voran ins Freie. Eine halbe Minute später stand sie neben dem Motorrad und er zeigte ihr das zweite Geschenk. »Mit diesen Helmen können wir uns während der Fahrt unterhalten.« Er hielt ihr einen der beiden hin. »Probier es gleich mal aus.«

Erin setzte den Helm auf. Er war so rot wie die neue Jacke. Ganz schön sexy, ihr Motorradoutfit. »Der sitzt besser als der andere.«

»Der ist auch speziell für Frauen gemacht.« Matt griff nach seinem eigenen Helm.

»Du meinst, du hast ihn extra für mich gekauft?«

Er zwinkerte ihr zu. »Du hast gesagt, die Motorradfahrt hätte dir gefallen. Und, Süße, ich werde alles tun, damit es so bleibt.«

Matt zog seinen Kinnriemen zu, dann half er ihr mit ihrem und aktivierte die Bluetooth-Headsets. Er wandte sich ab und flüsterte: »Hey, Sexkätzchen.« Die Belohnung war ein Klapps auf seinen Hintern.

Er drehte sich wieder zu ihr und fragte: »Hörst du mich?«

»Allerdings.«

»Jetzt können wir uns unterwegs unterhalten.«

Er half ihr mit dem Rucksack, ließ das Motorrad an und dankte den himmlischen Mächten, als Erin hinter ihm auf den Sitz stieg und die Oberschenkel an seine schmiegte. »Es geht los.«

Sie hielt sich an ihm fest und er legte den Gang ein.

Er fuhr zum Angeles Crest Highway und folgte ihm hinauf in den Wald. Die Wälder im südlichen Kalifornien waren nicht besonders dicht, und es gab dort kaum Seen. Es wurde nicht einmal merklich kühler zwischen den Bäumen, als der Highway sie in Höhen hinaufführte, die eher als Berge denn als Hügel zu bezeichnen waren. Dennoch genoss er es, die Stadt mit ihren breiten belebten Straßen hinter sich zu lassen. Hier draußen konnte er Erin seine Leidenschaft fürs Motorradfahren noch viel besser vermitteln. Vielleicht ließ sie sich ja im Herbst, wenn es kühler wurde, sogar für einen Campingtrip in die Wüste begeistern. So wie sie sich jetzt gerade an ihn klammerte und ihren Ohhs und Ahhs nach zu urteilen, sah er dafür durchaus eine Chance.

Oben auf dem Bergrücken fuhren sie durch Gebiete, in denen in der letzten Waldbrandsaison große Feuer gewütet hatten. An einem öffentlichen Picknickplatz hielt er an. Er wusste, dass hier selten Gedränge herrschte, und tatsächlich war der Parkplatz völlig leer. Als er den Motor abstellte, hörten sie nur noch den Wind in den Baumkronen hoch über ihren Köpfen.

Hand in Hand spazierten sie über einen verwilderten Pfad zu einem Bach, der nach dem vielen Regen des vergangenen Winters noch immer Wasser führte. Zum Baden lud er nicht unbedingt ein, doch das leise Plätschern machte die Stimmung noch friedvoller.

»Was für ein wundervolles Plätzchen, Matt.«

»Ich hatte den Picknickplatz fast vergessen und bin froh, dass es ihn noch gibt, obwohl sich kaum Leute hier herauf verirren.«

Sie schlenderten ein Stück am Bach entlang. Unter einem Schatten spendenden Baum breitete Matt die kleine Decke aus, die er zusammengerollt auf dem Motorrad verstaut hatte, bevor er zu Hause aufgebrochen war.

Erin zog ihre neue Jacke aus und legte sie neben sich. »Fährst du schon lange Motorrad?«

»Ja. Ich bin mit Bikes aufgewachsen. Dad war als Polizist mit dem Motorrad auf Streife und hat uns Kindern früh das Fahren beigebracht.«

»Grace auch?«

»Jap. Aber ich bin der Einzige, der sich noch regelmäßig auf eine Maschine schwingt.« Er erzählte, dass sein Vater nach einem Sturz lange im Krankenhaus gelegen und seine Mom von Familienausflügen mit Motorrädern fortan nichts mehr habe wissen wollen. Matts Motorradleidenschaft hatte das keinen Abbruch getan.

»Du bist ein Adrenalinjunkie«, stellte Erin fest.

Er nickte. »Ertappt. Ich brauche das Zeug wie die Luft zum Atmen. Und ich finde es überall. In meinem Job, beim Motorradfahren und im Urlaub.«

Eine Weile unterhielten sie sich über seine spannenden Unternehmungen und darüber, dass seine Kumpels von der Feuerwehr alle ganz ähnliche Hobbys hatten. »Frauen, die gern mit auf der Maschine sitzen, sind schwer zu finden. Deshalb hat dein Vorschlag, heute eine Tour zu machen, mich umso mehr gefreut.«

»Vermutlich bin ich einfach nur naiv, was das Risiko angeht.«

»Gefahren lauern überall im Leben. Aber beim Motorradfahren kann man sie durch Besonnenheit, die richtige Ausrüstung und eine aufmerksame Fahrweise halbwegs gering halten.«

Sie gab ihm ein Sandwich. »Du achtest auf die Straße und ich darauf, wo ich meine Hände hinlege.« Sie zwinkerte ihn über ihre Sonnenbrille hinweg an.

»Multitasking beherrsche ich besser als die meisten anderen Männer. Leg deine Hände also ruhig überallhin, wo sie zufällig gerade landen.«

Sie saßen im Schatten, aßen und redeten. Erin stellte jede Menge Fragen. Wie war seine Kindheit gewesen? Was gefiel ihm an seinem Job als Feuerwehrmann am besten? Was mochte er am wenigsten? Die Liste war lang, und bald fiel ihm auf, dass sie auf Fragen nach ihrem Leben jedes Mal mit Fragen nach seinem antwortete.

»Genug von mir.«

»Ich rede gern über dich.« Sie lächelte.

Er lehnte sich zurück und stützte sich auf die Ellbogen. Ans Essen dachte er jetzt nicht mehr. »Wolltest du schon immer Romane lektorieren?«

Kopfschütteln, Nicken, dann wieder Kopfschütteln. »Eigentlich nicht. Viel lieber wäre ich Reporterin geworden. Ich recherchiere und schreibe gern. Das mit den Romanen hat sich so ergeben.«

»Und? Macht es dir Spaß?«

Sie zuckte die Achseln.

Matt deutete das als Nein. »Weshalb suchst du dir keinen Job als Reporterin?«

»An Romanen kann man überall arbeiten. Sogar zu Hause am Küchentisch. Über Neuigkeiten zu berichten oder eine Reportage zu schreiben, würde dagegen bedeuten, irgendwo draußen herumzustöbern. Und das kann ich mir nicht erlauben.«

Wegen ihres Ex. »Das heißt, du hast deine Träume begraben?« Der Gedanke behagte ihm nicht.

Erin wandte sich ab und schaute in den Himmel. »Ich bin heute an diesem wunderschönen Tag mit dir hier draußen. Und zum ersten Mal seit Ewigkeiten frage ich mich nicht, ob ich etwas Riskantes tue oder sage. Ich fühle mich frei. Und dieses wundervolle Gefühl will ich nicht gefährden, indem ich die öffentliche Aufmerksamkeit auf mich ziehe. Ich hätte zu viel zu verlieren. Mit den Lektoratsarbeiten bezahle ich meine

Rechnungen. Und falls die Aufträge mal ausbleiben, denke ich mir was Neues aus.«

»Manche Reporter verdienen einen Haufen Geld.«

»Nenn mir einen außer denen, die du aus dem Fernsehen kennst.«

Ihm fiel keiner ein.

»Geld ist nicht alles.«

»Das sagen nur Leute, die Berge davon haben«, gab er zurück.

Erin nickte. »Da ist was dran. Ich werde nie wieder schicke Autos fahren oder zum Shoppen nach Paris fliegen. Der Preis für diese Art Leben war zu hoch. Für einen lieben Menschen Brownies zu backen und mit dem Hund meiner Freundin zu spielen, macht mich glücklicher.«

Er drückte ihre Hand. »Ich war noch nie in Paris.«

Sie seufzte. »Die Stadt ist ein Traum.«

»Weshalb habe ich das Gefühl, dass du nicht von einer Rucksackreise durch Europa sprichst, wie manche junge Leute sie nach der Schule unternehmen?«

Er sah deutlich, wie sie mit sich kämpfte und nach den richtigen Worten suchte. »Er, dessen Name nicht genannt werden soll, hatte Geld. Geld und Einfluss. Und bevor du fragst oder irgendwelche falschen Schlüsse ziehst, nein, ich habe ihn nicht deshalb geheiratet. Ich stamme aus einer wohlhabenden Familie, und mein Dad ist fast genau so ein Kotzbrocken wie er. Er hat uns zwar nicht geschlagen, aber er hat uns ignoriert.«

Tausend Fragen drängten in Matts Kopf. »Uns?«

Sie schaute ihn an, dann schaute sie weg.

»Du kannst mir vertrauen.«

»Ja. Uns. Meine Schwester und mich. Ich habe eine ältere Schwester. Sie ist verheiratet, hat eine Familie.« Erin lächelte über eine Erinnerung, die vor ihrem inneren Auge ablief. »Sie ist kurz nach der Highschool mit ihrer ersten Liebe durchgebrannt.

Dad tat, als wäre er völlig außer sich vor Wut. Aber nach gerade mal zehn Minuten Geschrei hat er mich ins Visier genommen. Weil ich noch sehr jung war, musste er noch etwas Geduld haben. Aber eines Tages war ich alt genug, um ihm bei seinen Machtspielchen nützlich zu sein.«

Matt kniff die Augen zusammen. »Wie soll ich das verstehen?«

Erin fuhr sich mit der Hand durchs Haar. »Mein Vater hat mich mit meinem Ex bekannt gemacht. Anfangs haben die beiden beinahe so viel Zeit zusammen verbracht wie mein Ex und ich damals. Weil er meinen Dad auch nicht mochte, glaubte ich eine Zeit lang, wir hätten mehr gemeinsam, als es tatsächlich der Fall war.«

Matt setzte sich auf. »Wenn dein Ex deinen Dad nicht ausstehen konnte, warum hat er dann seine Nähe gesucht?«

»Bei jedem Spiel geht es um einen Einsatz. De… Mein Ex fand, wir sollten meinen Vater bei Laune halten, damit sein Hochzeitsgeschenk möglichst großzügig ausfallen würde.«

»Sein Hochzeitsgeschenk? Wie zum Beispiel? Großmutters Kaffeeservice?«

Erin nahm an, dass Matt das nicht als Scherz meinte. Lachen musste sie trotzdem.

»Nein. Ich glaube, so was hatte meine Großmutter gar nicht. Wir sprechen von Anteilen an einer Firma. Mein Dad und mein Ex hatten beide welche, aber Dad hat diese Firma nie interessiert. Desmond schon. Er wollte …« Erin schlug die Hand vor den Mund.

Desmond. Ihr Ex hieß Desmond.

Matt schob sich zu ihr und legte seine Hände auf ihre Knie. »Babe. Hey. Mach dir keine Gedanken. Ist doch egal, ob ich seinen Namen kenne.« Das stimmte nicht ganz. Jetzt konnte er seinen Boxsack so nennen und noch heftiger auf ihn eindreschen.

»Ich sollte lieber …«

»Was wollte er, Erin? Weshalb hat dein Ex dich geheiratet?«

»Zusammen mit seinen eigenen Anteilen an der Firma verschaffte ihm das Hochzeitsgeschenk meines Vaters die Kontrollmehrheit. Wir haben geheiratet, und mein Vater war mich los.«

»Das hört sich an, als wärst du eine Art Tauschobjekt gewesen.«

Erin schaute ihn an. »Ich hätte Nein sagen können. Aber anfangs habe ich für meinen Ex etwas empfunden. Er war bei einer Mutter aufgewachsen, deren Freunde ihn übel behandelt haben. Er redete mir ein, wir hätten vieles gemeinsam. Und ich habe Ja gesagt.«

Matt sah ihr an, dass sie sich für diese Entscheidung gern herzhaft in den Hintern treten wollte. »Hat dein Dad herausgefunden, was für einen Dreckskerl du geheiratet hast?«

»Meine Schwester hat es mitbekommen und ist zu unserem Vater gegangen. Er und sie redeten eigentlich nicht mehr miteinander und sahen sich kaum noch. Doch sie wusste, dass ich finanzielle Unterstützung brauchen würde, um meinen Mann verlassen zu können.«

»Dann hat dein Dad dir also geholfen.«

Erin rieb die Hände aneinander. »Nein. Er hat meiner Schwester gesagt, das Leben sei nicht fair. Ich müsse erwachsen werden und lernen, meine Probleme zu lösen, ohne damit zu Daddy zu laufen.«

Wie bitte? Was zum …! Wer macht denn so was? »Verdammt, Erin! Und dann?«

»Versprichst du, mich nicht zu verurteilen?«

»Im Moment verurteile ich alle möglichen Leute. Du gehörst nicht dazu.«

Sie zeigte auf ihre Füße. »Ich habe meine Schuhe verkauft.«

Er war nicht sicher, ob er richtig gehört hatte. »Deine Schuhe?«

Sie lächelte. »Ich hatte einen Film gesehen, in dem eine Prinzessin ihrem Liebhaber unter die Arme greifen wollte. Deshalb hat sie beim Shoppen das Geld mit vollen Händen zum Fenster rausgeworfen. Ihr Gemahl hatte nichts dagegen, dass seine Frau so verschwenderisch war. Nur Bargeld hätte er ihr nie gegeben. Deshalb verkaufte sie heimlich die teuren Sachen und hat das Geld ihrem Liebsten zugesteckt. Ich habe meine Schuhe verkauft. Wenn Schmuck gefehlt hätte, wäre das Desmond aufgefallen. Deshalb habe ich etwas versilbert, was er sowieso nie bemerkt hat. Die Schuhschachteln blieben hinten im Schrank, während ich ein Paar nach dem anderen verkauft habe, bis ich genug Geld für einen Neuanfang hatte.«

Matt blinzelte erstaunt. Er betrachtete die Sneakers an ihren Füßen, dann grinste er. »Schuhe?«

»Designerschuhe. Kosten einen Haufen Geld. Für ein Paar Ralph Laurens ohne nennenswerte Gebrauchsspuren bezahlen Frauen bis zu fünfundsiebzig Prozent des Neupreises.«

»Sobald ich wieder zu Hause bin, muss ich diesen Ralph mal googeln.«

Sie wurde wieder lockerer. »Es wäre einfacher und schneller gewesen, seinen Ring zu verkaufen. Aber meine Anwältin meinte, bei der Scheidung könnte mir das als Diebstahl ausgelegt werden. Deshalb habe ich den Ring in einer Schachtel auf meiner Kommode zurückgelassen.«

»Aber was hatte dein Dad von all dem? Weshalb hat er dich so benutzt?«

»Dass meine Mom davongelaufen und meine Schwester mit ihrem Freund durchgebrannt war, hat ihn viel Glaubwürdigkeit und Ansehen gekostet. Er hat sich eine Freundin zugelegt, die kaum älter war als meine Schwester, und die wollte mich loshaben. Deshalb hat er mich unter die Haube gebracht. Die Firmenanteile waren eine Art Mitgift. Fortan hatte Desmond die Kontrollmehrheit über die Firma, und mein Dad galt in seinen Kreisen als der fürsorglichste, großzügigste und beste Vater der Welt.«

»Mistkerl.«

»Das hässliche Gesicht des Geldes. Ich will es nicht. Keinen Cent davon. Desmond kann es haben. Von mir aus sollen sie daran ersticken.«

Matt schlang die Finger um ihre. »Du bist die stärkste Frau, die mir je begegnet ist.«

»Eine starke Frau hätte sich nie so benutzen lassen.«

»Nein, Babe. Auch starke Menschen geraten in schwierige Situationen. Wie man damit umgeht und wie man wieder rauskommt, darin zeigt sich, was wirklich in einem steckt.«

Er sah ihr ihre Zweifel deutlich an. »Vielleicht kann ich das eines Tages glauben.«

Matt zog sie an sich und legte sich mit ihr auf die Decke. »Vielleicht kann ich es dir eines Tages beweisen.«

Sie schmiegte sich an seine Brust. Eine warme Brise streichelte ihre Haut.

»Ich bin kein reicher Mann, aber wenn ich eisern spare, kann ich dir vielleicht eines Tages eine Reise nach Paris schenken. Nur diesen Ralph können wir leider nicht mitnehmen.«

Erins leises Lachen zauberte ein breites Lächeln auf sein Gesicht. Und als sie ihn anschaute, wurden ihre Lippen zu einem verführerischen Angebot, das er nur zu gern annahm.

Kapitel 21

Der Gedanke ließ Erin keine Ruhe. Könnte sie vielleicht doch als Reporterin arbeiten und sich dabei im Hintergrund halten? Wäre das möglich? Könnte sie für eine Onlinezeitung schreiben? Vielleicht, ohne ihre Interviewpartner je persönlich zu treffen? Wäre es möglich, sich neu zu erfinden und mit einem gefakten Profil, wie manche Leute es auf Dating-Seiten verwendeten, einen Traum zu verwirklichen?

Nach dem Picknick hatte Matt sie nach Hause gefahren und unter der Dusche geliebt. Danach war er gegangen. Er musste am nächsten Tag sehr früh zum Dienst und dafür ausgeschlafen sein. Wenn er die Nacht bei ihr verbrachte, standen die Aussichten auf Schlaf eher schlecht.

Deshalb lag sie nun allein in ihrem Bett und schob die Was-Wenns in ihrem Kopf hin und her, bis sie endlich wegdämmerte. Und dann träumte sie.

In Shorts und einem längst verkauften Paar Pumps mit zehn Zentimeter hohen Absätzen ging sie durch einen langen Korridor. Dabei fragte sie sich, weshalb sie gerade diese Heels trug. Diese Schuhe hatte sie nie besonders gemocht, und nun klickten sie furchtbar laut auf dem Boden des endlosen verlassenen Gangs.

Ein Licht ganz am Ende wies ihr den Weg durch eine Doppeltür. Dahinter stand Matt und bat sie, zu ihm auf ein Motorrad zu steigen. Sie schaute sich nach einem Helm um, sah aber keinen. Matt deutete trotzdem auf den Platz hinter ihm.

Erin lächelte. Ihre Zunge huschte über ihre Zähne.

Einer fehlte, mit den anderen stimmte irgendetwas nicht. Sicher würden sie ihr gleich aus dem Mund fallen. Sie legte die Hände über die Lippen und hoffte, dass Matt ihr zerbrochenes Lächeln nicht bemerkt hatte.

Ich träume.

Doch der Traum fühlte sich seltsam real an.

Der Wind strich ihr durchs Haar. Ein herrliches Gefühl. Doch sie trug keinen Helm, und was war, wenn sie stürzten? Dann würden alle ihre Zähne ausfallen.

Wach auf.

Über Matts Schulter hinweg sah sie das Stoppschild. Von rechts kam ein Wagen.

Am Steuer saß Desmond.

»Stopp!«

Erin fuhr hoch. Sie fasste sich mit der Hand an den Mund und tastete nach ihren Zähnen, dann ließ sie sich seufzend wieder in die Kissen fallen.

Der Wecker zeigte drei Uhr morgens.

Mit weit geöffneten Augen wälzte sie sich hin und her.

Ganz in der Nähe heulte ein Kojote. Bald antwortete ihm ein zweiter, und die Außenbeleuchtung ging an.

Sie hielt sich die Ohren zu, um das Gejaule nicht hören zu müssen, und hoffte, wieder einschlafen zu können. Zweimal döste sie tatsächlich weg, beide Male weckte der Radau der Tiere sie wieder auf. Frustriert hievte sie sich aus dem Bett und knipste das Licht auf der Veranda an. Vielleicht würde es die Kojoten vertreiben.

Es schien sie nicht zu beeindrucken.

Als die Tiere sich endlich trollten, war Erin hellwach. Der Traum beschäftigte sie.

In der Zeit mit Desmond hatte sie oft von fehlenden Zähnen geträumt oder davon, nackt durch eine Menschenmenge zu gehen. Die Therapeutin, mit der sie darüber gesprochen hatte, deutete das als Zeichen tiefer Verunsicherung. Das Unterbewusstsein wollte den Träumenden auf unbewältigte Probleme in der wachen Welt hinweisen.

Doch warum gerade jetzt ein solcher Traum?

Alles lief gut, und sie konnte sich sicher fühlen.

Womöglich hatte es damit zu tun, dass sie sich Matt anvertraut hatte. Das war der einzige Grund, der ihr einfiel. Der Mann holte nach und nach immer neue Mosaiksteine ihrer Vergangenheit ans Licht und sorgte dafür, dass sie sich damit auseinandersetzte.

Und er gab ihr Hoffnung auf eine Zukunft, in der sie nicht weglaufen und sich verstecken musste. Man hatte sie gewarnt. Wenn sie sich irgendwo wohlfühlte und langsam wieder zu sich selbst fand, würden die Dämonen aus ihrer Vergangenheit auftauchen. Das hatte sie bei einem Therapieprogramm für misshandelte Frauen erfahren. Um eine Zukunft zu haben, musste sie sich diesen Dämonen stellen. Sonst würden sie für immer in den schattigen Winkeln ihrer Seele lauern und zur Bedrohung für ihr neues, glücklicheres Leben werden.

Vielleicht war der Traum von den fehlenden Zähnen ja das Signal, dass sie für einen Neuanfang bereit war.

Anstatt sich von dem Traum verunsichern zu lassen, schrieb sie auf einen Notizblock, welche Gefühle und Gedanken er in ihr auslöste. Eine Zeile aus einem Lied wehte durch ihren Kopf. *Write it down and it won't live inside of you.* Schreib es auf, dann lebt es nicht in deinem Inneren.

Sie befolgte den Rat. Danach suchte sie online nach Artikeln über Phasen, die man durchlaufen musste, um seine Vergangenheit loslassen zu können.

Bald malte der Sonnenaufgang pinkfarbene Streifen an den Himmel. Und als Erin ihre erste Tasse Kaffee getrunken hatte, war es fast acht und ihre Notizen umfassten bereits fünf Seiten.

Sie hatte sich ganz und gar im Kampf gegen ihre Dämonen verloren.

Das fühlte sich überraschend gut an. »Ich lasse nicht zu, dass du noch irgendeine Art von Kontrolle über mich hast«, sagte sie zu dem Mann aus ihrer Vergangenheit.

* * *

»Was machst du da eigentlich?«

Matt blickte von seinem Tablet auf, schaute Tom nur kurz an und wandte sich wieder dem Bildschirm zu. »Zeit totschlagen.«

»Ach ja? Den ganzen Nachmittag?«

Sie hatten einen ungewöhnlich ruhigen Tag. Matt wollte sich nicht beklagen.

Er hatte geglaubt, Desmond wäre ein seltener Name und das würde die Onlinesuche leicht machen.

Er hatte sich getäuscht.

Erst hatte er »Desmond Fleming« ins Suchfeld eingegeben. Dann »Erin Fleming«. Artikel über Promi-Hochzeiten hatte er ebenso durchgesehen wie Beiträge in Hochglanzmagazinen und Wirtschaftszeitschriften. Bald war ihm klar gewesen, dass Erin ihren Ehenamen abgelegt haben musste. Auch dass Fleming ihr Mädchenname war, schien nicht sehr wahrscheinlich. Wenn er hätte abtauchen müssen, hätte er das sicher auch unter einem ganz neuen Namen getan. Und Erin war viel zu clever, um sich mit früheren Namen zu verraten.

Matt kannte nur den Vornamen ihres Ex und wusste, dass er der Mehrheitseigner einer Firma war. Und dass er Frauen misshandelte.

Er brauchte mehr. Einen Geburtstag. Einen Ort. Irgendetwas, womit er seine Suche einschränken konnte.

»Erde an Matt.«

Frustriert schaltete er das Tablet aus. »Sorry.«

»Heute bist du mit dem Grillen dran«, sagte Tom.

Matt rappelte sich hoch. »Bin praktisch schon dabei.«

Tom schüttelte den Kopf. »Eine Frau. Da kann nur eine Frau dahinterstecken.«

* * *

Matt war im Dienst, Colin bei sich zu Hause und Austin mit Freunden unterwegs.

Parker zog den Korken aus einer gekühlten Flasche Wein, Erin mischte den Salat noch einmal durch. »Diese Mädelsabende müssen wir unbedingt beibehalten, auch wenn ich verheiratet bin.«

»Ja. Auf jeden Fall. Ohne Freundinnen ist man aufgeschmissen. Glaub mir.«

Parker goss Wein in zwei Gläser und gab eines davon Erin. »Du sprichst aus Erfahrung.«

»Ja. So gern ich es abstreiten würde.«

Parker hob ihr Glas. »Auf uns.«

Sie saßen auf der Veranda und genossen die kühler werdende Abendluft.

»Aaaaalso. Matt?« Parker verlor keine Zeit.

Sofort trat ein Lächeln auf Erins Gesicht.

Parker rieb sich die Hände und kreischte. »Erzähl mir alles! Vor allem die Details!«

Erin kam sich vor wie ein Schulmädchen, das über seinen ersten Kuss reden sollte. »Das Motorrad ist schuld. Das verdammte Ding wirkt stärker als ein ganzes Dutzend frische Austern.«

In der nächsten Stunde schilderte Erin einfach alles. Von den Schmetterlingen bis zu den allerheißesten Momenten. Parker erfuhr sämtliche prickelnde Einzelheiten. »Aber was mich am meisten beeindruckt hat, war mein absolutes Vertrauen darauf, dass ich notfalls wirklich nur *Wassermelone* hätte sagen müssen. Dann hätte er sofort aufgehört. Daran habe ich keine Sekunde gezweifelt.«

»Das ist der Hudson-Zauber. Den gibt es wirklich.«

»Er ist so verdammt perfekt. Ich tauche mit zentnerweise Gepäck in seinem Leben auf, und er sagt einfach: ›Komm, ich helfe dir tragen.‹«

»Typisch Hudson. Ich kann bei Colin auch nicht viele Fehler finden.«

»Schnarcht er?«

»Nein. Und Matt?«

»Nein.« Erin schaute in ihren Wein. »Du würdest es mir sagen, falls ich etwas übersehe. Oder?«

»Verlass dich drauf. Bloß weil Matt bald mein Schwager ist, schaue ich doch nicht absichtlich weg.«

»Gut«, nickte Erin. »Ich würde für dich dasselbe tun. Kein Zuckerguss, keine rosa Brille.«

Auf dieses heilige Mädelsversprechen stießen sie an.

»Verdammt, ich freue mich so für dich«, sagte Parker in ihr Glas.

Erin lachte leise und schob die Befürchtung beiseite, ihr könnte an Matt irgendein unerwünschter Charakterzug entgangen sein. »Ich freue mich auch. Aber darf ich das überhaupt schon?«

»Ich kenne keine Frau, der ich dieses Glück mehr gönnen würde. Und dass du Matt von deinem Ex-Mann erzählt hast, verrät, wie wichtig dir mein zukünftiger Schwager jetzt schon ist.«

Erin nahm einen Schluck Wein. »Nicht ganz.«

»Nicht ganz was? Matt ist bloß ein Flirt?«

»Nein. Was Matt angeht, stecke ich schon richtig tief drin. Aber mein Ex ist noch nicht ganz ein Ex.«

Parker verlor ihr Lächeln.

»Ich bin noch keine geschiedene Frau«, gestand Erin.

»Wie bitte?«

»Er weigert sich, die Papiere zu unterschreiben. Der Typ ist ein Kotzbrocken erster Güte, Parker. Er glaubt, er könnte das Unausweichliche unendlich lange aufschieben. Aber das kann er vergessen. Irgendwann muss er nachgeben.«

»Mein Gott, wie lange hängt die Sache denn schon in der Luft?«

»Die Scheidung habe ich etwa drei Monate vor meinem Einzug hier eingereicht.«

»Das ist fast ein Jahr her.«

»Allerdings. Aber meine Anwältin meint, es müsste bald so weit sein.«

Der doppelte Klingelton des Haustelefons zeigte an, dass jemand unten am Tor war.

»Erwartest du Besuch?«, fragte Erin.

Parker schüttelte den Kopf und ging ins Haus. Sie kam zurück und legte ihr Telefon auf den Tisch. »Es ist Grace.«

»Oh, schön.«

»Vielleicht kennt sie ja die dunklen Geheimnisse ihrer Brüder.«

Erin lachte. »Kein Wort über meinen Ex, okay? Je weniger Leute Bescheid wissen …«

»Schon klar. Keine Sorge.«

Grace fuhr die Einfahrt herauf und parkte vor dem Haus. Sie stieg aus und schwenkte eine Weinflasche. »Ich habe Proviant mitgebracht.«

Erin und Parker begrüßten sie oben an der Treppe. Scout trommelte freudig mit dem Schwanz auf den Holzboden und leckte Grace die freie Hand.

»Okay, ich bin da. Die Party kann losgehen. Aber bitte keine blumigen Beschreibungen von heißen Nächten mit meinen Brüdern. So was will ich nicht hören.«

»Wer sagt, dass dein Bruder und ich heiße Nächte haben?« Erin lachte. Sie mochte Grace unheimlich gern. Die Frau sprühte vor Temperament und Energie.

Gemeinsam gingen sie ins Haus. Parker nahm für Grace ein Weinglas aus dem Schrank.

Grace lehnte sich an die Kücheninsel und verdrehte die Augen. »Er wollte sich mit Dad ein Spiel anschauen und hat es verpasst. Matt lebt für Baseball. Wenn er ein Spiel sausen lässt, kann es nur einen Grund geben: andere wilde Spiele. Außerdem hatte er bei der Verlobungsfeier deinen Lippenstift im Gesicht. Ich muss also nur eins und eins zusammenzählen.«

»Und du willst wirklich keine Einzelheiten hören?«, frotzelte Parker.

Grace wedelte energisch mit beiden Händen. Dann nahm sie das Weinglas, das Parker ihr hinhielt. »Grundgütiger! Nein!«

»Wenn unser Liebesleben für dich tabu ist, kannst du uns ja von deinem erzählen«, schlug Parker vor.

Sie verließen das Haus und machten es sich auf der Veranda gemütlich. »Ich habe keins. Wenn ich nicht bald jemanden kennenlerne, verschrumpelt mein Zubehör und zerbröselt.«

Erin lachte. »Wo suchst du denn?«

Grace streifte die Schuhe ab und zog die Füße unter sich. »Im Moment bin ich mal wieder beim Onlinedating gelandet.«

Parker stöhnte. »Grauenhaft.«

»Na ja, mit jemandem von der Arbeit will ich mich nicht treffen, und in Bars findet man selten etwas Passendes. Wenn ihr mich also nicht verkuppelt …«

Erin hatte keinerlei Absichten dieser Art. Sie schaute Parker an. Dann zuckten sie beide die Achseln.

»Was ist mit Matt oder Colin? Die haben sicher nette Kollegen. Irgendeiner davon muss doch single und mehr als bloß erträglich sein.«

»Mit jemandem aus Colins Team habe ich mich mal getroffen. Aber wenn so was in die Binsen geht, wird es für alle Beteiligten anstrengend. Auf eine Wiederholung bin ich also nicht scharf.«

»Matts Mannschaftskameraden sind alle ziemlich gut aussehend«, sagte Erin.

»Und verheiratet oder frisch geschieden und auf der Suche nach ein bisschen Trost. Oder sie haben schon Kinder. Ich kenne die Jungs. Besten Dank, aber lieber nicht. Mit ein paar Kandidaten chatte ich gerade online, und mit einem treffe ich mich kommende Woche auf einen Kaffee.«

Parker stellte ihr Glas ab und stand auf. »Falls mehr als ein Kaffeetrinken daraus wird, wollen wir es wissen.«

»Geht klar.«

Parker verschwand im Haus.

»Wo willst du denn hin?«

»Ich hole die Hochzeitsmagazine. Jetzt, wo ihr beide hier seid und die Gespräche über Sex abgehakt sind, können wir uns mit dem Blumenschmuck und anderen wichtigen Dingen beschäftigen.«

Grace sprang ebenfalls auf. »Ich habe auch ein paar Zeitschriften im Wagen.«

»Augenblick«, sagte Erin schnell.

Grace und Parker drehten sich zu ihr um.

»Was ist denn?«, fragte Grace.

»Sind Colin und Matt perfekt?«

Grace zog ein paar nachdenkliche Grimassen. »Du meinst, abgesehen von ihren Streichen früher und davon, dass sie mir die Schuld für ihre Partys und fürs Pornogucken in die Schuhe geschoben haben?«

Erin lächelte. »Ja.«

Grace verdrehte die Augen. »Absolut perfekt. Und das kann höllisch nerven.«

Kapitel 22

»Wir müssen reden.«

»Das klingt nicht gut.« Erin hatte gewusst, dass der Anruf von Renee kam. Sie hatte ihn angenommen, das Gespräch mit dem üblichen Code begonnen, und jetzt das. *Wir müssen reden.* »Lass mich raten. Desmond hat wieder eine neue Möglichkeit gefunden, die Scheidung zu verzögern.«

»In gewisser Weise … Ja.«

Erin schob den Laptop beiseite und schaltete den Lautsprecher ihres Telefons ein. »Und was ist es diesmal?«

»Zunächst hat er das Land verlassen.«

»Das tut er doch andauernd. Aber er bleibt nie lange weg.«

»Sein Anwalt behauptet, Desmond müsse sich in Griechenland um einen familiären Notfall kümmern.«

»Er hat keine Angehörigen in Griechenland.«

Renee seufzte. »Das habe ich vermutet. Ich habe dem Anwalt mitgeteilt, dass sie sich solche Mätzchen sparen können. Wenn ich dich vertreten kann, ohne dass du ein einziges Mal persönlich vor Gericht erscheinst, kann Desmonds Anwalt es genauso machen.«

»Weshalb dann die weitere Verzögerung?«

»Der Richter hat eine Verschiebung wegen persönlicher Härten genehmigt. Zudem weist der Anwalt darauf hin, dass in deinem Antrag wichtige Angaben fehlen, was die gegenseitigen Ansprüche betrifft.«

»Ich dachte, das hätten wir alles schon vor Monaten geklärt«, stöhnte Erin. »Es gibt nichts hinzuzufügen. Ich habe bloß meine Kleider mitgenommen und das Bankkonto nicht angerührt.«

»Desmond behauptet, er hätte deinen Schmuck schätzen lassen. Dabei sei herausgekommen, dass einige Stücke durch Nachahmungen ersetzt wurden.«

Erin fiel die Kinnlade herunter. »Ich habe nie …«

»Du musst hundertprozentig offen mit mir sein, Maci. Falls du den Schmuck genommen hast, kann ich das irgendwie hinbiegen.«

»Ich wünschte, die Idee mit den Nachahmungen wäre mir tatsächlich gekommen. Dann hätte ich mir einen anständigen Wagen leisten können. Aber leider ist es jetzt zu spät.«

Renee seufzte, als wäre sie nicht ganz überzeugt. »Deine Schuhe hast du auch verkauft.«

»Und das habe ich dir gesagt.«

»Desmond ist inzwischen dahintergekommen und sucht deshalb nach weiteren Dingen, die du womöglich aus dem gemeinsamen Haushalt entfernt hast.«

Erin starrte auf ihr Telefon. »Entfernt? Ich habe *meine* Schuhe verkauft. Nicht seine!«

»Und ihm ist klar, oder ihm wurde klargemacht, dass eine Schuhdebatte zu nichts führen würde. Aber Schmuckstücke, die während der Ehe erworben wurden, sind was anderes.«

»Das waren Geschenke, und ich habe sie mit Blut bezahlt, Renee. Jeden Ohrring, jede Halskette. Ich wollte sie damals nicht haben, und ich will sie auch jetzt nicht. Ich habe alles in seinem Haus zurückgelassen. In unserem Haus.« Was sie da hören musste, war völlig absurd.

»Sie haben eine Beschwerde eingereicht, und wir müssen reagieren. Sie sind bereit, Experten einzuschalten.«

»Mit welchem Ziel? Ich stelle keine Ansprüche und verlange nichts von ihm. Bloß, dass er aus meinem Leben verschwindet. Und in Wahrheit geht es ihm auch gar nicht um Geld oder irgendwelche Wertgegenstände. Das weißt du.« Sie wollte endlich normal leben können.

»Wir sprechen nicht von deinen Ansprüchen gegen ihn, Maci. Er will etwas von dir.«

Ihre Schläfen begannen zu pochen. »Ich habe kein Geld.«

»Stimmt. Aber du hast etwas noch viel Wertvolleres.«

Erin verstand kein Wort. »Tatsächlich? Warum fühle ich mich dann so absolut machtlos?«

»Ich spreche von deinen Firmenanteilen, Maci.«

»Die Firmenanteile? Die hat mein Vater Desmond zu unserer Hochzeit geschenkt. So als müsste er seiner Tochter eine Schafherde als Mitgift mitgeben, um sie unter die Haube zu bringen.« Einfach widerlich.

»Du weißt, dass eine meiner Mitarbeiterinnen nach weiteren Arztberichten über Misshandlungen sucht. Und nach Hinweisen darauf, dass Desmond womöglich Ärzte bestochen hat. Dabei ist sie zufällig auf Vermögenswerte gestoßen, die dir und Desmond gemeinsam gehören. Die Firmenanteile fallen wohl darunter.«

»Die gehören ihm allein.«

»Offenbar nicht. Die abschließende Klärung steht noch aus, aber für mich sieht es sogar eher so aus, als gehörten sie nur dir.«

»Da hat Desmond mir aber etwas anderes gesagt.«

»Desmond hat dich brutal misshandelt, Maci. Glaubst du, er wollte, dass dir bewusst ist, wie viel von der Firma du tatsächlich besitzt? Er hat dich isoliert und dir eingeredet, du seist mittellos, damit du ganz auf ihn angewiesen bist. Der Klassiker. Ich habe das schon hundertmal gesehen.«

Erin schloss die Augen. »Ich will die Firma nicht. Ich will gar nichts von diesem Mann.«

»Das verstehe ich. Wirklich. Aber als deine Anwältin muss ich dir raten, erst mal herauszufinden, worauf du da verzichtest. Ich habe eine Theorie. Noch verlangt Desmond keine Herausgabe irgendwelcher Anteile. Er hat noch nicht mal angedeutet, dass du eine Anteilseignerin sein könntest. Deshalb glaube ich, er hat den Quatsch mit dem Schmuck erfunden, um Druck aufzubauen. Er will dich dazu bringen, ihm deine Firmenbeteiligung vor der Scheidung zu überschreiben.«

»Ich habe meinen Schmuck nicht verhökert. Ich wüsste nicht mal, wie man so was macht.«

»Ich glaube dir. Meine Leute und ich sind an der Sache dran, damit wir im Fall einer Anhörung etwas in der Hand haben. Im Augenblick hältst du einfach nur die Füße still.«

»Habe ich denn eine andere Wahl?«

Renee schwieg.

»Vielleicht kann deine Mitarbeiterin sich mit meinem Vater in Verbindung setzen und ihn fragen, wie genau die Schenkung der Anteile abgelaufen ist. Ich erinnere mich bloß an Händeschütteln, Schulterklopfen und die Versicherung, ich hätte von nun an ein sorgenfreies Leben, weil mein Gatte die Kontrollmehrheit an der Firma hält. Mein lieber Daddy wurde in der Finanzwelt als eine Art Heiliger gefeiert.«

»Wir kümmern uns darum. Und falls dir noch etwas einfällt, ruf an.«

»Ja, klar.«

»Und wie geht's dir sonst?«

Erin dachte an die positiven Entwicklungen in ihrem Leben. »Ich habe jemanden kennengelernt.«

»Einen männlichen Jemand?«

Es gelang ihr zu lächeln. »Ja. Das komplette Gegenteil von Desmond.«

»Dass du denselben Fehler zweimal machst, könnte ich mir auch kaum vorstellen.«

Erin lachte kurz auf. »Viele misshandelte Frauen fallen immer wieder auf dieselben Typen rein. Aber Matt ist völlig anders. Er ist fürsorglich und liebevoll. Ein Feuerwehrmann.«

Renee seufzte. »Mir wird schon ganz heiß, wenn ich es nur höre.«

Wenn du wüsstest. »Er gibt mir den Glauben zurück, dass es dort draußen auch gute Kerle gibt.«

»Und genau so einen hast du verdient.« Renee hielt inne. »Hör mal, auf der anderen Leitung kommt gerade ein Anruf rein. Ich muss Schluss machen. Aber du kannst dich jederzeit melden.«

»Danke. Und du gibst mir Bescheid, wenn der Kotzbrocken wieder in der Stadt ist.«

»So gefällst du mir. Sei wütend auf den Idioten. Gib ihm keine Macht über dich. Dich wegzuducken und zu verstecken, ist keine Lösung. Ich lasse von mir hören.«

Nachdem Renee aufgelegt hatte, starrte Erin lange auf das Telefon. Wegducken und sich verstecken – viel zu lange war ihr gar nichts anderes übrig geblieben. Aber jetzt wartete ein Leben auf sie, und es gab Menschen, die es mit ihr teilen wollten.

* * *

»Es wird Zeit für das Kleid aller Kleider!« Parker schäumte fast über vor Adrenalin und Koffein. Das sah Erin ihren funkelnden Augen an.

Grace beugte sich zwischen den Sitzen nach vorn. »An der nächsten Ecke rechts.«

Erin saß am Steuer. Zum ersten Mal seit Jahren war ihr Wagen wieder einmal voll besetzt. Parker saß neben ihr, Grace und Mallory hatten hinten Platz genommen.

»Du glaubst, wir wollen dich beraten. Aber in Wahrheit sorgen wir nur dafür, dass du keine Brautjungfernkleider aussuchst, in denen wir aussehen wie Schneewittchen mit Brechdurchfall«, sagte Mallory.

»Haha!« Parker schüttelte den Kopf über den Kommentar ihrer Schwester.

»Recht hat sie«, bekräftigte Grace.

Im Rückspiegel sah Erin, wie Grace und Mallory die Fäuste aneinanderstießen. Die beiden hatten viel gemeinsam. Sie sagten, was sie dachten, und es musste auch nicht immer ganz politisch korrekt sein.

»Aber du stehst doch bedingungslos an meiner Seite, Erin?«, fragte Parker.

Erin ließ ein paar Fußgänger vorbei, die hier im Stadtzentrum von Los Angeles ziemlich achtlos über die Straße spazierten. »Selbstverständlich! Unsere Kleider müssen zu deinem passen. Und wenn du in einer Tüllwolke und mit Engelsflügeln zum Altar schweben willst, schweben wir eben mit.«

»Schleimerin«, schnaubte Mallory.

Alle lachten.

»Jetzt links und dann gleich nach einer Parkmöglichkeit suchen.« Grace hatte die Navigation übernommen. Im Gegensatz zu Erin kannte sie sich im Modeviertel von Los Angeles bestens aus und hatte eigentlich fahren wollen. Doch dann war die Idee aufgekommen, Champagner mitzunehmen, und Erin hatte sich als Fahrerin angeboten, weil sie sowieso lieber nüchtern bleiben wollte.

In der unbekannten Gegend fuhr sie noch aufmerksamer als sonst. Vor vielen Gebäuden saßen Obdachlose auf den Gehsteigen, Passanten eilten an ihnen vorbei.

Mallory streckte die Hand nach vorn. »Tiefgarage rechts.«

Erin trat ein wenig zu fest auf die Bremse, um die Einfahrt nicht zu verpassen. »Sorry.«

»Besser, als noch mal um den ganzen Block zu fahren«, sagte Grace.

Jetzt in der Wochenmitte war die Tiefgarage brechend voll. Erst im untersten Geschoss fanden sie ganz hinten in einer Ecke noch einen Platz. Sie stiegen aus und machten sich auf den Weg zu den Fahrstühlen. Grace tätschelte ihre pralle Handtasche. Sie hatte den Champagner mitgebracht. »Die Party kann losgehen.«

Parker strahlte übers ganze Gesicht. »Ich kann's kaum glauben.«

»Ich auch nicht.« Mallory legte ihrer Schwester einen Arm um die Schultern.

* * *

Es war noch nicht mal zehn Uhr morgens, aber als Parker mit einem Dutzend Kleider in der Kabine verschwand, ließ Grace den Champagnerkorken knallen.

Parkers Budget für die Brautausstattung war nicht allzu üppig. Deshalb waren sie auch ins Modeviertel gefahren und nicht in eine schicke Boutique, wo man sie von vorn bis hinten bedient hätte.

Erin dachte daran, wie sie damals ihr Kleid ausgewählt hatte, und zog unwillkürlich Vergleiche.

Sie war aufgeregt gewesen und hatte sich auf die Hochzeit gefreut. Es hatte Tage voller Freundinnen, Champagner und Gelächter gegeben. Voller Seide, Spitze und Satin. Weil ihre Mutter schon vor Jahren aus ihrem Leben verschwunden war und ihr Vater sich kaum für sie interessierte, hatten sie und ihre Schwester alles organisiert. Unterstützt von einer Hochzeitsplanerin und mit einem fast unerschöpflichen Budget.

Heute hätte sie sich schon glücklich geschätzt, bloß den Betrag für den Blumenschmuck damals in den Händen zu halten. Colin und Parker würden vermutlich für ihre ganze Hochzeit weniger ausgeben als sie allein für die Dekoration. Schon das Kleid für ihren großen Tag hatte fünfzehntausend Dollar gekostet. Und dann noch einmal fünfhundert für die Reinigung und die Aufbewahrung in einer Schachtel.

Was für eine Verschwendung.

Im Nachhinein erschien ihr das alles sehr oberflächlich und übertrieben.

Parker hatte Kleider für dreihundert und fünfhundert Dollar von den Ständern genommen. Auch eines für achthundert war dabei. Doch ihr glückstrahlendes Lächeln war unbezahlbar.

Die ersten drei Kleider bildeten eine Art Aufwärmrunde. Als Parker sie vorgeführt hatte, schwärmten die Freundinnen aus und holten ihr ähnliche, aber auch ganz andere Stücke. »Lang, figurbetont und fließend«, sagte Erin. »So was kannst du sehr gut tragen.«

Im Moment steckte Parker in einem Prinzessinnenkleid mit Puffärmeln und viel zu viel Spitze. Sie erinnerte ein wenig an eine Hochzeitstorte.

»An etwas Figurbetontes hatte ich eigentlich gar nicht gedacht.«

»Jetzt kannst du alle möglichen Styles anprobieren. Also nutz die Gelegenheit«, ermutigte Mallory ihre Schwester.

Wieder zogen die Frauen von Kleiderständer zu Kleiderständer.

Parker trat in einer Robe mit weniger Spitze, aber jeder Menge Perlenstickereien aus der Kabine.

Mallory schüttelte stirnrunzelnd den Kopf.

»Ganz meine Meinung«, sagte Parker.

Grace half ihr mit dem Reißverschluss, dann verschwanden sie gemeinsam in der Kabine.

»Ohhh«, schnurrte Grace ein paar Minuten später.

»Was ist denn?«, fragte Mallory. Sie schaute verträumt auf ihr Champagnerglas. Als ziemlich frischgebackene Einundzwanzigjährige fand sie es noch richtig aufregend, ganz legal in der Öffentlichkeit Alkohol trinken zu dürfen.

Das Geschäft war voller Grüppchen, die genau wie sie die perfekten Hochzeitsoutfits suchten. Die anderen Frauen zu beobachten, war interessant. Es gab verwöhnte Bräute, zögerliche Bräute und Brautmütter, die offenbar am liebsten selbst Braut gewesen wären. Aber Parkers Clique hatte den meisten Spaß von allen.

Parker trat ganz in Seide aus der Kabine. Oder zumindest in etwas, was wie Seide aussah. Der fließende Stoff betonte ihre Figur, ohne sie zur Sanduhr zusammenzupressen. Dieses Kleid war das erste, das alle Freundinnen gleichzeitig aufseufzen ließ.

Und Parker strahlte vor Glück wie ein Kronleuchter. »Das kommt definitiv in die engere Wahl«, erklärte sie.

»Es ist wunderschön«, bestätigte Mallory.

»Vorteilhaft an allen strategischen Stellen. Dreh dich mal um«, sagte Erin.

Der extratiefe Rückenausschnitt war ein bisschen gewagt.

»Bei der Hinteransicht bin ich mir nicht hundertprozentig sicher.« Parker schaute über die Schulter in einen Spiegel.

»Dass es aufklafft und zu tiefe Einblicke bietet, lässt sich mit ein bisschen Klebeband verhindern«, meinte Erin.

»Ach.«

So verging die Zeit.

Drei Stunden später kam der große Moment. Parker hatte ein wunderbar elegantes Kleid aus einem seidenartigen Material gefunden, das hinten nicht ganz so abenteuerlich war, dafür ihre Oberweite hübsch zur Geltung brachte. Die angeschnittenen

Ärmel umschlossen nur knapp ihre Schultern, Perlen und Spitze zierten nur ganz dezent die Armausschnitte und die Knopfleiste auf dem Rücken.

In dem Kleid wirkte Parker weder aufgedonnert noch züchtig. Es war schlichtweg perfekt.

Erin, Grace und Mallory suchten lange nach Brautjungfern-Outfits in einem ähnlichen Stil, während Parker geduldig stillstand und für die Änderungen Maß nehmen ließ.

Mallory machte Fotos von Parker in dem ausgewählten Kleid und Fotos von sich und den anderen in einer Auswahl von Roben. Leider fanden sie nichts gänzlich Überzeugendes und beschlossen, in den nächsten Tagen weiterzusuchen.

Nach einem späten Lunch spazierten sie zurück zur Tiefgarage, die sich bereits ein wenig geleert hatte.

Grace saß auf dem Rücksitz und plauderte ausgelassen. Hin und wieder unterbrach sie sich selbst mit Anweisungen, wo Erin abbiegen sollte, damit sie zügig aus der Stadtmitte heraus- und auf den Freeway kamen.

Parker drehte sich nach hinten um. »Vielleicht sollten wir in einem ganz normalen Einkaufszentrum bei der Party- und Festmode suchen.«

»Womöglich hängen dort sogar die preiswerteren Sachen«, bestätigte Grace. »Und falls nicht, fahren wir einfach noch mal her und gehen in ein paar andere Geschäfte.«

Erin reihte sich in den dichten Verkehr zum Freeway ein. Sie hatte gehofft, es noch vor der nachmittäglichen Rushhour aus der Stadt zu schaffen. Aber irgendwie schien das in L.A. nie richtig zu klappen.

»Wann habt ihr denn wieder Zeit?«

»Unter der Woche habe ich nur mittwochs keine Seminare und Vorlesungen«, erklärte Mallory.

Erin fuhr im Schneckentempo weiter zum Freeway. Dort kamen sie ein bisschen zügiger voran. Sie war sich ziemlich sicher, dass sie von hier aus ohne Grace' Hilfe nach Hause finden würde, und spürte, wie sich ihre Schultern entspannten.

»Ich könnte mich im Einkaufszentrum bei uns im Ort umsehen. Und dann in der näheren Umgebung«, schlug Grace vor.

Kaum hatte Erin ein bisschen Gas gegeben, musste sie wieder bremsen. Der Wagen reagierte nicht so schnell wie erwartet, deshalb trat sie fester aufs Pedal.

Prompt wurden die Frauen nach vorn geworfen. »Sorry.«

Parker zuckte die Achseln. »Verdammt, diese ewigen Staus.«

Erins Nacken verkrampfte sich aufs Neue. Auf der Straße ging es wieder ein paar Meter voran. Um ihre Mitfahrerinnen nicht noch einmal durchzurütteln, hielt sie viel Abstand zum Wagen vor ihr und nahm den Fuß vom Gas.

Sekunden später kam der Verkehr erneut zum Stillstand. Diesmal sank das Pedal noch tiefer, bevor die Bremse reagierte. Erin warf einen prüfenden Blick auf die Anzeigen. Eine Warnleuchte flackerte auf. Irritiert klopfte sie aufs Armaturenbrett. »Seltsam.« Sie klopfte noch einmal, die Leuchte ging aus und wieder an.

»Stimmt was nicht?«, fragte Grace.

»Die Warnleuchte für die Bremsen flackert.«

»Vermutlich musst du zur Inspektion«, sagte Parker.

Erin pumpte vorsichtig mit dem Pedal. »Die Bremse reagiert kaum.«

Grace beugte sich vor. »Gab es das Problem schon auf der Herfahrt?«

»Nein. Da war alles noch wie immer.«

Grace lehnte sich zurück. »So schnell geben Bremsen nicht den Geist auf. Fahr einfach so bald wie möglich in die Werkstatt. Oder sprich mal mit Matt. Der kennt sich mit Autos aus.«

»Ich kann doch nicht Matt bitten, meinen Wagen zu warten.«

»Warum denn nicht? Unter deiner Motorhaube hantiert er sicher mit Vergnügen.« Parker lachte.

Die anderen verstanden die Anspielung und lachten ebenfalls.

Draußen auf der Straße ging es wieder ein Stück weiter.

»Wie läuft es denn mit ihm, Erin?«, fragte Mallory.

»Oh mein Gott. Nein! Bitte nicht schon wieder dieses Thema«, stöhnte Grace.

Mallory lachte am lautesten. »Jede hier drin schläft mit einem aus deiner Familie.«

Im Rückspiegel sah Erin, wie Grace die Augen zudrückte.

»Die Einzige, die keinen …«

Die Bremslichter des Wagens vor ihnen leuchteten auf. Erin trat auf die Bremse.

Nichts geschah.

»Verdammt.« Sie versuchte es erneut. Das Pedal ließ sich durchtreten bis zum Bodenblech.

»Was ist?«

Erin pumpte hektisch mit dem Fuß. Die Bremse sprach nicht an. »Festhalten!« Auf den Fahrspuren links und rechts standen die Fahrzeuge dicht an dicht. Sie hatte keine Ausweichmöglichkeit.

Metall prallte auf Metall, jemand schrie. Die Airbags explodierten, Hupen plärrten. Der zweite Stoß kam von hinten und rüttelte alle noch einmal durch.

Erins Herz jagte. Zuerst schaute sie nach rechts. Parker hustete. Vermutlich wegen des Gases aus dem Airbag. Mallory hielt sich stöhnend die linke Schulter, Grace drückte eine Hand oben auf ihren Kopf.

Erin sah Blut.

»Oh mein Gott. Alles in Ordnung?«

»Ja.« Grace nahm die Hand weg und betrachtete benommen das Blut, das daran klebte. »Glaube ich zumindest.«

»Aber du blutest.«

»Nur am Kopf.«

Von draußen klopfte jemand ans Fenster. »Alles klar da drin?«

Erin schaute sich um. Links und rechts fuhren die Autos weiter. Der Wagen, auf den sie aufgefahren waren, und der Wagen, der sie von hinten gerammt hatte, standen still.

Sie begann zu zittern. Adrenalin flutete ihre Adern, Erinnerungen drängten an die Oberfläche. »Ich konnte nicht anhalten.« Sie atmete in kurzen Stößen.

»Schon gut. Es geht uns gut.«

»Es ging einfach nicht.«

Kapitel 23

Matt erfuhr es am Telefon von Colin. Er hörte nur *die Mädels* und *Unfall auf dem Freeway,* und sein Blutdruck ging durch die Decke. Colins nächste Worte beruhigten ihn ein klein wenig.

»Sie hatten Glück. Wegen des dichten Verkehrs waren sie ziemlich gemächlich unterwegs. Aber doch so schnell, dass die Motorhaube und das Heck hinüber sind. Der Wagen hinter ihnen konnte nicht rechtzeitig bremsen.«

Am liebsten hätte Matt sich sofort aufs Motorrad geworfen und wäre durch den dichten Berufsverkehr zum Krankenhaus gejagt. Doch er befürchtete, dabei vielleicht selbst Teil des Problems zu werden. Deshalb nahm er den Truck.

Grace hatte wohl eine Platzwunde, die genäht werden musste. Weitere Details kannte er nicht.

Colin hatte versprochen, sich zu melden, sobald er bei den Frauen war. Doch Colin würde kaum früher dort sein als er. Die Hände so fest ums Steuer gekrallt, dass seine Fingerknöchel weiß hervortraten, bog er in den Parkplatz ein. Im selben Moment klingelte sein Telefon.

»Wie geht's ihnen?« Matt sprang aus dem Truck und rannte zum Eingang der Notaufnahme.

»Ganz ordentlich. Wie weit bist du noch weg?«

»Bin schon an der Tür.«

Er ließ den Blick durch die Lobby schweifen, sah aber kein bekanntes Gesicht. Deshalb ging er zur Empfangstheke.

Das Krankenhaus lag in Glendale, hier kannte er niemanden vom Personal. »Meine Angehörigen sind hierhergebracht worden. Nach einem Autounfall.« Er nannte die Namen von Erin und Grace.

Man wies ihm den Weg zu einem Raum weiter hinten in der Abteilung. Ein halbwegs sicheres Zeichen, dass niemand allzu schwer verletzt sein konnte. Zuerst sah Matt Grace. Mit einem dicken Pflaster auf der Stirn saß sie auf der Kante einer Liege und lachte. Auf einer anderen Liege hatte Colin neben Parker Platz genommen. Er hatte ihr den Arm um die Schultern gelegt, und sie kicherte ebenfalls. Mallory saß auf dem Stuhl daneben, Erin auf einem Sessel in der Ecke. Die Augen hatte sie weit aufgerissen, ihr Mund war ein schmaler Strich.

»So sehr hättest du dich nicht beeilen müssen«, begrüßte ihn Grace.

»Ich wollte die Party nicht verpassen. Worüber lacht ihr? Ich hatte mit ernsten Gesichtern gerechnet.« Matt nahm seine Schwester in die Arme.

»Grace hat den Arzt angebaggert«, erklärte Mallory.

Das sah ihr ähnlich.

»Wie geht's dir?«, flüsterte Matt Grace ins Ohr.

»Ganz gut. Aber Erin ist ziemlich durcheinander«, flüsterte sie zurück.

Er schob sich um Grace' Liege herum an Erins Seite. Sie hob den Kopf, schaute aber ausdruckslos an ihm vorbei.

Matt ging vor ihr in die Hocke und musterte sie. Man hatte ihr die Unterarme verbunden. Erst als er behutsam eine der Bandagen berührte, murmelte sie mit brüchiger Stimme ein paar Worte. »Das sind Verbrennungen vom Airbag …« Weiter kam sie nicht, sie begann zu zittern.

Behutsam nahm er ihre Hände in seine. Er konnte nur raten, was jetzt gerade in ihr vorging.

»Was ist eigentlich passiert?«, fragte Colin.

Matt hörte zu, behielt dabei aber Erin im Blick.

»Wir waren auf der Fünf unterwegs. Wie üblich bei stockendem Verkehr. Erin hat was von Bremsleuchte gesagt«, begann Grace.

»Die Bremse hat versagt. Ich habe immer wieder aufs Pedal getreten, aber der Wagen fuhr einfach weiter.« Diesmal sprach Erin ein wenig lauter, und endlich schaute sie Matt dabei an.

Er drückte ihre Hände, fürchtete aber, dass davon ihre Arme schmerzen könnten, und lockerte schnell seinen Griff.

»Dann sind plötzlich die Airbags explodiert und ein anderer Wagen ist von hinten in uns reingekracht«, fügte Grace hinzu.

»Erins Karre ist komplett im Eimer«, erklärte Mallory.

»Aber uns ist nichts passiert. Alles andere ist halb so schlimm« sagte Parker. »Du kannst nichts dafür, Erin.«

»Ein hilfsbereiter Autofahrer hat versucht, Erins Wagen auf die Standspur zu bugsieren. Er meinte auch, die Bremse würde nicht funktionieren. Das Auto musste abgeschleppt werden.«

»Seid ihr mit dem Krankenwagen hergekommen?«, fragte Matt.

Grace verdrehte die Augen. »Die haben drauf bestanden. Aber auf die Pritsche habe ich mich nicht gelegt. Ich lasse mich doch nicht von Wildfremden ans Bett fesseln«, scherzte sie.

Matt hätte gern gelacht, doch Erin starrte bereits wieder ins Leere.

»Es tut mir so leid, Mädels.«

Wieder versicherten ihr alle, sie könne nichts dafür.

Zwanzig Minuten später betrat ein Arzt den Raum. Matt hatte sich hinter Erin gesetzt und ihr die Hände auf die Schultern gelegt, damit sie spürte, dass er da war.

Der Arzt war Anfang vierzig, und Grace lächelte ihn an. Doch der Mann schien den Flirtversuch nicht zu bemerken. Er stellte sich vor und gab Colin und Matt zur Begrüßung die Hand.

Als Erstes zeigte er auf Mallory. »Ihre Schulter wird noch eine Weile ziemlich wehtun. Aber gebrochen ist nichts.« Dann drehte er sich zu Erin. »Auch bei Ihnen: Nichts gebrochen. Die Röntgenbilder zeigen allerdings alte Verletzungen.«

Erin nickte.

»Gut, dass wir Sie durchleuchtet haben. Durch die Airbag-Verbrennungen kann es zu starken Schwellungen kommen. Und manchmal vermutet man dahinter Knochenbrüche. Aber jetzt wissen Sie ja Bescheid.«

Als sich der Mann abwandte, küsste Matt Erin oben auf den Kopf.

Zu Grace sagte der Arzt: »Die Fäden können in fünf bis sieben Tagen gezogen werden.«

Grace lächelte. »Soll ich dafür noch mal herkommen?« Die schnurrende Stimme klang so gar nicht nach ihr.

Mallory kicherte.

»Nicht nötig. Das kann problemlos Ihr Hausarzt erledigen.«

»Schade, eigentlich.«

Matt fiel auf, dass der Arzt errötete. Er wandte sich an Parker. »Sieht aus, als wäre die Braut die Einzige, die nicht mal einen Kratzer abbekommen hat.«

»Ich habe den meisten Champagner getrunken. Deshalb habe ich mich beim Aufprall kein bisschen verspannt.«

»Ihr habt getrunken?«, fragte Colin.

Parker tätschelte seine Hand. »Nur wir drei. Eine ganze Flasche Champagner, und noch vor dem Mittagessen. Erin hat keinen Tropfen angerührt.«

Alle Blicke richteten sich auf Erin.

»Die Entlassungspapiere sind bereits fertig. Eine Schwester bringt sie gleich vorbei.« Der Arzt verließ den Raum.

Grace' Blick hing dabei an seinem Hintern.

»Grundgütiger. Geht's noch ein bisschen auffälliger?«, scherzte Parker.

»Ich könnte ihm beim Rausgehen meine Telefonnummer zustecken.«

Erin setzte ein geübtes Lächeln auf, fand den Moment aber längst nicht so lustig wie alle anderen.

Auf dem Weg zum Ausgang nahm Colin Matt beiseite. »Ich fahre Grace und Mallory zu Parker. Nimmst du Erin mit zu dir?«

»Wenn sie einverstanden ist. Falls nicht, sind wir direkt hinter euch. Ich hoffe, es ist okay für sie, wenn ich bei ihr bleibe. Sie ist ziemlich durcheinander.«

»Zum Glück hat sie die Finger vom Champagner gelassen. Sonst wäre alles noch viel schlimmer.«

Daran wollte Matt lieber gar nicht denken.

Gemeinsam mit Colin wartete er auf die Frauen, die gerade aus der Damentoilette kamen. Auf dem Weg nach draußen hielt Matt sich dicht neben Erin. Er brachte sie zu seinem Wagen und öffnete ihr die Beifahrertür. »Bis später«, sagte er zu den anderen.

Er ließ den Motor an. »Erin?«

»Ich bin okay.«

Bist du nicht.

»Du kannst nichts dafür.«

»Ich bin gefahren. Es war mein Auto. Falls die Bremsen kaputt waren, weil ich eine Inspektion versäumt habe, ist es eben doch meine Schuld.«

Er beugte sich über die Konsole hinweg zu ihr, damit sie nicht an ihm vorbeischauen konnte.

»Wie alt ist dein Wagen?«

»Vier Jahre. Er war ein Leasingrückläufer. Ich habe ihn gebraucht gekauft.«

Matt nickte. »Von einem Händler?«

»Ja.«

»Ist die Warnleuchte schon früher mal angegangen?«

»Nein.«

Matt schüttelte den Kopf und nahm ihre Hand. »Dann hast du dir nichts vorzuwerfen. Wie hättest du denn wissen sollen, dass die Bremsen versagen? Lass uns einfach froh sein, dass ihr so langsam unterwegs wart. Bei Freeway-Höchstgeschwindigkeiten wäre die Sache anders ausgegangen.«

Sie schaute ihn an, und ihre Augen füllten sich mit Tränen.

So gut es ging, umarmte er sie über die Konsole hinweg.

* * *

Als Erin am nächsten Morgen aufwachte, hatte sie das Gefühl, unter einen Sattelschlepper geraten zu sein. Mindestens zweimal hintereinander.

Matt hatte darauf bestanden, dass sie bei ihm blieb, und sie war viel zu erschöpft gewesen, um ihm zu widersprechen. Sie hatte ein schlechtes Gewissen, weil sie ihm solche Umstände bereitete. Gleichzeitig wusste sie, dass sie sich allein zu Hause nur mit Selbstvorwürfen zerfleischt hätte. Und das war nicht gesund.

Sie drehte sich im Bett um, doch der Platz neben ihr war leer. Matt hatte sie in der Nacht einfach festgehalten und sich ausweinen lassen. Jetzt waren ihre Augen verquollen und ihr Schädel pochte. Sie brauchte dringend Aspirin und Koffein.

In einem von Matts T-Shirts tappte sie barfuß durch sein Haus und folgte dem Kaffeeduft.

Matt stand in Shorts und mit freiem Oberkörper mit dem Rücken zu ihr am Spülbecken. Offenbar hatte er sie gehört, denn er wandte sich zu ihr um und lächelte. »Guten Morgen, du Schöne.«

Sie fuhr sich mit der Hand durchs Haar und zuckte wegen der Schmerzen im Arm zusammen. »Ich sehe aus wie ein Putzlappen.«

Er ging zu ihr und legte die Hände an ihre Hüften. »Willst du etwa sagen, ich hätte einen schlechten Geschmack?«

Sie schmiegte sich an ihn und bettete die Wange an seine Brust.

»Ich sage bloß, dass dir im Moment vielleicht der Blick für die Realität fehlt.«

Er lachte leise. »Kaffee?«

»Oh Gott. Ja, bitte.«

»Kommt sofort. Setz dich.«

Erin brauchte keine weitere Aufforderung. Sie setzte sich und schaute zu, wie er in seiner Küche hantierte. Er goss ihr Kaffee ein und servierte ihn genau so, wie sie ihn am liebsten mochte. Nur ein paar schlichte Handgriffe und doch ungewohnt und irgendwie besonders.

Sie zog die Tasse zu sich, er setzte sich ihr gegenüber an den Tisch. »Konntest du ein bisschen schlafen?«

Nach dem ersten Schluck Kaffee seufzte sie wohlig auf. »Ja. Sogar besser als erwartet.«

»Du hast dich ziemlich viel hin und her gewälzt«, sagte er.

»Oh. Das tut mir leid.«

»Du musst dich nicht entschuldigen.«

»Du bekommst schon in deinen Dienstnächten kaum Schlaf. Da solltest du wenigstens, wenn du frei hast, ruhig schlafen können.«

Er streckte die Hand nach ihr aus und spielte mit ihren Fingerspitzen. »Mit dir in meinem Bett habe ich zehnmal besser geschlafen als sonst.«

»Das möchte ich bezweifeln.« Der zweite Schluck Kaffee war noch besser als der erste.

Matt verdrehte die Augen über ihren Kommentar. »Wir haben heute ziemlich viel zu tun.«

»Ach ja?«

Er stand auf und ging zum Kühlschrank. »Wir müssen mit deiner Versicherung telefonieren. Und wir müssen rausfinden, wo dein Auto jetzt ist. Wir brauchen den Polizeibericht. Hat dein Wagen einen Totalschaden oder kann man ihn reparieren? Und dann müssen wir dir ein Mietauto besorgen.« Er hörte auf, in seinem Kühlschrank zu kramen, und schaute sie an. »Deckt deine Versicherung die Kosten dafür ab?«

»Ich habe keinen Schimmer.«

»Egal, was in deinem Vertrag steht, ohne eigenes Auto kommst du nicht weit.« Er nahm Eier und Milch aus dem Kühlschrank. »Du kannst dir natürlich auch meinen Truck ausleihen.« Er hielt inne. »Hast du so einen Kasten schon mal gefahren?«

»Nein.«

»Dann ist ein normaler Pkw vielleicht die bessere Wahl. An einen Truck muss man sich erst gewöhnen, und das Letzte, was du jetzt brauchst, ist ein weiterer Blechschaden.«

Er hatte offenbar bereits ausführlich nachgedacht. »Klingt nach einem langen, frustrierenden Tag. Willst du dir das wirklich antun?«

Matt stellte die Sachen auf die Arbeitsplatte, drehte sich zu ihr und lehnte sich mit dem Hintern an. »Muss der ganze Kram erledigt werden?«

»Ja, muss er wohl«, seufzte sie.

»Ist es schlimm, wenn ich dir dabei helfe?«

»Nein.«

Er legte den Kopf schief. »Willst du meine Hilfe überhaupt?«

Sie schaute ihn an.

Matt wartete. »Hör mal. Soweit ich verstanden habe, hattest du wenig Einfluss darauf, was dein Ex-Drecksack wann, wo und wie getan oder gelassen hat. Aber ich will dir nie im Leben das Gefühl geben, dass ich mich aufdränge, dir Vorschriften mache oder irgendwelche Entscheidungen aus der Hand nehme. Ich bin einfach heute Morgen mit einer To-do-Liste im Kopf aufgewacht und würde dich gern unterstützen. Ich habe dienstfrei, ich habe Zeit. Aber wenn du lieber alles allein regeln willst, ist das völlig in Ordnung für mich.« Er unterbrach seinen Monolog nur lange genug, um Luft zu holen. »Nein, eigentlich nicht. Aber ich akzeptiere es und warte dann in Zukunft einfach ab, bis du mich um Hilfe bittest.«

Erin saß mit der Kaffeetasse in den Händen da und musterte ihn nachdenklich. Inzwischen hatte er die Arme vor der nackten Brust verschränkt und schaute ein wenig verwirrt zurück.

»Danke«, sagte sie.

»Wofür?«

»Dafür, dass du dir den Kopf darüber zerbrochen hast, was jetzt alles erledigt werden muss. Seit dem Schlamassel auf dem Freeway bin ich zum Denken noch gar nicht gekommen.«

Er stützte die Hände links und rechts auf die Arbeitsplatte. »Gern geschehen.«

»Und danke, dass du dir Gedanken machst, wie dein Hilfsangebot bei mir ankommen könnte.«

Er setzte sein charmantestes Lächeln auf. »Wenn ich das nicht täte, hättest du gleich alles, was du mir anvertraut hast, für dich behalten können.«

»Im Ernst, Matt. Du bist mir mindestens fünf Schritte voraus. Weiter als bis zu einer Tasse Kaffee und einem Gutenmorgenkuss habe ich bis vor zwei Minuten noch gar nicht gedacht.«

Er machte einen Schritt von der Arbeitsplatte weg, stützte die Hände vor ihr auf den Tisch und drückte die Lippen auf ihre. »Hier kommt der Kuss.«

»Ich glaube, ich nehme gleich zwei.«

Diesen Wunsch erfüllte er ihr gern und ließ sich dabei ungeheuer viel Zeit. »Und? Was meinst du?«

»*Wir* haben heute viel zu tun.«

Kapitel 24

Im Lauf des Tages bekam Erins Gesicht wieder etwas Farbe. Zuerst waren sie zu ihr gefahren, damit sie sich umziehen und die Versicherung anrufen konnte. Der kaputte Wagen stand in Glendale, doch die Dienststelle der Autobahnpolizei lag näher. Dort kämpften sie sich durch Vorschriften und Regularien, mussten aber ohne den erhofften Polizeibericht wieder gehen.

Als Matt Erins Wagen zum ersten Mal sah, war es zwei Uhr nachmittags. Das Auto stand auf dem Hof der Reparaturwerkstatt, wo der Abschleppdienst es am Vortag abgestellt hatte.

»Holla.« Einen Moment lang blieb Matt die Luft weg wie nach einem Schlag in die Magengrube. Unendlich dankbar, dass Erin nahezu unverletzt aus diesem Wrack gestiegen war, legte er den Arm um sie. Die Karosserie glich einem Akkordeon.

»Kann es sein, dass das heute schlimmer aussieht als gestern?«, fragte sie.

»Gestern saß dir der Schreck in den Knochen und du warst ziemlich durcheinander.« Er steckte den Kopf durch das offene Fenster und schaute sich die Beifahrerseite an. Front und Heck des Wagens waren eingedrückt, doch die Fahrgastzelle schien komplett intakt. Deren Konstruktion hatte offenbar ihren Zweck erfüllt.

»Hallo?«

Matt und Erin drehten sich zu dem Mann um, der aus der Werkstatt kam.

»Hi«, sagte Matt.

»Ist das Ihrer?«, fragte der Mann.

»Meiner«, antwortete Erin.

Der Mann streckte ihnen die Hand hin. »Ich bin Ed.«

Sie stellten sich vor, dann redete Ed weiter. »Falls Sie sich nicht gemeldet hätten, hätte ich Sie angerufen. Normalerweise dauert es ein paar Tage, bis die Leute so weit sind. Und bis die Versicherungsfragen geklärt sind, dauert es meist noch länger.«

»Meinen Sie, man kann den Wagen reparieren?«

Ed nickte erst, dann zuckte er die Achseln. »Ich muss noch unter die Haube schauen. Kommt drauf an, wie viel der Motor abbekommen hat. Aber selbst wenn eine Reparatur möglich sein sollte, bleibt die Frage, was für die Versicherung günstiger ist. Reparieren oder den Restwert auszahlen.«

»Und wann wissen wir das?«

»Erst mal muss das Ding auf eine Hebebühne. Ich brauche noch ein paar Informationen von Ihnen, dann können meine Jungs loslegen. Wir machen einen Kostenvoranschlag und sehen dann, was die Versicherung dazu meint.« Ed kratzte sich am Kopf.

»Und was meinen *Sie?*«, fragte Matt.

Ed musste nicht lange nachdenken. »Die stufen die Sache als Totalschaden ein.«

Erin verzog das Gesicht.

Ed ging um den Wagen herum und zeigte dabei auf verschiedene Stellen. »Heckstoßstange, Kofferraum, Seitenpaneele. Und vorn noch mal dasselbe. Ja, und hier …« Er marschierte zur Fahrerseite. »Die Fahrertür ist verzogen. Haben Sie am Steuer gesessen?«, fragte er Erin.

Sie nickte.

»Hat irgendwer versucht, die Tür aufzukriegen, damit Sie rauskommen?«

»Ja. Sie hat geklemmt.«

Ed nickte so anhaltend wie ein Wackeldackel. »Dann ist vermutlich nicht bloß die Tür im Eimer, sondern auch der Rahmen hat was abgekriegt. Den wieder hinzubiegen, wird richtig teuer. Als der Wagen hier abgeladen wurde, hat der Kühler geleckt. Welche Probleme es unter der Haube sonst noch gibt, müssen wir uns erst ansehen. Im Innenraum sind es auf den ersten Blick die Airbags, das Armaturenbrett, das Lenkrad.« Er seufzte. »Da kommt ganz schön was zusammen. Und das bei einem weder neuwertigen noch besonders teuren Fahrzeug. Die Reparaturkosten werden den Wert vermutlich übersteigen. In solchen Fällen sagt die Versicherung *Nein danke,* schreibt einen Scheck, und Sie kaufen sich was anderes.«

»Meinen Sie, das Geld reicht für ein vergleichbares Modell?«

Ed lachte. »Normalerweise nicht. Es sei denn, Sie sind richtig gut versichert. Das ist dann immer der Moment, in dem die Schuldfrage gestellt wird.«

»Und das heißt was?«

»Es ist auf dem Freeway passiert, oder?«

»Ja.«

»Der Fahrer hinter Ihnen wird sagen, Sie hätten völlig überraschend und grundlos stark gebremst und er hätte den Aufprall nicht verhindern können. Vielleicht ist er aber auch zu dicht aufgefahren und hat zumindest eine Teilschuld. Dasselbe gilt für den Wagen, den Sie gerammt haben. Waren Sie zu nahe dran oder hat er plötzlich ohne Not eine Vollbremsung gemacht? Jeder zeigt mit dem Finger auf die anderen. Die Versicherungen schalten sich ein und versuchen zu erreichen, dass irgendeine gegnerische Versicherung zahlen muss.«

Erin ging zur Vorderseite des Wagens. »Die Bremsen haben versagt. Ich wollte ja anhalten, konnte aber nicht.«

»Wurde in letzter Zeit an den Bremsen gearbeitet?«, fragte Ed.

»Nein. Und auf der Fahrt in die Stadt haben sie ganz normal funktioniert.«

Matt ging in die Hocke und schaute sich die Räder an. »Du sagst, dir ist erst aufgefallen, dass etwas nicht stimmt, als ihr wieder auf dem Freeway wart, richtig?«, fragte er.

»Ja. Beim Einfädeln haben die Bremsen plötzlich seltsam reagiert.«

Ed wippte auf den Fußballen. »Ich schaue sie mir an. Vielleicht gibt es ja einen Materialfehler. Versicherungen stürzen sich gern auf die Hersteller. Falls tatsächlich ein Materialfehler vorliegt und wir das beweisen können, kriegen Sie normalerweise auch mehr Geld und können sich dann einen vernünftigen Ersatz leisten.«

Matt richtete sich auf und drückte dem Mann die Hand. »Danke. Sie haben uns sehr geholfen.«

»Ich mache das seit zwanzig Jahren. Und falls es was zu finden gibt, finde ich es auch.«

Sie gaben Ed ihre Telefonnummern und sämtliche Informationen zu Erins Versicherung. Danach holte sie ihre persönlichen Sachen aus dem kaputten Wagen, und bald fanden sie sich im Stoßverkehr auf derselben Straße wieder, auf der am Vortag der Unfall passiert war.

»Und jetzt? Zur Autovermietung?«, fragte Matt.

»Was glaubst du? Wie lange würde ich den Ersatzwagen brauchen?«

»Nach allem, was Ed gerade gesagt hat, wird die Abwicklung etwas dauern. Mit zwei Wochen solltest du vermutlich rechnen.«

»Ich muss erst mal meine Finanzen überschlagen. Außerdem habe ich es im Moment nicht allzu eilig, mich wieder ans Steuer zu setzen.«

Matt schaute zu ihr hinüber. »Über kurz oder lang brauchst du ein Auto.«

»Ja, klar. Aber ein paar Tage hat das noch Zeit. Vielleicht stimmt die Versicherung ja doch einer Reparatur zu, anstatt mir einen kläglichen Scheck über den Restwert auszustellen. Dann könnte ich mir für ein paar Tage einen Leihwagen leisten. Ansonsten brauche ich das Geld vielleicht für andere Dinge.« Sie schaute aus dem Fenster, dann murmelte sie: »Meine Schuhe habe ich leider alle schon verkauft.«

»Aber du kommst irgendwie über die Runden, oder?«

Sie nickte. »Ich habe noch ein paar Ersparnisse, aber die will ich mir gut einteilen. Mein früheres Ich hätte gesagt: ›Los, lass uns irgendwas mieten.‹ Mein neues Ich denkt vernünftiger. Schließlich arbeite ich von zu Hause aus und muss nicht jeden Tag fahren.«

»Du hast recht. Vernünftig ist das. Und außerdem hast du ja mich.«

Zum ersten Mal seit einer Stunde lächelte sie. »Wann genau ist das eigentlich passiert?«

Matt lachte. »Auf die Gefahr hin, wie ein Angetrunkener in irgendeiner Bar zu klingen, würde ich meinen, als du gesagt hast: ›Hallo, mein Name ist Erin.‹«

»Das war an Weihnachten.« Sie klang überrascht.

»Was soll ich machen? Traurigen Augen und einem schönen Lächeln kann ich nun mal nicht widerstehen.«

Sie starrte in ihren Schoß. »Die traurigen Augen möchte ich zu gern loswerden.«

Er legte seine Hand mit der Handfläche nach oben neben sie. Erin flocht die Finger zwischen seine.

In letzter Zeit schien die Traurigkeit ein wenig abzuebben. Vermutlich brauchte sie einfach noch ein bisschen Zeit.

* * *

Nach drei Tagen wurde es ziemlich lästig, kein Auto zu haben.

Ed hatte recht gehabt. Die Versicherung ließ sich Zeit.

Mit den Honoraren für ihre Lektoratsarbeiten konnte sie die laufenden Rechnungen bezahlen. Aber ein paar standen noch aus. Ihre Anwältin hatte ein großes Herz für misshandelte Frauen, und Erin wusste, dass sie einen sehr großzügigen Nachlass bekommen würde. Zudem versuchte Renee zu erwirken, dass am Ende Desmond die Anwaltskosten übernehmen musste. Trotzdem würde die erste Rechnung bald im Briefkasten liegen.

Mit dem Verkauf ihrer Schuhe und ein paar erlesener Kleider hatte sie das Geld für ein Flugticket und ihre neue Identität zusammenbekommen. Außerdem hatte sie sich den gebrauchten Wagen kaufen können und danach noch genug Bares für fast ein ganzes Jahr Miete übrig gehabt. Doch was jetzt noch auf ihrem Konto lag, würde nicht mehr lange reichen. Sie musste entweder deutlich mehr arbeiten oder ihre Ausgaben drastisch reduzieren. Wie ihr nächster Gebrauchtwagen aussehen würde, hing ganz von der Höhe des Versicherungsschecks ab. Das Gefühl, nahezu pleite zu sein, war eine völlig neue Erfahrung.

Doch anstatt ins Grübeln zu verfallen, legte sie übers Wochenende ein paar Überstunden ein und nahm trotz ihres bereits recht engen Terminplans noch zwei weitere Manuskripte an. Sie musste einfach mehr Geld verdienen, anstatt zu jammern, dass sie keines hatte.

Matt überredete sie, mit zum Sonntagsessen zu seinen Eltern zu kommen, und sie freute sich über die Pause. Weil er am Montag freihatte, übernachtete sie bei ihm.

Nach und nach bröckelten durch die gemeinsamen Tage und Stunden mit Matt kleine Stückchen von der tiefen Traurigkeit ab, die sie seit Jahren in sich trug. Sogar ein Baseballspiel schaute sie sich mit ihm und seinem Dad zusammen an und gab sich Mühe, die Grundregeln zu erfassen. Dass sie in Zukunft in einem Dodgers-Trikot herumlaufen oder sich die Haare blau färben würde, glaubte sie zwar nicht, aber ein, zwei Kommentare über die Spieler traute sie sich bald zu. Vorwiegend darüber, welche den erträglichsten Anblick boten.

Matt ließ sich gern von ihr aufziehen und revanchierte sich frech. Doch er ging dabei nie zu weit.

Als das Wochenende sich dem Ende zuneigte, versprach sie sich, am Montag früh aufzustehen und sich von Matt nach Hause fahren zu lassen, damit sie arbeiten konnte.

Er drohte, für sie einen Wagen zu mieten, wenn sie das bis zur Wochenmitte nicht selbst getan hatte.

Als morgens beim Kaffee das Telefon klingelte und Ed sich meldete, glaubte Erin, sie wären jetzt einen Schritt weiter. Doch sie hatte sich getäuscht.

»Guten Morgen«, sagte sie, schaltete den Lautsprecher ein und legte das Telefon zwischen sich und Matt auf den Tisch.

»Guten Morgen. Ich habe die Aufstellung für die Versicherung fertig. Aber bevor ich sie losschicke, wollte ich mit Ihnen sprechen.«

»Wie schlimm ist es?«, fragte sie.

»Der Motor sieht eigentlich ganz gut aus. Aber die Karosserie und der Rahmen, das wird teuer. In solchen Fällen habe ich bei Versicherungen schon alles Mögliche erlebt. Aber in Ihrem Fall tippe ich noch immer darauf, dass der Wagen verschrottet wird.«

»Hey Ed, hier Matt. Wir haben den Lautsprecher an. Haben Sie einen Materialfehler gefunden?«

»Deshalb rufe ich an.«

In Erin regte sich ein Hoffnungsfunke.

»Im ganzen System war kein Tropfen Bremsflüssigkeit.«

»Kein Wunder, dass die Bremsen versagt haben«, sagte Matt.

»Ja. Fragt sich nur, warum das so war. In der Bremsleitung hinten rechts haben wir eine lecke Stelle gefunden.«

Erin schaute Matt ratlos an.

Er hob die Schultern. »Das war also das Problem?«

»Ja. Aber es war schon spät und es war Freitag. Deshalb wollten wir die Überprüfung flott fertigkriegen, und zwei meiner Jungs haben gleichzeitig daran gearbeitet. Dabei haben wir auf der anderen Seite ein noch größeres Leck gefunden. Fast genau an derselben Stelle wie rechts.«

»Klingt merkwürdig.« Matt machte ein besorgtes Gesicht.

»Das verstehe ich nicht«, sagte Erin.

»Ich auch nicht. Ich habe mir das heute Morgen selbst noch mal angeschaut. Die Leitungen waren im Grunde gut in Schuss. Die hätten locker noch ein paar Jahre durchgehalten. Deshalb kam für mich nur ein Materialfehler infrage. *Ein* Loch oder *einen* Riss in *einer* Leitung kann ich mir vielleicht noch vorstellen. Aber zwei Lecks in zwei Leitungen, jeweils fast an derselben Stelle, die noch dazu eher wie Schnitte aussehen … Wenn es bei dem Unfall Tote gegeben hätte, würde man die Dinger zur Beweissicherung forensisch untersuchen.«

»Ein Materialfehler?«

»Muss wohl einer sein. Das einzige andere Mal, als ich so was bei einem Wagen dieses Alters gesehen habe, steckte eine Frau dahinter. Sie hatte Zoff mit ihrem Freund und hat die Leitungen absichtlich angebohrt.« Ed lachte.

Zwei Sekunden lang lachte Erin mit. Dann erstarrte sie. *Desmond.*

Matt musterte sie. »Hören Sie, Ed. Würden Sie die Leitungen abmontieren und uns jemanden nennen, dem wir sie mal vorlegen könnten?«

»Kein Problem.«

Matt beendete den Anruf.

Erin hatte das Gefühl, nicht genügend Luft zu bekommen.

»Erin?«

»Und wenn es doch kein Unfall war?«

»Das wissen wir noch nicht.«

Sie sah genügend Zweifel in Matts Blick, um ihre Angst noch zu steigern. »Er hat gesagt, wenn ich gehe, findet er mich.«

»Lass uns keine voreiligen Schlüsse ziehen.«

Sie stand auf. Sie konnte nicht länger stillsitzen. »Gib zu, dass du auch sofort daran gedacht hast, als Ed von der wütenden Freundin gesprochen hat.«

»Ich habe gedacht, dass du das vermutlich denkst. Passt Bremsleitungen anritzen zu deinem Ex?«

»Zutrauen würde ich es ihm.«

»Denk nach, Liebes. Ist dir in L.A. irgendwas aufgefallen? Ist euch jemand gefolgt? Gab es vorher seltsame Anrufe?«

Klar denken wurde zur Herausforderung. »Nein ... Ich weiß nicht. Angehörige in Griechenland hat er jedenfalls keine.«

Matt kniff die Augen zusammen. »Ich verstehe nicht ganz ...«

»Renee, meine Anwältin. Sie hat letzte Woche angerufen und mir gesagt, der Richter hätte wegen eines angeblichen familiären Notfalls in Griechenland alle weiteren Entscheidungen vertagt.«

Matt nickte. »Siehst du? Er ist außer Landes. Er kann es nicht gewesen sein.«

»Aber er könnte jemanden dafür bezahlt haben.« Noch während sie es aussprach, wurde ihr klar, dass Desmond keinen anderen damit beauftragen würde, ihr etwas anzutun. Das erledigte er lieber ganz persönlich.

»Passt das denn zu ihm?«

Erin setzte sich wieder. »Nein.«

»Tief durchatmen, Liebes. Okay. Sicher gibt es eine logische Erklärung. Und wir werden sie finden.«

* * *

Desmond saß am Tresen, drehte seinen Ehering am Finger und schaute zu, wie die gut besuchte Bar sich weiter füllte. Sein Geduldsfaden wurde immer kürzer. Wenn es nicht bald sehr viel besser für ihn lief, würde irgendwer irgendwo dafür bezahlen müssen.

Schon gab es keinen freien Platz mehr in der Bar. Nur der Hocker neben ihm blieb leer. Zweimal wollte sich jemand dorthin setzen, beide Male sagte er höflich, er würde auf jemanden warten.

Die Barkeeperin war Mitte zwanzig, hatte Tätowierungen auf den Armen und eine lila Strähne im Haar. Sie hatte sich vorgestellt und ihm über den Tresen hinweg die Hand geschüttelt. Er fand das seltsam übergriffig und hatte ihr seinen Namen nicht genannt. Als sie sich wieder weggedreht hatte, hatte er sich unauffällig an einer Stoffserviette die Hand abgewischt. Wenigstens ordentliche Servietten gab es in dieser Kaschemme.

Er schaute auf die Uhr. Beinahe Showtime.

Dann sah er sie.

Er wandte sich ab, starrte in seinen Drink.

Sie ging direkt zum Tresen und stellte ihre Handtasche auf den freien Hocker. »Hey, Maddie.«

Sie kannte also die Barkeeperin.

Maddie wandte sich zu ihr um und hob grüßend die Hand. »Hey.«

Die Frau schaute Desmond ins Gesicht und musterte ihn einen Moment lang. »Ist hier noch frei?«

Er nickte. »Ja. Ja. Bitte setzen Sie sich.«

Lächelnd schob sie sich neben ihn.

Maddie zeigte auf ein Weinglas. »Chardonnay? Oder lieber einen Roten?«

»Weißwein ist sicherer. Rotwein steigt mir schneller zu Kopf.«

»Ich dachte immer, genau darum geht es.« Maddie grinste.

»Ich bin zu einem ersten Treffen hier und möchte nicht für eine Professionelle gehalten werden.«

Die beiden Frauen lachten.

»Wer ist denn der Glückliche?«

»Jemand, den ich nach rechts gewischt habe.«

Maddie stöhnte. »Schlimmer geht's nimmer. Falls du Fluchthilfe brauchst, gib mir ein Zeichen.«

Die beiden stießen die Fäuste gegeneinander, dann nippte seine Nebensitzerin an ihrem Wein und schaute auf ihr Telefon.

Desmond wartete eine Minute, bevor er sich zu ihr drehte. »Entschuldigung«, sagte er. »Nach rechts gewischt? Was bedeutet das?«

Sie musterte ihn, als wäre er gerade einem Raumschiff entstiegen. »Sie machen Witze, oder?«

»Tut mir leid. Ich hätte nicht fragen sollen.« Er griff nach seinem Drink und ließ dabei seinen Ehering gegen das Glas klirren.

Sie hörte es und lachte. »Ach. Sie sind verheiratet. Das erklärt es vielleicht. Es gibt eine Dating-App, bei der man nach rechts wischt, wenn einem jemand gefällt.« Sie deutete mit der Hand eine entsprechende Bewegung an.

»Oh. So macht man das jetzt?«

»Manchmal.«

»Und das funktioniert?«

»Eher selten. Sonst würde ich nicht hier sitzen. Oder ich würde hier sitzen, aber nicht auf jemanden warten, der zu spät kommt.« Wieder ein Blick auf ihr Telefon, wieder ein suchender Blick in den Raum.

Desmond stieß ein Seufzen aus. »Damit sollte ich mich vielleicht mal beschäftigen.«

Sie musterte ihn kritisch. »Aber wozu denn?«

Er wedelte mit der Hand mit dem Ring. »Ich habe meine Frau vor ein paar Jahren durch einen Autounfall verloren.«

»Oh, verdammt. Das tut mir leid.«

»Nein, nein. Schon gut. Ich habe das nicht gesagt, um Mitleid zu erregen. Ich möchte nur verhindern, dass Sie mich für einen Vollidioten halten. Aber wenn ich ans Daten denke, wird mir ein bisschen flau. Ich habe das jahrelang nicht versucht.«

Sie zeigte auf seinen Ring. »Na ja, vielleicht wollen Sie den erst mal ablegen.«

Er lachte gekonnt. »Eine Frau, die so ein Ring nicht abschreckt, möchte ich vermutlich nicht kennenlernen.«

Sie lachte ebenfalls. »Mit solchen Ladys gibt es selten ein Happy End.«

»Da ist sicher was dran. Aber Dating-Apps sind der Weg zum Erfolg, meinen Sie?«

Inzwischen hatte sie sich ganz zu ihm gedreht und schaute nicht mehr zur Tür.

»Einen Versuch ist es wert. Aber lassen Sie sich ein bisschen beraten. Ein Witwer, attraktiv und gut gekleidet, da wittern die meisten Frauen sofort ein Fake-Profil.«

Ganz langsam schraubte er die Wattzahl seines Lächelns in die Höhe und schaute ihr dabei in die Augen. Sie war zu klein, zu kurvig und viel zu selbstbewusst. »So was gibt's?«

»Es gibt genügend Kerle, die Frauen nur ausnehmen wollen. Und allerhand andere Idioten. Wie zum Beispiel der Typ, der mich gerade versetzt.«

Desmond hob sein Glas. »Sein Pech.«

Sie lächelte zurück und stieß ihr Glas gegen seines. »Ich bin übrigens Grace.«

»Dylan. Schön, Sie kennenzulernen.«

Kapitel 25

Ein Job bei der Berufsfeuerwehr hatte viele schöne Seiten. Feuerwehrmänner waren allseits beliebt, Kinder vergötterten sie, Frauen wurden reihenweise schwach und die Polizei sah sie als wichtigen Partner. Bei ihren Streifenfahrten schauten die Sheriffs der Gegend oft auf einen Kaffee oder zum Plaudern in Matts Wache vorbei. Weil zudem sein Vater ein pensionierter Polizist war, blieb er hier am Ort von Strafzetteln weitgehend verschont.

Gerade warf ihm ein Freund in Polizeiuniform den Ziplock-Beutel mit Erins Bremsleitungen zu.

»Das ging aber schnell.«

»Pete hat keine fünf Minuten dafür gebraucht.«

Ty trug Handschellen, einen Taser, sein Funkgerät, die Dienstpistole und noch allerhand andere nützliche Ausrüstungsgegenstände am Gürtel. Beim Hinsetzen machte er damit ziemlich viel Lärm. Sie hatten beide bald Feierabend, und die Bremsleitungen hatte Matt Ty erst spät am gestrigen Abend vorbeigebracht. Besagter Pete, wer immer er sein mochte, hatte sich offenbar zu nachtschlafender Zeit mit den Dingern beschäftigt.

»Und was meint er? Es gibt eine logische Erklärung, oder?«

»Allerdings. Wem hat deine Süße denn so übel ans Bein gepinkelt?«

Matts Magen fühlte sich plötzlich hohl an. »Oh shit.«

Ty nahm eine der Leitungen aus dem Beutel. »Pete hat bloß einmal kurz hingesehen und sofort gesagt, da sei was faul. Guck mal hier.« Er zeigte auf die lecke Stelle. »Bei normaler Abnutzung oder durch Scheuern auf dem Asphalt wären die Fasern nicht so glatt durchtrennt. Aber das hier ist ein sauberer Schnitt. Sicherheitshalber hat Pete sich alles auch noch unter dem Mikroskop angeschaut. Klare Sache. Nichts Ausgefranstes. Weder ein spitzer Stein noch ein Felsbrocken und auch keine Bodenwelle verursacht ein Leck dieser Art.«

»Was zum …«

»Ein scharfes Messer und ein tiefer Groll können verdammt viel Schaden anrichten. Wer das gemacht hat, wusste, was er tat. An die Stelle, wo die Leitungen sitzen, kommt man nicht so leicht ran.«

Matt stand auf und fuhr sich durchs Haar. »Sie hat recht gehabt.«

»Irgendeine Ahnung, wer dahinterstecken könnte?«

»Ja. Nein … Sie weiß es.« Matt hatte nur einen Vornamen.

»Ein Staatsanwalt würde so was als Mordversuch einstufen.«

Matt fing an, auf und ab zu gehen. »Verdammte Schweinerei.« Er schaute seinen Freund an. »Was zum Teufel mache ich jetzt?«

»Meinst du, er versucht es noch mal?«

Die Angst um Erin kroch in seine Venen und nistete sich dort ein. »Sie atmet noch. Also, ja.«

Ty lehnte sich zurück und verschränkte die Arme. »An deiner Stelle würde ich sehr wachsam sein und versuchen, ihn auf frischer Tat zu erwischen. Und meine Süße würde ich in der Zwischenzeit nicht aus den Augen lassen.«

Matts ausholende Geste schloss die gesamte Feuerwache ein. »Und wenn ich arbeiten muss?«

»Freunde, Familie. Ich kann gern auch eine Schicht übernehmen.«

Wo war Erin jetzt? Vermutlich zu Hause. Sie hatte ja keinen Wagen. Im Moment war Matt sehr dankbar dafür. Ty stand auf und drückte ihm die Hand. Er versprach, eine Extrarunde durch Erins Gegend zu drehen.

Matts Schicht endete in einer Stunde. Die Jungs aus der Crew tranken Kaffee und hofften, dass bis dahin alles ruhig blieb. Matt schickte eine stumme Bitte an das Schicksal, ihn pünktlich aus der Wache wegkommen zu lassen.

Erin würde die Flucht ergreifen. Ihm blieb eine Stunde, um sich zu überlegen, wie er sie zum Bleiben überreden konnte.

* * *

Die Sonne weckte sie früh. Oder aber es lag daran, dass Matt nicht bei ihr übernachtet hatte. Mit ihm an ihrer Seite schlief sie viel ruhiger und tiefer. Vielleicht, weil er sie vor dem Einschlafen immer richtig müde machte, vielleicht, weil sie sich in seinen Armen einfach sicherer fühlte.

Vermutlich aber aus beiden Gründen.

Sie tappte durch ihr kleines Heim und machte Kaffee. Während der Nacht war es kühler geworden, deshalb öffnete sie die Fenster und ließ die frische Morgenluft herein. Sie brachte den Duft von Jasmin mit, der in der Hecke vor dem Küchenfenster blühte.

Erin schaltete das Radio an und wartete auf den Kaffee. Dann kippte sie eine großzügige Portion Kaffeesahne in ihre Tasse und setzte sich im Nachthemd mit dem dampfenden Getränk unter die Pergola am Pool. Sie war gern hier im Freien und liebte die Ruhe, bevor die Welt erwachte. An das Leben auf großen Grundstücken war sie gewöhnt. An Anwesen mit gepflegten Rasenflächen und vielen Angestellten. Aber nirgends war es so friedlich gewesen wie hier.

Aus dem eher sterilen Heim ihres Vaters war sie auf das Minenfeld ihres ehelichen Haushalts gewechselt, durch das sie sich nur auf Zehenspitzen bewegt hatte.

Erst hier bei Parker fühlte sie sich zu Hause und wagte zaghaft, sich ein Nest zu bauen. Langsam fand sie wieder zu sich selbst und hoffte von Herzen, dass nichts die innere Ruhe stören würde, die sich nach und nach in kleinen Schritten einstellte.

Unten an der Straße ertönte das Röhren von Matts Motorrad.

Sie schlug die Beine an den Knöcheln übereinander und zog das Nachthemd eine Handbreit über ihre Knie. Dann schaute sie zu, wie er die Einfahrt herauffuhr.

Er hielt an, nahm den Helm ab, hängte ihn an den Lenker und drehte sich zu ihr.

Sein Lächeln, auf das sie sich gefreut hatte, war nicht so strahlend wie sonst. »Sind wir verabredet?«, fragte sie.

Jetzt wurde sein Grinsen breiter und sein Blick tastete sich vom Kopf bis zu den Zehen über ihren Körper. »Wenn nach einer Nacht ohne mich so dein Morgenlook aussieht, komme ich in Zukunft jeden Tag vorbei.«

Mit wenigen geschmeidigen Schritten war er bei ihr, legte die Hände an ihre Hüften und küsste sie auf den Mund.

»Hmmmm. Dir auch einen guten Morgen«, schnurrte sie.

Er hob den Kopf, schmiegte eine Hand an ihre Wange und küsste sie gleich noch einmal. Diesmal mit offenem Mund und einem tiefen Seufzen.

Nach dem langen, zärtlichen Kuss setzte er sich seitwärts zu ihr auf die Liege und legte ihre Beine über seine Oberschenkel.

»Möchtest du einen Kaffee?«, fragte sie.

»Nein, danke. Ich hatte gerade schon einen auf der Wache.«

Er streichelte ihre Beine und wurde ernster.

Zu gern hätte sie das Lächeln festgehalten, das ihr sein Überraschungsbesuch auf die Lippen zauberte. Doch sie spürte, wie sich die Stimmung veränderte. »Was ist denn? War der Nachtdienst so stressig?«

Er schüttelte den Kopf.

Sie beugte sich vor und stellte ihren Kaffee weg. »Was ist los, Matt?«

Zweimal öffnete er den Mund. Zweimal brach er ab und biss sich auf die Lippen. »Ich muss dir etwas sagen, brauche aber vorher noch eine Antwort von dir.«

Erin gab sich alle Mühe, seine widersprüchlichen Signale zu deuten. »Wenn du hier das Mädchen wärst, würde ich jetzt vermuten, dass du gleich sagst, du seist schwanger.«

Damit brachte sie ihn zum Grinsen.

»Vertraust du mir?«

»Du weißt, dass ich das tue.«

Er zeigte erst auf ihre Brust, dann auf seine. »Hast du auch das Gefühl, dass zwischen uns etwas richtig gut läuft? Dass wir womöglich eine Zukunft haben?«

Jetzt war sie völlig verunsichert. »Bislang lief es einfach wunderbar. Und was die Zukunft angeht … Wenn es weiterhin so gut ist, geht es weiter. Und wenn nicht, dann wohl nicht. Du kennst meine Situation und weißt, dass ich dir im Moment nicht viel mehr anbieten kann.«

Matt schüttelte den Kopf. »Ich glaube, ich habe das Gespräch komplett falsch angefangen. Also lieber noch mal von vorn.« Er räusperte sich. »Zum allerersten Mal seit sehr langer Zeit fühle ich mich wirklich tief mit jemandem verbunden. Mit dir. Und ich habe eine Heidenangst, dass du weglaufen könntest.«

Sie legte die Hände auf seine. »Warum sollte ich denn weglaufen, Matt …« Schlagartig begriff sie, was er ihr sagen wollte.

Für eine Flucht gab es nur einen einzigen Grund. »Desmond.« Als Matt ihrer Vermutung nicht sofort widersprach, geriet sie in Panik. »Was weißt du?«

»Die Lecks in den Bremsleitungen waren weder Verschleiß noch ein Materialfehler. Ein Freund bei der Polizei hat sich die Dinger angesehen. Da war jemand mit einem Messer dran. Tys erste Frage war, wen du so sehr gegen dich aufgebracht hättest.«

Ihre Kehle wurde eng. Plötzlich fühlte sie sich ungeheuer verletzlich, wie sie nur in dem dünnen Nachthemd hier im Freien saß. Dabei hatte sie ganz tief im Inneren die ganze Zeit geahnt, dass so etwas passieren würde. Die kaputten Bremsen hatten sie sofort misstrauisch gemacht.

Matt konnte mit ansehen, wie sie die Nachricht verarbeitete.

Sie musste dringend verschwinden. Deshalb hatte Matt das Gespräch so umständlich begonnen. Ihm war klar, dass sie wegmusste.

»Weglaufen ist keine Lösung«, sagte Matt in ihre Gedanken hinein. Er legte beide Hände fest auf ihre Knie.

»Dann lehne ich mich also gemütlich zurück und warte, dass seine Schnitte beim nächsten Mal ihren Zweck erfüllen?«

»Als Erstes …« Er hielt einen Finger in die Höhe. »Als Erstes müssen wir mit deiner Anwältin sprechen. Mit der, die gesagt hat, er sei in Griechenland. Sie hat dir doch geholfen unterzutauchen, richtig?«

»Ja.« *Ich muss packen.*

»Sie weiß über alles Bescheid, oder?«

Ich habe keinen Wagen.

»Erin?«

»Was?«

»Sie weiß alles, nicht wahr?«

»Ja … Nein. Sie hat keine Ahnung, wo ich bin.«

»Ernsthaft?«

»Wir haben ein ziemlich kompliziertes Kommunikationssystem, damit mich niemand aufspüren kann.« Sie schwang die Beine von Matts Schoß. »Ich habe alles getan, um von der Bildfläche zu verschwinden. Wie zum Teufel hat er mich gefunden?«

Matt folgte ihr ins Haus. »Was hast du vor?«

Sie wusste nicht, wo sie anfangen sollte. *Nur das Nötigste.*

»Erin?«

Sie schnellte herum und fuhr ihn an: »Was?«

»Was machst du da?«

»Ich bin in Panik, Matt. Ich muss hier weg.« Am liebsten hätte sie geweint. »Ich will das nicht. Aber er hört erst auf, wenn ich tot bin.« Ihr Blick fiel auf die Bandagen an ihren Armen. »Das war er. Er hätte uns alle umbringen können.« Sie drehte sich von Matt weg. »Oh Gott.«

»Erin, bitte. Lass uns in Ruhe darüber sprechen. Du kannst vor lauter Angst nicht klar denken. Was ist, wenn er gerade das beabsichtigt? Wenn er will, dass du panisch flüchtest, damit er dich allein erwischen kann?«

»Dann kommt wenigstens sonst niemand zu Schaden.«

Jetzt war Matt einer Panik nahe. »Nein. Das lasse ich nicht zu.« Er ging zu ihr und nahm sie fest an den Armen. Zum allerersten Mal lag Härte in seinen Berührungen. Sie starrte unverwandt auf seine Hände. Das genügte, schon lockerte er den Griff. »Du hast hier Menschen, die dich unterstützen. Wir brauchen Fakten. Ist er selbst hier im Tal oder hat er jemanden hergeschickt? Falls er für die Bremsen jemanden angeheuert hat, weißt du nicht mal, vor wem du dich in Acht nehmen musst.«

Matts eindringliche Worte bewirkten, dass der Nebel vor ihren Augen sich ein wenig lichtete.

Er redete weiter. »Falls er hier ist und wir beweisen können, dass deine Bremsen manipuliert wurden, kann deine Anwältin ein weiteres Kontaktverbot durchsetzen. Die Polizei bestätigt

Fremdeinwirkung, und wir haben jetzt auch den Unfallbericht. Womöglich reicht das sogar aus, um deinen Ex zu einer Vernehmung vorladen zu lassen.«

»Er ist ein reicher Mann, Matt. Selbst wenn er in den Knast wandert, dann sicher nur ganz kurz.«

Matt schob sich vor sie. »Bitte bleib. Dort draußen kann ich dich nicht beschützen. Aber hier, mit all den Menschen, die ich kenne, die mein Dad kennt, mit Colins Leuten … Klingt das nicht viel besser, als dich mutterseelenallein irgendwie durchzuschlagen?«

»Ich weiß nicht, Matt.«

»Du willst weg, damit er den Menschen, die dir wichtig sind, nichts antun kann. Aber er weiß schon, dass es uns gibt, und wird versuchen, das für seine Zwecke auszunutzen. Den Kontakt zu deiner Schwester hast du nicht grundlos abgebrochen.«

Matt hatte recht. Trotzdem würde sie es sich nie verzeihen, wenn Parker, Mallory oder Austin etwas zustieß. Wenn irgendwer Schaden nahm. Sie setzte sich auf die Armlehne des Sofas.

Matt ging vor ihr in die Hocke. »Komm, wir rufen deine Anwältin an.«

Erin spürte, wie sie nickte. Matt schlang die Arme um sie und legte den Kopf in ihren Schoß.

Kapitel 26

Als Erin nach dem Duschen aus dem Badezimmer kam, drückte Matt ihr die nächste Tasse Kaffee in die Hand und sie setzten sich ins Wohnzimmer.

Sie legte das Telefon vor ihnen auf den Tisch und wählte.

Danach nahm Matt ihre Hand in seine und konnte beobachten, wie ihre Gefühle sich während des Gesprächs in ihrem Gesicht widerspiegelten.

»Hallo, Renee.«

»Wie geht es dir? Schön, deine Stimme zu hören. Hast du schon den Rote-Bete-Saft probiert, von dem ich dir erzählt habe?« Die Anwältin klang wie eine Cheerleaderin. Viel zu gut gelaunt und aufgekratzt. Aber Rote-Bete-Saft? Was sollte das denn?

»Ich … keine guten Nachrichten. Und ja, der Saft ist okay.«

Sofort sackte Renees Stimme um eine Oktave ab. »Was ist los? Sprich mit mir.«

Erin schaute Matt an.

»Ich habe dir doch von dem Mann erzählt, den ich kennengelernt habe.«

»Sag jetzt bloß nicht, er hat sich als Vollpfosten entpuppt.«

Erin lächelte zum ersten Mal seit einer Stunde.

Matt zeigte mit dem Finger auf seine Brust und formte mit den Lippen: *Ich?*

»Nein. Er ist wirklich ein Goldstück. Du wärst sehr angetan von ihm.«

»Okay. Und was ist es dann?«

»Er sitzt übrigens hier neben mir und ich habe den Lautsprecher an.«

Renee schwieg.

Matt fixierte das Telefon. »Hat sie aufgelegt?«

»Und das Kokoswasser? Mochtest du das?«, fragte Renee.

»Ja, Renee. Es schmeckt prima. Ich bin okay. Na ja, jedenfalls jetzt gerade. Ich habe Matt alles erzählt.«

»Du hast was?«

»Er weiß von Desmond.«

»Ah, ja. Und um mir das zu sagen, rufst du mich an?«

Erin schluckte und suchte angestrengt nach Worten. Matt übernahm.

»Hallo, Renee. Hören Sie, ist Desmond tatsächlich in Griechenland? Wir müssen es unbedingt wissen. Noch besser wäre es, wenn wir genau wüssten, wo er sich gerade aufhält.«

»Warum?«

Erin fand ihre Stimme wieder. »Weil er mich gefunden hat.«

»Großer Gott, Maci. Bist du sicher?«

Matt musterte Erin mit zusammengekniffenen Augen. »Maci?«

Erin machte eine unbestimmte Geste. »Jemand hat Löcher in meine Bremsleitungen geschnitten.« Sie erzählte der Anwältin, was passiert war.

»Und dass die Bremsen manipuliert wurden, steht fest?«, fragte Renee, als Erin fertig war.

»Ja«, antwortete Matt. »Wenn wir beweisen können, dass Desmond hier ist, gibt es dann ein neues Kontaktverbot?«

»Den Antrag zu stellen, ist kein Problem. Aber wenn der Mann weder zu Hause noch im Büro erreichbar ist …«

Erin schloss die Augen. »Was soll ich denn machen, Renee? Soll ich wieder abtauchen?«

»Wenn er wirklich deinen neuen Namen und deinen Aufenthaltsort kennt, müssen wir wieder bei null anfangen. Komplett unvorbereitet zu verschwinden, hat keinen Sinn.«

Matt merkte, wie sich erneut Panik in ihm breitmachen wollte.

»Und bis wir absolut sicher sind, dass Desmond dich gefunden hat, verrätst du mir weder, wo du bist noch wie du heißt. Nur für den Fall, dass du dich täuschst und er dich doch nicht auf seinem Radar hat.«

»Soll ich Anzeige erstatten?«, fragte Erin.

»Das Erste, was man dich fragen würde, ist, ob du jemanden im Verdacht hast. Und falls Desmond noch keine Ahnung hat, wo du bist, erfährt er es auf diese Weise von der Polizei. Dorthin gehst du erst, wenn wir beweisen können, dass er sich in deiner Nähe herumtreibt. Dann aber sofort. Gib mir vierundzwanzig Stunden, Maci. Und bleib, wo du bist. Wenn ich früher etwas erfahre, gebe ich dir Bescheid.«

»Meinst du, ich bilde mir nur etwas ein?«

Mit der Antwort ließ Renee sich ein paar Sekunden Zeit. »Ich glaube nicht an Zufälle. Desmond ist nirgends zu erreichen, und du bekommst plötzlich Probleme. Das stinkt zum Himmel. Aber du weißt, er ist ein Feigling. Er lauert dir nur auf, wenn er denkt, dass niemand etwas mitbekommt. Wenn er sich jetzt schon dazu herablässt, eigenhändig Bremsleitungen kaputtzuschneiden, zeugt das von einer gewissen Verzweiflung.«

»Das klingt alles andere als beruhigend.«

»Ist dein Feuerwehrmann noch da?«, fragte Renee.

»Ich bin hier«, antwortete Matt.

»Lassen Sie sie nicht aus den Augen. Desmond ist clever und charismatisch. Er bringt fast jeden mühelos dazu, ihm seine Lügen abzukaufen. Und wie alle unverbesserlichen Narzissten glaubt er seine eigenen erfundenen Geschichten. Er wird niemals frontal angreifen, sondern sein Gegenüber dazu bringen, den ersten Schritt zu tun, damit er das Opfer spielen kann. Und, Maci?«

Erin, die früher offenbar Maci geheißen hatte, warf Matt einen Blick zu. »Ja?«

»Hast du deinen neuen Freunden schon ein Foto von Desmond gezeigt?«

Erin schaute beiseite. »Nein.«

»Dann tu es jetzt. Ich melde mich morgen früh. Um neun Uhr, meine Zeit.«

»Danke, Renee.«

»Pass gut auf dich auf.«

* * *

»Wo zum Teufel sind Sie?«

Desmond nahm das Telefon vom Ohr, starrte es an, als wäre es vom Himmel gefallen, und legte es dann wieder an die Wange. »Wie bitte?«

»Hören Sie, Brandt. Ich bin Ihr Scheidungsanwalt. Dafür bezahlen Sie mich. Mit dem Kontaktverbot habe ich mich nur beschäftigt, weil es mit dem Scheidungsantrag Ihrer Ehefrau in Verbindung stand. Allerdings, und lassen Sie mich das sehr deutlich sagen, bin ich kein Strafverteidiger. Ich frage Sie jetzt also noch einmal. Wo zum Teufel sind Sie?«

»In Griechenland. Wie gesagt.« Desmond schaute aus dem Hotelfenster auf einen Golfplatz in Valencia, einem Stadtteil von Santa Clarita.

»Und bei Ihnen ist es jetzt wie spät?«

Er schloss die Finger fester um das Telefon. »Was ist das hier? Die Spanische Inquisition?«

»Eine simple Frage.«

»Sie können mich mal.«

»Das Anwaltsgeheimnis deckt durchaus den Mist ab, den Sie in der Vergangenheit gemacht haben. Aber wenn Sie vorhaben, ein Verbrechen zu begehen, bin ich geliefert, wenn ich schweige.«

»Worum geht es hier eigentlich, Schwarz?«

»Die Anwältin Ihrer Ehefrau hat einen Eilantrag eingereicht. Sie verlangt ein neues Kontaktverbot.«

Zu wissen, dass er Maci in Angst versetzt hatte, brachte ihn zum Lächeln. »Mit welcher Begründung?«

»Mordversuch.«

Desmond konnte nicht anders. Er lachte. »Hirngespinste.« Er griff nach seinen Pillen und warf sich eine in den Mund.

»Beweisen Sie mir, dass Sie in Griechenland sind, dann kann ich etwas unternehmen.«

»Okay.« Er nahm einen Schluck Wasser, schüttelte den Kopf.

Sein Anwalt zögerte. »Sie können es beweisen?«

»Das werde ich.«

»Ich brauche den Beweis jetzt sofort, Desmond.«

»War's das jetzt, Schwarz? Ich habe ein Date.«

Schwarz stieß einen Fluch aus. »Um ein Uhr morgens? So spät wäre es nämlich jetzt gerade in Griechenland.«

»Sie fangen an, mich zu nerven. Ich lege jetzt auf und Sie machen Ihren Job. Der Anwaltsschlampe, die meine Frau vertritt, sagen Sie, ich hätte Ihnen versichert, ich sei außer Landes. Und falls die Schlampe oder meine Frau etwas anderes behaupten, zeigen wir sie wegen übler Nachrede an, um meinen guten Ruf zu schützen.« Ohne einen weiteren Kommentar von Schwarz abzuwarten, legte Desmond auf.

* * *

»Er heißt Desmond Brandt und ist mein Ehemann.«

Matt betrachtete das Foto auf dem Computermonitor. Dabei jagten ihm die verschiedensten Gedanken durch den Kopf.

Zunächst, dass sie das Foto nirgends gespeichert, sondern es aus dem Internet geholt hatte. Von den Gesellschaftsseiten der *Chicago Tribune*.

Dann, dass Erin völlig anders aussah als die Frau auf einer der Aufnahmen, durch die sie sich klickte.

Und schließlich, dass sie jetzt noch viel schöner war als damals.

»Meinen Namen habe ich offiziell und amtlich geändert. Früher war ich Maci Brandt, jetzt bin ich Erin Fleming. Meine Sozialversicherungskarte, mein Führerschein, mein Reisepass, alle Dokumente sind echt und auf meinen neuen Namen ausgestellt.«

Matt schaute hinüber zu seinem Bruder. Sie hatten einen Familienrat einberufen, oder zumindest eine Besprechung mit den Personen, die zum engsten Kreis um Erin gehörten. Dazu zählten Colin, Parker, Austin und Mallory. Und weil Mallory mit Jase zusammenlebte, war Jase ebenfalls gekommen. Bei Grace hatte Matt angerufen, sie aber nicht erreicht. Er hatte ihr eine Nachricht hinterlassen und gefragt, wann sie sich bei ihren Eltern treffen könnten. Das Gespräch heute war eine Art Probelauf für Erin. Sie wollte erst mit ihren Freunden reden und am nächsten Tag dann mit zu Matts Eltern gehen. Matts Mom war gerade bei ihrem Bunco-Abend und sein Dad beim Pokern mit ein paar anderen pensionierten Polizisten. Sorgen mussten sie sich um die beiden im Moment also nicht.

»Desmond war … *ist* ein gefährlicher Mann. Ich schäme mich dafür, dass ich bei ihm geblieben bin, obwohl er …« Sie brach ab. In ihren Augen sammelten sich Tränen.

Matt nahm ihre Hand in seine.

Erin räusperte sich. »Obwohl er mir Knochen gebrochen und meine Träume zerstört hat. Ich hatte zu viel Angst, ihn zu verlassen, und zu viel Angst, um zu bleiben. Er hat gedroht, wenn ich ginge, würden die Menschen, die ich liebe, es büßen müssen. Deshalb habe ich alle Brücken hinter mir abgebrochen, als ich schließlich untergetaucht bin. Meine Schwester hat keine Ahnung, wo ich mich aufhalte und wie ich jetzt heiße. Mein Vater … niemand. Ich bin hierhergezogen, weil diese Stadt groß genug ist, um nicht weiter aufzufallen, und klein genug, um sich wohlzufühlen.«

Erin schaute Parker in die Augen. »Es tut mir leid, dass ich dich belogen habe. Alle meine Lügen sind mir zutiefst zuwider. Aber ich hatte keine andere Wahl. Die Menschen, die mir bei der Flucht geholfen haben, haben mir genaue Anweisungen gegeben, was ich tun soll. Was ich sagen muss. Daran habe ich mich so gut wie möglich gehalten. Um mich selbst zu schützen, aber auch euch.«

Colin schaute Matt an.

»Und warum weihst du uns jetzt ein?«, fragte er Erin.

»Weil ich glaube …«

»*Wir* glauben …«, unterbrach sie Matt.

Erin versuchte zu lächeln.

»*Wir* glauben, dass Desmond hier in der Stadt ist. Oder dass er zumindest weiß, wo ich bin. Deshalb solltet ihr wissen, wie er aussieht, damit ihr euch vor ihm in Acht nehmen könnt.«

»Wie gefährlich ist er?«, fragte Colin.

Erin schaute von einem zum anderen und hätte sich am liebsten verkrochen.

Matt sprach an ihrer Stelle. »Die leckenden Bremsleitungen waren kein Zufall.«

Colin fluchte, Parker legte eine Hand auf Erins Arm.

Matt erklärte, was er von Ty erfahren hatte.

»Es tut mir so unendlich leid. Ich bin aus Chicago geflohen, habe einige Zeit in Washington State verbracht und bin dann in der Hoffnung hierhergekommen, mein altes Leben hinter mir lassen zu können.«

»Okay. Verstanden. Aber was hat das alles mit uns zu tun?«, fragte Austin.

»Er hat gedroht, allen Menschen, mit denen ich mich verbunden fühle, etwas Schlimmes anzutun. Und ihr alle seid mir inzwischen sehr, sehr wichtig geworden. Wenn jemandem von euch etwas zustößt, verzeihe ich mir das nie.«

Matt fiel auf, wie Colin sein Gewicht verlagerte. »Erins Anwalt hat uns geraten, euch Fotos von dem Kerl zu zeigen. Habt ihr ihn schon mal gesehen?«

Alle schüttelten den Kopf.

Parker lehnte sich zurück und schnaubte. »Was verspricht er sich davon, wenn er uns etwas antut? Dieser Typ … « Sie zeigte auf den Computermonitor. »Der sieht aus, als hätte er einiges zu verlieren, wenn man ihn dabei ertappt, wie er sich an irgendwelchen Bremsen zu schaffen macht. Glaubt er wirklich, wenn er uns bedroht, kommst du schnurstracks zu ihm zurück?«

Erin schaute auf ihre Hände.

Matt schmeckte plötzlich Galle in seiner Kehle.

»Ich tue alles, was ich muss. Wenn ich ihn damit nur aufhalten kann«, antwortete Erin schließlich.

Parker beugte sich vor und schaute ihr fest in die Augen. »Da hat gerade Maci gesprochen – wer zum Teufel sie auch immer gewesen sein mag. Erin, die Frau, die ich seit fast einem Jahr kenne, ist jeden Tag gewachsen und stärker geworden. Sie hat die Kontrolle über ihr Leben. Und wenn dieser … dieser Dreckskerl glaubt, er kann hier auftauchen und sich mit unserer Familie anlegen, täuscht er sich gewaltig.«

Parker drückte Erins Hand, Colin tauschte einen Blick mit Matt. »Wir müssen mit Dad reden.«

»Auf jeden Fall«, bestätigte Matt.

»›Liebe, Eifersucht, Habgier, Rache oder ein verwirrter Geist. Möglicherweise auch eine Kombination davon. Das treibt Kerle wie den, von dem wir gerade sprechen, normalerweise an.‹ Das würde Dad jetzt sagen.«

Damit hatte Colin zusammengefasst, was er und seine Geschwister von klein auf immer wieder gehört hatten. Sobald im Fernsehen über ein schweres Verbrechen berichtet wurde, steuerte ihr Vater seit jeher ruhig und pragmatisch diese Aufzählung bei.

»Okay. Aber Liebe als Motiv? Passt das in diesem Fall?«, fragte Matt.

Erin schüttelte den Kopf. »Nein. Vielleicht. Zum ersten Mal hat er mich in den Flitterwochen geschlagen. Ein Mann, der wirklich liebt, würde so etwas doch nicht tun, oder?«

Matt spürte, wie sein Herz brechen wollte. »Auf gar keinen Fall.«

Mallory zog den Laptop zu sich. »Dieses Ex-Stück-Dreck hat Geld. Korrekt?«

»Ja.«

»Wovon reden wir? Trinkt er regelmäßig Tee mit Warren Buffett, oder geht er nur gerade mit irgendeinem Gimmick bei Youtube durch die Decke?«

Erin schüttelte den Kopf. »Kein Tee mit Buffett. Aber vielleicht irgendwas dazwischen.«

Während die anderen redeten, begann Mallory zu tippen.

»Rache?«, fragte Parker.

»Schwer vorstellbar. Ich habe ihn durch meinen Vater kennengelernt. Die beiden hatten Anteile an derselben Firma und gingen zu denselben Meetings und Veranstaltungen. Mein Dad meinte, wir seien füreinander bestimmt.«

»Der Vater, der dir nicht beigestanden hat, als du dringend Hilfe brauchtest«, sagte Matt.

»Mein Vater ist anders als eurer. Für ihn zählen nur seine eigenen Interessen, so ungern ich das sage.«

»Vertex!«, rief Mallory.

»Ja. So heißt die Firma«, bestätigte Erin.

Mallory stützte das Kinn auf ihre Faust und las vom Bildschirm ab. »Hier steht, die machen einen Jahresumsatz von 11,3 Milliarden. Das sind ganz schön viele Nullen.«

Matt kniff die Augen zusammen. »Und für diese Firma arbeitet Desmond?«

Erin schüttelte den Kopf. »Sie gehört ihm. Zumindest hält er über fünfzig Prozent der Anteile. Also die Kontrollmehrheit.«

»Die Anteile werden gehandelt?«, fragte Jase.

»Ja.«

»Und dein Vater hat ebenfalls welche?«, erkundigte sich Mallory.

»Jetzt nicht mehr. Er hat sie uns als Hochzeitsgeschenk überschrieben und damit die Firma praktisch Desmond in die Hände gelegt. Dad meinte, so hätte ich von nun an ein sorgloses Leben und müsste mir über etwas so Schmutziges wie Geld niemals Gedanken machen.«

Matt war einigermaßen fassungslos.

»Das hat er wirklich gesagt?«, fragte Austin.

»Mein Vater ist an vielen einträglichen Geschäften beteiligt. Er verdient an seinen Investitionen.«

Jase stieß die Luft aus. »Das könnte mir auch gefallen.«

Mallory knuffte ihn in die Seite. »Nicht, wenn du dafür deine Seele verkaufen müsstest.«

»Die Anteile gehören deinem Ex? Oder euch beiden?«, hakte Parker nach.

Matts Kopf drehte sich beim Zuhören hin und her wie bei einem Tennisspiel. Dabei hatte er für diesen Sport gar nichts übrig.

»Ihm, würde ich sagen. Aber meine Anwältin ist der Meinung, sie wären Desmond und mir gemeinsam überschrieben worden. Was offenbar die Scheidung erschwert. Ich bin gegangen, wollte keinen Cent haben. Renee lässt die Besitzverhältnisse gerade überprüfen.«

»Du weißt das nicht genau?«, fragte Austin.

Dieselbe Frage hatte Matt ihr auch schon gestellt.

»Es hat mich nie interessiert«, antwortete Erin. »Erst hat sich mein Vater um alles gekümmert, dann Desmond. Ich bin aufs College gegangen, hatte aber keine rechte Vorstellung, was ich mit meinem Leben anfangen wollte. Ich habe geheiratet und wurde verprügelt.« Zum ersten Mal während des Gesprächs schaute Erin von sich aus zu Matt. »Und dann hatte ich plötzlich nur noch ein einziges Ziel. Ich wollte weg von diesem narzisstischen Irren, bevor er mich umbringt.«

Matt kannte Details, die Erin in dieser Runde für sich behielt. Für ihn waren ihre Worte eine Untertreibung. Sie konnte sich glücklich schätzen, mit dem nackten Leben davongekommen zu sein.

»Du hältst ihn für einen Narzissten?«, fragte Mallory.

Erin nickte. »Ja.«

»Die leben in ihrer eigenen Lügenwelt.« Mallorys Hauptfach war Psychologie.

Erin nickte und schloss die Augen. »Er könnte über eine rote Ampel fahren und noch vor der nächsten Kreuzung sich selbst und alle anderen Wageninsassen davon überzeugen, dass die Ampel allerhöchstens orange war und er nichts falsch gemacht hat.« Nach einer kurzen Pause setzte sie hinzu: »Er kann sehr glaubhaft wirken.«

»Du bist auf ihn reingefallen?«, fragte Austin.

Matt wollte den Jungen verprügeln. Doch sich an einem Teenager zu vergreifen, der gerade erst anfing, sich zu rasieren, war nicht sein Stil.

»Darauf bin ich nicht stolz, Austin«, sagte Erin.

Mallory lehnte sich zurück. »Ein Narzisst, der Macht ausüben und alles kontrollieren will. Mit solchen Leuten beschäftigen wir uns erst gegen Ende des Semesters, aber gut klingt das nicht.«

»Ich bin ziemlich sicher, dass mein Vater die Anteile ihm überschrieben hat. So hat man es mir zumindest gesagt.«

»Wer hat das gesagt? Der Narzisst, für den die Ampel nie rot ist?«, fragte Mallory.

Erin blinzelte ein paarmal. So, als würde der Computer in ihrem Kopf nach einem Update endlich wieder hochfahren.

Kapitel 27

»Ich habe sie gefunden.« Desmond legte so viel Gefühl wie nur irgend möglich in seine Stimme.

»Wie geht es ihr?«

»Es ist schlimmer geworden, Lawrence. Sie hat ihren Namen geändert, ihre Identität. Und sie wird zur Gefahr für andere Menschen. Ich weiß nicht, was ich tun soll. Um sie finden zu können, habe ich meinen Anwalt belogen, und jetzt habe ich Angst, das könnte sich rächen.«

»Wo ist sie?«

Das würde er schön für sich behalten. »Ich habe Kontakt zu einer Person aus dem Kreis, den sie als ihre neue Familie betrachtet.«

»Neue Familie? Wovon redest du?«

»Von einer Familie. Einer neuen Schwester, genau genommen sogar zwei. Und sie hat einen Liebhaber.« Desmond schluchzte auf. »Aber das ist mir egal. Völlig egal. In guten wie in schlechten Zeiten. Ich kümmere mich um sie. Ich sorge dafür, dass sie Hilfe bekommt.«

»Lass mich mit ihr reden. Vielleicht hört sie ja auf mich. Ich bin ihr Vater.«

»Ich kriege das schon hin … Dad. Jetzt, wo ich sie endlich habe, hole ich sie auch nach Hause.«

»Desmond … Ich finde wirklich, wir sollten das zusammen tun.«

Sein Schwiegervater stand offenbar hinter ihm. »Gib mir ein paar Tage. Wenn ich sie nicht überzeugen kann, melde ich mich.«

»Desmond …«

»Danke für deine Hilfe.«

»Desmond!«

Er drückte das Gespräch weg, warf das Telefon auf die Spiegelkommode und rückte seine Krawatte zurecht.

* * *

Eine tonnenschwere Last war von ihren Schultern gefallen.

Schon kurz vor halb zehn sank Erin mit dem Gefühl ins Bett, sie könnte ohne Weiteres einen ganzen Monat lang schlafen.

Matt kam aus der Dusche. Er trug ein Handtuch um die Hüften, hielt ein zweites in der Hand.

Ein Blick zu ihr, und er hörte auf, sein Haar trocken zu rubbeln. »Alles klar bei dir?«

»Ich bin völlig erledigt.«

»Ich auch.« Er ging zurück ins Badezimmer und kam ohne die Handtücher in Boxershorts wieder heraus.

Erin rückte zur Seite und machte ihm Platz. Als er sich ausgestreckt hatte, bettete sie den Kopf auf seine Brust.

Stundenlang hätte sie so daliegen und seinem Herzschlag und seinen Atemzügen lauschen können. Mehr brauchte sie nicht zu ihrem Glück. Matts Fingerspitzen streichelten mit ruhigen Bewegungen ihren Arm. Als er sie aufs Haar küsste, seufzte sie auf.

»Danke«, sagte er leise.

»Wofür?«

»Für dein Vertrauen. In mich. In uns. Gemeinsam kriegen wir das hin.«

»Ich …« *Ich verdiene euch nicht.* Sie verjagte den negativen Gedanken aus ihrem Kopf, bevor er ihr über die Lippen kommen konnte. »Ich schleppe mehr Gepäck mit mir herum als ein Realitysternchen in *Paradise Hotel.*«

Er lachte leise. »Du bist es wert.«

Sie hob den Kopf, um ihm in die Augen schauen zu können. »Im Ernst, Matt. Eigentlich muss ich mich entschuldigen. Indem ich hierhergekommen bin, habe ich dich und deine Familie in Gefahr gebracht.«

»Diese Entschuldigung würde ich nicht akzeptieren. Nicht du bist das Problem, das Problem ist er. Offen über die Übergriffe des Mannes zu sprechen, der dir das Leben zur Hölle gemacht hat, uns sein Gesicht zu zeigen und uns seinen Namen zu nennen – das gibt dir Macht und Kontrolle. Falls er sich hier in der Stadt blicken lässt, finden wir ihn.« Er küsste sie auf die Stirn und zog sie sanft zurück an seine Brust.

Erin sog die Geborgenheit in Matts Armen tief in sich auf. »Und was dann? Sich hier aufzuhalten, ist kein Verbrechen.«

»Sobald wir sicher sind, dass er in der Gegend ist, gehen wir trotzdem zur Polizei. Wir sagen denen, was er getan hat. Denn er treibt sich nur hier herum, um dich zu belauern. Zudem hat er drei weitere Frauen aus unserer Familie in Lebensgefahr gebracht. Mit dem, was er dir über Jahre hinweg angetan hat, mag er bislang ungeschoren davongekommen sein. Aber das ist jetzt vorbei.«

»Als ich gegangen bin, dachte ich, jeder würde sofort merken, dass ich einen falschen Namen und eine abscheuliche falsche Haarfarbe trage. Und nachts in meinen Träumen hat er mich gefunden. Jedes Mal hat er mich aus dem neuen Leben gezerrt, das ich mir gerade aufbauen wollte, und mich im Haus eingesperrt. Aber seit Kurzem haben sich die Träume geändert.«

Matt hielt sie fester. »Und was träumst du jetzt?«

»Ich versuche, mich loszureißen. Ich schreie und tobe. Ich wehre mich. Ja, ich leiste Widerstand. Als ich noch mit ihm zusammengelebt habe, habe ich das nie getan.« *Nicht ein einziges Mal.* Jeden Tag hatte sie sich gesagt, heute würde sie es wagen. Aber dann hatte sie sich wieder zusammengekauert und schützend die Arme vors Gesicht gehoben, um die schlimmste Wucht seiner Attacken abzuwehren. Hinterher hatte sie sich das Blut abgewaschen, sich die Haare gerichtet und eine große Sonnenbrille aufgesetzt. Freunden und Bekannten war sie aus dem Weg gegangen. Über die Ursache ihrer Verletzungen hatte sie Lügen erzählt und doch deutlich gespürt, dass fast jeder sie durchschaute.

»Deine Träume zeigen, wie sehr du dich verändert hast. Maci war ein Opfer. Erin ist eine Kämpferin.«

Matts Bemerkung traf sie mitten ins Herz. Eine Gänsehaut jagte ihr über Rückgrat und Arme. Erneut hob sie den Kopf und schaute ihn an. »Glaubst du das wirklich?«

Matt lächelte. »Du etwa nicht? Maci ist den Weg des geringsten Widerstands gegangen, selbst unter schlimmsten Schmerzen. Erin geht ihren eigenen Weg und hat keine Angst, auch mal Nein zu sagen.« Er drückte den Zeigefinger gegen ihre Brust. »Ich finde, sie ist eine ziemlich taffe Lady.«

Als *taffe Lady* hatte sie noch nie jemand bezeichnet. »Du weckst etwas in mir, was vorher nie da war.«

Er nahm ihr Gesicht zwischen die Hände und legte den Kopf schief. »Das beruht auf Gegenseitigkeit.«

Erin drückte die Lippen auf seine und versank noch ein wenig tiefer in dem Strudel namens Matt.

* * *

»Auf diesem Smartphone ist rein gar nichts. Wie kann das sein?«
Sie warteten noch aufs Essen, doch Grace nippte bereits an ihrem zweiten Glas Wein. Ihre Wangen waren gerötet und sie lachte zu viel. Auf dem Telefon, das er vor zwei Wochen gekauft hatte, würde sie tatsächlich kaum mehr als die Werkseinstellungen finden. Grace machte sich mit beiden Daumen über das Gerät her und installierte eine Dating-App, damit Dylan die Chance hatte, die Liebe seines Lebens kennenzulernen.

»Ich finde es irritierend, wenn Leute ständig mit ihrem Smartphone beschäftigt sind.«

Grace hob die Schultern. »Ist wohl der Zeitgeist. Menschlichen Kontakt gibt es nur noch in kleinen Dosen.«

Desmond legte die Stirn in Falten. »Schade eigentlich. Ich mag menschlichen Kontakt nämlich sehr.«

Grace grinste ihn über das Gerät hinweg an. »Wenn du mit mir flirtest, kann ich das Downloaden auch lassen.«

Frauen waren so leicht zu knacken.

»Eine so selbstbewusste Frau wie du braucht keinen Kerl wie mich.«

Sie runzelte die Stirn. »Klingt ein bisschen nach einem abgegriffenen Spruch.« Sie tippte weiter auf seinem Telefon herum.

»Ein paar davon habe ich tatsächlich noch in der Schublade. Aber die müsste ich erst mal entstauben«, scherzte er.

Sie verdrehte die Augen, und Desmond biss die Zähne so fest zusammen, dass seine Kiefer schmerzten. Gab es etwas Respektloseres als Augenrollen?

»Wir brauchen ein Foto.« Grace hob das Telefon und richtete es auf ihn. »Lächeln.«

»Wir sind in einem Restaurant.« *Mit fünf Sternen, übrigens.*

»Sein Essen fotografiert heutzutage sowieso jeder. Lächeln.«

Er hob eine Hand vors Gesicht. »Das können wir später machen. Draußen.«

Sie gab nach. »Okay, in Ordnung. Welche Hobbys hast du?«

Der Kellner brachte den Salat, und Grace musste das Telefon beiseitelegen. Als sie sich an den Mann wandte und Wasser nachbestellte, nahm Desmond das Smartphone unauffällig vom Tisch.

Sie stieß ihre Gabel in den Salat und hob sie zum Mund. »Das habe ich gesehen.«

Während sie kaute, redete Desmond. »Was hast du denn für Hobbys?«

Nacheinander wurden ihnen drei weitere Gänge serviert und er stellte Fragen. Sie beantwortete sie allesamt bereitwillig und ausführlich. Sie ging gern zu Dodgers-Spielen und mit ihrer Familie zum Campen. Als sie ihre Brüder erwähnte, hakte Desmond nach. Von dem Mann, der seine Ehefrau vögelte, wusste er bereits. Der andere trieb sich auch fast täglich auf dem Grundstück herum, auf dem Maci jetzt wohnte. Auf einem Grundstück mit Toren und Kameras. Und mit Schildern, auf denen »Zutritt verboten« und »Warnung vor dem Besitzer!« stand. Warum hatte Maci sich keine ganz normale Bleibe in einer ganz normalen Straße mieten können? Eine, wo er durch die Hintertür marschieren und sie dorthin zurückschleifen konnte, wo sie hingehörte.

»Ich glaube, jetzt fange ich an, dich zu langweilen.« Grace' Kommentar holte ihn ins Hier und Jetzt zurück.

Desmond legte die Gabel weg und suchte nach dem Lächeln, das er sich für diesen Abend ins Gesicht geklebt hatte. Er gab sich alle Mühe, es Grace zu zeigen. Schließlich wusste er, wie er einer Frau das Gefühl geben konnte, sie sei die einzige im Raum. »Im Gegenteil. Ich bin fasziniert. Eine Lady, die weiß, was sie will, sich wohlfühlt in ihrer Haut und Baseball mag. Du bist der Jackpot, Grace.«

Sie lachte ein wenig zu laut, und Desmond unterdrückte den Drang, sich umzudrehen und nachzuschauen, ob jemand sie beobachtete. Er hasste laute Frauen. Verabscheute sie.

»Sag das mal den Junggesellen dieser Stadt.«

Er beugte sich vor und legte eine Hand neben ihre. »Pech für die Junggesellen, Glück für mich.«

»Wieder so ein Spruch, oder?«

»Funktioniert er?«

Sie verdrehte die Augen, dann schaute sie tief in seine.

Ja, er funktionierte.

Sie verließen das Restaurant im Zentrum der Stadt. Auf der anderen Straßenseite lag das einzige annehmbare Hotel weit und breit.

»Lust auf einen Absacker?«, fragte er, während er sie bereits auf den Hoteleingang zudirigierte. Zum Abendessen hatte sie drei Gläser Wein getrunken. Seine Pläne würden sich vermutlich mühelos in die Tat umsetzen lassen.

»Ich muss morgen arbeiten.«

»Dann trinkst du Kaffee.«

Sie schaute sich um, und er spürte, wie die Stimmung zu kippen drohte.

Kurz entschlossen schob er sie ein Stück von den anderen Menschen auf dem Gehsteig weg und stellte sich dann vor sie. »Vorschlag«, sagte er. »Lass mich etwas probieren. Wenn es dir nicht gefällt, verabschieden wir uns einfach freundlich. Und wenn es dir gefällt, fülle ich dich mit Kaffee ab und wir teilen uns vielleicht ein überteuertes Dessert.«

Grace legte den Kopf leicht zurück, ihre Zungenspitze huschte über ihre Lippen.

Desmond nahm sie an den Ellbogen und beugte sich über sie. Küssen war eine der vielen Waffen in seinem Arsenal. Und auch Grace hatte offenbar jede Menge Übung. Er legte die

Hände an ihren Hals und streichelte mit den Daumen an ihrer Luftröhre entlang. So einfach.

Dann küsste er sie intensiv und so lange, bis sie den Kuss von sich aus beendete.

»Und? Kaffee?«, raunte er.

Als sie lächelte, wusste er, dass er sie hatte.

»Grace?«

Desmond erstarrte. Grace wandte sich der männlichen Stimme zu, und er schaute über seine Schulter.

Zwei uniformierte Polizisten kamen näher.

»Hi, Miah.«

Grace ging um Desmond herum und ließ sich von dem Cop umarmen. Den zweiten begrüßte sie ebenfalls mit Namen.

Desmond hätte sich gern unsichtbar gemacht. Auf keinen Fall wollte er hier im Ort irgendjemandem auffallen. Schon gar nicht der Polizei. Aber einer der Cops musterte ihn bereits mit einem Blick, wie ihn nur ein Gesetzeshüter zustande brachte. Forschend, vorwurfsvoll, abschätzend.

Deshalb hob er das Kinn und ließ sich von Grace vorstellen. Alles andere hätte sicherlich Argwohn erregt.

Zwischen dem Händeschütteln und den Namen, die er sofort wieder vergaß, hörte Desmond Grace sagen: »Vor seiner Pensionierung waren diese beiden und mein Dad jahrelang Kollegen.«

»Ach tatsächlich?«

»Viele von uns kannten Grace schon, bevor sie sich den ersten Übungs-BH zugelegt hat.«

Grace knuffte den Polizisten gegen die Brust. »Hör nicht auf ihn, Dylan. So was habe ich nie getragen. Ich habe gleich mit Körbchengröße D angefangen.«

Der ältere der beiden Uniformierten schloss die Augen. »Zu viel Information, Gracie.«

Diese Männer schienen quasi zu Grace' Familie zu gehören.

»Schon möglich. Aber jetzt verschwindet. Ihr seid mitten in mein Date geplatzt.«

Freundschaftliche Wangenküsschen.

»Schön, Sie kennenzulernen, Dylan. Und tragen Sie die junge Dame auf Händen. Unsere Grace ist in dieser Stadt nämlich sehr beliebt.«

Grace lachte und fuchtelte herum, als wollte sie die Männer verscheuchen. »Polizeiliche Schikane. Fort mit euch.«

Als die Uniformierten weg waren, lächelte sie ihn strahlend an. »Kaffee?«

Desmond verlor sein falsches Grinsen und wich einen Schritt zurück. »Ich kann nicht.«

Es dauerte eine Sekunde lang, bis sie die volle Bedeutung seiner Worte erfasste. »Wie bitte?«

»Ich habe gelogen.« Zeit für eine Kehrtwende. »Ich kann das nicht.«

Sie verschränkte die Arme vor der Brust. »Wie gelogen? Geht das ein bisschen genauer?«

»Meine Frau … Sie ist nicht tot. Sie hat die Scheidung eingereicht.«

Grace verdrehte die Augen und ließ die Arme an die Seiten fallen. »Das kann nicht dein Ernst sein.«

Er machte einen Schritt auf sie zu. »Doch, leider. Es tut mir leid. Zu meiner Verteidigung kann ich nur sagen, dass alles andere wahr ist. Ich hatte seit Jahren kein Date und habe keine Ahnung …«

»Stopp.« Sie hob eine Hand. »Lass stecken. Du bist ein Vollpfosten.«

»Bitte, hass mich nicht. Meine Frau ist psychisch krank, und so gern ich auf Distanz gehen würde, ich fühle mich immer noch verantwortlich für sie.«

»Soll mich das besänftigen? Beeindrucken? Wie kannst du es wagen!« Sie machte eine ausholende Geste in seine Richtung.

»Mein Dad sagt immer, ich soll bloß keine Kerle in Anzügen daten. Er hat recht.« Sie drehte sich auf dem Absatz um.

»Grace?«

Sie hob nur den Mittelfinger hoch in die Luft und marschierte davon, ohne sich noch einmal umzudrehen.

Kapitel 28

Zweimal war Erin aus ihren unruhigen Träumen hochgeschreckt, zweimal hatte Matt sie in die Arme genommen und ihr gezeigt, wie sicher sie bei ihm war. Froh, dass sie überhaupt geschlafen hatte, ging sie nach dem Aufstehen in die Küche. Einige Zeit später stemmte sich Matt ebenfalls aus dem Bett. Er kam zu ihr, schlang von hinten die Arme um ihre Taille und legte das Kinn auf ihre Schulter. Längst hatte sie sich an diese zärtliche Begrüßung gewöhnt und erwartete sie sehnsüchtig, wann immer er bei ihr war.

»Was machst du denn da?«

»Pfannkuchen.«

Er küsste sie auf die Seite des Halses. »Damit ich nach der vergangenen Nacht wieder zu Kräften komme?«

»Ja und bitte.«

Lachend ließ er sie los und schenkte sich eine Tasse Kaffee ein.

»Du siehst aus, als ginge es dir ein bisschen besser«, sagte er.

»Das ist auch so. Ich bin froh, dass wir einen Plan haben, für den ich weder meinen Namen ändern noch mein Konto komplett leer räumen und flüchten muss.«

Matt lehnte sich an die Küchentheke. Außer seinen Jeans trug er nur ein Lächeln. »Mir gefällt jeder Plan, bei dem du in meiner Nähe bleibst.«

Sie ging zu ihm, küsste ihn sanft und kümmerte sich dann wieder um das Frühstück. »Bis zu dem Telefonat mit Renee bleibt uns noch eine Stunde. Lass uns den Morgen genießen, bevor wieder das Chaos losbricht.«

Mit Pfannkuchen und Kaffee setzten sie sich vors Haus und schauten zu, wie die Welt langsam erwachte. Die Zeit verging viel zu schnell.

»Arbeitest du morgen?«, fragte Erin.

»Ich habe die Schicht getauscht. Bis wir wissen, wo dein Ex ist …«

»Ich hoffe, du kriegst deshalb keine Schwierigkeiten.«

»Keine Sorge, ich regle das schon.«

Sie schaute auf ihrem Telefon nach der Uhrzeit. Nur noch zehn Minuten bis neun. »Oje.«

»Meine Eltern erwarten uns heute Abend um halb sechs zum Essen. Grace hat vorhin auf meine Nachricht von gestern geantwortet. Sie kommt auch.«

Er machte Small Talk.

»Was soll ich denn mitbringen?«

Matts Augen strahlten. »Brownies.«

»Wenn du weiterhin solche Unmengen davon vertilgst, bist du bald selber einer.«

Er legte eine Hand auf seine Brust. »Stimmt. Ich bin süß und lecker. Willst du mal kosten?«

Mitten in ihr Lachen hinein klingelte das Telefon. Sie nahm den Anruf an und drückte auf das Lautsprechersymbol. »Hallo, Renee.«

»Hallo. Wie geht's?«

»Gut.«

»Findest du den Wassermelonencocktail auch so erfrischend?«

»Allerdings. Der ist köstlich.«

Matt schaute sie fragend an. »Wovon redet ihr?«

»Ich nehme an, dein Feuerwehrmann ist bei dir?«, fragte Renee.

»Bin ich.«

»Gut. Ich habe Neuigkeiten.«

Matt nahm Erins Hand in seine. »Wir hören«, sagte sie.

»Ich habe gestern Abend mit Desmonds Anwalt gesprochen und heute Morgen gleich noch mal. Gestern hat er mir versichert, Desmond sei in Griechenland, und gegen den völlig unbegründeten Eilantrag auf ein neues Kontaktverbot würde er rechtliche Schritte unternehmen.«

»Jemand hat meine Bremsen manipuliert.«

»Möglicherweise habe ich erwähnt, dass Desmond vielleicht bald einen Strafverteidiger mit den Spezialgebieten häusliche Gewalt und versuchter Mord anheuern sollte.« Renee lachte leise. »Einen Moment lang hat es Schwarz die Sprache verschlagen.«

»Leider können wir Desmond nichts beweisen.«

»Stimmt. Aber das kann sein Anwalt nicht wissen. Von mir erfährt der Mann nur das Allernötigste. Und heute Morgen hat er mich kurz benachrichtigt, dass er sein Mandat niederlegt.«

»Und das heißt was?«, fragte Erin.

»Das heißt, Desmonds Scheidungsanwalt wirft hin.«

»Kann er das einfach machen?«, erkundigte sich Matt.

»Er kann es versuchen, aber der Richter muss es genehmigen«, erklärte Renee. »Mandanten können ihre Anwälte jederzeit feuern. Für uns ist es dagegen viel schwerer, einen Mandanten fallen zu lassen. Schwarz muss gute Gründe dafür haben.«

»Hat er sie dir verraten?«

»Er meint, sein Mandant und er seien sich uneinig, wie es mit der Scheidung weiterlaufen soll.«

»Unüberbrückbare Differenzen?«, fragte Matt.

»Könnte man sagen. Aber für mich ist das bloß vorgeschoben. Ich glaube, Schwarz hat den Verdacht, dass Desmond etwas Ungutes plant. Deshalb kappt er die Verbindung. Er will nicht mit drinhängen.«

Die Worte drehten sich in Erins Kopf. »Was könnte man Schwarz denn vorwerfen?«

»Okay. Sagen wir, dir wird ein Mord zur Last gelegt und ich bin deine Verteidigerin. Unter Berufung auf das Anwaltsgeheimnis vertraust du mir an, dass du den Dreckskerl tatsächlich um die Ecke gebracht, ihm seine Eier in den Hals gesteckt …«

»Holla! Renee!«

»Sorry. Meine Fantasie ist mit mir durchgegangen. Jedenfalls bin ich als deine Anwältin verpflichtet, zu tun, was ich kann, um die Vorwürfe gegen dich zu entkräften und möglichst für einen Freispruch zu sorgen. Wenn du allerdings durchblicken lässt, dass du *gerade erst planst,* Desmond die Eier abzuschneiden und in den Hals zu stecken … «

»Dann werden Sie zur Mitwisserin«, folgerte Matt.

»Genau. Und jetzt zurück zum vorliegenden Fall. Wir beantragen ein weiteres Kontaktverbot, und Schwarz will plötzlich aussteigen. Für mich besteht da ein klarer Zusammenhang.«

»Schwarz weiß, dass Desmond nicht in Griechenland ist.« Erin schaute Matt an. Zu diesem Schluss waren sie auch schon gekommen. »Leider fehlen uns die Beweise dafür, dass er sich in der näheren Umgebung aufhält. Gestern Abend haben wir Freunden und Verwandten ein Foto von ihm gezeigt. Gesehen hat ihn bis jetzt niemand.«

»Heute bekommen es noch mehr Leute zu sehen«, sagte Matt zu Renee. »Mein Vater ist ein pensionierter Sheriff. Hier in der Gegend kennen wir fast jeden.«

»Prima. Und ich mache mich auch gleich wieder an die Arbeit.«

»Danke.« Erin dachte, damit sei alles gesagt.

Doch Renee redete weiter. »Aber erst muss ich dir noch etwas mitteilen.«

»Ach ja?«

»Heute Morgen hat dein Vater in der Kanzlei angerufen.«

»Wie bitte?« Die Frage klang fast wie ein Aufschrei.

»Jap. Meine Assistentin hat mit ihm gesprochen. Er sagt, er weiß, dass ich deine Anwältin bin. Er will nach Seattle kommen und sich mit mir treffen.«

Erin schaute Matt an und schüttelte den Kopf. »Aber warum denn? Wann?«

»*Warum,* kann ich nicht sagen. Aber *wann* ist morgen früh. Das Treffen findet natürlich nur statt, wenn du einverstanden bist.«

Die widersprüchlichsten Gefühle stürmten auf sie ein. »Er will irgendwas. Vermutlich hat Desmond ihm eingeredet, ich sei krank. Was wollte er mir noch mal andichten? Münch…?«

»Münchhausen. Ja, schon möglich. Oder aber dein Vater ist endlich zur Vernunft gekommen. Dass Angehörige sich mit mir in Verbindung setzen, nachdem jemand sich eine neue Identität zugelegt hat, kommt hin und wieder vor. Aus Reue, weil sie ein schlechtes Gewissen haben oder weil ein naher Verwandter im Sterben liegt … Gründe gibt es viele. Er fliegt aus Chicago hierher, anstatt schlicht eine E-Mail zu schreiben. Für mich sieht das so aus, als wollte er Schriftverkehr unbedingt vermeiden. Ich schlage vor, ich spreche mit ihm und sage dir hinterher, was er wollte. Zuhören kann nicht schaden.«

»Okay. Du bist die Expertin.«

»Und in der Zwischenzeit, Kopf hoch. Klingt, als hättest du ziemlich viel Unterstützung. Beim letzten Mal war das anders. Nimm die Hilfe an. Vielleicht kann ich dir bei Büroschluss schon mehr sagen. Wenn nicht, dann telefonieren wir morgen um dieselbe Zeit.«

»Danke, Renee.«

Beim Auflegen merkte Erin, dass sie fast während des gesamten Gesprächs auf eine der großen Eichen draußen auf dem Rasen gestarrt hatte. Ihre Venen schienen zu vibrieren, auch ohne dass ihr das Herz bis zum Hals schlug.

»Alles in Ordnung?«, fragte Matt.

»Mein Vater stand immer auf Desmonds Seite. Sicher will er nur persönlich mit Renee sprechen, um ihr mit rechtlichen Schritten zu drohen.«

»Ich glaube, um Renee musst du dir keine Sorgen machen. Sie scheint eine ziemlich clevere Lady zu sein. Aber am besten gefällt mir, dass sie deinen Ex gern mit seinen eigenen Eiern füttern würde.«

Matt brachte sie in fast jeder Situation zum Lachen.

»Ja, die Vorstellung hat was.« Erin nickte.

»Soweit ich weiß, bringt man männliche und weibliche Häftlinge allerdings in getrennten Anstalten unter. Wir sollten ihm seine Eier also nur im übertragenen Sinn in den Hals stecken.«

Sie legte den Kopf an seine Schulter.

* * *

»Sie können nicht einfach hinschmeißen, verdammt. Ich verklage Sie. Ich sorge dafür, dass Sie Ihre Zulassung verlieren.«

»Es ist ein Scheidungsfall, Brandt. Noch dazu einer, bei dem Ihre zukünftige Ex-Frau weder die Hälfte von allem noch Unterhalt und auch kein Schmerzensgeld fordert. Dabei wissen wir beide, dass ihr das zustehen würde. Wenn ich auf eine weitere Zusammenarbeit mit Ihnen verzichte, entsteht Ihnen also kein größerer finanzieller Schaden.«

Darauf war Desmond nicht gefasst gewesen. »Wollen Sie mir irgendwas unterstellen?«

»Selbstverständlich nicht. Aber der Richter hat keinen Grund, mir die Niederlegung des Mandats zu verweigern. Ich schlage also vor, Sie suchen sich zeitnah einen neuen Anwalt. Sie werden einen brauchen.«

Desmond strich sich über den Bart. »Was zum Teufel soll das heißen?«

»Die Anwältin Ihrer Frau zieht die Sache mit dem Kontaktverbot durch. Ich bin verpflichtet, Ihnen das zu sagen. Das wäre hiermit erledigt und damit bin ich raus. Die Schlussrechnung erhalten Sie Ende der Woche.«

»Sie können mich mal. Klagen Sie das Geld ein.«

»Okay.«

Schwarz legte auf und Desmond platzte der Kragen. Sein Telefon flog quer durchs Hotelzimmer. Es starb einen schnellen Tod und ließ ihn mit dem drängenden Wunsch zurück, auf etwas Größeres einzudreschen. Nachdem Grace ihn hatte stehen lassen, hatte er sich in dieser Absteige im San Fernando Valley eingemietet. Er war in einem Dreckloch gelandet, konnte aber nicht riskieren, in Santa Clarita zu bleiben, wo die Sheriffs praktisch zur Hudson-Familie gehörten. Es wäre schön gewesen, das zu wissen, bevor er sich an Grace herangemacht hatte.

Die Sache mit ihr war ein riesiger Fehler gewesen.

Aber immerhin war er hier. Alles, was er jetzt brauchte, waren ein paar Tage Zeit.

Und neue Kleider.

In einem Anzug durch diese Stadt zu spazieren, war viel zu auffällig.

Zu Hause standen die nötigen Ärzte parat, und er hatte für seine kranke Frau bereits einen Platz in einer Anstalt reserviert.

Jetzt musste er handeln, und zwar schnell.

Ja. Manchmal musste man die Dinge eben selbst in die Hand nehmen, um denen zu helfen, die man liebte.

* * *

Ohne anzuklopfen, trat Matt ins Haus seiner Eltern. Anklopfen wurde von ihm nicht erwartet und brachte ihm, wenn er es doch einmal tat, nur fragende Blicke und Stirnrunzeln ein.

Erin wollte sich unbedingt von ihrer besten Seite zeigen. Das wusste er, weil sie drei verschiedene Outfits anprobiert und sich am Ende doch für das erste entschieden hatte. Auf dem Weg zu seinen Eltern waren sie bei seinem Haus vorbeigefahren. Er hatte ein paar Kleider und andere Notwendigkeiten für einen längeren Aufenthalt bei ihr eingepackt. Auch eine Uniform hatte er mitgenommen, denn für die nächsten Tage waren Santa-Ana-Winde vorhergesagt. Zwar hatte er seine Schicht getauscht, doch falls es ein größeres Feuer gab, war ein Einsatz unvermeidlich. Schon deshalb mussten sie nach dem Gespräch mit seinen Eltern, vor allem aber mit seinem Dad, einen besseren Plan schmieden. Er konnte Erin unmöglich rund um die Uhr persönlich bewachen.

Sie zupfte ihr Sommerkleid zurecht und strich sich noch einmal durchs Haar.

»Du siehst aus wie ein warmer Morgensonnenstrahl«, versicherte er ihr.

Hand in Hand ging Matt mit Erin den kurzen Flur entlang zu der offenen Küche, die direkt an das geräumige Wohnzimmer grenzte. In der freien Hand hielt er die Box mit den frisch gebackenen Brownies. »Hallo?«, rief er.

»Wir sind schon draußen«, antwortete seine Mutter vom Garten aus.

Hinter der Terrassenschiebetür stand sein Vater am Grill, seine Mutter und Grace saßen gemütlich unter einem Sonnenschirm.

Grace sprang auf und umarmte Erin. »Tut mir leid, dass ich gestern Abend nicht kommen konnte.« Sie schnaubte.

»Wie war dein Date?«, fragte Erin.

»Eine komplette Katastrophe.«

»Oh nein.«

»Angefangen hat es ganz gut. Tolles Essen, nette Unterhaltung. Und kurz vor Schluss hat er mir dann eröffnet, dass er verheiratet ist.«

»Klärt man so was denn nicht vor einem Date ab?«, fragte ihr Vater.

»Ich dachte, das hätten wir getan. Aber – Überraschung! – er hat mich belogen. Es ist doch immer dasselbe!«

Erin legte den Arm um sie. »Das ist gemein. Und es tut mir leid.«

»Mir auch.«

Matt stellte sich zu seinem Vater an den Grill. »Du kannst deine Vorfreude gleich zügeln, Sohn. Es gibt bloß Hühnchen. Der Arzt sagt, meine Cholesterinwerte seien zu hoch, deshalb hat deine Mutter mich auf Diät gesetzt.«

»Von einem Hungerhaken bist du noch weit entfernt, Dad.«

»Warte nur, bist du in mein Alter kommst und nicht mehr dauernd mit dem Feuerwehrschlauch durch die Gegend rennst. Dann hast du auch einen Papibauch.« Emmitt tätschelte die Rundung. »So sieht deine Zukunft aus, wilder junger Mann.«

Matt warf einen Blick über die Schulter und sah, wie Erin über etwas lachte, was seine Schwester gesagt hatte. »Wenn zu dieser Zukunft eine Frau gehört, die mich auf Diät setzt, weil sie mich liebt und noch ein paar Jahre um sich haben will …

und dazu noch meine Familie, nehme ich den Rettungsring in Kauf.«

Sein Vater senkte die Stimme. »Ich mag sie, Matt. Sie tut dir gut.«

»Ich stecke schon ziemlich tief drin.«

»Beruht das auf Gegenseitigkeit?«

Matt nickte. »Aber es ist ein bisschen kompliziert.«

»Willst du mir das näher erklären?«

»Deshalb wollen wir mit euch sprechen. Und wir brauchen euren Rat.«

»Klingt ernst.«

Matt nickte. »Ist es auch.«

Zwanzig Minuten später war das Hühnchen vom Grill. Dazu gab es einen bunten Salat und geröstete Maiskolben.

Erin aß nur wenig und hörte mittendrin ganz auf. Matt nahm an, dass ihr das bevorstehende Gespräch auf den Magen schlug und sie es gern hinter sich bringen wollte. Er entschied sich für den Sprung ins kalte Wasser und holte tief Luft.

»Ihr fragt euch sicher, warum wir von heute auf morgen dieses kleine Familientreffen organisiert haben«, begann er.

»Für ein Abendessen mit meinen Kindern brauche ich keinen besonderen Grund«, sagte Nora.

»Ich weiß, Mom. Aber wir brauchen euren Rat. Und was noch wichtiger ist, wir müssen euch warnen.«

In den nächsten Minuten fasste Matt zusammen, was er von Erin über ihre Vergangenheit erfahren und was ihre Anwältin herausgefunden hatte. Auch vom vorigen Abend mit Colin, Parker und ihrer Familie berichtete er.

Bald ließen seine Eltern und seine Schwester ungläubig die Gabeln sinken, lehnten sich zurück und versuchten, das Gehörte zu verarbeiten.

Dicht neben dem rechten Mundwinkel seines Vaters begann ein Nerv zu zucken. Matt kannte dieses Warnsignal.

Hier braute sich Wut zusammen. Dem Zucken konnte jederzeit ein Ausbruch folgen.

»Dieser Mann ist also für den Unfall verantwortlich«, stellte Emmitt fest, als Matt alle Tatsachen ausgebreitet hatte. Sie klangen wie das Skript einer Seifenoper, waren aber leider sehr real.

»Wir nehmen es an.«

»Wann kann er denn die Bremsleitungen kaputtgeschnitten haben? Während wir mit Kleiderkaufen beschäftigt waren?«, fragte Grace.

»Die Tiefgarage war ziemlich voll und schlecht beleuchtet. Also …«, sagte Erin.

»Wart ihr schon bei der Polizei?«, fragte sein Vater.

»Den Unfallbericht haben wir inzwischen bekommen. Aber sobald Erin Desmond als Verdächtigen ins Spiel bringt, erfährt er ihren neuen Namen und ihren Aufenthaltsort. Ihre Anwältin meint, wir brauchen erst Beweise, dass er hier ist. Und im Moment sind einige Dinge am Köcheln.«

»Wie zum Beispiel?«, fragte Grace.

Die Antwort kam von Erin. »Desmonds Anwalt hat hingeworfen. Meine Anwältin hat einen Eilantrag auf ein weiteres Kontaktverbot gestellt.«

»Klingt, als würde der Mann gerade sein Team verlieren«, stellte Emmitt fest.

»Er hat Geld. Er kann sich ein neues leisten.«

Matt schaute zu, wie sein Vater aufstand und hin und her ging. »Wo liegt sein Motiv? Eine Frau, die er misshandeln kann, würde er doch leicht wieder finden. Kerle wie er scheinen schwache Frauen magisch anzuziehen.« Er blickte auf. »Entschuldigung.«

»Nein, schon gut«, sagte Erin tapfer. Aber Matt wusste, wie tief die Worte sie trafen.

»Er verzögert die Scheidung. Warum? Verlangst du einen schwindelerregenden monatlichen Unterhalt?«

»Nein. Ich möchte nur alles hinter mir lassen. Ich will sein Geld nicht.«

»Und was ist mit ihm? Will er etwas von dir?«

Erin setzte sich aufrechter hin und hob die Schultern. »Bis vor Kurzem hätte ich das verneint. Aber meine Anwältin glaubt inzwischen, die Firmenanteile, die mein Vater Desmond und mir zur Hochzeit geschenkt hat, könnten uns gemeinsam gehören. Sie meint, Desmond will mich unter Druck setzen, damit ich sie ihm überschreibe.«

»Und um welche Summe geht es dabei?«, fragte Grace.

Matt schaute seine Schwester an. »Wir sprechen von einer Firma mit mehreren Milliarden Umsatz.«

»Na also!« Emmitt setzte sich wieder. »Habgier ist ein starkes Motiv. Die Spur des Geldes führt zum Täter.«

»Dann ist dieses Motiv ein Vorteil für uns?«, fragte Erin.

Emmitt schüttelte den Kopf. »Nach meiner Erfahrung eher nicht. Bei einem Verbrechen aus Liebe oder Eifersucht wärt nur ihr beide in Gefahr. Matt hätte ein Problem, weil er mit dir zusammen ist. Und du hättest eins, weil der Typ dich für sich allein haben will. Aber wenn es ums Geld geht, tut er alles, um es zu kriegen. Selbst wenn er dafür Bremsleitungen kaputtschneiden muss. Wer dabei verletzt wird oder umkommt, ist ihm völlig egal.« Emmitt zeigte auf Erin. »Wenn er fürchtet, durch eine Scheidung deine Firmenanteile zu verlieren, muss er sie eben erben. Und dazu musst du tot sein. Oder unzurechnungsfähig.«

Matt tauschte einen Blick mit ihr. »Münchhausen«, murmelte er.

»Wie bitte?«, fragte Nora.

Erin schüttelte den Kopf. »Warum wird mir das jetzt erst klar? Eigentlich arbeitet er darauf schon seit Jahren hin.«

»Laut Erins Anwältin behauptet Desmond, Erin würde unter dem Münchhausen-Syndrom leiden. Bei dieser Störung gibt man vor, krank zu sein, oder verletzt sich sogar selbst, weil man Aufmerksamkeit sucht und Mitgefühl will.« Matt nahm Erins Hand und drückte sie. »Er wird sagen, du hättest die Bremsleitungen selbst manipuliert.«

»Dabei wüsste ich nicht mal, wo man die findet«, murmelte Erin.

»Klingt, als wäre dieser Mann komplett plemplem«, sagte Nora.

Emmitt tätschelte die Hand seiner Frau. »Plemplem vielleicht, aber nicht dumm. Er muss nur einen Psychiater davon überzeugen, dass Erin eine Bedrohung für sich selbst darstellt, und was immer sie dann tut oder sagt, kann so ausgelegt werden, dass er recht hat. Sie für zweiundsiebzig Stunden zu ihrem eigenen Schutz einweisen zu lassen, wäre kein großes Problem. Viel schwerer wäre es für sie zu beweisen, dass sie völlig normal ist. Je mehr du nämlich zeterst und beteuerst, kein bisschen krank oder verrückt zu sein, desto weniger glaubt man dir.«

»Und ganz sicher gibt es auch bestechliche Psychologen«, fügte Erin hinzu.

»Verdammt, und ich dachte, ich hätte eine miese Woche. Du Ärmste!«, sagte Grace mitfühlend zu ihr.

Einen Moment lang starrten alle nachdenklich vor sich hin. »Hast du einen Vorschlag, was wir jetzt machen sollen?«, fragte Matt schließlich seinen Vater.

»Der Mann hat Löcher in Bremsleitungen geschnitten oder jemanden dafür bezahlt. Damit hat er sämtliche roten Linien übertreten. Wir zeigen sein Foto allen unseren Bekannten. Wir warnen die Familie vor ihm. Und ganz gleich, was deine Anwältin sagt, Erin, ihr geht jetzt sofort zur Polizei und zeigt den Kerl an. Angriff oder Verteidigung? Wer ist im Vorteil?«

»Wer als Erster aktiv wird, hat einen Vorsprung«, antwortete Matt.

Sein Vater zeigte auf ihn. »Genau.«

Jetzt, wo sie einen Plan hatten, fühlte sich Matt schon deutlich besser. So gern er auf Renee vertrauen wollte, seinem Vater vertraute er noch mehr.

»Und wie sieht dieser Kotzbrocken nun aus?«, fragte Grace.

Erin kramte das Telefon aus ihrer Handtasche und scrollte durch ein paar Fotos.

»Versuch, dir nicht zu viele Sorgen zu machen, Sohn. Das bringt dich bloß durcheinander und vernebelt deinen Blick. Gemeinsam schaffen wir das schon.« Sein Vater klopfte Matt auf den Rücken.

»Das ist er.« Erin schob Grace das Telefon hin.

Grace vergrößerte das Foto, dann machte sie plötzlich ein Würgegeräusch. Die Farbe wich aus ihrem Gesicht, sie sprang auf und rannte ins Haus.

»Gracie?«

Matt eilte hinter ihr her, der Rest der Familie folgte.

Grace stürzte direkt zur nächstgelegenen Toilette und erbrach ihr Abendessen.

»Ich hoffe, es lag nicht an meinem Hühnchen.« Emmitt drehte sich weg.

Erin stellte sich hinter Grace und hielt ihr das Haar aus dem Gesicht. Nora drehte den Wasserhahn auf und befeuchtete einen Waschlappen.

»Auwei.« Matt wollte sich gerade abwenden.

»Mein Date gestern Abend. Das war Desmond.«

Kapitel 29

Wenn die Mutter verschwand, bevor man zehn Jahre alt war, und der Vater einen nur ertrug, indem er eine Serie von Kindermädchen bezahlte und einen alljährlich für viele Wochen ins Sommerlager schickte, entwickelte man nicht unbedingt einen ausgeprägten Familiensinn. Aber jetzt saß Erin vor einem Detective und einem mit Matt befreundeten uniformierten Polizisten im Besprechungszimmer der Polizeiwache. Und Mr und Mrs Hudson waren genauso selbstverständlich mitgekommen wie Matt und Grace. So viel Verständnis und Unterstützung machten Erin sprachlos. Mit solchen Angehörigen wäre sie nie bei einem Mann geblieben, der sie schlug. Und Desmond hätte schon vor langer Zeit seine Hoden geschluckt.

Sobald Grace wieder auf den Beinen war, hatte Emmitt darauf bestanden, dass sie in die Stadt fuhren. Dort war er in die Wache marschiert, als trüge er noch immer eine Uniform.

Zwei Stunden lang gaben sie alles zu Protokoll, was sie wussten. Solange sie nichts anderes beweisen konnten, war es am besten, von der Annahme auszugehen, dass die Bremsleitungen bereits vor der Fahrt nach L.A. hier in Santa Clarita vorsätzlich beschädigt worden waren.

Grace blieb während der ganzen Prozedur ungewöhnlich still. Beim Verlassen der Wache hakte sie sich bei Erin unter. »Ich komme mir so furchtbar dämlich vor.«

Jetzt war es an Erin, Grace zu trösten. »Er hat Charme und Charisma. Er ist ein Meister der Manipulation. Eigentlich sollte er einen Ratgeber schreiben über die Kunst, ungestraft zu lügen.«

Grace lachte. Zusammen gingen sie über den Parkplatz. »Du klingst jetzt viel gelassener als vorhin.«

Erin atmete tief durch. »Es war gut, zur Polizei zu gehen und etwas in Gang zu bringen. Desmond soll für alles, was er mir … uns allen … angetan hat, bezahlen. Im Moment ist es ein bisschen so, als hätte ich die ersten Meilen eines Marathons geschafft. Und zwar besser als erwartet. Okay, beim Zieleinlauf werde ich total erledigt sein. Aber jetzt gerade fühle ich mich stark. Er hat sich an meiner Angst geweidet. Aber weißt du was? Dafür stehe ich nicht mehr zur Verfügung.«

»Was glaubst du, warum hat er sich an mich rangemacht?«, fragte Grace.

»Um zu zeigen, dass er es kann. Und um mich einzuschüchtern.«

Grace blieb vor dem Wagen ihrer Eltern stehen. »Offenbar hat er nicht damit gerechnet, dass dir seit der Trennung von ihm Eier gewachsen sind.«

Erin schaute an sich hinunter, dann lachte sie zusammen mit Grace. Sie umarmte Matts Schwester fest. »Es hätte mich umgebracht, wenn dir etwas zugestoßen wäre.«

Grace lehnte sich zurück und schaute ihr in die Augen. »Es ist nichts passiert. Und wenn, dann wärst du nicht dafür verantwortlich gewesen. Noch so eine Chance wird er nicht bekommen.«

Erin freute sich über die warmen Worte. Trotzdem hätte sie die Schuld vermutlich bei sich gesucht. »Hat er wenigstens das Abendessen bezahlt?«

Grace grinste. »Ja. Und ich habe richtig teuren Wein bestellt.«

Matt schloss zusammen mit seinen Eltern zu ihnen auf und klatschte einmal kurz in die Hände. »Okay, kleine Schwester. Mom und Dad bringen dich jetzt zu dir nach Hause, damit du ein paar Sachen packen kannst. Du kommst entweder mit zu ihnen oder mit zu uns«, wandte er sich an Grace.

»Oh, bitte …«

»Gracie?« Emmitts Tonfall erstickte jeden Widerspruch.

»Okay. Wenigstens steht mein altes Bett noch im Gästezimmer. Immer noch besser, als Matts und Erins nächtliches Treiben mitzubekommen und ständig daran erinnert zu werden, dass ich für alle Zeiten single bleiben werde.«

Matt tätschelte seiner Schwester den Rücken. »Ich hatte eher daran gedacht, dich bei Parker und Colin im Ranchhaus einzuquartieren.«

»Als wäre das viel besser.« Grace verdrehte die Augen.

Nora nahm Erin in die Arme. »Wann immer du etwas brauchst …«

»Vielen Dank«, sagte Erin.

»Tägliche Updates«, kommandierte Emmitt.

»Es tut mir schrecklich leid, dass ich euch in meine Probleme hineinziehe.« Erin schaute betreten zu Boden.

»Junge Frau?« Emmitt hatte seine Dad-Stimme gefunden. Dass es so etwas gab, hatte Erin zwar gewusst, doch mit eigenen Ohren hörte sie es zum ersten Mal.

»Ja, Sir?«

Er schaute ihr fest in die Augen, jede Spur von Heiterkeit wich aus seinem Blick. »Entschuldige dich nicht für etwas, wofür du nichts kannst. Nie wieder. Verstanden?«

In ihrer Kehle bildete sich ein dicker Klumpen. »Ja, Sir.«
Er breitete die Arme aus und drückte sie an seine Brust.

* * *

»Dein Vater sitzt hier bei mir in der Kanzlei. Ich glaube, was er zu sagen hat, möchtest du hören.«

Am Vorabend hatten sie Renee angerufen und sie informiert, dass Desmond sich tatsächlich in der Gegend aufhielt und sie zur Polizei gegangen waren. Inzwischen war es neun Uhr morgens, und Renee meldete sich wie vereinbart.

»Er hat seit Jahren nichts Hörenswertes von sich gegeben. Was soll jetzt plötzlich anders sein?«

»Reue und Bedauern sind starke Gefühle. Wenn du darauf bestehst, setze ich ihn vor die Tür. Aber als deine Anwältin muss ich in deinem besten Interesse handeln, und im Moment glaube ich, es ist gut, wenn du ihm zuhörst.«

Erin und Matt lagen mit ihren Kaffeetassen auf dem Bett. Matt nickte ihr zu. »Es ist deine Entscheidung. Aber Zuhören verpflichtet dich zu nichts.«

Offenbar war es Zeit, sich ihren Dämonen zu stellen. Und ein Gespräch mit ihrem Vater gehörte dazu. »Okay.«

»Gib mir zwei Minuten. Ich gehe in mein Büro und schalte den Lautsprecher ein.«

Erin schloss die Augen.

»Du kannst jederzeit auflegen, Babe. Du hast es in der Hand.«

»Du sagst immer das Richtige.«

Matt zwinkerte ihr zu. »Jahrelange Übung.«

Die Leitung klickte. »Bist du noch da?«, fragte Renee.

»Wir sind beide da«, antwortete Erin.

»Okay, Mr Ashland. Legen Sie los. Und denken Sie daran: Sie sind in meiner Kanzlei und ich berechne fünfhundert die Stunde.«

»Maci?« Die tiefe Stimme ihres Vaters drang durchs Telefon.

»Ich höre.«

»Verdammt. Ich dachte schon, ich könnte nie wieder mit dir sprechen.«

Das Telefonat begann anders als erwartet. »Und ich dachte, genau das wolltest du, als du gesagt hast, ich solle erwachsen werden und meine Probleme selbst lösen.« Sie schleuderte ihm die Worte hastig hin und hoffte, sie würden ihm so sauer aufstoßen, dass er seinen Morgenkaffee verfluchte.

»Das habe ich wohl verdient.«

»Gibt es einen tieferen Grund für diese Unterhaltung?« Sie hatte nicht die geringste Lust, die Flammen der Vergangenheit noch einmal anzufachen.

»Ich habe deine Anwältin angerufen, um ihr mitzuteilen, dass Desmond weiß, wo du bist. Denn als ich erfahren habe, dass nicht mal deine Schwester deine Adresse kennt, ist mir klar geworden, wie sehr ich mich in dem Mann getäuscht habe. Dass du mit mir brichst, hätte ich verstanden. Ich war ein lausiger Vater.«

»Das kannst du gleich noch mal sagen.«

»Ja, also jedenfalls …«

»Nein. Sag es noch mal. Ich weiß nämlich nicht, ob ich meinen Ohren traue.«

Zu hören, wie er tief Luft holte und erneut eingestand, dass er als Vater versagt hatte, war mehr wert als aller Tee in China. »Ich war ein lausiger Vater. Ich habe weder dich noch deine Schwester verdient. Wie leer mein Leben ist, wurde mir erst bewusst, nachdem ich Desmond in die Abgründe seiner irren Gedanken gefolgt war und ihm zunächst geglaubt hatte.«

»Geht das genauer?«

»Er hat behauptet, du seist krank und er habe deine Krankheit vom ersten Tag eurer Ehe an vor der Welt verborgen. Etwa einen Monat nachdem du verschwunden warst, stand Helen plötzlich vor meiner Tür. Sie hat getobt. Für jeden Bluterguss, für all deine Schmerzen hat sie mich verantwortlich gemacht. Auch deine Briefe hat sie mir gezeigt.«

An die Briefe erinnerte Erin sich gut. Sie hatte sich darin von ihrer Schwester verabschiedet und sie inständig gebeten, nicht nach ihr zu suchen. Sie hatte Angst gehabt, Helen könnte sonst für Desmond zum Köder werden. Oder Desmond könnte sie, Erin, ausfindig machen, wenn sie den Kontakt zu ihrer Schwester aufrechterhielt. Mit brandgefährlichen Konsequenzen. In den Briefen hatte sie ihre albtraumhafte Ehe detailliert geschildert. Falls ihr etwas zustieß, sollten sie als Beweismittel dienen. Erin wusste, dass Helen in einem solchen Fall für sie kämpfen würde.

»Es tut mir leid, dass ich dir nicht zugehört und dich abgewiesen habe, Maci. Es tut mir wirklich leid.«

Erin schloss die Augen. »Deine Entschuldigung kann ich noch nicht annehmen. Sie kommt so plötzlich. Ich brauche Zeit.«

»Das verstehe ich. Ich bin schon froh, dass du überhaupt mit mir redest. Zu deiner Anwältin bin ich einerseits gekommen, um deine Stimme zu hören und deiner Schwester sagen zu können, dass es dir gut geht. Aber ich möchte dir auch Unterstützung anbieten. Emotional und finanziell.«

»Ich will dein Geld nicht.«

Renee räusperte sich. »Fünfhundert die Stunde, Maci. Nimm es an.«

Dafür war es noch zu früh.

»Außerdem habe ich wichtige Informationen«, fuhr ihr Vater fort.

»Jetzt wird es interessant. Du wirst staunen«, sagte Renee.

»Ich habe deiner Anwältin Kopien meiner Unterlagen mitgebracht. Von der Schenkung an Desmond und dich. Die einundfünfzig Prozent von Vertex gehören dir und ihm zusammen.«

»Das hatten wir uns bereits gedacht.«

»*Zusammen* bedeutet, dir gehören zwanzig und Desmond einunddreißig Prozent. Die Anteile habe ich dir als vorzeitiges Erbe überschrieben. Im Fall einer Scheidung kann Desmond sie dir nicht nehmen. Genau so hatte ich es beabsichtigt.«

»Desmond hat behauptet, die Anteile wären meine Mitgift und du hättest sie ihm überlassen.«

»Ich habe ihm das Recht eingeräumt, Vertex zu kontrollieren, weil du kein Interesse an der Firma hattest. Trotzdem gehören deine Anteile allein dir.«

»Mir hat er etwas ganz anderes gesagt.«

»Ich hätte doch darauf bestehen sollen, dass du Betriebswirtschaft studierst«, murmelte ihr Vater. »Wie dem auch sei. Du hast dir eine Scheidungsanwältin genommen, deine Schwester hat mir nach Strich und Faden die Leviten gelesen und ich habe endlich ein paar Dinge begriffen. Deshalb habe ich begonnen, meine Investitionen umzuschichten. Inzwischen halte ich insgesamt dreiunddreißig Prozent an Vertex, wenn auch diskret und in mehreren Paketen. Du bist nicht die einzige Ashland, die sich einen neuen Namen zulegen kann.«

»Und wozu das alles?«

Ihr Vater seufzte. »Ich lebe in einer Welt aus Zahlen. Ich marschiere nicht in irgendeine Bar und lasse die Fäuste fliegen, um etwas klarzustellen. Aber mit Firmenübernahmen kenne ich mich aus. Von Vertex gehören dir und deiner Schwester jetzt dreiundfünfzig Prozent. Ihr könnt den Geschäftsleiter vor die Tür setzen und ihn durch einen mental kompetenten Firmenchef ersetzen.«

Erin fiel die Kinnlade herunter. »Nicht dein Ernst.«

»Wie gesagt, ich bin ein lausiger Vater«, wiederholte er. »Aber ich kann ein erstklassiges Arschloch sein.«

Matt drückte ihre Hand.

»Ich habe die Unterlagen vor mir auf dem Schreibtisch, Maci. Die Besitzverhältnisse sind eindeutig. Desmond weiß sicher auch, dass deine Anteile allein dir gehören, und dreht deshalb gerade durch.«

Matt meldete sich zum ersten Mal zu Wort. »Wenn Desmond merkt, dass man ihn eigentlich bereits vom Chefsessel gekippt hat, wird er wahrscheinlich noch gefährlicher.«

»Wer spricht da?«, fragte ihr Vater.

»Mein Name ist Matthew Hudson, Mr Ashland. Und im Gegensatz zu Ihnen habe ich kein Problem damit, in eine Bar zu marschieren und die Fäuste fliegen zu lassen. Vor allem, wenn es darum geht, Ihre Tochter zu beschützen.«

Erin lächelte über Matts hitzige Worte und drückte seine Hand an ihr Gesicht.

»Was Desmond betrifft, sind wir ganz Ihrer Meinung, Matt. Deshalb haben Mr Ashland und Helen bis jetzt keine öffentliche Erklärung abgegeben«, sagte Renee.

»Ich habe mit den Behörden in Chicago und Kalifornien gesprochen. Wir halten es für das Klügste, Desmond in sein Büro zurückzulocken, wo wir ihn im Auge haben, wenn die Neuigkeiten öffentlich werden. Für dich, Erin, wäre das vermutlich am sichersten.«

Erin legte die Stirn in Falten. »Woher wusstest du, dass ich in Kalifornien bin?«

»Du wurdest im Mai am Flughafen in Los Angeles gesehen. Möglicherweise habe ich ein paar Dutzend Leute bezahlt, um dich aufzuspüren.«

»Dad!«

»Tut mir leid. Du wolltest das nicht, ich weiß. Aber ich musste verhindern, dass Desmond dich zuerst findet.«

»Er hat mich gefunden.«

»Ja, das habe ich erfahren. Er hat mich angerufen.« Er räusperte sich. »Um Erlaubnis zu bitten, ist normalerweise nicht meine Art. Aber jetzt muss ich wohl über meinen Schatten springen. Darf ich zu dir kommen und dich nach Chicago begleiten?«

»Mein Leben ist jetzt hier.« Erin schaute Matt an. »Hier gibt es Menschen, die mich lieben.«

»Du musst nicht ewig in Chicago bleiben. Nur lange genug, um Desmond von den Menschen wegzulocken, die dir wichtig sind.«

»Ich lasse es mir durch den Kopf gehen.«

Matt nickte ihr bestätigend zu.

»Ich werde warten.«

Eine Windböe rüttelte am Schlafzimmerfenster.

Einen Moment lang breitete sich ratloses Schweigen aus. Erin hatte keine Ahnung, wie sie sich verabschieden sollte.

»Eine weitere Bitte steht mir eigentlich nicht zu«, sagte ihr Vater schließlich. »Aber eins noch …«

»Okay …«

»Ruf deine Schwester an.«

Erin drückte eine Hand auf ihre Brust. Konnte sie das tun? »Renee?«

»Die Katze ist aus dem Sack. Ich sehe keinen Grund, der dagegenspricht.«

Allein der Gedanke an die Stimme ihrer Schwester trieb ihr Tränen in die Augen. »Danke.«

»Ich melde mich heute Abend noch mal«, sagte Renee. »Das sind gute Neuigkeiten. Aber jetzt musst du noch mehr auf der Hut sein. Wenn Desmond Wind von der Sache bekommt …«

»Ich weiß. Glaub mir, ich weiß nur zu gut, wozu der Mann in der Lage ist, wenn ihn der Zorn packt.«

Matt zog das Telefon zu sich. »Danke, Renee. Mr Ashland, wir melden uns.«

Nach dem Gespräch starrten sie beide noch eine geschlagene halbe Minute lang schweigend auf das Telefon.

»Ich kann Helen anrufen!« Erin beugte sich vor und küsste Matt. Dann wählte sie die Nummer ihrer Schwester und drückte das Telefon ans Ohr.

»Hallo?« Sobald Erin die Stimme ihrer Schwester hörte, kamen ihr Tränen, und Matt verließ das Zimmer.

»Helen, ich bin's.«

»Maci? Maci!« Helen schrie ihren Namen geradezu heraus. »Geht es dir gut? Bitte sag ...«

»Ja, es geht mir gut.«

»Hat er dich ...«

»Nein, Helen. Oder, ja, aber ...« Sie wollte nicht darüber sprechen. Nicht jetzt sofort. »Es tut so gut, deine Stimme zu hören.«

Helen begann zu schluchzen. »Ich dachte, ich höre nie wieder etwas von dir.«

»Das dachte ich auch.«

»Aber warum jetzt doch?« Helen schnappte nach Luft. »Oh nein. Nein, nein, nein! Er hat dich gefunden. Großer Gott, er hat dich gefunden!«

Zu gern hätte Erin etwas anderes behauptet, doch in den nächsten zehn Minuten erklärte sie ihrer Schwester, was passiert war.

»Aber ich bin hier gut geschützt. Und ich habe unheimlich viel Unterstützung.«

»Wo bist du? Ich will dich unbedingt sehen.«

»Ein bisschen müssen wir noch warten. Wir nehmen an, dass Desmond in der Nähe ist. Wenn du herkommst, könnte er auch für dich zur Gefahr werden. Sobald die Polizei ihn hat, sehen wir uns wieder.«

»Ich will zu dir, Gefahr hin oder her.« Ihre Schwester war schon immer sehr unerschrocken gewesen.

Anstatt dagegenzuhalten, sagte Erin: »Ich habe mit Dad gesprochen.«

»Hat er dir von den Anteilen erzählt?« Das Ablenkungsmanöver war offenbar geglückt.

»Ja. Ich hatte das Gefühl, mit einem völlig anderen Menschen zu reden.«

»Als du abgetaucht warst, habe ich ihm eine Riesenszene gemacht. Irgendwie muss ich wohl zu ihm durchgedrungen sein. Anfangs hat er noch geglaubt, ich wäre ein bisschen zu dramatisch. Aber dann hat Desmond sich mit ihm in Verbindung gesetzt und etwas von deinen angeblichen psychischen Problemen gefaselt. Dadurch ist Dad endlich aufgegangen, wie ernst die Sache ist. Er hat Privatdetektive nach dir suchen lassen und mir von den Anteilen erzählt.«

»Und was meinst du dazu?«

»Wenn ich Desmond ein paar Knochen brechen könnte, würde ich dafür sogar in den Knast gehen. Ihn bloß finanziell zu schädigen, ist mir viel zu wenig. Aber das ist legal und wird ihm wehtun. Und meine Kleinen brauchen mich.«

Erin kuschelte sich mit dem Telefon in eine Sofaecke und redete eine ganze Stunde lang mit ihrer Schwester über ihre Nichte und ihren Neffen. Am Ende des Gesprächs saß sie auf dem Fußboden. Sie hatte das Telefon ans Ladekabel angeschlossen und Helen von Matt, Parker und den anderen erzählt. Immer wieder kamen sie zwischendurch auf Desmond zu sprechen, auf Erins neues Leben und dann wieder auf Helen und ihre Familie. Vor dem Auflegen versprach Erin, sich von nun an täglich zu melden. Mindestens eine Textnachricht würde sie schicken, damit Helen wusste, dass es ihr gut ging.

Nach dem Anruf fühlte sie sich endgültig stark genug, um zurückzuschlagen. Es wurde höchste Zeit. Und wenn sie dafür nach Chicago zurückkehren musste, würde sie es tun.

Doch ihr Zuhause war jetzt woanders. In Chicago würde sie nur das Nötige erledigen. Mit einem Rückflugticket in der Tasche.

Kapitel 30

Ob sich Desmond im Urlaub oder auf einer Geschäftsreise befand, mit der Firma hielt er immer Kontakt. So wie jeder gute Chef das tat. Während des Anrufs in seinem Büro schaute er in den Spiegel. Der Mann, der zurückstarrte, sah ihm kaum noch ähnlich. Sein sonst penibel gepflegter Bart war ein paar Tage nicht gestutzt worden und wirkte bereits zottig. Neben einer scheußlichen Baseballmütze trug er ein Langarmshirt und eine Hose, wie man sie vielleicht bei der Armee, aber niemals in einem Besprechungszimmer sah.

Doch inzwischen hatte er ganz in der Nähe von Macis neuem Heim einen Wanderweg entdeckt. Mit einem Fernglas hatte er sie von einem abgebrannten Waldstück aus beobachtet.

Sie war nie allein.

Er hatte bereits daran gedacht, aufzugeben und jemanden zu beauftragen, das Problem gegen Geld für ihn aus der Welt zu schaffen. Sicher war diese Art Hilfe im entsprechenden Stadtviertel leicht zu finden. Doch die Befürchtung, man könnte die Spur zu ihm zurückverfolgen, hatte ihn davon abgehalten. Und jetzt hatte das Schicksal plötzlich ein Einsehen und das Wetter wurde sein Freund. Für die nächsten Tage waren starke Winde vorhergesagt.

Was konnte eine achtlos an den Rand des Freeways geworfene Zigarette bei solchen Wetterverhältnissen im staubtrockenen Kalifornien nicht alles anrichten? Der Zweck heiligte die Mittel.

Angewidert musterte er den verwahrlosten Kerl, der ihm aus dem Spiegel entgegenstarrte, und versprach sich einen Besuch beim Barbier seines Vertrauens, sobald er hier fertig war.

»Guten Morgen, Keller.« Na also. Er war ein guter Boss. Wie freundlich er allein seinen Sekretär begrüßte.

»Mr Brandt. Guten Morgen.«

»Alles in Ordnung, obwohl der Chef außer Haus ist?«

Zehn Minuten lang hörte sich Desmond Kellers Bericht über Probleme mit Firmenkunden und einer Lieferung aus China an. Für so etwas hatte er seine Abteilungsleiter, was er seinem Sekretär auch sagte.

»Klingt, als hätte ich alles unter Kontrolle«, stellte er fest.

»Selbstverständlich, Mr Brandt. Ich soll Ihnen allerdings mitteilen, dass am Freitag eine Besprechung aller Anteilseigner stattfindet.«

Desmond massierte seine Nasenwurzel. »Ist das so? Sieht aus, als würde sich meine Abreise aus Griechenland noch etwas verzögern. Sorgen Sie dafür, dass der Termin verschoben wird.«

Keller holte Luft. »Ähm, das wird schwierig. Ich soll Sie informieren, dass die Besprechung stattfindet. Unabhängig davon, ob Sie anwesend sind, Sir.«

Desmond ließ die Hand sinken und starrte sein Spiegelbild an. »Sagt wer?«

»Sir?«

»Wer sagt das? Von wem sollen Sie mir das ausrichten?«

»Mr Forrests Assistent sagt, die Anweisung käme von seinem Chef.«

Forrest … der Leiter der Finanzabteilung. »Stellen Sie mich zu ihm durch.«

»Ja, Sir.«

Forrest nahm sofort ab. »Sie leben also noch.« Glücklich klang der Mann darüber nicht.

»Was zum Teufel soll das? Ich bin ein paar Tage lang abwesend, und schon sagt man mir, was ich zu tun habe?«

»Sie sind seit fast fünf Wochen weg. Wir leben nicht in Europa. Wir kennen keine Betriebsferien.«

Von Untergebenen ließ Desmond sich ungern belehren. »Verlegen Sie die Besprechung der Anteilseigner.«

»Dazu bin ich nicht berechtigt. Ich gehöre nicht zu diesem Kreis. Ich leite nur die Finanzabteilung.«

»Dann soll Al das machen.« Sein stellvertretender Geschäftsführer kümmerte sich um die operativen Abläufe und hielt ein paar Prozent an der Firma.

»Das wird schwierig. Al ist schon die ganze Woche zu Hause. Irgendwas mit dem Magen.«

»Verdammt noch mal, Forrest …«

»Bevor Sie mir Unflätigkeiten an den Kopf werfen, sollten Sie wissen, dass auf der Liste der Anteilseigner inzwischen deutlich weniger Namen stehen als noch vor sechs Monaten.«

»Wovon reden Sie?«

»Weniger. Sie kennen das: Anteile werden so gut wie täglich gehandelt, gekauft und verkauft.«

Desmonds Handflächen begannen zu kribbeln. »Was wollen Sie damit sagen?«

»Ich habe so was schon öfter gesehen. Anteilseigner verlangen Besprechungen, wenn Veränderungen anstehen. Mich interessiert vor allem: Haben Sie verkauft?«

»Verkauft? Was denn? Meine Firma? Sind Sie übergeschnappt?«

»Hey, ich muss Sie das fragen. Jemand erzwingt diese Besprechung, und wenn Sie nicht persönlich erscheinen, kann alles Mögliche passieren.«

»So eine Sch…«

»Die Abteilungsleiter sind, gelinde gesagt, alarmiert. Es gibt Gerüchte über eine Übernahme, und einige schauen sich bereits nach anderen Jobs um.«

»Es gibt keine verdammte Übernahme. Ich halte einundfünfzig Prozent von Vertex. Es läuft alles wie immer. Sagen Sie Al, er soll seinen Hintern ins Büro bewegen und dort in seine Privattoilette kotzen. Ich bin am Freitag zurück und werde klarstellen, dass Vertex mir gehört. Und wem an seinem Job etwas liegt, sollte das bis dahin im Hinterkopf behalten.« Er legte auf. »Verdammte Scheiße.«

* * *

Austin trat an den großen Esstisch im vorderen Teil des Hauses. Von den Fenstern dort konnte man fast das gesamte Grundstück überblicken. In den Händen hielt er eines der Gewehre der Sinclairs. Er legte es auf den Tisch und schaute in die Runde. »Wo ist das Problem? Ich bin vielleicht erst achtzehn, aber ich habe Eier. Parker ist die beste Schützin weit und breit, und Erin kann sich ebenfalls wehren. Und falls das zu deiner Beruhigung nicht reicht, gibt es auch noch Colin. Normalerweise ist er vor Einbruch der Dunkelheit von der Arbeit zurück. Stimmt's?«

Colin nickte. »Er hat recht, Bruder. Wir sind gewappnet.«

»In letzter Zeit war alles ruhig«, fügte Erin hinzu. »Geh zum Dienst. Am Freitag möchte ich dich unbedingt dabeihaben, und wenn du zu viele Tage am Stück freinimmst, sind die anderen Jungs irgendwann genervt.«

Die Entscheidung, nach Chicago zu fliegen, hatten sie gemeinsam getroffen. So hatte Erin es gewollt. Zwar hatte Matt ihr immer wieder versichert, er würde sich ganz nach ihr richten und in jedem Fall hinter ihr stehen. Trotzdem hatten sie stundenlang zusammen hin und her überlegt und schließlich beschlossen, das Angebot ihres Vaters anzunehmen und Desmond mit seiner Hilfe hoffentlich ein für alle Mal aus Erins Leben zu werfen.

Solange sie keine Ahnung hatten, wo Desmond gerade steckte, ließ Matt sie allerdings nur äußerst ungern allein.

»Mir passt das ganz und gar nicht.«

»Warte, bis du mit mir vor die Medien trittst und wir die Öffentlichkeit informieren. Dann wirst du jemanden erleben, dem etwas nicht passt.«

Womit er gewarnt war.

»Schön, okay. Ich melde mich dienstbereit.« Morgen früh musste er sowieso auf der Wache anrufen und sich über die Lage informieren. Die Windböen wurden stündlich stärker, und schon ein einzelner Funke konnte verheerende Folgen haben.

Matt schnappte sich ein Gewehr, Austin drückte ihm eine Schachtel Patronen in die Hand. »Tausch sie aus. Im Moment ist die Knarre mit Schrot geladen.«

Matt und Erin bedankten sich und wünschten allen eine gute Nacht.

Draußen wirbelte der Wind die Asche des Feuers vom vergangenen Jahr durch die Luft. Der vertraute Geruch zauberte Matt ein Lächeln aufs Gesicht. Er war nun mal mit Leib und Seele Feuerwehrmann. Das lag ihm im Blut.

In Erins Haus angekommen, schloss er die Tür hinter ihnen und schaltete die Alarmanlage ein. Das Gewehr und die Munition legte er auf die Küchentheke. Erin stellte sich hinter ihn und schlang die Arme um seine Taille.

Er hielt einen Moment inne und lächelte. »Du fühlst dich so gut an.«

»Bald wird es mir auch wieder richtig gut gehen.«

»Besser als gut. Im Moment bin ich derjenige, der völlig von der Rolle ist.«

»Lass dich von mir nicht von deiner Arbeit ablenken. Dort draußen musst du hundertprozentig bei der Sache sein, damit du wieder zu mir nach Hause kommen kannst.«

Er drehte sich zu ihr um und legte die Arme um sie. »Dasselbe könnte ich zu dir sagen.«

»Wie meinst du das? Ich gehe doch nirgendwo hin.«

»Bald wirst du eine sehr reiche Frau sein. Und ich werde mir wünschen, dass du wieder zu mir nach Hause kommst.«

»Oh, Matt. Machst du dir deshalb wirklich Gedanken?«

»Ein bisschen schon. Ich habe die Fotos in den Hochglanzmagazinen gesehen. So ein Leben kann ich dir hier nicht bieten.«

Sie legte die Handflächen an seine Brust. »Dieses Leben habe ich gern hinter mir gelassen.«

»Aber jetzt gehst du noch einmal dahin zurück.«

»Nur um endlich Desmond loszuwerden. Überteuerte Salate im Country Club und Abendessen mit aufgeblasenen Kerlen, die dir ins Gesicht lächeln und Lügen über die Blutergüsse ihrer Frauen erzählen, können mir gestohlen bleiben.«

»Sicher sind nicht alle reichen Leute so.«

»Das ist richtig. Aber in meinem Fall haben sie nur zu bereitwillig weggesehen. Was ich mit dem Geld mache, weiß ich noch nicht. Helen und ich haben viel zu besprechen. Aber nur, weil man Anteile von Vertex besitzt, muss man die Firma nicht gleich leiten. Mein Vater hat Anteile an zig Unternehmen, ohne allzu viel Ahnung vom Tagesgeschäft.«

»Wann bist du denn so clever geworden?« Zärtlich strich er ihr das Haar aus dem Gesicht.

»Als ich aufgehört habe, zu viel Angst zu haben, um zu leben«, antwortete sie.

»Mit dem Leben, aus dem du kommst, kann ich es niemals aufnehmen, Erin.«

Sie legte eine Hand an seine Wange. »Als ich mich in dich verliebt habe, war ich fast pleite. Und als reiche Frau werde ich dich immer noch lieben. Das Geld hat uns nicht zusammengebracht, und es wird uns nicht auseinanderreißen. Falls diese Gefahr irgendwann bestehen sollte, werde ich dem Geld zum zweiten Mal den Rücken kehren.«

Was hatte er da gehört? »Sag das noch mal.«

»Dass ich fast pleite war?« Sie grinste.

Er legte die Hände an ihre Hüften, hob sie hoch und setzte sie an seinen Lieblingsplatz auf der Küchentheke. »Sag es noch mal. Und diesmal aus ganzem Herzen.«

Sie kicherte. »Ich liebe dich, Matthew Hudson.«

Er schloss die Augen und ließ ihre Worte nachklingen. »Verdammt, das ist sexy.«

»Ach ja? Sag das noch mal aus ganzem Herzen.«

Er drückte die Lippen auf ihre und küsste sie, bis ihr fast die Sinne schwanden. Erst dann flüsterte er ihr ins Ohr, was sie eigentlich längst wusste. »Komm nach Hause zu mir, dann sage ich dir jeden Tag, wie sehr ich dich liebe, und zeige es dir in jeder einzelnen Nacht.«

Sie schlang die Beine um seine Taille und schob sich an den Rand der Theke. »Willst du mit dem Zeigen gleich anfangen?«

Matt hob sie hoch und trug sie ins Schlafzimmer.

* * *

Um zwei Uhr morgens weckte ihn sein Telefon.

Der Kommandant war am Apparat. »Wir brauchen dich. Es brennt an der Fünf in der Nähe von Castaic.«

Arwin erklärte ihm, wo er die Kommandozentrale für die Einsatzleitung finden würde und bei wem er sich melden sollte.

Matt schaute zu Erin hinüber. Die Sorge um ihre Sicherheit wollte ihm den Atem abdrücken. »Bin schon unterwegs.«

Erin drehte sich zu ihm und legte eine Hand auf seine Brust. »Was ist denn?«

»Es gibt einen Waldbrand. Ich muss los.«

Sie stützte sich auf den Ellbogen und blinzelte schläfrig. »Ich mache dir Kaffee.«

Matt beugte sich zu ihr und küsste sie. »Keine Zeit. Schlaf weiter. Ich rufe dich so bald wie möglich an, aber das könnte eine Weile dauern. Mach dir keine Sorgen.«

Die Lider fielen ihr schon fast wieder zu. »Bitte pass gut auf dich auf. Zu Hause wartet jemand auf dich.«

Das konnte er gar nicht oft genug hören.

»Ich schalte vor dem Weggehen die Alarmanlage ein. Und jetzt schlaf weiter.«

Die Aufforderung hätte Erin nicht gebraucht.

Mit so wenig Licht wie möglich machte er sich fertig und wünschte, er hätte Scout für die Nacht mit ins Gästehaus gebracht. Sobald das Feuer gelöscht war, würde er ins Tierheim fahren und dort für Erin einen Hund aussuchen.

* * *

Im Haupthaus blieb alles dunkel. Doch die Bewegungsmelder im Außenbereich sprangen bei jeder Windböe an und tauchten das Grundstück in viel zu viel Licht. Durch das Nachtsichtgerät, das er online erstanden hatte, schaute er zu, wie in Macis Haus Lampen an- und ausgingen.

Als ihr Lover aus der Haustür eilte und in seinen Truck stieg, wusste Desmond, dass sein Plan funktionierte. Einfache Leute waren so leicht zu lenken. Aber jetzt bloß nichts überhasten. Er musste Maci Zeit geben, wieder einzuschlafen, und dem Feuerwehrmann, den Einsatzort zu erreichen. Dann war der Kerl erst einmal stunden- oder gar tagelang sehr beschäftigt und würde nicht stören.

Desmond klopfte sich mental auf die Schulter. Er machte seine Sache sehr gut. Nur der andere Typ, der noch im Haupthaus schlief, stellte ein Risiko dar. Aber wenn das Feuer groß genug war, musste auch er zur Arbeit ausrücken.

Eine halbe Stunde schleppte sich zäh dahin. Weitere zehn Minuten, dann hatte er die Stromleitung und die Telefonleitung gekappt. Damit war auch die Alarmanlage lahmgelegt. Dass die Außenbeleuchtung jetzt nicht mehr ständig an- und ausging, war ein weiterer kleiner Triumph. Sein Adrenalinpegel stieg weiter.

Trotzdem geduldete er sich noch ein paar Minuten.

Kein Anzeichen von Aktivität im Haupthaus. Und auch bei Maci blieb alles dunkel. Es war bereits nach drei Uhr morgens. Jetzt musste er handeln.

Er durfte seinen Flug nicht verpassen.

* * *

Draußen schlug immer wieder ein Ast gegen die Hauswand. Seit Matt gegangen war, döste Erin nur noch und schreckte immer wieder hoch. Eine Zeit lang schaffte sie es, den klopfenden Ast zu ignorieren. Dann flaute endlich der Wind etwas ab und die Außenbeleuchtung blieb aus.

Beim nächsten Mal, als sie die Augen öffnete, fiel ihr auf, dass der elektrische Wecker neben dem Bett keine Uhrzeit mehr zeigte.

Der Ast machte keinen Lärm mehr, der Wind war eingeschlafen. Neben dem Bett leuchtete ihr Smartphone auf und vibrierte. Sie warf einen Blick auf die Anzeige auf dem Display.

Alarmsystem offline.

Sie schüttelte den Kopf und setzte sich im Bett auf. Der Strom war weg, und offenbar gab es ein Problem mit der Alarmanlage. Das genügte. Vielleicht war es eine Überreaktion, aber Sicherheit ging vor.

Sie schwang die Beine aus dem Bett und suchte mithilfe der Taschenlampenfunktion an ihrem Smartphone nach den Hausschuhen und ihrem Morgenmantel. Sie würde zum Ranchhaus hinaufgehen.

Matts Shirt von gestern lag auf dem Fußboden. Sie hob es auf, drückte es an die Nase und atmete tief ein. »Pass gut auf dich auf«, flüsterte sie.

Weil sie nicht für einen Eindringling gehalten werden wollte, ging sie mit dem Telefon in der Hand ins Wohnzimmer. Sie musste Parker anrufen und ihr sagen, dass sie gleich rüberkommen würde.

»Weg mit dem Ding.«

Die Luft wich aus Erins Lunge, sie taumelte zurück bis zur Wand. Ihr Herz schlug mit einem Mal so schnell und so heftig, dass sie glaubte, es müsste bersten.

Die schmale Sichel des abnehmenden Mondes warf einen schwachen Lichtschein durchs Fenster. Daneben, im Schatten, stand Desmond.

Einen albtraumhaften Moment lang verharrte sie wie erstarrt. So war es jahrelang gewesen.

Er machte einen Schritt auf sie zu, jetzt konnte sie seine Züge deutlich erkennen.

»Hau ab!«

Er lachte. »Seit wann so kampflustig?«

Sie tastete nach der Stelle, an der sie das Gewehr vermutete. Nichts.

Er machte einen Schritt auf sie zu, und sie fand ihre Stimme wieder.

Ihr Schrei gellte durch das kleine Haus. Sie versuchte, den Abstand zwischen ihnen zu vergrößern.

Desmond war mit einem Sprung bei ihr und drückte ihr die Hand auf den Mund.

Sie verstummte nicht, sondern riss den Mund nur noch weiter auf. Sein Finger rutschte zwischen ihre Zähne, und sie biss so fest zu, wie sie konnte.

Draußen heulte nun wieder der Wind, Desmond riss fluchend die Hand weg.

Erin schmeckte Blut. Sein Blut.

Und dann kam er, der Schlag, dem sie nicht ausweichen konnte, weil die Wand in ihrem Rücken war.

Erinnerungen brachen sich Bahn, während seine Hand nach ihrer Kehle griff. Als seine Worte zu ihr durchdrangen, hörte sie auf, sich zu wehren. »Ich bringe jeden um, der hier reinkommt.«

Schwer atmend schielte sie zur Haustür. Sie war viel zu weit entfernt.

Desmonds Griff war fest, aber nicht fest genug, um ihre Luftröhre einzudrücken. Er wollte etwas, und was immer es war, es hielt ihn davon ab, sie mit bloßen Händen zu töten. Zumindest noch.

»Was willst du?«

»Na also. Schon besser.« Mit der Hand an ihrer Kehle schob er sie zum Schlafzimmer.

Sie kämpfte gegen die Panik an. Nicht das. Nicht noch einmal.

Unterwegs hob er ihr Telefon vom Boden auf. »Du rufst jetzt deine Anwältin an und hinterlässt ihr eine sehr überzeugende Nachricht.«

Ihr Blick hing an seinen Augen. Etwas Wildes irrlichterte darin. Sie erkannte diesen Mann kaum wieder. Er fixierte sie, wie er es oft direkt vor einem Hieb oder Schlag getan hatte.

Aber jetzt schien seine Iris wie erstarrt, so als könnte er nicht einmal mehr blinzeln.

Bleib ruhig. »Und wie soll die Nachricht lauten?«

»Na also. Geht doch. Du rufst an und sagst ihr, dass ich recht hatte. Du bist eine Lügnerin und kannst nicht mehr damit leben.«

Sie versuchte, sich loszureißen, und er verlor sein krankes Lächeln.

Mit voller Wucht warf er sie aufs Bett und drückte sie mit dem ganzen Gewicht seines Körpers in die Matratze. »Wir können das ganz entspannt hinter uns bringen oder auf die harte Tour erledigen.« Er zog eine Tablettendose aus der Tasche und schüttelte sie dicht vor ihren Augen. »Du hinterlässt die Nachricht, und dann machst du ein Nickerchen. Oder du hast einen psychotischen Schub, und es kommt zu einem erweiterten Selbstmord mit deinen neuen Freunden.«

Glaubte er wirklich, er konnte etwas so Ungeheuerliches tun und damit ungeschoren davonkommen?

Der Wahnsinn in der Tiefe seines Blicks verriet ihr, dass er das tatsächlich dachte.

Erin hörte ihre Stimme. Macis Stimme. »Tu ihnen nichts. Bitte.«

»Schon besser.«

Er drückte ihr das Telefon in die Hand, und sie wählte Renees Nummer. Dabei schickte sie ein Stoßgebet an alle hohen Mächte, dass die Anwältin trotz der Uhrzeit abnehmen würde.

Das Telefon klingelte.

Einmal.

Zweimal.

Nach dem dritten Klingeln schaltete sich die Mailbox ein.

Desmonds Hand an ihrem Hals griff wieder fester zu. »Streng dich an.«

»Renee. Ich bin's. Ich schaffe das nicht. Desmond hatte recht. Ich bin krank. Es tut mir leid. Ich möchte keinem anderen Menschen mehr schaden.«

Desmond entwand ihr das Telefon und beendete den Anruf.

»Perfekt. Und jetzt suchen wir den Wein, den du so gern magst.«

Kapitel 31

Matt bog in die Straße ein, in der die Einsatzleitung ihre Kommandozentrale eingerichtet hatte. Die Feuerwehrfahrzeuge und das schwere Gerät waren bereits von Weitem zu erkennen.

Noch bevor er den Wagen abstellen konnte, klingelte sein Telefon. Wegen der unbekannten Nummer nahm er an, dass jemand nachfragen wollte, wann er eintreffen würde.

Er sparte sich eine Begrüßung. »Bin schon da.«

»Matt?«

Eine Frau. Eine panische Frau.

»Wer ist da?«

»Ich bin's, Renee. Eine Nachricht von Maci auf meinem Anrufbeantworter hat mich geweckt. Ist sie bei Ihnen?«

Matt trat auf die Bremse.

»Nein. Was ist los?«

»Sie sagt, sie sei eine Lügnerin, Desmond hätte recht und sie könnte nicht mehr damit leben. Matt, sie klang nicht gut.«

Matt riss das Steuer herum, wendete und gab Gas. »Verdammt noch mal. Haben Sie die Polizei angerufen?«

»Ich kenne Erins Adresse nicht, Matt.«

Er gab sie ihr.

»Haben Sie versucht, sie zurückzurufen?«

»Um Desmond damit zu verraten, dass ich Bescheid weiß? Wohnt sie denn nicht bei Ihrer Familie?«

»Nein, verdammt. Rufen Sie die Polizei. Ich komme, so schnell ich kann.« Er legte auf und drückte die Kurzwahlkombination für Colins Nummer.

Colins Telefon klingelte.

Und klingelte.

Matt drosch auf das Steuer ein.

Er wurde mit der Mailbox verbunden.

Zum Glück war die Straße um diese Uhrzeit nahezu verlassen. Eine Hand am Lenkrad, die andere am Telefon, scrollte er durch die Nummern, bis er Parkers Festnetzanschluss gefunden hatte.

Eine elektronische Stimme informierte ihn, es gebe eine technische Störung und der Anruf könne nicht ausgeführt werden.

Er trat das Gaspedal durch und wählte erneut die Nummer seines Bruders.

* * *

Desmond zerrte sie in die Küche.

Beim Anblick des Gewehrs auf dem Tisch blinzelte er verdattert. Wie hatte er das Ding zuvor übersehen können?

Mit der einen Hand stieß er Maci auf einen Stuhl, in der anderen wog er die Waffe. »Wie überaus praktisch.«

Er ging neben ihr auf die Knie und drückte die Mündung an ihr Kinn. Dann versuchte er, ihre Hand zum Abzug zu ziehen, schaffte es aber trotz aller Anstrengung nicht.

Doch allein für die Angst in ihren Augen hatte sich der Versuch gelohnt. »Sieht wohl doch nach einem Schläfchen aus.«

Die Mündung des Gewehrs auf sie gerichtet, sprang er auf.

In der Kühlschranktür fand er einen Rest Wein. Er riss die Flasche heraus und holte ein Weinglas aus dem Schrank. »Wir wollen doch stilbewusst aus dem Leben scheiden. Meine Maci hat immer aus dem passenden Glas getrunken. Hab ich recht?«

Er bemerkte, wie ihr Blick suchend durchs Zimmer huschte. Lachend ließ er sich ihr gegenüber auf einen Stuhl fallen. Mit dem Gewehr quer über dem Schoß goss er Wein in das Glas und stellte es vor sie hin. »Damit werden wir die Wirkung ein bisschen beschleunigen.«

»Sicher gibt es noch eine andere Lösung, Desmond.«

Er drückte auf den Sicherheitsverschluss der Tablettendose und drehte sie auf. »Seit wann bist du so gesprächig?« Er stellte die Dose auf den Tisch und fixierte Erin. »Das kurze Haar sieht übrigens scheußlich aus. Und wusstest du, dass Frauen sich meist mit Tabletten umbringen? Ich habe recherchiert.« Weil er ein cleverer Kerl war. Er hielt ihr zwei der Pillen hin.

Sie nahm sie nicht.

»Mach den Mund auf.«

»Was ist das?«

Jetzt lächelte er und hielt ihr die Tabletten unter die Nase. Das Etikett konnte sie in dem düsteren Zimmer nicht lesen. »Nur eins der vielen Medikamente, die du dagelassen hast, als du gegangen bist. Sogar dein Name steht drauf. Und jetzt mach den Mund auf und streck die Zunge raus.«

Sie gehorchte, und er warf ihr zwei Tabletten in den Mund. Ein zweites Mal wollte er sich nicht beißen lassen.

Desmond drückte ihr das Weinglas in die Hand. »Los.«

Gehorsam setzte sie es an die Lippen und schluckte.

Er schaltete die Taschenlampe an ihrem Telefon ein. »Lass sehen.«

Maci öffnete den Mund und hob die Zunge.

»Braves Mädchen. Und jetzt gleich noch mal zwei.« Er beobachtete ihre Schluckbewegung genau.

Beim dritten Mal huschte ihr Blick zu dem Gewehr über seinem Schoß. Er legte eine Hand auf die Waffe. »Komm bloß nicht auf dummc Ideen.«

»Wie willst du mich denn wegschaffen?«, fragte sie.

Er blinzelte ein paarmal, schien die Frage zunächst nicht einordnen zu können. »Du stirbst einfach.«

»Aber du hast mich geschlagen. Und am Hals gepackt. Sicher wird man dort Blutergüsse finden.«

Er hob das Telefon und leuchtete ihr ins Gesicht.

Ja, verdammt.

»Noch zwei.«

Mit einer Hand schüttelte er alle Tabletten auf den Tisch, nahm zwei und steckte sie ihr in den Mund. Ihre schlanken Finger legten sich um das Weinglas. Im Licht des Telefons bemerkte er ihre Fingerabdrücke darauf.

Er fixierte seine Hände, dann ihren Hals.

Ja, verdammt.

Ein paar Sekunden vergingen.

»Sag doch, wie willst du mich loswerden? Ist es zu viel verlangt, wenn ich wissen will, was du mit meiner Leiche machst?«

»Halt's Maul und nimm die Pillen.«

Sie griff nach dem Glas, ihre Hand rutschte ab.

Er sah, dass ihr Blick bereits glasig wurde. »Beeil dich, Maci. Sonst fällst du vom Stuhl, bevor du alle genommen hast.«

»Du solltest dir auch eine genehmigen. Die machen einen richtig schön locker.« Ihre Stimme klang verwaschen.

»Vielleicht ein andermal.« Im Moment musste er sich tatsächlich überlegen, wie er die Leiche loswerden und seine Fingerabdrücke beseitigen konnte.

Draußen heulte der Wind. Der Wind, der ihrem Lover viel Arbeit bereitete.

Aber klar doch.

Ein Feuer.

Er musste gar nicht viel tun. Ein Feuer würde alle Spuren vernichten.

* * *

Erin hatte keine Ahnung, wie viele Tabletten sie bereits geschluckt hatte. Die meisten klemmten unter ihrem Oberschenkel. Selbst einen Großteil des Weins spuckte sie unauffällig zurück ins Glas. Desmond leuchtete ihr inzwischen nicht mehr ständig in den Mund. Er sah aus, als würde er angestrengt nachdenken, und wirkte ziemlich abgelenkt. So konnte sie besser verbergen, dass die Zahl der Tabletten zwar abnahm, aber nur ein Teil davon in ihrem Magen landete.

Trotzdem hatte sie bereits zu viele geschluckt. Aus der Größe und dem Nachgeschmack schloss sie, dass es sich um ein Schmerzmittel handelte. Um ein einschläferndes. Von solchen Pillen wurde ihr immer übel. Sie merkte, wie ihr Körper protestierte und sich alles um sie herum zu drehen begann.

Aber wegtreten war keine Option. Matt kämpfte irgendwo da draußen gegen ein Feuer, und oben im Ranchhaus wusste niemand, was hier vor sich ging. Ihre einzige Hoffnung war, dass Renee ihre Nachricht gehört und jemanden verständigt hatte.

Sich darauf zu verlassen, war ebenfalls keine Option.

* * *

Hinter den drei Streifenwagen vor dem Einfahrtstor der Sinclair Ranch kam Matt schlingernd zum Stehen. Ohne den Motor abzustellen, sprang er aus dem Truck.

»Was zum Teufel tun wir hier draußen?«

Ty drehte sich zu ihm und hob sein Telefon. »Wir haben gerade die Bestätigung bekommen, dass jemand mit ihr im Haus ist.«

»Wie das denn? Colin nimmt nicht ab.«

»Dein Dad hat einen Jungen angerufen.«

Einen Jungen? »Austin?«

»Colin sieht vom Haus aus eine Taschenlampe und zwei Leute an einem Tisch. Wir haben ihm gesagt, er soll wegbleiben. Das Sonderkommando ist unterwegs.«

Matt raufte sich mit beiden Händen die Haare. »So eine Scheiße! Verdammt!«

»Keine Panik, Matt. Dein Bruder hat dort oben alles im Blick. Und wir haben schon vier Leute auf dem Grundstück. Spätestens, wenn der Kerl mitbekommt, dass wir hier sind, wird aus der Sache eine Geiselnahme.«

»Und wann wird das sein?«

»Sobald wir auf Position sind, machen wir uns bemerkbar.«

Matt warf einen Blick auf die Uhr. »Ich bin vor knapp einer Stunde hier weggefahren. Was er in der Zeit anrichten konnte, will ich mir gar nicht vorstellen.«

»Die Stromversorgung und die Telefonleitungen sind seit dreißig Minuten unterbrochen. Und wir sind seit zehn Minuten hier. Seither hatte Colin fast ununterbrochen Sichtkontakt.«

Viel besser fühlte sich Matt trotz dieser Aufzählung nicht.

Tys Funkgerät knackte. Jemand ratterte jede Menge Codes herunter, die nur Polizisten verstanden.

Ein weiterer Wagen hielt hinter ihnen. Ein Polizist, den Matt nicht kannte, stieg aus. »Die unmittelbaren Nachbarn sind in Sicherheit.«

»Dann rein und auf Position.«

»Luftunterstützung?«, fragte Ty ins Funkgerät.

»Negativ. Keine Starterlaubnis bei dem Wetter.«

Matt fluchte.

»Du bleibst hier.« Ty zeigte auf Matt.

»Vergiss es.« Solche Anweisungen konnte sich Ty sparen.

Ty kniff die Augen zusammen. »Dann bleibst du an einer Stelle, wo ich dich jederzeit im Auge habe.«

Ein Zivilfahrzeug hielt am Straßenrand. Einer der Detectives, mit denen Matt und Erin auf der Wache gesprochen hatten, stieg aus. »Es kann losgehen. Das Sonderkommando ist direkt hinter mir.«

Tief gebückt und von Polizisten flankiert joggte Matt hinter Tys Streifenwagen her. Mit ausgeschalteten Lichtern fuhren die Einsatzkräfte so geräuschlos wie möglich aufs Grundstück. Jetzt war Matt dankbar für jede Windböe, die alle anderen Geräusche überdeckte.

Sie durchquerten das Bachbett und hielten ein Stück vom Gästehaus entfernt auf dem Rasen. Kies knirschte unter den Reifen eines weiteren Streifenwagens, der ums Haus herumfuhr, um einen möglichen Fluchtweg abzuriegeln. Eine Hintertür hatte Erins Haus zwar nicht, aber es gab Fenster.

Matts Körper war gespannt wie ein Bogen, bereit, in der nächsten Sekunde einen Pfeil abzuschießen. *Bitte, Baby. Bleib stark.*

Oh, wie sehr er sich wünschte, Erin könnte ihn hören.

* * *

Draußen vor dem Fenster blitzte etwas auf. Erin rieb sich den Kopf und versuchte zu erkennen, was es war.

Irgendetwas huschte vorbei …

Irgendjemand.

Ihr Mundwinkel zuckte. Desmond bemerkte den Anflug eines Lächelns. »Worüber freust du dich, zum Teufel?«

Sie zwang ihren Blick vom Fenster weg. »Ich bin high wie ein Hippie, Desmond. Was erwartest du?«

Er griff nach der leeren Tablettendose und starrte sie an. »Ja, offensichtlich. Trink den Wein aus. Ich kann nicht ewig hier sitzen.«

Ein Geräusch draußen vor dem Haus lenkte ihn von ihr ab.

»Gibt's noch mehr davon?«, sagte sie ein wenig zu laut und schwenkte das halb leere Weinglas in der Luft.

Desmond schaute sie unverwandt an.

»Wäre doch schade um den guten Tropfen. Und Verschwendung war dir doch immer zuwider.«

Er schluckte den Köder tatsächlich.

Als er ihr den Rücken zukehrte, öffnete sie die Jalousie ein wenig weiter, damit man von außen besser hineinsehen konnte.

Er goss den restlichen Wein in ihr Glas. Das Gewehr hielt er dabei fest in der anderen Hand. Dann knallte er die leere Flasche auf den Tisch.

Als Erin fahrig die Hand nach dem Glas ausstreckte, blaffte er sie an: »Und jetzt runter damit!«

Erin zuckte zusammen. Die Tabletten, die sie unter ihrem Schenkel versteckt hatte, fielen zu Boden.

Desmond beugte sich vor, spähte durch das Halbdunkel und begriff, was sie getan hatte.

Als er ihr in die Augen starrte, setzten ihr Herz und ihr Atem einen Moment lang aus. »Du elende Schlampe.«

Schon hatte er beide Hände am Gewehr, und sie schnappte das Nächstbeste, was ihr zwischen die Finger kam.

Sie warf das Glas samt dem Wein nach ihm. Ihre andere Hand fand die leere Flasche und schwang sie mit aller Kraft. Sie traf ihn am Kinn.

Blut spritzte in alle Richtungen.

Der Überraschungseffekt würde höchstens ein paar Sekunden anhalten, dann wäre es mit ihr vorbei. Erin hatte nur einen einzigen Gedanken. Die Waffe.

Im selben Moment gingen rund ums Haus helle Lichter an, drangen durch die Fenster und blendeten sie beide.

Erin schüttelte die Benommenheit aus ihrem Kopf und sprang auf.

Desmonds Griff war locker.

Vor Überraschung oder Schreck … sie wusste es nicht.

Sie erwischte den Lauf der Waffe und riss daran.

Desmond schnappte nach Luft, sie hatte das Gewehr in der Hand.

Die Beine brachen unter ihr weg, sie fiel zu Boden.

Draußen rief jemand in ein Megaphon, doch sie hörte nur Desmonds Geschrei. »Du Schlampe! Du elende Schlampe!«

Mit dem Gewehr in den Händen rollte sich Erin herum und richtete die Mündung auf ihn. Zwei metallische Klicklaute hallten durch den Raum, als sie die Waffe spannte.

»Du Schlampe.«

Er stürzte auf sie zu.

Und Erin drückte ab.

* * *

»Schüsse im Haus! Schüsse im Haus!«

Matts ganze Welt kam bei dem Knall mit einem harten Ruck zum Stehen. »Erin!«, schrie er und begann zu laufen.

Jemand packte ihn und hielt ihn zurück.

Matt schlug um sich, rannte weiter. Nach drei Schritten warfen sich zwei Männer auf ihn.

Andere Männer schrien Befehle. Waffen wurden aufs Haus gerichtet.

Cops schwärmten aus, suchten Deckung, arbeiteten sich zur Tür vor.

»Erin!«

Ein Stiefel trat die Tür auf.

Niemand stürzte heraus.

Drei Polizisten stürzten hinein.

Die Sekunden verstrichen, und Matts Innereien zogen sich schmerzhaft zusammen. »Nein. Nein!«

»Das Haus ist sicher. Wir brauchen einen Arzt.«

Die Männer ließen ihn los. Und Matt rannte.

Überall Blut.

Erin hatte sich auf dem Boden zusammengekrümmt und die Hände vors Gesicht geschlagen.

Er fiel neben ihr auf die Knie und suchte mit fliegenden Fingern nach Wunden.

Als sie ihn erkannte, streckte sie die Hände nach ihm aus.

»Ich dachte, ich hätte dich verloren. Großer Gott, Erin. Ich dachte, ich hätte dich verloren.«

Herzzerreißende Schluchzlaute schüttelten sie. Dann machte sie sich los. »Mir wird schlecht.«

Epilog

Zwei Tage auf der Intensivstation, in denen man ihr den Magen auspumpte und Aktivkohle zu trinken gab, entsprachen nicht Erins Vorstellung von einer vergnüglichen Zeit.

Es gab den Kater, nach dem man nie wieder einen Schluck Tequila trinken wollte, und es gab einen Zustand wie diesen. Doch nach eingehenden Untersuchungen gingen die Ärzte davon aus, dass sie durch die Überdosis keine Organschäden davontragen würde.

Matt hatte sich auf einem Liegesessel neben ihrem Bett häuslich eingerichtet, während die Besucher einander die Klinke in die Hand gaben.

Renee kam mit demselben Flug wie ihr Vater. Keine acht Stunden später traf auch Helen mit ihrer Familie ein. Im Wartezimmer campierte die gesamte Hudson-Familie. Parker, Austin und Mallory spielten die Gastgeber, auch wenn sie im Haus niemanden unterbringen konnten, weil die Polizei das Grundstück noch nicht freigegeben hatte.

Von alledem bekam Erin in den ersten beiden Tagen kaum etwas mit. Wie durch dichten Nebel hindurch sah sie Menschen kommen und gehen. Jeweils drei Besucher durften immer gleichzeitig bei ihr sein.

Erst am dritten Tag wurde sie das wattige Gefühl langsam los.

Eine Krankenschwester bat Parker, Matt und Colin, das Zimmer zu verlassen, damit Erin duschen konnte. Helen kam herein, um ihr zu helfen. Nach allem, was in den letzten Tagen in ihrem Verdauungstrakt vor sich gegangen war, war Erin noch nie im Leben so glücklich gewesen, duschen zu können. Danach fühlte sie sich wie neugeboren, wenn auch in einem blau-weißen, hinten offenen Krankenhauskittel. Als ihr die erste feste Mahlzeit seit drei Tagen gebracht wurde, setzte sie sich dazu auf einen Stuhl.

Aber schon nach ein paar Happen fühlte sie sich voll.

»Das war viel zu wenig«, schimpfte Helen.

Erin konnte sich am Genörgel ihrer Schwester kaum satthören. »Es schmeckt wie Asphalt.«

Helen stand auf. »Ich hole dir was aus dem Wartezimmer. Deine neue Feuerwehrfamilie versteht was vom Kochen.«

»Meine was?« Erin erinnerte sich nicht an Besucher von der Feuerwehr.

»Die Frauen von Matts Mannschaftskameraden, Tamara, Kim und Christina, sorgen rund um die Uhr für Verpflegung.«

»Das wusste ich nicht. Wie lieb von ihnen. Dabei kennen sie mich doch kaum.«

»Kann schon sein, aber sie sind eine eingeschworene Truppe. Sehr loyal.«

»War jemand von ihnen hier bei mir im Zimmer, während ich noch weggetreten war?«

Helen schüttelte den Kopf. »Nein. Kim meinte, sie wollten warten, bis du aus der Intensivstation raus bist. Im Moment möchten sie sich vor allem um die Leute kümmern, die dir am nächsten stehen.«

Tief gerührt blinzelte Erin gegen die Tränen an. »Bitte dank ihnen von mir.«

Helen beugte sich über sie und küsste sie auf die Wange. »Bin gleich wieder da.«

Von draußen drangen Stimmen herein. Dann betrat eine Frau in Rock und Bluse das Zimmer. In der Hand hielt sie einen Notizblock.

»Mrs Brandt? Oder ist Ihnen Fleming lieber?«

Erin nickte. »Fleming.«

Die Frau setzte sich auf den Stuhl ihr gegenüber. »Ich bin Dr Reynolds. Der behandelnde Arzt hat mich um eine psychologische Einschätzung gebeten.«

Damit verlor Erin auch den letzten Rest Appetit.

»Eigentlich ist es nur eine Formalität. Bei einer Überdosis werde ich automatisch hinzugezogen.«

»Oh.« Erin war ein klein wenig erleichtert.

»Ich habe Ihre Akte gelesen. Sie haben ziemlich viel durchgemacht.«

Erin hatte keine Ahnung, was sie sagen, wie sie sich verhalten oder was sie tun sollte. »Ja.«

»Die Verarbeitung kann dauern. Wie geht es Ihnen denn gerade?«

»Ich fühle mich immer noch wie betäubt. Aber langsam wird es besser.«

Dr Reynolds nickte. »Gut. Sie haben viel Unterstützung.«

Erin spürte, wie sich ein Lächeln auf ihre Lippen stahl. »Das hilft mir sehr.«

»Das kann ich mir vorstellen. Können Sie schlafen?«

»Solange die Krankenschwestern jede Stunde nach mir sehen, nein. Aber eigentlich meinen Sie etwas anderes, oder?«

Die Ärztin nickte. »Stimmt. Mich interessiert, wie Sie mit dem Tod ihres Ehemanns klarkommen.«

Erin schloss die Augen und sah sofort alles in grellen Farben vor sich. Als sie die Augen wieder öffnete, stand Matt in der Tür.

»Der Vater meines Freundes war früher Polizist, Dr Reynolds. Er hat mich als einer der Ersten besucht und mir gesagt, jeder Gesetzeshüter müsse nach tödlichen Schüssen mit einem Seelendoc reden. Und dass ich mich schon mal darauf einstellen soll. Er meinte, bei mir wäre es vielleicht noch wichtiger, weil ich mit dem Mann verheiratet war. Ich will unbedingt wieder ganz gesund werden, körperlich und seelisch. Deshalb hätte ich gern Ihre Telefonnummer, damit ich sehr bald einen Termin bei Ihnen machen kann.«

Dr Reynolds lächelte. »Das ist eine hervorragende Idee.« Sie reichte Erin ihre Visitenkarte und stand auf. An der Tür blieb sie einen Moment bei Matt stehen. »Sie müssen Ms Flemings Freund sein.«

»Ja.«

Dr Reynolds streckte ihm die Hand hin. »Richten Sie Ihrem Vater meinen Dank aus.«

Matt nickte. Dann ging er zu Erin und setzte sich auf den Stuhl, auf dem eben noch die Psychologin gesessen hatte. »War das die Seelenklempnerin?«

»Jap.«

»Prima. Vielleicht ist mein Dad jetzt zufrieden.«

Dass sein Vater sich Gedanken um sie machte, tat ihr gut.

»Was ist das denn?« Matt zeigte auf ihren Teller. »Schon fertig mit dem Essen?«

»Es schmeckt ziemlich widerlich«, antwortete sie.

»Ich könnte einen Burger für dich hier reinschmuggeln.«

Das klang schon besser, aber sie schüttelte den Kopf. »Ich möchte mir die Lust auf Burger nicht für alle Zeiten verderben. Solange ich noch Aktivkohle rülpse, bleibe ich beim Krankenhausessen.«

»Klingt schlau, und anscheinend darfst du morgen hier raus.«

Einen kurzen Moment lang träumte sie von ihrem eigenen Bett. »Oh Gott! Parkers Gästehaus.«

»Ach ja. Dein Dad bekämpft sein schlechtes Gewissen, indem er ordentlich was springen lässt. Die Polizei hat das Gästehaus heute Morgen freigegeben, und dein Vater besteht darauf, alles wieder herrichten zu lassen. Dass du dort noch mal einziehst, erwartet natürlich keiner von dir.«

Sie mochte das kleine Haus sehr. Obwohl es vollständig möbliert gewesen war, hatte sie es zu ihrem Heim gemacht. Doch sie war nicht blauäugig genug zu glauben, dass sie einfach durch die Tür spazieren konnte, ohne in jeder Ecke *ihn* zu sehen. Ganz gleich, wie gut das Haus gereinigt worden war. Zuvor musste sie die ganze Sache vermutlich ein paar tausend Mal mit Dr Reynolds durchgekaut haben.

»Was meint Parker dazu?«

»Jetzt geht es nicht um Parker, sondern um dich.«

»Das Haus gehört ihr.«

»Wir sind alle für dich da, Erin. Wenn du uns grünes Licht gibst, kümmern wir uns um das Gästehaus. Oder wir überlassen es deinem Dad.«

Sie legte eine Hand auf seine. »Lasst meinen Vater sein Geld ausgeben. So geht es schneller, kostet Parker keinen Cent, und er hat am Ende ein gutes Gefühl.«

»Gut. Grace und Parker bringen deine Sachen zu mir.«

»Grace und Parker tun was?«

Matt schaute zur Zimmerdecke, dann warf er ihr das jungenhafte Lächeln zu, mit dem er meistens bekam, was er wollte. »Sie bringen deine Sachen zu mir. Dahin, wo du jetzt einziehst. Damit ich zu dir nach Hause kommen kann.«

Ihr wurde ganz warm ums Herz. »Ich soll bei dir einziehen?«

Matt verzog das Gesicht. »Fragen will ich dich eigentlich nicht, denn du könntest Nein sagen. Wollen wir einfach so tun, als hätte ich schon gefragt, du hättest Ja gesagt, und damit gut?«

Gott, sie liebte diesen Mann. »Immerhin habe ich ja versprochen, zu dir nach Hause zu kommen. Also ist es wohl okay, wenn wir so tun, als hätten wir dieses Gespräch bereits geführt.«

Matt stieß triumphierend die Faust in die Luft. »Yes!«

»Du benimmst dich wie ein kleiner Junge, der für die Grundschulmannschaft den entscheidenden Punkt geholt hat.«

»Genau, das bin ich.« Er beugte sich vor und küsste sie. »Ich liebe dich.«

»Ich liebe dich auch.«

Er stand auf. »Einen Teil der Truppe muss ich wohl zu dir reinlassen, bevor ich sie an die Arbeit scheuche.« Er machte sich auf den Weg zur Tür, doch sie rief ihn zurück.

»Matt?«

»Ja?«

»Danke. Danke, dass ich nun jemanden habe, zu dem ich nach Hause kommen kann.«

Er warf ihr einen Kuss zu. »An jedem Tag und solange du willst.«

Danksagung

Es braucht ein Dorf, um ein Buch zu schreiben. Und jetzt ist es Zeit, den Bewohnern zu danken.

Danke, Amazon Publishing und Montlake, für die Ermutigung, Geschichten niederzuschreiben, die ich mit der ganzen Welt teilen will. Meiner Lektorin, Holly Ingram, danke ich für das Aufspüren der Textstellen, die ich noch einmal überarbeiten musste. Maria Gomez, meine Amazon-Cheerleaderin, ich danke dir!

Meiner Agentin, Jane Dystel, danke ich dafür, dass sie immer für mich da ist. Jane, ich kann mich glücklich schätzen, dich in meinem Leben zu haben.

Ein besonderer Dank geht an alle Feuerwehrleute überall, für verpasste Mahlzeiten, durchgearbeitete Urlaubstage und Nächte ohne Schlaf, während ihr euch rund um die Uhr für Menschen einsetzt, die ihr nicht einmal kennt.

Eine dicke Umarmung geht an meinen ältesten Sohn, Jeremy. Du bist mein ganz persönlicher Feuerwehrmann, stets an vorderster Front und ein Held. Chaos und Adrenalin sind dein Treibstoff, und du bist selbstlos in deiner Hilfsbereitschaft. Ich liebe dich.

Und jetzt zu den Frauen, die den Mut haben, ihre Geschichten zu erzählen. Ihr, wir alle, fallen in eine oder alle drei dieser Kategorien. Opfer. Überlebende. Kriegerinnen.

An die Opfer, die noch die Kraft finden müssen, sich aus zerstörerischen Bindungen zu lösen: Blutergüsse machen Misshandlungen sichtbar, doch oft liegen die Narben tief im Inneren. Gleichgültigkeit und psychische Gewalt können genauso viel Schaden anrichten. Leider begegnen sie uns oft in Gestalt der Menschen, die wir am meisten lieben. Auszubrechen ist unendlich schwer. Aber glaubt mir, es ist möglich. Und danach werdet ihr stärker sein denn je.

An die Überlebenden, die die Verbindung zwischen sich und ihrem Peiniger gekappt haben: Ihr habt euch befreit und müsst jetzt die Teile eures zerbrochenen Lebens wieder zusammensetzen. Jeder Tag, an dem ihr aufwacht und weitermacht, bedeutet, ihr habt überlebt. Das ist oft nicht leicht. Sich durch all die Gefühle zu kämpfen, ist kräftezehrend und gelingt häufig nur mit Hilfe von außen. Scheut euch nicht, um diese Hilfe zu bitten.

Und ihr, meine Kriegerinnen: Ihr seid keine Opfer mehr und habt die Vergangenheit so weit hinter euch gelassen, dass man euch auch nicht mehr als Überlebende bezeichnen kann. Nein, ihr seid Kriegerinnen. Ihr steht fest auf euren eigenen Füßen und lasst nicht zu, dass die Vergangenheit euch bestimmt. Ihr seid ein Vorbild für alle.

Die Windschutzscheibe ist aus gutem Grund größer als der Rückspiegel. Sie zeigt euch den Weg, der vor euch liegt, nicht, was ihr zurückgelassen habt.

Seid behütet.

Catherine

Druck:
Customized Business Services GmbH
im Auftrag der
KNV Zeitfracht GmbH
Ein Unternehmen der Zeitfracht - Gruppe
Ferdinand-Jühlke-Str. 7
99095 Erfurt